KB143311

# 자연과 문명의 분계

미국 문학에 표현된 인간의 위치와 환경

| 지은이 | **나희경**

전남대학교 영어영문학과 졸업
뉴욕대학교 대학원 영문학 석사
뉴욕대학교 대학원 영문학 박사
21세기영어영문학회 회장(2014년 3월 – 2016년 2월)
(현재) 전남대학교 영어영문학과 교수

# 자연과 문명의 분계

미국 문학에 표현된 인간의 위치와 환경

**초판1쇄 발행일**  2016년 1월 31일

**지은이**  나희경
**발행인**  이성모
**발행처**  도서출판 동인
**주 소**  서울시 종로구 혜화로 3길 5 118호
**등 록**  제1-1599호
TEL      (02) 765-7145 / FAX  (02) 765-7165
E-mail  dongin60@chol.com
ISBN    978-89-5506-691-3
정가      24,000원

※ 잘못 만들어진 책은 바꿔 드립니다.

# 자연과 문명의 분계

*In-between Nature and Civilization*

## 미국 문학에 표현된 인간의 위치와 환경

*Human Position and the Environment in American Literature*

| 나희경 지음 |

도서출판 동인

　　인간은 다른 동식물들과 달리 자연 환경을 변형시켜야만, 즉 인공적 환경을 구축해야만 지속적인 생존이 가능하며 종種적 정체성을 가질 수 있다. 우리는 세계로부터 자신을 분리하여 인식함으로써 자아의식을 형성하고, 자연을 변형시킴으로써 문명과 문화를 이룩한다. 그러한 문명 활동을 추동하는 힘의 원천이 테크놀로지이며, 문명이 이룩한 물질적 결실이 도시이다. 그리고 문명 활동의 주요 정신적 요소 중 한 분야가 문학이다.

　　따라서 문학은 자연 환경이나 인위적 구축 환경built environment이 우리의 경험에 어떤 영향을 미치는가에 특별하고도 지속적인 관심을 가진다. 우리가 자연 환경을 의식하고 관찰하는 행위와 그 경험을 문예적으로 표현하려는 욕구는 동시에 시작되는 것으로 볼 수 있다. 원시시대에 인간은 생존을 위한 본능적인 반응으로서 자연에 대해 관심을 갖게 되었을 것이다. 나아가서 우리의 상상력은 삶의 유한성을 극복하려는 차원에서 자연에 초월적 의미를 부여하곤 한다. 또한 우리는 다른 자연 생명체로부터 정서적 유대감을 느끼기도 하며, 자연을 관조함으로써 삶의 의미와 위안을 얻기도 한다. 게다가

20세기 후반 이후에는 자연 환경의 인위적 파괴에 대한 급증하는 우려가 생태주의와 생태비평으로 나타나고 있다. 자연 환경을 대상으로 하는 이러한 모든 통찰이 시와 산문에 고르게 반영된 반면에, 구축 환경에 대한 문학적 시각은 근대 도시의 발달 이후, 말하자면 소설 장르의 발달 이후 두드러지기 시작했다. 그 이유는 소설의 발달이 사회적 동물로서의 인간의 존재 조건, 즉 복잡한 인간관계의 네트워크에 기반하고 있으며, 산업화 이후 복잡한 도시 사회의 발달과 밀접하게 관련되어 있기 때문일 것이다.

환경은 생물을 둘러싸는 외위surroundings로서 생물에게 직간접적으로 영향을 끼치는 자연적, 인위적, 사회적인 조건이나 상황을 일컫는다. 본래 인간의 활동에 의해서 생성된 것이 아닌, 자연의 체계로서 작용하는 생태적 단위들을 말하는 자연 환경뿐만 아니라 인간이 자연에 가한 문화적 변형의 총체적 산물로서의 구축 환경도 우리의 경험을 구성하는 중요한 요소이다. 문명화가 고도화될수록 우리의 삶에 인위적 환경의 영향력이 그만큼 더 커지며, 따라서 우리의 경험의 성격도 달라진다. 환경 즉 경험 대상으로서의 자연과 문명이 근원을 공유하고 있으며, 존재 현상으로서의 인간성과 테크놀로지는 본래 같은 바탕에서 생겨난 것이므로, 그 대립 쌍에서 어느 한쪽을 배제한 상태에서 다른 한쪽을 마치 독립적인 현상인 양 논하는 것은 옳지 않다. 그래서 자연을 이해하는 데는 문명에 대한 고찰이 함께 이루어져야하며, 인간성을 해명하기 위해서는 테크놀로지의 특성을 파악할 필요가 있다. 요컨대 자연과 문명, 인간성은 서로의 관련성을 통해서 보다 효과적으로 이해될 수 있다고 본다.

마찬가지 맥락에서 인간과 환경의 관계에 대한 문학적 주제를 선명하게 조명하기 위해서는 작품의 배경이 되는 농촌과 도시, 교외를 포괄적으로 논의할 필요가 있다. 자연 환경에 대한 문학의 관심은 낭만주의적 자연관과 실용주의적 자연관, 그리고 생태주의적인 관점 등으로 구분될 수 있다.[1] 자연을 관조하고 거기에서 삶의 위안과 문제 해결을 모색하는 낭만주의나 목가주의는 인간과 자연 사이의 조화로운 관계가 우리의 행복의 기본 조건이라고 본다. 즉 그것은 자연 현상이 우리의 삶을 위한 도덕적·미적 가치의 준거가 된다고 생각한다. 이에 비해서 실용주의적 자연관은 자연 세계를 인간의 인식과 경험의 근본 대상으로 여기며, 나아가서 인간과 자연 그리고 문명 사이에 존재적·경험적 연속성이 작용하고 있다는 사실에 주목한다. 한편 생태주의는 자연 환경이 파괴될 위기에 처했다는 인식하에 그 문제 상황을 사람들에게 각성시키고 그것을 해결하기 위한 대안을 모색하는 데 주력한다. 자연에 대한 그 세 가지 관점은 결국 인간과 자연 사이의 조화로운 관계 가능성에 대한 정서적, 철학적, 정치적 논의로 정리될 수 있다.

그런데 자연과 인간의 관계는 단지 그 양자 관계로만 파악될 수 없는 측면이 있다. 그 이유는 우선 자연과 인간이 동등한 차원의 대립 관계에 있는 것이 아니기 때문이다. 즉 존재론적으로는 자연이 인간을 포괄하는 반면에 인식론적으로는 인간이 자연 전체와 그 너머를 포섭하기 때문이다. 그러한 불일치의 틈새에 인간 지능의 산물인 문명이 개입하고 있고, 그러한 혼동의 근저에 인간 욕망의 변동이 작용하고 있다. 따라서 인간과 자연의 관계를 이해하기 위해서는 인간의 욕구나 욕망, 그리고 그것을 구현하는 수단이자 목적인 테크놀로지와 문명에 대한 이해가 바탕이 되어야만 한다.

미국문학에서는 자연과 테크놀로지의 관계를 역동적 갈등상태로 파악하는 경향이 있다. 진보적 이념을 가진 이론가들은 자연과 테크놀로지, 그리고 목가적 이상과 기술적 진보에 대해 각각 배타적 양자택일을 강요하곤 한

---

1) 여기에서는 자연을 인간 이성의 구성물로 보는 계몽주의나 고전주의적 자연관을 논외로 한다. 그리고 자연주의적 소설가들이 수용하는 다윈주의Darwinism 자연관은 철학적 실용주의 자연관과 공통 지반을 갖고 있지만, 소설 장르로서 자연주의가 적자생존, 유전 법칙 등 특수한 자연 법칙을 선택적으로 차용한다는 점에서 자연을 환경으로서 논의하는 이 책에서는 다루지 않는다.

다. 예컨대 진보적 환경론자들은 문명과 테크놀로지, 도시에 대한 우리의 거부감을 자극하면서 야생 자연에 대한 무조건적 찬양과 토테미즘적 숭배를 부추긴다. 반면에 낙관적 개발론자들이나 산업주의자들은 우리의 문명 지향적 본성에 편승하여 테크놀로지 의존적인 미래에 대해 낙관적인 비전을 제시한다. 하지만 우리 인간의 존재 조건에는 친자연적 성향과 친문명적 성향이 공존하고 있는 것이 사실이다. 또한 우리의 삶의 배경이 되는 환경의 이중성－자연 환경과 구축 환경－을 고려하면 환경친화적이라는 말은 자연친화적이라는 의미와 문명친화적이라는 의미를 동시에 내포한다.

영미문학에서 자연과 테크놀로지의 대립적 갈등 관계에 대한 본격적인 논의를 촉발시킨 레오 막스Leo Marx의 『정원에 놓인 기계』(*Machine in the Garden*)는 인간의 목가주의적 지향을 감상적 목가주의sentimental pastoralism와 복합적 목가주의complex pastoralism로 구분하면서 탐구를 시작한다. 그러나 따지고 보면 정서적 목가주의와 지적 목가주의의 구분은 그 둘이 실질적으로 다르다기보다는 목가주의가 그 자체로 매력과 한계를 동시에 가지고 있다는 사실을 드러낸다. 우리는 일단 자연적 환경으로부터 충분히 멀어진 다음에야 비로소 다시 자연에 더 가까이 가려는 목가적인 염원을 갖게 된다. 실제로 우리는 목가적인 생활 방식을 기꺼이 버리고 문명적이고 테크놀로지 의존적인 도시 생활을 꾸준히 지향하고 있다. 요컨대 문명과 도시를 지향하는 성향이 인간의 일차적인 욕구인 데 반해서 목가주의는 그 욕구에 대한 반동으로 생겨난 이차적인 욕망이다.

레오 막스는 『정원에 놓인 기계』에서 평화로운 목가적 환경과 거기에 침입하는 테크놀로지 사이의 긴장 관계를 "정원에 놓인 기계"의 이미지로 표현한다. 그는 19세기 초중반에 등장한 자체 동력 장치를 가진 기계가 자연 경관을 급격하게 변형시키는 데 대한 당시 미국인들의 심리적 반응을 탐구한다. 기계 기술의 침입에 의해 인간과 자연 사이의 조화로운 관계가 깨어졌으며, 그 결과 우리가 목가적인 삶에 대해 향수를 갖게 되었다는 것이다. 막스는 문학작품에 반복적으로 제시되는 그러한 상징적인 이미지가 인간 욕망에 내재된 심원한 심리적 모순을 표현한다고 본다. 실제로 우리는 도시의 복잡성과 자연의 불확실성이라는 두 가지 상반된 환경 조건으로부터 똑같이 벗어나고 싶어 한다. 동시에 우리는 시골 생활의 단순과 평화, 그리고 도시 생활의 물질적·문화적 풍요, 그 두 가지 다를 성취하려고 몰두한다.

이 책의 구성은 전반부인 제1장에서부터 제3장까지는 인간과 자연, 문명 혹은 테크놀로지의 근본 관계에 대해 논하며, 후반부인 제4장부터 제8장까지에서는 우리의 삶의 각기 다른 환경을 배경으로 하는 소설들을 농촌 소설, 도시 소설, 그리고 교외 소설로 구분하여 차례로 다룬다. 목가주의적 찬미의 대상이 되는 농촌은 자연 환경의 요소를 충분히 간직하고 있으며, 반면에 도시는 문명과 테크놀로지에 의존하는 구축 환경의 압축적 공간이다. 그리고 시골과 도시의 중간 지대에 위치한 교외는 자연과 문명의 이점을 동시에 갖춘 이상적 주거 공간으로 각광받는다.

인간과 자연 사이의 관계를 이해하기 위해서는 자연에 대한 인간의 근본적인 태도, 혹은 인간과 자연 사이의 관계가 어그러지게 된 원인을 들여다볼 필요가 있다. 인간에 의해서 야기되는 모든 환경 문제는 인간 종의 존재적 모순, 즉 인간성 자체에 내재된 존재 조건과 인식 조건 사이의 불일치에서 발생하는 것이다. 그러한 불일치로부터 자연에 대한 인간의 정서적, 도덕적, 문화적인 모순이 생겨난다. 인간은 자연 환경으로부터 스스로를 분리하여 자족적인 상태로 존재할 수 없다. 그럼에도 불구하고 주어진 환경 속에서 생존하기 위해서, 나아가서 세계와 자아를 이해하기 위해서 그는 그 자신과 자연 세계, 그리고 야생과 문명을 구분하여 인식하지 않을 수 없다. 인간 종은 자연의 질서에 완전하게 동화되는 다른 모든 종과는 달리, 결코 자연의 흐름 속으로 조화롭게 편입될 수 없다. 우리는 자신과 자연을 구별하여 타자화 된 자연을 파괴하면서 동시에 자연과 제휴함으로써만 생존하고 번성할 수 있다. 즉 인간은 자연과 문명의 분계에 자리 잡고 살아가는 특이한 종이다.

　　이 책에서 필자는 우리가 자연과 문명에 대해 어떤 태도를 갖고 있는가를 이해하기 위해 소로우의 『월든』(Walden)을 그의 자연관보다는 문명관에 초점을 맞추어 해석한다. 생태비평 학자들은 『월든』에서 소로우의 생태적 관점만을 신앙처럼 따르며 문명과 인간에 대한 그의 통찰에 대해서는 소홀히 하는 경향이 있다. 그처럼 일방적인 비평 시각으로는 『월든』에서 소로우가 실행하는 치밀하고 다각적이며, 심지어 자체 모순적으로 보이기까지 하는, 인간과 자연에 대한 그의 사유를 균형 있게 평가할 수 없을 것이다. 그는 인간의 안정적이고 지속적인 생존을 위해서는 자연과 문화라는 두 축이 양립하지 않을 수 없음을 지적한다. 월든 호숫가에서 소로우는 자신의 실험적인 생활 방식을 야생 자연 상태로부터 문명이 창발하는 지점까지 단순화하려고 시도한다. 그의 그러한 시도는 문명의 근원, 혹은 문명과 자연의 분기점을 확인하여 그 두 요소가 우리의 삶에서 어떤 상태로 공존할 수 있는가를 알아보기 위한 것으로 볼 수 있다.

　　문명 활동의 핵심적인 위치에 기계와 테크놀로지의 개발이 자리한다. 그리고 미국 문학은 기계 문명에 대한 인간의 변화하는 인식에 깊은 관심을 표현한다. 우리는 다른 자연 생명체에 대한 우호적인 유대감인 생명애biophilia를 느끼기도 하지만, 다른 한편으로 기술 문명의 구현물인 기계에 대해서도 강렬한 이끌림을 갖는다. 그래서 단순한 도구적인 장치로부터 자체 동력을 가진 기계장치, 나아가서 심지어 인공 지능을 가진 자동화된 기계류들을 끊임없이 만들어 내고 애용한다. 물질문명 및 기술 문명이 고도로 발달한 시대에는 사람들의 삶과 경험의 더 많은 부분이 자연 환경보다는 구축 환경 혹은 기계적인 환경 속에서 이루어진다. 그러한 현상이 기계나 자연과 관련된 우리의 의식마저도 바꾸고 있다.

19세기로부터 20세기에 이르는 미국 작가들이 표현하는 기계에 대한 인식은 매우 유동적이다. 일상생활 속에서 지속적으로 높아지는 기계의 위상과 영향력에 대해 탐색하면서, 미국 작가들은 사람들이 기계에 대해 점점 더 깊은 정서적 유대감을 갖게 되는 데 주목한다. 소로우나 프랭크 노리스Frank Norris와 같은 19세기 작가들에게 당시의 첨단 기계들은 경이와 우려, 생산과 파괴를 동시에 초래하는 막강한 힘의 상징이었다. 20세기로 들어오면서 사람들의 편의를 위한 다양한 기계장치들이 일상생활 속으로 점점 더 깊숙이 들어온다. 그래서 스코트 피츠제럴드Scott Fitzgerald나 랠프 엘리슨Ralph Ellison, 토마스 핀천Thomas Pynchon과 같은 작가들은 기계가 사람들에게 행하는 물리적인 힘보다는 그것이 초래하는 도덕적 혼란과 심리적 왜곡에 더욱 주목한다.

　　이 책의 제4장과 제5장은 농촌 소설farm novel을 분석함으로써 토마스 제퍼슨Thomas Jefferson으로부터 시작된 미국의 목가주의 혹은 농업주의의 이상과 실제를 조명한다. 햄린 갈랜드Hamlin Garland의 소설 『주통행로』(*Main-travelled Roads*)에서 묘사되는 서부 농촌의 실상과 농부들의 도덕적 태도는 미국 건국 당시 제퍼슨이 농업주의 이념으로 제시한 자연과 농업의 가치에 대한 이상에 현저하게 배치된다. 갈랜드의 소설은 농촌 방문자와 농부라는 두 가지 상반된 시각을 통해서 자연과 농촌 환경을 제시한다. 방문자들의 눈에 아름다운 전원 풍경으로 비쳐진 농촌이 실제 농부들에게는 가난과 고된 노동, 노예상태와 같은 속박의 환경으로 인식된다. 제퍼슨과 갈랜드가 그려내는 미국 농촌의 풍경이 이처럼 모순되는 이유는 그 두 저자들이 인간의 욕망과 목가적 미덕을 이해하는 방식이 상반되기 때문이다.

　　한편 노리스가 『문어』(*The Octopus*)에서 묘사하는 농촌 환경은 자연과 기계문명이 충돌하고 농업과 대지에 대한 자본주의적 가치에 의해 지배되는 공간이다. 농부들과 철도업자들은 양측 모두 대지와 농업, 그리고 농업 수확물에 대하여 철저히 자본주의적인 태도를 가진 사람들이다. 그들의 자본주의적 욕망은 자연과 자연물, 농업과 농작물을 자연적 경험으로 이해하기보다 개념화된 가치로 변환한다. 그들은 대지와 농장, 밀 등이 갖는, 생명을 위한 물질로서의 기본 가치를 무시하고 그것들을 소유권이나 이윤, 부 등의 재산 가치로 치환하여 오로지 그 개념적 가치에 집착한다.

이어서 제6장과 제7장은 미국의 대도시나 소도시 주민들의 삶의 양태를 다루는 소설을 분석함으로써, 소비자본주의 사회에서 도시 욕망의 특성과 도시인의 심리 상태를 파악한다. 시어도어 드라이저Theodore Dreiser의 『시스터 캐리』(*Sister Carrie*)에서 도시 환경은 인간의 욕망을 무한히 확장하고 강화하며 변형시키는 배경이 된다. 그러한 도시 환경은 베블런Thorstein Veblen이 소비자본주의 문화의 특징으로 지적하는 이른바 "과시적 소비"와 "금전적 경쟁심"이 욕망의 바탕을 이루는 공간이다. 드라이저는 한편으로 우리가 물질적 부와 사회적 인정의 욕구를 실현하려는 도시 욕망에 집착함으로써 정신적 공허 상태에 빠지기도 하지만, 다른 한편으로는 도시 환경 속에서 문화적 욕구를 추구함으로써 인간 고유의 존재론적 존엄성을 얻을 수 있다고 본다. 도시 환경 속에서 우리는 흔히 도덕적 혼란이나 정서적 황폐를 겪는다. 그렇다고 해서 우리가 도시와 문명을 지향하는 우리 자신의 종적 본성을 폐기할 수는 없다.

나아가서 돈 드릴로Don DeLillo는 『화이트 노이즈』(*White Noise*)에서 포스트모던 도시 환경 속에서 생활하는 사람들의 삶과 경험이 죽음 불안에 사로잡혀 있음을 보여준다. 대량 소비와 테크놀로지에 의존하는 현대인의 삶에서 자연적·신체적 경험은 위축되고, 대신에 기호적·심리적 경험이 과도하게 강화되는 특징을 띤다. 그러한 심리 현상에 수반되는 것이 죽음에 대한 편집적 불안이다. 탄생으로부터 소멸로 이어지는 생명의 자연스러운 흐름에 테크놀로지의 힘이 개입하면서 죽음에 대한 우리의 인식이 왜곡되며, 심지어 우리는 죽음이라는 자연 현상에 거역하려고 시도한다.

마지막으로 제8장에서는 시골과 대도시의 이점을 동시에 누릴 수 있는 것으로 여겨지는 교외 환경을 다룬 존 치버John Cheever의 소설을 분석한다. 치버는 이상적인 주거 공간으로 비쳐지는 교외에 거주하는 미국 중산층의 심리 상태가 실은 삶의 권태와 그 저변에서 생겨나는 독특한 불안으로 물들어 있음을 들춰낸다. 교외 거주자들이 인생의 비교적 이른 시기에 성취한 삶의 안정과 안락은 인위화 된 자연인 그들의 정원과 잔디밭으로 상징된다. 그런데 그러한 행복을 유지하려는 그들의 집착이 역설적이게도 그들을 불안과 권태에 빠지게 한다. 자연 환경과 구축 환경의 중간 지대에서 황금 비율을 선택한 듯한 그들의 절충주의가 사실상 스스로를 자기모순과 불안, 공허함이라는 정서적 궁지에 빠뜨리고 만 것이다.

　　인류는 역사의 출발점에서부터 야생 자연의 상태를 벗어나야만 했다. 세계로부터 자아를 식별하여 인식했을 것이고, 더불어서 현실을 고난으로 느끼기 시작했을 것이다. 신체적 욕구로부터 욕망이 발생하여 계속해서 확장되고 분화했을 것이며 주어진 현실적 환경이 늘 불만족스러웠을 것이므로 이상적인 환경을 꿈꾸며 추구하였을 것이다. 문화적 활동으로서 문학은 그러한 불만족과 염원을 담고 있다. 목가주의는 길들여진 자연인 전원에 대한 환상을 그리고 있고, 교외는 한층 더 인위화 된 자연인 정원에 대한 환상을 구현한 듯 보인다. 그리고 오늘날 우리는 자연에 대한 향수를 달래기 위해 테크놀로지화 된 자연, 즉 디지털 영상 자연에 의존하기도 한다. 그러나 우리는 좀처럼 테크놀로지와 문명이 지향하는 방향의 저만치에 이상적인 환경을 설정하지 않는다. 그러한 상상은 오히려 종종 디스토피아의 형태를 띤다. 도시 지향성은 현실적인 당장의 욕구나 욕망을 성취하기 위한 수단이지, 그것이 삶의 근본적인 가치가 될 수는 없다. 반면에 수렵채취의 생활방식을 이상적인 삶의 상태로 보는 원시주의를 주장하는 목소리도 있으나, 그것도 역시 문명적 현실의 복잡성에 대한 극단적인 저항일 뿐이며 결코 실현가능한 삶의 모습이 될 수 없다.

　유난히 도시를 선호하는 사람들이 있으며, 실제로 대다수의 인류가 시골을 떠나 도시를 지향하고 있다. 우리의 그러한 성향은 인간의 사회적·문화적 본성에 따른 욕구를 충족하기 위한 현실적 반응이다. 한편 자연을 유난히 좋아하는 사람들도 있으며, 실제로 대부분의 사람들이 자연을 동경한다. 그런데 우리의 자연 지향성은 일종의 그리움이나 향수의 성격이 짙다. 그만큼 그것은 실행의 추동력이 미약한 염원이다. 이에 비해 도시와 문명, 테크놀로지에 대한 지향은 실질적이고 실천적이다. 그리고 문학은 자연 지향적인 활동이 아니라 문명 지향적인 추구이다. 야생 자연은 무의미의 상태이며, 문화는 인간이 그에 맞서 의미를 발생시키려는 시도이다. 낭만주의 문학의 자연 찬미가 완만하게 모순된 문화적 활동이라면, 급진적인 생태문학의 생물중심주의는 과격한 모순이다. 인간의 여느 문화적 활동과 마찬가지로 문학적 활동도 인간 종의 본성에 내재된 그러한 모순과 아이러니를 실행하고 있다.

　제1장 「인간과 자연, 테크놀로지: 존재의 모순으로부터 관계의 모순으로」는 『영어영문학21』(제28권 3호(2015), 21세기영어영문학회)에 게재된 논문을, 제2장 「소로우의 문명관: '더 현명한 미개인'」은 『미국학 논집』(제40집 2호(2008), 한국아메리카학회)에 게재된 논문을, 제3장 「미국문학에서 기계의 지위: 지니로부터 연인으로」는 『현대영미소설』(제8권 1호(2001), 한국현대영미소설학회)에 게재된 논문을 각각 수정 보완하였다. 이어서 제4장 「농업주의 이상과 농촌 경관: 햄린 갈랜드의 『주통행로』」는 『영어영문학21』(제25권 2호(2012), 21세기영어영문학회)에 게재된 「농업주의 이상에 비추어 본 햄린 갈랜드의 『주통행로』—농촌경관의 이중성」을, 제5장 「자연과 농업에 대한 개념화: 프랭크 노리스의 『문어』」는 『현대영미소설』(제20권 3호(2013), 한국현대영미소설학회)에 게재된 「자연과 농업에 대한 과도한 개념화의 파괴

14

성: 프랭크 노리스의『문어』읽기」를, 제6장「인간의 군집 본성과 도시 욕망:
드라이저의『시스터 캐리』」는『영어영문학21』(제24권 1호(2011), 21세기영
어영문학회)에 게재된 논문을 각각 수정 보완하였다. 또한 제7장「포스트모
던 경험의 속성: 돈 드릴로의『화이트 노이즈』」는『영어영문학21』(제27권 4
호(2014), 21세기영어영문학회)에 게재된「돈 드릴로의 화이트 노이즈에 제
시된 포스트모던 경험의 속성」을, 제8장「심리적 중간경관으로서 미국의 교
외: 존 치버의 교외 소설」은『영어영문학21』(제23권 1호(2010), 21세기영어
영문학회)에 게재된 논문을 각각 수정 보완하였다.

# 차 례

## 제1장

# 인간과 자연, 테크놀로지:
# 존재의 모순으로부터 관계의 모순으로

## 1. 인간성의 모순과 자연

오늘날 자연 환경, 특히 생태계의 본래적 완전성을 파괴하는 근본 원인으로 흔히 서구 사회의 기독교에 근거한 인간중심주의와 근대 과학의 발달에 근거한 기계론적 세계관, 소비지향적인 자본주의 경제관, 그리고 테크놀로지 의존적인 생활 방식이 지적된다. 그러나 사람들의 삶이 자연 환경을 파괴하는 방식으로 이루어진다는 사실은 기독교와 과학에 근거한 서양 사회만의 특징이 아니라 인간 삶의 보편적인 특징으로 볼 수 있다. 인간 활동은 자연 환경을 변형시키는 데 있어서 각각의 사회와 시대에 따라 정도의 차이가 있었지만, 그 작용 방향은 매한가지였다. 즉 그것은 인간성 자체에 내재된 문제이다. 그래서 인간과 자연의 관계를 이해하는 것은 단지 학문적 차원의 문제가 아니라, 우리의 삶의 가치와 도덕의 문제이며 인간 존재의 본질을 이해하기 위한 문제이기도 하다. 브룰Robert J. Brulle에 따르면 그것은 "우리 인간 공동체가 무엇이며 또한 어떻게 존재해야 하는가를 정의하는 데 기초가 되는 문제이다"(48).

　　인간과 자연의 관계, 혹은 인간이 자연 환경을 대하는 태도에서 발생하는 모든 문제는 인간 종의 존재론적인 모순에 그 근원이 있으며, 그러한 존재론적 조건으로부터 여러 가지 세부적인 모순 상황과 관계가 파생된다. 인간이 자연 환경을 대하는 데 있어서 생겨나는 구체적인 문제 상황은 감정적 모순, 도덕적 모순, 그리고 글쓰기의 모순 등으로 구분해 볼 수 있다. 그러한 모든 모순 양상은 인간성 자체에 내재된 존재와 인식 사이의 어긋남으로부터 비롯된 것이다.

　　인간의 영향력이 전혀 미치지 않는 야생 자연은 우리가 결코 실재로서 경험할 수 있는 대상이 아니다. 그런데도 우리는 자연과 야생, 두 가지 모두를 우리의 삶 속에 수용하지 않을 수 없다. 우리가 야생을 인간 경험의 바깥 상태인 것처럼 가정하지만 그것이 결코 우리의 인식의 바깥에 있을 수는 없고, 게다가 야생은 오히려 인간 본성의 일부이기도 하다. 단편적으로 보면 야생은 오로지 무자비한 힘의 논리에 의해서 작동되는 체계인 것처럼 보이지만, 거시적으로는 완전한 조화의 상태로 보이기도 한다. 한편 인간이 배제된 자연은 완전한 무의미이며, 이에 반해 인간이 자연을 변형시켜 만들어 가는 도시와 문명은 무한히 확장하는 의미이다. 그리고 우리는 본성적으로 무의미 상태를 벗어나서 의미의 영역 속으로 점점 더 깊숙이 들어가고 싶어 한다. 우리의 그러한 지향의 바탕에는 인간의 욕구와 욕망의 특이한 변동과 작용이 있다. 그리고 다시 그러한 욕망의 저변에는 인간의 고유하고도 특이한 존재 조건인 마음 혹은 상상력이 있다. 그것은 유기체의 모든 종 중에서도 오직 인간만이 '지금 여기에 없는 것을 그려보는 능력'을 가졌다는 뜻이다. 바로 그 능력이 무한히 확장하는 인간 욕망의 동인이며 문명 창조의 원동력이다.

　　생물학적 존재 조건에 있어서 인간은 자연의 부분집합이지만 인식 양상에 있어서는 오히려 자연이 인간의 부분집합이다. 실제로 우리는 자연을 인간으로부터 분리된 외부적인 물질적 환경으로 여긴다. 그렇지만 인간의 몸 역시 순수하게 생물학적인 자연이고 이때 자연은 인간의 외부가 아니라 인간 자체이다. 우리는 자신을 외부 자연으로부터 완전히 독립적인 별개의 존재로 인식할 수 없으며, 자연을 이해하려고 할 때에도 문명이나 인간적 요소와 관련짓지 않고서는 불가능하다. 마찬가지 맥락에서 인위 혹은 문명을 자연과 완전히 분리된 별도의 개념으로 구분하여 이해할 수 없다. 그럼에도 불구하고 우리는 주어진 환경 속에서 생존하고 자신과 세계를 이해하기 위해서 야 생과 문명, 혹은 자연과 인간을 양극적 요소인 것처럼 구분해 왔다.

이푸 투안Yi-Fu Tuan의 "도피주의"(escapism)가 자연과 문명의 양극단 사이에 매달린 채 모순 상태에 있는 인간의 존재 조건을 효과적으로 설명한 다. 투안은 인간이 한편으로는 "자연으로부터의 도피"(escape from nature)와, 또 다른 한편으로는 "자연으로의 도피"(escape to nature)라는 두 가지 상반된 염원을 가지고 있다고 본다(17). 우선 원시시대로부터 인류는 자연 현상의 불 확실성과 위협으로부터 도피하여 문명의 안전과 안락 속으로 점점 더 깊숙이 들어가고 있다. 그런데 자연으로부터 문명 속으로의 도피가 어떠한 정도에 이르면서 아이러니컬하게도 애초에 희망했던 안전과 행복은 점점 사라지고 오히려 위험에 대한 불안과 존재의 공허감이 증가되는 것을 느낀다. 그래서 우리는 다시 자연으로의 도피를 염원하기도 한다.

우리는 자연에 대한 무지, 즉 자연 현상에 대한 인식의 불투명성을 벗 어나기 위해서 자연에 대한 지식, 즉 인식의 명료성을 증가시키는 방향으로 과학과 문명을 발달시켜왔고 그 결과 우리는 전례 없는 예측가능성과 풍요 속에서 생활하고 있다. 그런데도 우리는 종종 문명을 떠나고 싶어 하고, 자연 을 동경하며 그 속으로 들어가서 자아의 실존을 확인하려하거나 안식을 찾으 려 한다. 흥미로운 점은 자연에 대한 동경이 반드시 현대 문명이나 대도시의 복잡한 생활에 대한 반작용으로 생겨난 것만은 아니라는 것이다. 고대도시에서도 자연에 대한 동경이 있었으며, 심지어 문화와 자연의 구분이 없었던 것처럼 보이는 수렵채취 시기에도 인류는 자신들의 생활 반경에 속하는 자연과 그 바깥 미지의 영역을 구분하였을 것이다. 지금 우리의 눈에는 야생 자연으로 비쳐졌을 구석기인들의 생활공간이 그들에게는 문화화 된 친숙한 자연이었던 셈이다. 요컨대 엄밀한 의미에서 야생 자연은 우리의 실재 경험 영역에 속하는 것이 아니라 일종의 가상의 공간이다.

인간이 자신이 속한 환경으로부터－그것이 자연 환경이든 문명 환경이든 간에－벗어나려고 시도하는 이유는 고달픈 현실로부터 도피하고 싶기 때문이다. 다른 동물과는 달리 우리의 종적 조건은 환경에 단순히 순응하기만 하는 것이 아니라 더 나은 상태를 상상하고, 주어진 불리한 환경을 실제로 개조하여 더 유리한 상태로 변형시킨다. 우리가 자연과 문명의 양극을 지향하는 것은 실제 공간적 이동이라기보다는 더 적합한 상태를 마음속에 그려보고 그 상태로 옮겨가려는 심리적 성향을 의미한다. 본래 주어진 자연 환경 속에서든 인간이 스스로 만들어 낸 구축 환경built environment 속에서든, 우리의 현실은 늘 벗어나고 싶은 심리적 압박감을 내포한다. 현실의 압력은 위험, 불안, 고통, 복잡성, 무상함, 공허함 등 다양한 상태로 우리의 의식 속에 근본적으로 내재한다. 원시 인류에게는 자연의 위험과 불확실성이 도피하고 싶은 현실이었을 것이고, 현대인들에게는 문명사회의 위험과 불확실성, 복잡성이 벗어나고 싶은 압력이다. 원시시대에는 자연에 대한 무지가 벗어나고 싶은 불투명성의 원인이었다면, 오늘날에는 과다한 지식과 관계에서 발생하는 복잡성이 그 원인이다. 하지만 우리가 무지로 인한 불투명성을 극복하고 지식을 통한 투명성을 강화하면 할수록, 아이러니컬하게도 새로운 종류의 불투명성이 더욱 짙어지고 불안이 더욱 더 커진다. 그러한 모순에도 불구하고 우리의 존재 조건은 인식의 명료성을 지향하도록 되어있다. 소로우Henry Thoreau와 같은 초월주의자든, 뮤어John Muir와 같은 실천적인 환경주의자든, 아르네 네스Arne Naess와 같은 심층생태학자든 간에 그들 모두는 우리의 인식의 투명성을 증가시키기 위해서 노력한 사람들이다. 즉 그들은 우리의 문명성을 강화한 사람들이다. 우리가 자연과 문명의 양극단으로부터 도피하려는 태도를 가진 것처럼 보이지만, 실제로 우리는 존재론적 본성에 있어서 자연으로부터의 도피, 즉 문화 지향성이 그 반대의 경우보다도 더 근원적이고 지배적이다. 문화지향성은 실행이고 정착이며 주류이지만, 자연지향성은 염원이거나 기껏해야 방문visit 욕구이고 지류이다. 실제로 인류 역사의 진행은 인간이 자연으로부터 점점 더 멀어져 문명 속으로 점점 더 깊숙이 들어가고 있음을 말해준다.

우리가 염원하는 자연마저도 실은 문화적으로 개념화되고 가치화된 구성물이라는 것은 널리 인정된 사실이다. 이에 대해 윌리엄 크로논William Cronon은 다음과 같이 주장한다.

> 자연은 길고도 복잡한 문화적 역사를 가진 인간적인 개념이다. …… 우리가 자연적이라고 부르는 사물과 피조물, 경관은 인간성으로부터 완전히 동떨어진 영역에 머무는 것이 아니라 우리가 그것들을 묘사하기 위해서 사용하는 언어와 이미지, 개념에 깊숙이 얽혀있다. …… 우리는 그것들 [자연의 여러 사물과 경관]을 단지 자연 환경으로서만이 아니라 문화 아이콘으로 경험하지 않을 수 없다. 우리는 그것들을 가치와 의미를 담는 저장고로서 이용하면서 인간적인 상징으로 바꾸어 놓는다. …… [그렇다고 해서] 자연이 개념이라고 주장하는 것은 그것이 단지 개념에 불과하다고 주장하는 것과는 매우 다르다. 다시 말하면 우리가 자연이라는 단어에 부여하는 많은 인간적인 의미들을 가능하게하기 위한, 저곳 바깥 세계에 존재하는 어떤 구체적인 지칭물도 없다는 주장과는 매우 다르다." ("Forward", 20-21)

그는 세계가 순수한 물질로 구성되어 있다거나 혹은 순수한 개념으로 구성되어 있다는 식의 이분법적 시각이 매우 부조리하다고 본다. 즉 인식론적 차원에서 자연은 우리의 경험과 역사로 채색된 언어적 산물이다. 그리고 우리의 인식에서 순수하게 자연적인 것은 가상적인 특성이 더 강하며, 반면에 문화적인 것이 오히려 더 실질적인 측면이 있다. 근본주의적인 시각에서 보면 자연이 본질이고 실재이며, 문화는 가짜이고 비실재인 것처럼 보일 수 있다. 하지만 실용주의적인 시각에서는 오히려 그 반대로 보일 수도 있다. 자연과의 관계에 있어서 인간의 그와 같은 존재론적 모순은 우리의 언어, 경험, 가치, 감정, 관계 속에 분리할 수 없을 정도로 스며들어 있다.

## 2. 생명애와 인공물애

한 개인이 어떤 생태학적 입장을 취하는가는 그가 자연에 대해 어떤 정서적 태도를 갖고 있는가에 달려있다. 인간이 자연에 대해 갖는 보편적이고도 강렬한 정서적 반응으로 윌슨Edward Wilson은 이른바 "생명애 가설"(biophilia hypothesis)을 제시한다. 윌슨은 생명애를 인간이 "생명의 다른 형태들과 근본적인 친근 관계를 형성하려는 강렬한 충동"(85)이라고 일컫는다. 그는 우리가 다른 생명체들이나 자연 전체에 대해서 갖는 그러한 깊은 친근감affiliation이 우리의 생물학적 조건에 그 근원을 두고 있다고 본다. 그래서 윌슨의 생명애 가설은 진보적 환경론이나 심층생태학이 주장하는 생물중심주의biocentrism의 도덕적·정서적 바탕을 이룬다.

한편 피터 칸Peter H. Kahn은 진화론의 지식뿐만 아니라 비교문화적 발달 연구, 그리고 "테크놀로지 자연"의 영향력에 대한 최근의 심리적 연구를 포괄하는 통섭적 연구를 통해서 윌슨이 세운 생명애 가설의 과학적 정당성

여부를 따진다.[1] 칸의 연구의 핵심은 생명애가 형성되는 근원에 관한 것으로, 자연에 대한 혹은 비인간 생명체에 대한 인간의 근원적 친근감이 전적으로 생물학적·유전자적 기제에 의한 것인지, 혹은 어느 정도는 문화적 구성물인지를 밝히려는 것이다.

윌슨에 따르면 인간이 자연에 대해서 갖는 그러한 친근감은 생물학적인 진화의 차원에서 생겨나는 것이며, 유전자적 차원에서 작동한다. 예를 들면 사람들은 보통 포유류 동물의 어린 새끼나 식물의 꽃에 대해서 호감을 가지는데, 이런 긍정적인 감정 반응이 그러한 생물들의 생존율을 높이는 데 도움이 되고, 결국은 그것이 인간의 식량이 될 고기나 열매를 확보하는 데 유리하게 작용한다는 것이다. 윌슨은 원시인류에게 나중에 식량이 될 수 있는 동식물을 찾아내고 기억하는 것이 생존에 매우 중요했을 것이라고 주장한다. 요컨대 인간은 유전자적 차원에서 작용하는 근본적인 욕구로서 다른 생명체와 우호적 친근 관계를 유지하려는 성향을 갖고 있다는 것이다.[2]

나아가서 자연과 생명의 가치를 경험론적 차원에서 접근하는 켈러트 Stephen R. Kellert는 자연에 대해 인간이 부여하는 모든 종류의 가치가 생물학적 차원의 자기보존과 번성의 본능으로부터 비롯되며 경험을 통해서 형성된

---

1) 칸은 "테크놀로지 자연"을 테크놀로지가 다양한 방식의 매체를 통해서 자연 세계를 제시하고 확대시키며, 가상 환경을 구성하는 것을 일컫는 용어로 사용한다. 예를 들면 우리는 실제 자연을 경험하는 대신에 테크놀로지가 제공하는 자연에 대한 다양한 디지털 영상을 통해서 자연을 간접 경험한다. 칸의 "The Human Relation with Nature and Technological Nature" 참조.

2) 윌슨에 따르면 생명애 성향이 종종 우리의 인지 작용이나 감정, 예술 활동이나 윤리 의식의 바탕에서 작용하고 있으며, 그 시작점이 "어린 시절 초기부터 자연에 대한 상상이나 반응에서 발견되고 …… 거의 모든 사회에서 반복되는 문화적 패턴으로 전개된다"(85). 자연애에 대한 사례들은 자연과의 접촉이 환자의 회복에 도움이 된다거나 작업장의 생산력을 높인다거나, 사람들이 풍경을 선택하도록 하면 동아프리카의 사바나에서 인류가 수백만 년 동안 익숙해진 어떤 패턴의 풍경을 선택한다거나 등의 실험적인 관찰을 통해서 쉽게 찾아볼 수 있다.

다고 본다. 그에 따르면 아이들은 성장하면서 다른 생명체에 대한 정서적·지적 이해를 점차 증가시켜가며, 청소년기에 이르러서는 자연에 대해서 생태학적 혹은 도덕적인 가치를 깨닫게 된다. 즉 자연을 보호·보존해야한다는 인식이나 다른 생명체들을 도덕적으로 고려해야 한다는 생각에 이르게 된다는 것이다.[3]

칸은 개인이나 사회가 건강하게 유지되는 데 자연에 대한 근원적인 친근감으로서의 생명애가 필요하다는 일반적인 사실을 인정한다. 하지만 그는 윌슨이 주장하는 것처럼 생명애가 전적으로 유전자 차원에서 작용하는 생물학적인 현상이라는 가설에 이의를 제기한다. 칸은 자연애에 대한 반론의 사례로 인공물애artifactphilia, 더 나아가서 "생명공포감"(biophobia)의 현상을 지적한다.[4] 그는 생명애에 대한 반증으로 문명과 차단된 채 살아왔던 미개 원주민이 서구 문명에 접촉하면서 너무나 빨리 원시적인 생활방식을 버리고 반자연애적인 사회와 문화로 전향하고 거기에 적응하게 되는 것이나, 어떤 사람들은 기질적으로 자연 환경을 싫어하고 문화적 환경을 좋아하는 것, 그리고 보통 사람들도 자연의 어떤 현상이나 생물의 특정한 종류에 대해서는 거

---

3) 켈러트는 자연에 대한 인간의 도덕적 가치 부여뿐만 아니라 미적 가치의 부여도 생존과 안전에 대한 유용한 가치, 즉 "식량, 안전, 무사함 등을 확보할 수 있는 가능성에 대한 인식"(17)으로부터 비롯된다고 주장한다.

4) 자연에 대한 부정적인 감정 반응인 생명공포감은 "자연적인 장소를 불편해하며" 인공적이지 않은 환경 혹은 테크놀로지나 인공물이 아닌 것을 싫어하는 정서적 반응을 가리킨다. 환경적 관점에서 보면 그것은 자연이 주는 "인간의 이익에만 관심을 갖는"(Orr 416) 태도이다. 그리고 그러한 정서는 자연을 "지배하고 착취하는 정치학의 기본이 된다는 점에서 결코 정당성을 가질 수 없다"(Orr 420). 생명공포감 혹은 자연공포감의 보다 더 직접적인 예로는 인간이 자신의 생존에 해가 되는 독을 가진 생물이나 위험한 자연 환경에 대해 두려움이나 거부감을 갖게 되는 경우이다. 그러한 부정적인 정서가 기억되어 생물학적 반응으로 나타난다. 에밀리 디킨슨Emily Dickinson은 「풀숲 속의 좁다란 녀석」("A narrow fellow in the grass")라는 시에서 뱀을 맞닥뜨렸을 때 우리가 느끼는 조건반사적인 공포감을 "뼛속에 느껴지는 영"(zero at the bone)이라고 표현한다.

부감을 가지는 것 등을 예로 든다. 결과적으로 칸은 자연애가 문화적 영향에 의해서 형성되고 변화될 수 있다는 가변성을 강조한다.

인간이 자연에 대해 느끼는 근원적 친근감이 강한 만큼 그에 못지않게 문화를 지향하는 인간의 이끌림도 역시 특이하고도 강렬한 것이다. 많은 사람들이 기계류와 같은 테크놀로지 산물이나 건축물, 예술품이나 공산품 등의 인공물에 매료된다. 스마트폰이나 화려한 의복, 자동차, 고급 가방 등에 집착하는 것이나, 맨해튼이나 파리와 같은 대도시의 전경을 바라보거나 에펠탑이나 마천루와 같은 건축물을 구경하면서 만족감을 느끼는 것이 우리의 그러한 욕구를 입증한다. 생명애와 생명공포감, 인공물애와 인공혐오감으로 집약되는 양극적인 반응 중 우리는 어느 한쪽을 거부하거나 배타적으로 선택할 수 없다. 자연에 대해 인간이 취할 수 있는 태도는 본질적으로 모순된 유대 관계일 수밖에 없다. 우리는 자연을 파괴하면서 사랑하고, 자연으로부터 멀어져 가면서 그리워한다. 자연애와 자연공포감도 우리가 다른 모든 대상에 대해서 갖는 감정과 마찬가지로 상반된 감정이 서로 섞여 공존하는 정서 작용이다. 즉 자연에 대한 우리의 감정은 이끌림과 거부감, 경외감과 무관심, 친근감과 두려움 등, 감정의 거의 모든 스펙트럼을 포함한다. 그리고 우리는 인공물에 대해서도 마찬가지로 다양하면서도 모순된 정서적 반응을 나타낸다. 그런데 궁극적으로 우리가 가장 소중히 여기는 것은 자기 자신이고, 우리의 친근감의 궁극적인 대상은 자연도 인공물도 아닌 모순된 존재, 즉 사람이다. 우리의 욕망의 최종 목적지에는 자연이 아니라 사람이 서 있다. 그래서 우리는 자연에 대해 어떤 대가를 요구하고서라도 그것을 개조해서 문화적·인간적 욕망을 충족하려한다.

자연에 대해 강한 거부감을 느끼는 생명공포감이든 그것에 단지 싫증을 느끼는 경우이든 간에, 그러한 성향은 자연에 대한 근원적인 정서적 이끌림인 생명애의 성향에 비해 예외적이며 제한된 경우이다. 대부분의 사람들은 다양한 자연 경관을 바라보며 만족감을 경험한다. 그래서 우리는 온화한 기후대의 초원뿐만 아니라 열대 우림, 극지의 빙하, 알레스카의 빙산, 사하라 사막의 사구, 몽골의 초원 등을 애써 찾아간다. 생명애 현상의 이러한 보편성은 유전적 생물학의 시각을 통해서도 그리고 문화, 경험, 학습 등의 개념에 기초한 구성주의적 설명을 통해서도 완전히 해명되지는 않는다. 그것은 이끌림과 거부감을 동시에 포함하며 계속해서 조정되고 새롭게 구성되어가는 현상이다. 그래서 결국 생명애 가설은 우리의 마음의 모순을 이해하려는 시도로서, 과학적으로 엄밀하게 입증될 수 있다기보다는 은유적 해석에 기대는 경향이 있다.

유전자적 결정론의 입장에서 생명애를 설명하는 윌슨은 윤리학도 철학의 영역에서 벗어나서 생물학적 차원에서 다루어져야 한다고 주장한다. 그는 "도덕, 더 정확히 말하면 도덕적 믿음은 우리가 번성을 위한 목적에서 이끌어낸 적응의 한 방식이다. …… 윤리학은 우리가 이해하는 한 우리들이 협동하도록 만들기 위해서 유전자에 의해서 우리에게 속임수로 부과된 일종의 환상이다"(51-52)라고 주장한다. 더 나아가서 윌슨은 심리학, 사회학, 그밖에 다른 인간 과학도 신경생물학적 과정으로 환원될 것이라고 전망한다.

하지만 칸은 인간의 마음의 작용을 전적으로 생물학적 차원으로 환원시키려하는 시도는 무리한 발상이라고 생각한다. 또한 비판적 문학도 생명애 가설과 그에 바탕을 둔 사회생물학을 통해서 인간과 자연의 관계를 조명하려는 경직된 태도에 이의를 제기한다. 사실상 윌슨이나 켈러트도 정신적 현상을 설명하기 위해 생물학적 결정론을 지나치게 단순화하거나 과장해서 적용하는 데는 반대한다.5) 결론적으로 칸은 인간의 생명애 행동은 유전자에 의해

---

5) 실제로 그들은 종교, 신화, 언어적 상징주의 등을 포함하는 마음의 작용에 생물학적 환원주의를 경직되게 적용하지 않는다. 자유, 영혼, 그리움, 절망 등과 같은 마음의 작용들은 유전자 차원의 생물학적 결정론의 입장에서 간단하게 해명될 수 있는 것이 아니라는 것이다.

서만 전적으로 유도되고 결정되는 것이 아니라, 유전적 요인과 문화적 행동 발달 요인의 상호작용 속에서 조화롭게 형성된다고 본다. 생명애 가설은 그 폭넓은 유용성과 설득력에도 불구하고 자연에 대한 인간의 복잡한 감정을 해명하는 데는 부족하며, 거기에는 과학적으로는 입증할 수 없는 불확실한 요소가 너무 많다.

자연에 대한 경험뿐만 아니라 인공물에 대한 경험도 마음의 작용과 범주를 형성하는 데 못지않게 중요한 역할을 한다. 생명애의 문화적 발달의 측면과 관련된 상징주의가 인지언어학이나 언어철학 분야에서 제시된다. 인지언어학에 따르면 자연에 대한 경험, 특히 동물이 우리의 언어활동과 인지 작용에서 광범위한 표현 영역을 차지한다. 그러한 시각에서 보면 마음의 작용이 자연에 대한 경험을 기본으로 해서 형성된다는 생각이 가능하게 된다.

그러나 레이코프George Lakoff는 인간과 자연의 정서적 친근감인 생명애만이 마음을 형성하는 기본 토대가 된다는 인지적 주장에 반론의 틀을 제공한다. 예를 들면 마음의 상징적 작용인 욕망을 표현하기 위해 사용하는 은유에는 동물적·자연적 이미지뿐만 아니라 비동물적·인공적 이미지도 수두룩하다는 것이다.[6] 레이코프는 우리의 사고란 "구체화 되는 것이다. 즉 우리의 개념 체계를 구성하기 위해서 사용되는 구조는 신체적 경험으로부터 생겨나며, 그러한 경험의 입장에서 의미를 만든다. 더욱이 개념 체계의 핵심은 지각 작용과 몸의 움직임, 물리적·사회적 특징을 띤 경험에 직접적으로 기초하고 있다"(xiv)라고 말한다. 레이코프의 견해에 따르면 인간이 상징을 사용하는 데는 자연 생명체에 대한 경험뿐만 아니라 다양한 인공물에 대한 경험도 역시 중요한 역할을 한다. 우리가 상징을 통해서 사용할 수 있는 언어 능력 전

---

생명애 가설과 관련된 진화론적 결정론의 문제에 대한 윌슨의 답변은 "생물문화적 진화" (Kahn 30)이다.

6) 레이코프의 *Women, fire, and dangerous things* 409-11쪽 참조.

체를 고려하면, 우리의 경험 영역에서 동물이나 식물 등 자연 생명체에 대한 경험은 인공물, 무생물, 개념, 정서 등을 포괄하는 거의 무한히 열린 우리의 경험 세계에서 일부에 불과하다.

자연이 없이는 우리가 생존할 수 없는 반면에, 인공이 없이는 우리는 더 이상 인간이 아니다. 자연에 대한 경험이 어떤 의미를 가지려면 인공에 대한 경험이 전제가 되어야한다. 우리는 삶과 죽음, 사랑과 미움, 빛과 그림자, 선과 악 등과 마찬가지로 자연과 인공도 분리해서 별개로 이해하거나 경험할 수 없다. 그것은 경험과 인식을 구성하는 연속적인 행위이고 과정이며, 작용이다. 물론 자연이 우리의 삶에 독립적 절대성 가진다는 주장을 반박한다고 해서, 자연에 대한 경험이 인공에 대한 경험에 비해 발생론적 우선성을 가진다는 사실을 부인하는 것은 아니다.


## 3. 진보적 생태학의 도덕관

생태학자들은 인간이 자연 환경을 인식하는 방식을 흔히 인간중심주의와 생물중심주의라는 두 가지 대비되는 시각으로 구분한다. 자연에 대해서 어떤 입장을 갖든 간에 오늘날 우리가 경험하는 자연 환경이 문제 상태에 처해 있다거나, 앞으로 그 문제가 더욱 심각해질 수도 있다는 인식에 대해서는 이의가 없는 것 같다. 이러한 상황에서 이른바 환경 개량주의reform environmentalism는 과학기술이 환경 문제를 해결할 수 있을 것으로 낙관한다. 기술의 발달이 자연 환경의 과도한 개발과 착취를 막고 지속가능한 개발을 실행할 수 있다는 것이다. 이에 반해서 진보적 생태학은 과학기술이 주로 자연 환경을 파괴하는 힘으로 작용한다고 본다. 따라서 진보적 생태학자들은 인간의 의식이나 제도의 근본적인 개혁을 통한 환경 문제의 해결을 모색한다. 자연 환경을 파괴하려는 우리의 욕망을 붙잡아 매거나 거꾸로 돌려야 한다는 것이다.

환경 문제의 주된 요인이 인간중심주의에 있다고 보는 심층생태학자들은 모든 인간 행동이 전체로서 생물권biosphere에 선이 되는 방향으로 지향되어야 한다고 주장한다. 그러한 생물중심주의적 견해에 따르면 모든 생명은 존중되어야하는 본래적 가치를 지니며, 인간은 다른 종의 생존이나 생태계의 완전성을 해하는 욕구를 버려야 한다. 진보적 생태학의 또 다른 분야인 사회생태학은 생태학적 문제의 근원을 인간 사회의 구조적 모순에서 찾는다.

사회생태학을 대변하는 북친Murray Bookchin은 "자연을 지배하겠다는 개념 자체가 …… 인간에 의한 인간의 지배에 그 기원을 두고 있다"(34)고 주장한다. 생태계의 문제들은 인간 사회에 생겨난 위계질서나 권력 의지에 그 근원이 있으며, 그것들은 사람들이 다른 사람들이나 자연 세계를 오로지 이득의 원천으로 삼으려는 데서 비롯된다고 보는 것이다. 따라서 사회생태학자들은 환경 문제를 해결하기 위해서 근본적인 정치 개혁이 필요하다고 보며, 구조화된 제도적 부정의에서 벗어나기 위해서는 궁극적으로 일종의 소규모적이고 원시주의적인 사회를 지향할 것을 제안한다. 그래서 급진적인 환경론자들의 주장은 종종 개혁주의 주장의 차원을 넘어서 훨씬 더 혁명적이거나 심지어 무정부주의적 차원의 주장으로 넘어가기도 한다.[7]

그러나 인간의 도덕의식이나 감정이 자연 환경의 접촉을 통해서 뿐만

---

7) 에커슬리Robyn Eckersley는 지구적 환경의 파괴를 막기 위한 정치적 방안으로 녹색 국가 통치권green state sovereignty의 형태를 제시한다. 그녀의 "비판적 정치 생태학"(347)은 생태중심적인 정부 형태를 통한 녹색 민주주의 국가 건설을 제안한다. 그녀가 주장하는 "생태적 민주주의"(ecological democracy)는 정치적 결정에 의해서 "영향을 받게 되는 사람들에 '의한' 민주주의가 아니라 그들을 '위한' 민주주의"를 의미한다. 정책 결정의 이해 관계자가 비단 그 결정권자들만이 아니라 "어린이들, 병약한 사람들, 앞으로 태어날 사람들, 혹은 비인간 종들"(nonhuman species) 등을 포함하는 한층 더 광범위한 계층이라는 것이다(112). 에커슬리는 녹색 민주 국가를 자유민주주의 국가, 복지국가, 신자유주의 국가를 대체할 진화적 대안으로 제안한다.

아니라 문화적 환경에 대한 경험을 통해서도 형성되고 변화된다는 점을 고려하면, 우리가 자연과 생명체에 대해서 일방적으로 부여하는 절대적 생명권과 도덕적 지위는 모순된 개념일 수 있다. 칸은 자연과 생명 자체가 본질적이고 근원적인 도덕적 지위를 가진다는 진보적 환경론의 철학적 시각에 대해서 이의를 제기한다. 그는 자연에 대한 인간의 도덕적 프레임이 유전자적 결정에 의해서가 아니라 경험과 학습을 통해서 형성된다고 본다. 그의 설명에 따르면 어린아이는 주어진 사회문화적인 환경의 조건 하에서 자연과 생명체에 대한 상대적인 가치관을 형성하게 된다.

또한 칸은 환경에 대한 의식이 매 세대마다 새롭게 설정된 기준 위에서 형성된다는 점에 주목하여, "환경에 대한 세대마다의 기억상실"(*The Human*, 183)을 문제시한다. 인류가 점점 더 문명화된 환경 속에서 살아가게 되면서 매 세대마다 실제 자연을 접촉하는 경험이 점점 줄어들고, 대신에 "테크놀로지 자연"의 경험이 증가하게 되는 경향이 있다. 그 결과 우리가 생존과 번영을 위해서 중요하다고 여기는 자연에 대한 가치 기준이 점점 낮아진다. 각각의 새로운 세대는 자신들이 어린 시절에 경험했던 자연 환경을 훗날 어른이 되면서 환경 악화를 판단하는 기준으로 삼게 된다. 그래서 각 세대는 자연 환경이 지속적으로 악화되는 것을 앞선 세대와 비교해서 경험하거나 인식할 수 없다는 것이 칸의 생각이다. 그만큼 우리가 자연에 대해 부여하는 도덕적 지위인 생명권은 그 가치 기준에서부터 임의적이고 상대적인 것이다.

마음의 작용인 권리나 가치의 문제는 몸의 생물학적 작용으로부터 창발해서 연속적으로 분화하고 발달하는 것이기는 하지만, 그 두 영역 사이에는 환원될 수 없는 변환 작용, 즉 은유적 구성과 확장이 일어나기 때문에 결과적으로 생명권의 개념을 생물학적 알고리즘을 통해서 규정할 수 없게 된다. 존슨Mark Johnson은 우리가 감정이입이라는 상상적 기제를 통해서만 타자를 도덕적 주체로 인식할 수 있으며, 그러한 감정이입, 즉 "은유적 사상"이 동식물은 물론 비인간 자연 전체에 대해 이루어질 수 있다는 사실을 주지시킨다.

동물의 권리 논쟁이라는 것도 '인격'(person) 개념을 은유적으로 확장
시킴으로써 동물들—우리가 원형적 인격으로 간주하는 존재들과 유사하
지 않게 구성된 두뇌를 가진—까지 거기에 포함시키는 것이 정당한지에
관한 일련의 논증들이 아니고 무엇이겠는가? 그것은 바로 전형적으로 은
유적 원리들을 사용함으로써 원형적 구조, 또 비원형적 사례들로의 확장
에 관해 논쟁하는 것이다.

마찬가지로 일부 환경주의자나 생태주의자들은 '인격' 개념을 은유적
으로 우주 안의 생태계 차원까지 확장함으로써 인간중심적 편견을 폐기해
야 한다고 설득한다. 이러한 논쟁의 설득력조차도 사실상 '인격' 범주의
원형적 구조, 그리고 원형적 사례들을 넘어서서 과거에는 그 개념을 벗어
나 있었던 경계적 사례들에까지 투사할 수 있는 상상적 능력에 근거한 것
이다. (211)

그러한 은유적 사상의 확장, 즉 권리 부여의 가능성은 원리적으로 생물이나
무생물, 물질이나 개념 할 것 없이 모든 존재에 대해 제약이 없이 무한히 열
려 있으며 그 과정은 확인되지 않는다. 몸의 물질적·자연적 경험을 원천으
로 해서 마음이 구성하는 것이 은유이기는 하지만, 마음은 몸의 제약을 벗어
나서 무한히 열린 세계를 지향한다. 따라서 마음의 은유적 구성인 생명권 개
념은 몸과 마음 사이에 작동하는 근본적 모순에서 벗어날 수 없다.

크게 보면 진보적 생태학은 오늘날 다양한 방향으로 진행되는 정치적
진보주의의 일환으로 볼 수 있다. 그래서 진보적 생태학이 주장하는 생명권
개념도 진보주의 자체가 안고 있는 논리적 모순을 답습한다. 진보주의는 문
명사회를 구성하는 기본 개념 작용인 이분법적 구분에 철저히 의존한다. 이
분법적 구분이 권력의 작용 양상을 설명하는 데 적용되게 되면, 세상은 지배

와 피지배, 압제자와 희생자로 양분된다. 그래서 백인종/유색인종, 남성/여성, 강자/약자, 부자/빈자, 서양/동양, 선진국/저개발국, 다수/소수, 사회/개인, 문화/야생, 인간/자연, 신/인간 등과 같은 무수한 대립구도가 생겨난다. 대략 말하면, 진보주의는 이러한 이분법적 구도에서 지배당하고 억압당해온 후자들의 자유와 권리를 지지하고 확대하려는 정치적 목표를 가진다고 볼 수 있다. '정치적' 성향의 비평들은 주로 강자에 의해 희생당하는 약자의 정의를, 국가나 제도에 의해 침해당한 개인의 권리를, 사회에 의해 억압당하는 개인의 자유를 회복하고 확대하는 데 관심의 초점을 둔다.

진보적인 환경론자들이나 생태학자들은 기본적으로 이러한 계몽주의적인 흐름에 속한다. 하지만 그들은 억압하고 착취하는 강자의 진영을 자신들을 포함하는 모든 인간으로, 희생당하는 약자의 진영을 비인간 자연으로 각각 규정하기 때문에 다른 정치적 실행—페미니즘, 탈식민주의, 마르크시즘 등과 같은—보다도 그 비판의 표적이 모순적이고 불분명하다. 그들은 인간중심주의적 환경 의식을 비판의 표적으로 삼지만, 존재 조건에 있어서 그들 자신도 근본적으로 그 표적에서 벗어나 있지 않다. 그래서 진보적 계몽주의를 표방하는 생태비평은 자기모순의 함정에 빠질 가능성이 크다. 다른 진보적 계몽주의자들과 마찬가지로 생태비평가들도 강자가 약자에 대해서 가진 편견과 부정의를 극복함으로써 인간의 자아해방을 꾀한다. 하지만 생태비평가들은 인간을 강자로 자연을 약자로 설정한다는 점에서, 자연의 위험으로부터 자신을 해방시키려는 인간 욕구와 인간의 위협으로부터 자연을 해방시키려는 필요성 중에서 후자만을 배타적으로 강조해야 한다. 그 결과 인간이 추구하는 문명적 가치와 자연적 가치, 그리고 생태학적 가치와 보편적 개인의 번영 사이에는 충돌이 생겨난다. 바꾸어 말하면 인간이 자연에 적용하는 가치가 인간 사회 내에서의 정치적 가치들—정의, 자유, 민주주의, 복지 등—에 상치된다.

그럼에도 불구하고 급진적인 생태학자들은 동식물뿐만 아니라 무생물에 대해서까지 존재의 권리를 확장해야한다고 주장한다. 과거에 어떤 사회정치적인 권리를 노예나 여성에게 부여하는 것이 불합리하다고 생각했던 적이 있었지만 지금은 그것이 당연시되는 것처럼, 지금 동식물과 무생물에게 권리를 부여하는 것이 불합리하고 부적절해보일지도 모르지만 나중에 깨우치고 보면 그렇지 않게 될 것이라는 것이다. 그러한 맥락에서 내쉬Roderick F. Nash는 생물중심주의적 윤리를 주장하는 급진적 환경론이 "미국의 진보적 전통의 종말이며 새로운 시작이다"(160)라고 말한다.

　　진보적 환경론자들의 주장에 대해 그 자체로서 논리적 결함을 내포한 모순이라는 지적도 있다. 테일러Bob P. Taylor에 따르면 "권리의 개념을 비인간 자연물에까지 확장하면 점점 더 많은 대상을 포함하게 되어 결국 그 개념은 점차 무의미 상태로 환원되어 버린다. 어떤 존재가 권리를 가진다는 것은 그것을 갖지 않은 다른 존재들에 우선하는 특별한 요구를 가진다는 것을 의미한다. 만약 자연의 모든 존재들이 동등한 권리를 가진다면 모두에게 똑같이 그 권리는 무의미해진다"(574). 바꾸어 말하면 권리는 그것을 가진 주체를 상대로 그것에 대해 간섭하지 않아야 하는 타자의 의무가 전제되어야만 성립된다. 즉 내가 어떤 권리를 갖는다는 것은 타자들이 그것을 침해하지 않는다는 데 동의해야만 가능하다. 권리와 의무 사이의 이와 같은 상대성은 오직 우리가 인간이라는 종적 공통성을 인정하는 범주 안에서만 작동한다. 그래서 남성과 여성, 지배자와 피지배자, 귀족과 하인의 경우처럼 사람들 사이에는 권리와 의무의 작동이 가능하지만, 그것을 사람과 동물, 사람과 식물, 혹은 사람과 무생물의 차원으로 확장하면 권리는 무화된다. 비인간 자연이 결코 의무감을 가질 수가 없기 때문이다.

　　간단히 말하면 권리의 문제를 인간으로서 우리의 종적 조건을 벗어나는 차원으로까지 확장하여 모든 사물에 대해 동등한 권리를 주장하는 것은 타당하지 않다. 우리가 만들어 낸 모든 가치들은 인간의 종적 조건하에서 형성되었고 기능한다. 따라서 동등한 존재 권리라는 도덕적 가치를 종적 차원을 넘어서까지 확장하면 그것은 무의미해진다.

## 4. 문예로서의 자연 글쓰기

생태비평가들은 우리가 자연에 대해 인간중심주의적 시각을 버리고 생태중심적 혹은 전일적holistic 시각을 취해야 한다고 주장한다.[8] 또한 그 실행 방법에 있어서도 자연 환경에 대한 생태비평적 학문 연구와 독서, 글쓰기 등이 통합적으로 이루어져야 한다고 생각한다. 특히 그들은 작가가 여론에 영향을 미치는 데 수행하는 사회적 역할을 고려하건대, "대중의 마음에 다가가서 영향을 미칠 수 있는 기술을 가진 자연 글쓰기 작가들에 대한 지속적인 요구가 있다. …… 그 분야 초기 작가들─존 뮤어나 알도 레오폴드Aldo Leopold, 레이첼 카슨Rachel Carson 등을 포함하는─이 사용한 수사와 주장rhetoric and advocacy이 오늘날에도 여전히 유효하고도 중요한 많은 교훈을 제공한다"(Payne 274)고 본다.

　자연 글쓰기nature writing는 자연 경관과 야생 생명체에 관한 성찰과 경험, 느낌을 표현하는 논픽션 문예 창작 활동을 의미한다. 그것은 단순히 낭만적인 시각에서 자연의 아름다움을 묘사하고 야생자연을 찬미하는 글과는 달

---

8) 전일론holism은 전체를 구성하는 부분들이 상호 긴밀하게 연결되어 있기 때문에 각 부분이 분리되어 독립적으로 존재할 수 없다는 입장을 의미한다. 환경 문제의 논의에서 전일론은 자연 체계natural systems─물리학적, 생물학적, 화학적, 사회적, 경제적, 정신적, 언어적─와 그 체계의 속성들이 부분들의 합계로서가 아니라 전체로서 파악되고 이해되어야 한다는 견해를 가진다. 초기 야생자연 보존주의자이자 시에라 클럽the Sierra Club의 창시자인 존 뮤어John Muir는 "우리가 어떤 것을 단독으로 떼어 내려고 시도할 때 우리는 그것이 우주에 있는 그 밖의 모든 것에 얽혀있다는 것을 알게 된다"(110)고 말한다.

리, 생태비평 활동과 밀접하게 관련된 환경적 가치나 이슈를 표현하려고 의도된 글쓰기이다. 엄밀하게 말하면 자연 글쓰기 작가들은 '자연'에 관해서라기보다는 '환경'에 관해서 글을 쓰려는 것이다.

월리엄스Raymond Williams는 '자연'이 "영어에서 가장 복합적인 의미를 가진 단어"(176)라고 평한다. 이처럼 복잡한 문화적 함의를 가진 자연과 환경의 이슈를 다루는 생태비평이나 자연 글쓰기 역시 다양한 이슈와 학문 분야, 정치적 요소들이 복잡하게 상호 관련된 지적인 활동이다. 그래서 비록 그 활동 영역이 문학의 경계에 걸쳐있기는 하지만 그것을 단순히 문예 창작이나 비평의 한 분야로만 볼 수는 없다. 실제로 생태비평은 문학적인 분석뿐만 아니라 과학, 도덕, 정치학, 미학 등의 이슈들과 밀접하게 관련되어 있다. 마찬가지로 자연 글쓰기에도 문학과 과학, 상상과 관찰, 정서적 경험과 도덕적 가치 등이 미묘하게 얽혀있다.

다시 말하면 자연 글쓰기에는 문예적 감동의 목적 이외에도 환경적 가치의 문제가 핵심을 이루고 있다. 일반적으로 환경과 관련된 가치의 문제를 논하는 데 있어서는 도덕적·철학적 가치보다는 경제적·금전적 가치에 초점이 맞추어져 왔다. 그런데 환경론자들은 자연 환경에 대한 그러한 시각에 기초하여 사람들이 계속해서 자연 환경으로부터 개인적인 자기이해를 추구하게 되면, 미래에 최악의 환경 변화를 맞이하게 될 것이라고 믿는다. 그래서 생태비평가들이나 자연 글쓰기 작가들은 자연 환경의 가치문제를 단순히 시장가격을 따지는 차원이 아니라, 도덕적 확신과 정서적 애착의 차원에서 접근한다. 대체로 사람들은 가치를 인간의 감정을 벗어나는 문제로 생각해 왔으며, 따라서 감정은 개념적 복합성을 수용할 수 없는, 단순히 신체적 반응으로만 여겨졌다. 반면에 스토커Michael Stocker와 헤게만Elizabeth Hegeman은 가치가 감정의 내부에서 생겨나는 것이기 때문에 감정과 분리될 수 없는 것이라고 주장한다. 그들은 감정이 "가치를 위한 증거나 가치의 징후를 제공하며,

…… 가치의 표현이 되기도 하고 심지어 가치를 평가하는 지식의 한 형태가 되기도 한다"(1)고 역설한다.

　자연 글쓰기 작가들은 환경의 가치가 사람들의 감정과 밀접하게 관련되어 있다는 사실을 믿으며, 스스로 자연에 대해서 깊은 애정과 섬세한 감성을 가지고 그 가치에 대해 사유하는 문학가들이다. 이들은 환경 문제에 대한 정책 입안자들이나 자기이해에 충실한 일반 이해관계자들과는 다른 입장을 가진다. 그들은 과학이나 정책 분야의 언어로는 비인간중심적인 관점을 표현할 수 없다고 생각하며 새로운 유형의 언어 사용, 특히 논픽션 서사 형식을 통해서 생물중심적인 가치관을 구현하려고 시도한다.

　자연 글쓰기에서 서사는 "특정한 사건들에 관해 이야기하기뿐만 아니라 비담론적non-discursive 언어의 다양한 형식이나 혼종적 담론 분석을 사용하기도 하고, 감동을 불러일으키면서도 경험에 의거하는 표현 양식－감각적 이미지나 인물, 장면 등을 포괄하는－을 의미한다"(Sattererfield 12). 새터필드Terre Satterfield와 슬로빅Scott Slovic은 서사적 담론이 저자가 가진 환경적 가치를 독자에게 각인시키는 데 특별히 효과적이라고 보는데, 그 이유는 그러한 담론이 단순히 신념을 표현하는 글쓰기보다 독자에게 더 정서적인 울림으로 다가감으로써 그만큼 용이하게 실천적 참여를 이끌어 낼 수 있기 때문이라는 것이다. 요컨대 자연 글쓰기는 문학적 언어를 사용해서 환경적 가치에 대해 독자에게 감정을 불러일으킴으로써 실천적 참여를 유도하려는 명백한 목적을 표방한다.

　다른 장르의 문예적 활동과 마찬가지로, 자연 글쓰기도 그 문학적 성패가 중심 이슈인 환경적 가치라는 주제의 당위성에 달려 있는 것이 아니라, 그것을 다루는 작가의 경험의 질과 문예적 역량에 달려있다.9) 바꾸어 말하면

---

9) 자연 글쓰기 작가인 배리 로페즈Barry Lopez는 자연 글쓰기가 "어느 날엔가 오래 지속될 수 있는 주류 미국문학의 몸체를 생산하게 될 뿐만 아니라 …… 미국의 정치적 사상을 재구성

그것은 세계와 삶에 대한 작가의 마음의 깊이와 폭에 의존한다. 그러므로 홀륭한 자연 글쓰기 작가에게 창작 활동은 자신에게 뿐만 아니라 독자에게도 열린 경험의 장이 되어야 한다. 자연 글쓰기에서 자연과 문학을 열린 경험으로 수용하려는 태도가 중요하다는 사실은 작가 자신들의 목소리에서 확인할 수 있다. 미국 남서부 사막 지역의 거친 경관을 묘사하는 것으로 잘 알려진 셸턴Richard Shelton은 자신을 자연 글쓰기 작가nature writer라고 규정하는 데 대해서

> 나는 나 자신을 "자연 글쓰기 작가"라고 생각하지 않는다. 그것은 매우 모호한 용어이다. …… 많은 형편없는 글들이 그 범주로 분류되고 있다. 물론 일부 훌륭한 글들도 있다. 나는 나 자신을 내가 살고 있는 자연 세계를 종종 반영하는 글을 쓰는 문예 작가라고 생각한다. …… 나의 작품들은 나의 열정ㅡ나의 사랑과 미움, 욕구들ㅡ을 반영하는데 그러한 열정의 많은 부분이 자연 세계에 뿌리내리고 있다. 나는 소노란 사막the Sonoran desert에 관해 열정적으로 느끼기도 하고, 그것을 파괴하는 힘을 열정적으로 미워하기도 한다. 이러한 열정들이 자연스럽게 나의 글속에 나타난다. 그것이 시가 됐든지 논픽션이 됐든지 간에. 그러나 나는 또한 사람들에 대해서도 열정적으로 느낌을 얻으며, 그래서 종종 사람들에 대해서도 글을 쓴다. (Sattererfield 148)

라고 입장을 밝힌다. 마찬가지로 브루스 버거Bruce Berger도 자신이 자연 글쓰기 작가로 규정되는 데 반대하며, "자연은 나의 글쓰기의 한 요소이다. 나는 자연에 대해서 그리고 언어에 대해서 항상 흥미를 가지고 있다. 그래서 그 둘이 결합되는 것은 불가피하다"라고 고쳐 대답한다(Satterfield 236).

---

하기 위한 토대를 제공하게도 될 것이다"(297)라고 믿는다.

자연 글쓰기가 추구하는 환경적 가치에 대한 셸턴의 언급도 역시 주목할 만하다. 그는 '가치'라는 용어에 대해서 "그 용어를 수정하여, 나는 어떤 장소나 자연 세계의 한 부분에 대한 나의 숭배를 표현하기 위하여 종종 글을 쓴다고 말하고 싶다. 혹은 때로 그것[자연]에 대한 나의 두려움을, 혹은 심지어 두어 차례는 그것ㅡ봄철에 우리를 후려치는 바람 혹은 소노란 사막의 늦여름 열기와 같은ㅡ에 대한 나의 미움을 표현하기 위해 글을 쓴다"(Sattererfield 149)라고 둔사를 써서 의도를 표현한다. 셸턴은 자연의 경험을 글로 표현하는 것이 모호한 목적을 추구하는 모순된 행위임을 강조한다. 버거도 자신의 글쓰기의 목적에 대해서 어떤 선입된 가치를 표현하려고 시도한다기보다는, "복잡성과 다양성을 향한 [자연의] 성향을" 단지 "외부자로서 관찰할 수밖에 없다"고 말한다(Satterfield 236). 문예적 글쓰기의 보편적 속성상 자연 글쓰기도 특정한 환경적 가치를 미리 설정해두고 그것을 표현하는 작업이 아니라, 글을 써나가는 과정에서 자연의 어떤 가치에 대해서 조금씩 더 이해해가는 것으로 볼 수 있다.

자연에 대한 확정된 가치를 쉽게 주장할 수 없는 이유는 자연뿐만 아니라 인간의 본성, 그리고 그 두 존재의 관계도 확정적이거나 단일한 진리의 형태로 주어지지 않기 때문이다. 소로우가 『월든』(*Walden*)에서 콩코드의 숲속으로 들어가면서 결심했던 것처럼, 우리는 삶의 참된 모습을 파악하거나 회복하기 위해서 번잡한 인간 사회를 떠나 자연 속으로 들어가는 것이 더 낫다고 생각한다. 그러나 소로우가 월든 호숫가에서 경험과 사색을 통해 깨달은 것은 애초에 품은 의문에 대한 확실한 답이라기보다는 자연과 인간 본성의 무진장성inexhaustibleness이나 불투명성이었던 것 같다. 티모시 클락Timothy Clark은 자연에 대한 소로우의 글쓰기가 "자연의 불가지성unknowability에 대해 확언하는 열린 드라마, 자연을 어떻게 재현할 수 있는가에 관한 혹은 자연에 대한 인간의 관계가 어떤 것이어야 하는가에 관한 수수께끼"(32)로 구성되어 있다고 말한다.

자연에 대한 과학적 사실을 밝혀내는 것과 자연에 대한 철학적 가치 탐구는 서로 다른 차원의 의미를 가진다. 소로우는 월든 호수의 깊이를 측정 하려고 시도하여 그에 대한 정교한 측정값을 기록하기도 했다. 사람들은 월 든 호수가 한없이 깊어서 바닥이 없다고 믿기도 하지만 소로우는 과학적으로 그것은 사실이 아니며, 실제 물이 빠지고 나면 그 호수가 그다지 깊지 않다는 것을 알고 있다. 그는 "이 호수가 하나의 상징으로서 그런 깊이와 순수성을 갖고 있다는 사실이 고마울 뿐이다. 사람들이 무한을 믿는 한 어떤 호수들은 바닥이 없다고 여겨질 것이다"(269-70)라고 말한다. 결론적으로 소로우는 "한편으로 모든 것을 탐색하고 배우려 애쓰면서도 동시에 우리는 그 모든 것들이 신비에 싸인 채 탐색되지 않는 상태에 있어야한다는 사실도 알아야 할 필요가 있다. 육지와 바다는 무한히 야생 상태로 있어야 하며, 그것들은 [본래] 측량될 수 없는 것이기에 우리에 의해서 들춰져서도 측량되어서도 안 된다"(298)고 말한다. 그래서 티모시 클락은 소로우의 "초월주의는, 비록 자 연 세계와 인간 세계 사이의 있음직한 유사성에 대해서 단언하고 있지만, 복 합적이고 불투명하다"(32)고 평가한다. 바로 그런 점에서 소로우는 자연의 가 치에 대한 자신들의 근본주의적 신념을 독자들에게 주입 계몽시키려는 일부 자연 글쓰기 작가들과는 입장이 다르다고 볼 수 있다.


## 5. 테크놀로지 서사의 발달과 당착

자연 글쓰기가 우리의 자연 지향적인 삶의 조건을 나타낸다면 테크놀로지 서 사technological narratives는 문명 지향적인 본성을 나타낸다. 주어진 환경이나 조건에 대해서 우리가 취하게 되는 그 두 가지 상반된 반응 양상에 대해서,

듀이John Dewey는 주어진 환경에 '적응'(adjustment)하여 생존하는 방식을 '수용'(accommodation)과 '적용'(adaptation)이라는 각기 다른 개념으로 설명한다. '수용'은 "우리가 주어진 어떤 삶의 조건을 자신의 능력으로 변화시킬 수 없을 경우에 그 상황을 받아들여야만 하는 것"(Dewey 15)을 의미한다.[10] 그것은 우리가 살아가면서 겪게 되는 일시적이고 사소한 실패에서부터 불가항력적인 자연의 힘에 이르기까지 수많은 경험을 포함한다. 그러한 경우 우리는 주어진 조건이나 상황에 순응해야만 한다. 그처럼 순응하려는 태도로부터 문화의 어떤 특정한 요소들 즉 종교, 인문학, 문학, 예술 등이 발달했다.

반면에 '적용'은 주어진 "조건을 우리 자신의 욕구와 요구에 보다 더 합당하도록 변경시키려고 시도하는"(Dewey 16) 경우를 의미한다. 예컨대 우리는 자신에게 불리한 자연 환경에 대해서 단지 체념하거나 순응하는 대신에 적극적으로 도전하고 탐구하며 개조해 나간다. 우리가 자신의 지적인 능력을 자연의 요소와 과정들을 이해하고 통제하는 데 사용하려는 태도로부터 과학과 테크놀로지, 물질문명 등이 발달했다.[11]

인간은 자신의 삶의 조건을 향상시키기 위해서, 즉 자연 환경을 자신에게 유익하도록 개조하기 위해서 테크놀로지를 발달시켜왔다. 환경론자의 시

---

10) 조아스Hans Joas는 "종종 '수용'(accommodation)과 '적용'(adaptation), '적응'(adjustment)이라는 어휘들이 동의어로 여겨지곤 한다. 그리고 거기에서 발생하는 모호성이 실용주의에 대한 오해를 야기하는 한 가지 이유가 된다고 말할 수 있다. 예를 들면 아도르노Adorno는 실용주의를 환경이 요구하는 바에 철저히 수동적으로 적응하려는 철학이라고 오해했다. [하지만] 그것[아도르노가 의미 하는 바]은 듀이의 용어에 따르자면 '수용'에 해당한다. …… 그 두 가지 유형[수용과 적용]을 넘어서 듀이는 '적응'이라고 불리는 세 번째 유형을 고안한다. 이 세 번째 유형과 다른 두 유형의 주된 차이는 적응은 "전일적인holistic 특징을 갖는다는 점이다. 적응은 우리에게 주어진 환경의 이런 저런 조건에 대한 이런 저런 욕구와 관련되지 않는다. 그것은 그 전체성 속에서 우리의 존재와 관계된다"(Dewey 16)고 설명한다(Joas 220).

11) 순응, 개조, 적응의 개념에 대해서는 에임즈Morris Eames의 『실용주의적 자연주의』(*Pragmatic Naturalism*)의 9-16쪽 참조.

각에서 보면 테크놀로지의 발달을 통해서 환경을 변경시키는 인위적 행위는 자연 자체의 존재 상태를 해치는 것이 된다. 하지만 진보주의적progressive 관점에서 보면 그것은 인간 역사의 진보로 여겨진다. 헨리 조지Henry George는 그러한 진보적 성향이 인간 본성 자체에 내재해 있다고 본다. 그는 인간 종과 동물의 다른 종들 사이에는 단순히 정도의 차이가 아니라 본질적인 차이가 존재한다고 본다. 인간이 가지고 있는 특징, 행동, 감정 등의 상당 부분은 다른 동물에서도 나타나지만, 인간에게는 다른 동물에서는 전혀 보이지 않는 요소가 하나 있는데 그것이 자연을 개량하는 능력이라는 것이다. 그리고 그 능력으로 인해 인간은 진보하는 동물이 되었다고 주장한다.[12]

헨리 조지는 사회적 동물로서의 인간 본성을 문명 창조의 바탕으로, 그리고 거기에서 창발하는 문명을 인간 정신의 진보라고 평가한다. 각 개인들은 사회적 본성의 바탕에서 "지식과 신념, 관습, 취향, 언어, 제도, 법률의 그물망"(George 504)을 형성하며, 그 결과 단순히 각 개인들의 능력의 총합을 초월하는 새로운 차원의 결과물인 문명이 이루어질 수 있다는 것이다. 게다가 여타의 사회적 동물과 달리 인간은 어울림을 통해서 동시적 관계망을 형성할 뿐만 아니라, 기호의 사용을 통해서 문화적 요소의 통시적 축적을 이룰 수 있게 된다. 즉 그러한 존재 조건 덕분에 인간 집단에는 테크놀로지와 지식이 축적되고 전수되며 "한 세대의 발견이 다음 세대의 출발점으로"(George 504) 이용될 수 있다.[13] 이렇게 해서 인류의 역사가 진행됨에 따라서 우리는

---

12) 헨리 조지에 따르면 인간의 문명 본성이 발현하는 방식은 사회관계를 통해서만 가능하다. 인간은 다른 인간과 함께 살아감으로써만 원시적인 단계를 넘어서 개선을 이룩할 수 있었다는 것이다. 사람이 따로따로 떨어져 살면 개인의 모든 힘이 생존 유지에 다 소요되고 만다. 문명의 진보는 인간 본성이 향상됨으로써 이루어지는 것이 아니라, 상호간의 협동과 사회적 관계의 "그물망"(web)을 형성함으로써 가능해진다. 다시 말하면 인간의 "정신력"(mental power)이 개인의 육체적 한계의 제약으로부터 벗어나서 이룰 수 있는 "사회적 진보", 즉 어떤 사회 집단에 생기는 문명적 진보는 그 구성원들 사이의 "어울림"(association) 혹은 "통합"(integration)을 통해서만 가능하다(513).

자연 환경보다는 점점 더 테크놀로지 의존적인 환경에서 생활하게 되었다. 그래서 테크놀로지가 인간의 삶에 미치는 정도와 방식 및 중요성에 대한 관심이 미국 문학에서 다양한 종류의 서사 형식으로 표현되고 있다.

　　미국 역사의 출발은 유럽이 그때까지 이룩한 문명과 테크놀로지의 축적을 가지고 와서 새로운 자연 환경에서 새로운 사회 체계를 건설한 특수한 경우이다. 나이David Nye는 테크놀로지와 자연의 관계에 대한 미국인들의 반응을 제2의 창조서사, 대항 서사counter-narrative, 복원 서사, 야생자연 서사 등의 흐름으로 정리한다.14) 제2의 창조서사는 독립 이전 북미 대륙의 식민지인들이 꾸며낸, "테크놀로지에 의한 사회 건설 이야기"(technological foundation story, Nye 4)이다. 그들은 신에 의해서 창조된 북미 대륙의 자연에 유럽에서 들여온 테크놀로지의 힘을 이용하여 자신들이 조화로운 공동체를 재창조했다고 생각했다. 즉 유럽에서 온 개척민들은 테크놀로지의 위상을 강조하면서 그것이 신세계의 낯선 자연 경관을 친숙한 경관으로 변형시켜준다는 이야기를 일종의 내러티브 형식으로 지어내었다. 아메리카 원주민들이 원래 가지고 있었던 다양한 창조 설화에 대비해서, 혹은 기독교의 신에 의한 우주의 창조에 대비해서, 인위에 기초한 일종의 변형된 창조서사를 지어낸 셈이다.

　　제2의 창조서사는 서부 개척 신화나 서부 "정원의 신화"(the myth of the garden)와 같은 형식을 띠고 발전했는데, "미개척지를 번영과 만민 평등이 보장된 사회로 변형"(Nye 3)시키겠다는 구상을 담고 있었다. 초창기에 거

---

13) 그 그물망이 "어떤 경우에는 진보에 방애요인이 되기도 하지만"―왜곡된 전통과 관습, 전쟁 등과 같은 경우―"전체적으로는 그 그물망이 있기 때문에 진보가 가능해진다. 그러한 방식으로 오늘날의 초등학생이 프톨레마이오스보다 우주에 관한 더 많은 지식을 몇 시간 안에 배울 수 있다"(George 504).

14) 여기서 다루어지는 테크놀로지의 힘을 이용한 제2의 창조서사에 관한 개념과 내용은 나이 David Nye의 『제2창조로서의 미국』(America as second Creation)을 참고하여 요약 정리한 것이다.

기에는 목가적 비전이나 기독교적 신념—이교도의 땅을 정복하겠다는—이 함께 작용했지만, 19세기 이후부터는 테크놀로지의 힘을 이용해서 미개척지를 이상적인 사회적 공간으로 바꾸겠다는 의지가 주도했다. 그러한 진보주의적인progressive 서사들은 기계가 자연이나 원시 상태에 비해 우월하면서도 민주적이고, 변형시키는 힘을 가지고 있으면서 동시에 보존하는 능력도 가지고 있다는 믿음을 표현한다. 테크놀로지에 의한 자연의 변형을 인위적이고 부자연스러운 것이 아니라 오히려 자연스럽고 조화로운 과정이라고 주장한 것이다.

개척민들에게는 테크놀로지의 힘을 이용한 제2의 창조가 "풍요롭고 번성하라"는 성경의 명령을 효과적으로 실행하는 것처럼 보였다. 그러한 믿음 속에서 그들은 도끼를 이용해서 벌목하고 숲을 개간하여 개활지를 만들고, 계곡에 제조 공장을 짓고, 서부로 향하는 운하와 철도를 건설하고, 협곡에 댐을 건설하며, 사막에 관계수로를 건설했다. 그들은 스스로 자신들의 그러한 행위를 대지의 풍요로운 혜택을 강화하는 일종의 재창조로 여겼다. 쿠퍼James Fenimore Cooper는 미국인들의 그러한 활동에 대해 다음과 같이 평가한다: "처녀림 속으로 뚫고 들어가서 그것을 문명화하려는 노동을 시작하는 데는 쾌감이 있다. 인간의 다른 어떤 직업 활동도 그것에 필적할 수 없다. …… 그것은 창조의 느낌에 더 가까이 다가가는 것이다"(Tichi 172).

19세기의 노변 시인fireside poets 중 한 사람이었던 휘티어John Greenleaf Whittier가 그런 견해를 더욱 구체적으로 표현한다.

기차가 그의 호반 지역으로 굉음을 내며 들어왔을 때, 워즈워스는 자신의 소네트에서 그 기차라는 악령을 몰아내려고 시도했다. 내가 만약 단호한 양키가 아니라면 나도 역시 워즈워스의 본보기를 따랐을지도 모른다. 그래서 같은 이유로 포터케트 폭포Pawtucket Falls의 신성함이 훼손된 데 대해

항의했을지도 모른다. 그리고 몹시 책망하는 시들을 써서 그 댐들과 공장들에 대항해서 싸웠을지도 모른다. ······ 바위와 나무들 그리고 급류와 폭포들, 또 그밖에 다른 강물이 만들어 내는 작품들은 의심할 바 없이 매우 훌륭하다. 그러나 7개월이나 얼어붙는 겨울 날씨를 생각하면, 면 셔츠와 모직 코트가 훨씬 더 훌륭하지 않은가? 강의 정령spirits들에 대해서라면－메리맥Merrimac 강의 요정, 인디언의 언어로 그 이름이 무엇이든 간에－그들은 불평할 만한 이유가 없다. 왜냐하면 그 강줄기를 표시하고 파내서 수로를 만드는 데 있어서, 그림 같은 아름다움보다는 유용함에 자연이 더 주목하고 있는 것처럼 보이기 때문이다. 메리맥 강은 화이트 힐White Hill 사이를 따라서 몇몇 오래되거나 새로 생겨난 굽이들을 흐른 다음 해변으로 흘러든다. 그것은 맑고도, 유쾌하며, 열심히 일하는 양키의 강이다. 그 수많은 폭포와 급류들은 연필로 스케치하도록 여행자의 마음을 끈다기보다는 엔지니어의 수준기level를 초대하는 것 같다. 그리고 강기슭에 거대한 벽돌 공장을 짓고 있는 석공은 감상적인 회한이나 시적인 우려로 마음 상해 하는 것 같지 않다. (302-03)

휘티어의 견해에 따르면 테크놀로지의 힘을 이용한 제2의 창조는 신에 의해서 이루어졌던 최초의 창조와 조화를 이루는 것이며, 자연을 훼손하는 것이 아니라 자연에 내재된 설계를 완성하는 것이 된다. 에머슨Ralph Waldo Emerson도 미국의 개척민들이 자연을 이용해서 부를 창조해내는 행위를 "자연을 그들 자신에게 동화시키는 것"으로 여겼으며, 그들이 자연을 자신의 목적에 따라 변형시키는 것이 "우주가 존재하는 목적"에 부합하다고 주장했다(698).

테크놀로지에 의한 제2의 창조서사는 19세기 미국인들에게 그들의 역사에 대한 합리적인 설명으로서 설득력을 가졌다. 그것은 정착민들로 하여금 익숙한 환경과 생활을 포기하고 계속해서 더 서쪽으로 이주해가도록, 그래서 미개척지를 생산적인 토지로 만들도록 자극했다. 즉 제2의 창조서사는 미국인들의 "운명 지어진"(destined) 역사 과정의 전개를 설명해주었으며, 자신들의 "명백한 운명"(manifest destiny)을 확신시켜주는 이념으로 작용했다. 테크놀로지의 위력이 안락과 풍요가 보장된 사회를 건설해 줄 것이라는 그처럼 낙관주의적인 주장은 19세기 미국 사회에서 뿐만 아니라, 21세기인 오늘날에도 여전히 유력하게 작용하고 있다. 그러한 시각은 오늘날 정보공학, 우주과학, 나노 테크놀로지, 생명공학, 전자공학, 컴퓨터 등에 힘입어 환상적인 미래가 보장될 것이라는 비전을 제시하는 양태와 본질적으로 유사하다.

테크놀로지에 의한 건설 서사foundation narrative가 미국의 역사를 주도하는 힘으로 작용하는 것이 사실이지만, 그러한 진보주의적 견해에 대항하는 주장도 역시 지속적으로 제기되어 오고 있다. 19세기 중반에 제2의 창조서사를 수정하거나 혹은 그것에 대항하는 서사들이 생겨났다. 이러한 대안 서사alternative narratives로서 대항 서사는 주로 개발에 대해 우려하는 사람들에 의해서 쓰였다.15) 환경과 생태계, 그리고 인간의 복지에 대해서 보다 더 심층적이고 복합적인 견해를 가졌던 소로우가 이를 대표한다. 그의 『월든』이 출판되기 전 몇 십 년 동안 미국에서는 숲을 베어내고 그 목재를 가지고 통나무집을 짓는 것이 성행했다. 그런데 소로우가 나무를 베어내지 않고 낡은 농가의 목재와 판자를 이용해서 호숫가에 오두막을 지었던 것은 건설 서사에 대한 대항 서사의 상징적인 사건이 될 수 있다. 호숫가에 머무는 동안 소로우는 자연과 문명 사이에 균형을 이룬 개인적인 경관을 창조하려고 시도했다. 『월

---

15) 다양한 형태들의 대항 서사는 그 성격에 따라서 첫째, 아메리카 원주민들의 삶의 터전이 었던 북미 대륙의 자연 환경이 백인들에 의해서 정복당하고 착취당하는 과정을 묘사하는 매리 오스틴Mary Hunter Austin이나 프랭크 워터즈Frank Waters, 루이스 어드리치Louis Erdrich 등의 작가들의 작품과, 둘째 서부 대륙에 정착하는 과정에서 좌절당하는 백인 개척자들의 삶을 다루는 프랭크 노리스Frank Norris나 존 스타인벡John Steinbeck 등의 소설, 그리고 셋째 북미 대륙의 자연 환경이 인간의 탐욕과 테크놀로지에 의해서 파괴되는 것을 비판하는 소로우Henry Davis Thoreau나 헨리 제임스Henry James, 윌리엄 포크너William Faulkner 등과 같은 작가들의 서사 등으로 구분된다.

든』은 대지를 정복하고 변형시키는 영웅담이 아니라 생존을 위한 물질적 욕구를 최소화하는 법을 배우는 것과 숲을 생태 환경으로 이해하려는 노력에 관한 이야기이다.

　　대항 서사는 기본적으로 인간이 자연을 변형시키기 이전에 평화로운 인간 공동체가 존재했고 경관이 순수성을 간직했다는 믿음에 기초한다. 테크놀로지에 의한 개발이 인간의 삶을 악화시켰을 뿐만 아니라 인간 삶에 그 대가를 요구하게 되었다는 것이다. 호손Nathaniel Hawthorne은 과도하게 인공적인 환경 속에서 인간이 자연과 인위를 구분하는 것이 어려워지게 되었다고 본다: "세상의 인공적인 체계 속으로 태어난 우리는 현재 우리의 상태와 환경이 얼마나 자연적이지 않은지 결코 충분히 알 수 없다. 그리고 그 상태와 환경 중 얼마나 많은 부분이 인간의 비뚤어진 마음과 감정의 개입에 의한 것인지 알지 못한다. 인공art이 제2의 자연, 즉 더 강력한 하나의 자연이 되었다"(247).

　　제2의 창조서사 속에 내포된 이념적 가설은 20세기가 시작되면서 더욱 근본적으로 도전 받았다. 그러한 주장은 생태학적 관점에서 뿐만 아니라 정치적 관점에서도 비판의 대상이 되고 있다. 에이다즈Michael Adas는 "과학적이거나 기술적인 것이 우월한 것이라는 증거가 종종 의심스러운 목적을 위해 이용"되었으며 "'백인종'이 흑인이나 홍인, 갈색인, 황인종보다도 타고난 우월성을 가지고 있다는 것을 입증하려는 노력을 정당화하였다"(15, 원문 강조)고 주장한다. 특히 20세기 후반에 들어와서 아메리카 원주민 계의 작가들이 주목받기 시작하면서 테크놀로지에 의한 자연 환경의 변형은 "명백한 운명"이라는 가설을 입증하는 것이 아니라, 오히려 억압과 착취, 추방의 역사를 부각시킨다.

　　아메리카 원주민 계 작가들은 토착인의 관점에서 북미 대륙의 자연 환경에 가해지는 변형을 기술함으로써 백인들에 의한 제2의 창조서사와는 상반된 시각을 제시한다. 예컨대 루이스 어드리치는 백인 개척민들이 북미 대륙을 텅 빈 원시적 공간으로 보고 그것을 인간의 목적에 부합하도록 개조한다는 견해를 반박한다.16) 그녀는 테크놀로지에 의한 자연 환경의 변형이 생태계에 미친 파괴적 결과를 강조하며, 백인들에 의한 조약의 위반이나 다른 불법적인 행위에 의해서 야기된 토착 원주민 부족들의 패배를 비극적인 이야기로 구성한다. 제2의 창조서사가 자연이 인간의 삶 속으로 은혜롭게 동화되는 이야기를 다루는 데 반해서, 대항 서사는 동일한 사실을 파괴와 상실에 관한 이야기로 바꾼다.

한편 나이Nye는 대항 서사의 한 흥미로운 유형으로서 "테크놀로지 향수 서사"(narrative of technological nostalgia, 18)의 개념을 제시한다. 그는 사람들이 흔히 테크놀로지에 대해 거부감을 드러내지만, 그것을 실제로는 테크놀로지 자체에 대한 근본적인 거부라기보다는 새로 개발된 테크놀로지에 대한 심리적 부적응의 표현이라고 본다. 새로운 기계나 테크놀로지가 등장하면 기성세대는 그것을 부자연스러운 것으로 느끼고, 이에 반해서 자신에게 익숙하게 된, 그러나 이제는 사라져 가는 구식 테크놀로지에 대해 향수를 느끼게 된다는 것이다. 테크놀로지 향수 서사는 한 시대 제2의 창조를 주도했던 기계가 구식이 되어 더 이상 쓸모없게 되거나 유행에 뒤지게 되었을 때, 구식이 된 기계에 대한 그리고 그것이 사용되던—이제는 다시 돌아갈 수 없는—시절에 대한 정서적 향수를 표현한다.17)

---

16) 그녀는 『사랑의 묘약』(*Love Medicine*, 1984)에서 노스 다코타North Dakota에 위치한 치페와Chippewa 인디언 부족의 생활 터전이 백인들에 의해 보호구역으로 설정되면서 공장이 건설되고 자연과 문화가 변형되는 모습을 그리며, 『도박장』(*Bingo Palace*, 1994)도 역시 인디언 보호구역에 카지노와 공장이 건설되면서 생겨나는 사회적, 심리적 변화를 묘사한다.

17) 예컨대 일단 자동차와 트럭을 사용하게 되면서 미국사람들은 철도 수송에 관한 서사를 향수적인 시각에서 재기술하였다. 그것은 그보다 이전에 철도가 증기선을 대체하게 된 이후에 그들이 증기선을 과거 목가적인 생활의 상징으로 재인식했던 것과 마찬가지 양상이다(Nye 18-19). 새로운 테크놀로지에 대한 거부감과 옛 테크놀로지에 대한 향수는 동양 문화와 사고에서 더욱 낭만적인 방식으로 나타난다. 『장자』(莊子)의 「천지」 편에 나오

20세기에 들어오면서 미국사람들은 애초에 자신들이 낙관적으로 전망했던 것과 달리, 제2의 창조에 의한 자연 환경의 변형이 결국 자신들의 삶에 실질적인 해를 끼치는 것을 경험하게 된다. 그에 따라 대항 서사가 주목받기 시작하면서, 제2의 창조서사 개념은 지적 설득력을 잃게 되었다. 그럼에도 불구하고 미국사람들은 제2의 창조에 대한 비전을 완전히 포기하려하지 않았다.[18] 대부분의 미국사람들은 테크놀로지에 의한 창조서사를 직접적으로 거부하기보다는, 그것을 "복원 서사"(Nye 294)의 형태로 대체하려 했다. 복원 서사는 기본적으로 개발에 의해 파괴된 자연 경관을 복구하려는 구상을 의미한다. 그것은 인간이 과도한 변형을 가해 오염되고 가치가 떨어진 자연 환경을 어떻게 더 나은 상태로 복원할 것인가에 관한 이야기이다. 즉 오염되고 황폐화된 자연과 농업 지역을 원래 상태로 복원하여 결국 다시 사람들에게 돌려주려는 계획이다.

그러나 이러한 복원은 자연 환경을 인간의 개입이 발생하기 이전 최초의 창조 상태로 되돌려 놓으려는 것이 아니다. 그것은 "이전 테크놀로지에

는 한음장인漢陰丈人이라는 고사 성어는 자공子貢에 관한 일화로서, "기계機械가 있으면 기사機事가 있게 되고, 기사가 있으면 기심機心이 있게 되는 법. 마음에 기심이 생기면 순백純白을 잃게 되고, 순백을 잃으면 정신이 흔들리게 된다"고 말한다. 인간의 본성이나 자연이 본래 순수한 상태라는 가정 하에 인공이나 테크놀로지가 그것을 더럽힌다고 생각한 것이다. 즉 테크놀로지의 발달을 인간성의 타락으로 보는 것이다. 우리가 한편으로 테크놀로지의 힘에 의존하면서도 다른 한편으로 거부감을 가지는 것은 테크놀로지에 편리와 위험성, 간편성과 복잡성이 공존하기 때문이다. 즉 그것은 몸을 편하게 하지만 정신을 복잡하게 하고, 생활에 편리하지만 거기에는 위험이 따른다.

18) 나이Nye는 테크놀로지에 의한 창조서사가 미국인들에게 일종의 국가적인 기원 신화로 자리 잡았다고 본다. 그래서 그것을 포기한다는 것은 개척민들이 이룩한 격자형으로 개발된 서부 대지의 "기하학적 질서가 근본적으로 부자연스러운 것"이며, 그들이 믿었던 역사적 신념과 평등주의적 정치 이념이 환상이었음을 인정하게 되는 것이라고 보며, 더 나아가서 제2의 창조서사 신념을 포기하는 것은 백인들이 자행한 "아메리카 원주민에 대한 역사적 부정injustice을 인정하는 것," 즉 "미 대륙에 대한 그들[백인들]의 권리의 상실을 의미한다"고 주장한다(294).

의해 오용된 것이 더욱 현대화된 테크놀로지에 의해서 교정될 수 있을 것"
(Nye 296)이라는 믿음을 나타낸다. 복원 서사는 테크놀로지의 힘에 의존하여
인간의 복리를 추구한다는 점에서 여전히 인간 주도적이고 테크놀로지 중심
적인 서사의 형태이다. 거기에서 자연은 인간의 의지에 보조적이거나 종속적
인 상태에 있다. 테크놀로지에 의해서 생겨난 문제를 테크놀로지에 의존해서
해결하려는 모순에 이른 것이다. 테크놀로지는 본성상 하나의 문제를 해결하
면서 또 다른, 혹은 더 심화된 문제를 만들어 낼 수밖에 없다. 문제의 근원이
인간의 마음, 즉 욕망에 있기 때문이다.

　　더 나아가 복원 서사의 개념이 심화되거나 수정되면서 자연에 대한 인
간의 개입을 최소화해야 한다는 주장, 즉 자연을 원시 상태에 최대한 가깝게
보존해야한다는 목소리가 나타났다. 예를 들면 존 뮈어John Muir가 초기 대변
인이었던 야생자연wilderness 서사는 복원 서사를 심화하고 수정하는 성격을
띤다. 그는 어떤 특정한 지역이 모든 종류의 개발로부터 영구히 분리되어 원
시 자연 상태 그대로 남겨져야 한다고 주장했다. 복원 서사가 자연보호 운동
을 주도했다면, 야생자연 서사는 자연의 어떤 부분이 인간의 영향에서 벗어
나서 순수한 야생 상태로 유지되어야 한다는 자연 보존 운동을 이끌었다. 야
생자연 서사는 인간이 강력한 타자로서의 원시 자연에 직면함으로써 문명과
인위의 본질, 나아가서 인간의 본성을 인식할 수 있다는 믿음을 내포한다. 하
지만 그것은 자연 보존의 실행 정도와 범위를 우리 스스로 결정할 수 있는가
하는 문제에 직면한다. 그리고 그것은 우리가 자신의 욕망을 스스로 제한해
야 하는 경우와 마찬가지로 그 정도를 특정할 수 없다는 현실적인 문제에 봉
착한다.

　　자연에 대한 인간의 개입을 최소화해야 한다는 논리를 극단까지 끌고
가면, 야생자연 서사는 레오폴드가 제시한 "산처럼 사고하기"(Thinking Like
a Mountain, Leopold 129)를 시도하는 생태학자들에 관한 이야기가 된다.[19]

레오폴드는 모든 윤리 개념이 개인이 상호의존적인 요소들로 구성된 공동체의 한 구성원이라는 전제에 의거해서 형성된다고 본다. 그의 대지 윤리land ethic 개념에 따르면 지구 공동체의 구성 요소는 인간뿐만 아니라 그밖에 모든 생물 및 무생물을 포함하므로 자연 상태에서 "지속된 존재로서의 권리"(their right to continued existence, Leopold 203)를 보증해 주어야 한다. 요컨대 레오폴드는 "대지 윤리가 호모사피엔스의 역할을 대지의 정복자로부터 대지의 평범한 구성원이자 시민으로 바꾸어" 놓았고, 따라서 "동료 구성원에 대해서뿐만 아니라 그 공동체에 대해서도 존중심을 가져야 한다"고 주장한다 (Leopold 203).

레오폴드와 믿음을 공유하는 생태학자들에게 "산처럼 사고하기"라는 모토는 환경의 모든 구성 요소들에 대해서 또한 그 요소들의 상호의존성에 대해서 전일적 관점을 취해야한다는 윤리적 의무를 의미한다. 그들은 인간이 생태계의 어느 한 구성 요소라도 자신의 편익을 위해 소멸시키면 결국은 생태계 자체의 붕괴를 초래하게 된다고 주장한다. 레오폴드의 그러한 주장은 훗날 아르네 네스Arne Naess가 주창한 심층생태학의 생물중심주의 철학을 예기한 것으로 여겨진다.

실행 중심적인 복원 서사와는 달리 야생자연 서사는 근본적으로 낭만주의적이고 이론 중심적이다. 따라서 그것을 극단까지 확장하면 반문명주의, 즉 원시적 무정부주의에 이르게 된다. 이는 결국 역사 이전의, 혹은 인간 이전의 생태계로 돌아가야 한다는 주장과 다르지 않다. 게다가 레오폴드의 "산처럼 사고하기"라는 주장 역시 산이 인간처럼 사고하기가 가능하다는 역전제를 가정할 수 있어야 의미의 균형을 가질 수 있다. 그렇지 않으면 그러한 주

---

19) 레오폴드에 따르면 인간의 사고 영역은 시간적 연장성의 차원에서 몹시 제한되어 있어서 산의 지속성에 비하면 극히 짧은 기간에 불과하기 때문에, 생태계를 이해하기 위해서 우리 자신의 사고 범위를 산처럼 긴 시간의 영역으로 확장해야 한다.

장은 인간에 의한 완전히 일방적인 권리와 의무의 부여에 불과하기 때문이다. 따라서 야생자연 서사는 실질적인 프로젝트의 차원이라기보다는 윤리적 이론의 차원에서만 작동하며, 자가당착의 성격을 띤다.

자연 환경과 테크놀로지와의 관계를 규정하고 이해하려는 시도가 다양한 형태의 서사－창조서사, 제2의 창조서사, 대항 서사, 테크놀로지 향수 서사, 복원 서사, 야생자연 보존 서사 등－를 만들어 내고 있다. 그러한 서사들은 사태에 대한 사실적인 서술이라기보다는 새로운 테크놀로지나 기계의 적용과 함께 나타나는 환경의 변형과 삶의 변화를 이해하기 위한 대화의 형태들이다. 그것은 세계와 삶의 기원을 설명하려는 아메리카 원주민들의 이야기일 수도 있고, 자신들의 정착을 정당화하려는 백인들의 건국 서사일 수도 있으며, 다시 그 이야기를 반박하는 대항 서사일 수도 있다. 또한 그것은 테크놀로지의 힘에 의존하는 삶을 풍요와 안락의 비전으로 제시하는 유토피아 서사일 수도 있고, 과거 속으로 사라져가는 삶의 방식에 대한 향수어린 이야기일 수도 있다. 그것은 또한 테크놀로지에 의한 자연 환경의 변형이 초래하는 위험성에 대한 우려의 표현일 수도 있고, 대두된 문제를 해결하려는 대안의 모색일 수도 있다. 바로 그것이 자연 환경과 테크놀로지 사이의 관계와 거기에 내재된 문제에 대해 문학이 기능하는 방식이다.


## 6. 분계와 관계

우리는 근원적으로 자연으로부터 우리 자신을 분리하여 그 분계선을 계속해서 밀어붙여 마치 자연 전체를 정복하기라도 할 기세로 자연의 영역을 점령해가고 있다. 그러면서도 다른 한편으로는 자연을 어머니라고 느끼며 그 품속을 그리워하기도 한다. 우리가 자연의 일부분이면서 동시에 그 자연을 우리의 의식의 일부분으로 흡수해야하는 운명적인 조건 때문에 인간과 자연의 관계는 근본적으로 부조화와 모순의 관계이다. 우리의 본성에는 야생성과 문명성이 공존하며, 우리의 삶은 몸의 자연적 경험과 마음의 인위적 경험을 동시에 수용해야 한다.

소로우는 인간의 존재 조건에 내재된 그러한 역설적 양면성에 대해 깊이 인식하고 있었던 것 같다. 그래서 그는 『월든』에서 야생과 문명, 몸과 마음, 경험과 개념 등의 상호모순적인 주제들을 빈번히 교차시킨다. 심지어 환경 문제에 대해서 계몽주의적인 태도를 취하는 경우에도 그는 문명의 가치 자체를 거부하고 야생의 가치만을 독자들에게 주입하려 한다기보다는, 그 두 가치가 우리의 삶에서 균형을 이룰 수 있기를 희망한다. 다만 소로우는 현대인의 삶이 물질문명의 가치에 과도하게 쏠림으로써 균형을 상실하고 파멸의 위험을 초래하고 있다고 보기 때문에, 그의 문명 비판적인 어조가 더 큰 소리로 들릴 따름이다. 그래서 그는 "우리 자신의 [문명의] 한계가 침범당하는 것을 바라볼 필요가 있다"(298)고 역설한다.

자연과 문명 사이의 불분명하고도 비확정적인 분계선상에 위치하는 인간의 경험은 난폭한 모순을 포함한다. 생태여성주의자eco-feminist인 머천트 Carolyn Merchant는 그러한 모순을 해결하려는 방안으로 인간과 자연 사이에 대립적인 분리보다는 "파트너십 윤리"(a partnership ethic)가 필요하다고 주장한다. 그녀는 인간이 환경의 바깥에 서서 그것을 조작하는 존재라기보다는 자신이 거주하는 공간으로부터 분리될 수 없는 존재라는 점을 지적한다. 그녀는 "파트너십 윤리가 인간과 비인간 자연으로 하여금 역동적인 균형 상태, 즉 더욱 더 평등한 관계를 가져다줄 것"(157)이라고 주장한다. 머천트에 따르면 자연을 정복한다는 생각은 물론, 자연이라는 정원을 가꾸고 유지한다는 생각도 버려야 한다. 그런 생각들은 결국 인간이 자연을 길들이고 통제할 수 있다는 생각으로 이어지게 되기 때문이다. 요컨대 지구는 "생물과 무생물이

조화롭게 공유해야 할 가정이자 공동체"(Merchant 158)라는 것이다.[20]

그러한 관점에 따르면 자연 환경은 인간이 자신과 분리하여 조정할 수 있는 하나의 단순한 물질적 대상이 아니다. 오히려 그것은 인간의 몸이 상호작용해야만 하는 생물학적 파트너이면서, 동시에 인간의 정신에 의해서 구성되는 복잡한 개념 체계인 것이다. 이에 대해 크로논은 "자연은 우리가 생각하는 것보다 훨씬 덜 자연적이다. ······ 자연에 관한 너무도 많은 근대적 사고방식이 자연과 문화라는 그릇된 이분법을 너무도 쉽게 받아들인다. ······ 인간성의 자연적인 부분과 비자연적인 부분이라는 짝을 이루는 두 측면이야말로 우리가 곰곰이 생각해보고 이해해야할 필요가 있는 핵심적 요소이다."("Toward", 459)라고 주장한다. 인간과 자연 사이에는 분리하면서 동시에 유대하는 특수 관계가 존재하며, 인간성의 내부에는 자연과 비자연이 공존한다는 것이다.

인간과 자연의 관계가 상호불가분하고 그 경계의 설정이 흐려지는 이유는 인간이 신체적으로는 자연의 미소한 일부분이면서도 정신작용에 있어서는 자연을 자신의 정신 영역의 일부분으로 포괄하는 모순 상태에 있기 때문이다. 즉 생물학적으로는 환경과 상호작용하면서, 인식론적으로는 환경에 대해 자발적 분리와 은유적 확장을 계속해서 시도하기 때문이다. 그런데 환경 문제는 우리의 생물학적 조건에서 비롯되는 것이 아니라 인식론적 조건인 마음의 작용, 즉 욕망 때문에 발생한다. 디킨슨은 자연이 인간 인식의 구성물이라는 사실을 극명하게 표현한다.

---

20) 디킨슨은 「자연, 가장 온화한 어머니」("NATURE, the gentlest mother")라는 시에서 지구를 가정으로, 그리고 자연을 어머니로 보는 견해를 생생한 이미지로 표현한다. 그 시에서 그녀는 자연이라는 어머니가 자식인 지구상 모든 생명체―나약한 아이, 제멋대로 구는 아이, 천방지축인 아이, 성미 급한 아이, 볼품없는 아이―를 "극진한 애정과 무한한 관심으로" 돌보는 모습을 묘사한다.

대초원을 만들어내기 위해서는
클로버 한 잎과 꿀벌 한 마리가 필요하지, —
단 한 잎의 클로버와 단 한 마리의 꿀벌
그리고 공상.
혹시 꿀벌이 없다면
공상만으로도 될 거야.[21]

우리의 공상은 클로버 한 잎으로 대초원을 구상할 수도 있고 한 줄기 별빛을 보고 우주와 그 너머 초자연까지도 만들어 낼 수 있다.

자연은 그것이 없이는 인간이 존재할 수 없는 물리적 환경이지만 자연의 어떤 양상, 어떤 식물이나 동물도 인간의 문화적 활동인 식별과 의미화가 없이는 언급조차 될 수도 없다. 그런 관점에서 보면 자연은 인간의 언어적 은유화의 구성물이다. 동시에 인간은 실질적인 힘의 행사를 통해서 뿐만 아니라 논쟁을 통해서도 자연을 끊임없이 파괴한다. 그러나 자연은 그것을 물질적으로나 개념적으로 전유하려는 인간의 시도에 대해 끈질기게 저항함으로써 인간중심주의의 공격으로부터 자신의 야생성을 끝내 지켜내어 일종의 보류지 혹은 피난처를 형성할 것이다. 즉 자연의 야생성이 인간의 문명화에 의해서 결코 완전히 소진되지는 않을 것이다. 인간 본성과 야생 자연이 결코 완전히 분리될 수도 완전히 합치될 수도 없기 때문이다. 프런티어 — 야생 상태의 숲과 문명화된 개활지 사이의 경계선 — 는 인간 활동의 경험적 경계이며 동시에 개념적 구분의 경계이기도 하다. 그것은 또한 문명화된 것과 야생 상태의 것, 통제되는 것과 예측불가능 한 것, 알려진 것과 알려지지 않은 것, 인간적인 본성과 동물적인 본성 사이의 경계선이 되기도 한다. 인간과 자연

---

21) To make a Prairie/ It takes a clover and one bee, —/ One clover, and one bee,/ And revery./ The revery alone will do/ If bees are few.

사이의 분리는 극복될 수 있거나 극복되어야만 하는 그런 종류의 구별이 아니다. 인간과 자연 사이의 분계선 역시 인간의 지적 구성물이기 때문에 그 선을 지워버리면 인간적인 것이 사라져버린다. 해리슨Robert Harrison에 따르면 "우리는 자연 속에서 살고 있는 것이 아니라 자연과의 관계 속에서 살고 있다. 우리는 지구에 서식하는 것이 아니라 지구에 대한 우리의 초과분excess에 서식한다"(201). 인간은 자연 속에 완전히 동화될 수 없으며, 그렇다고 해서 자연으로부터 완전히 분리될 수도 없다. 즉 우리는 자연과의 지속적인 분계와 유대관계를 통해서만 살아갈 수 있는 특이하고도 자기모순적인 종이다.

## 제2장

# 소로우의 문명관: '더 현명한 미개인'

## 1. 생태문학으로서의 『월든』

문학생태학 연구가 주목받게 되면서 『월든』(*Walden*)을 자연 글쓰기의 전형으로 규정하고 거기에서 소로우Henry David Thoreau가 제시하는 생태중심적 견해를 탐색하는 논의가 활발하다. 대체로 그러한 논의는 계몽주의에 기초한 인본주의적 자연관에 저항하는 소로우의 선구적인 자연관에 주목한다. 그 결과 『월든』이 자연 글쓰기의 본보기로 각광받고 있다. 『월든』은 소로우가 자연을 관찰하고 기록했으며, 그가 관찰하는 자연 현상을 토대로 철학적 사유를 전개한다는 점에서, 자연 글쓰기의 성격을 띠고 있는 것이 사실이다. 그러나 『월든』에서 소로우의 사유는 자연에 대해서 뿐만 아니라 인위에 대해서도, 즉 야생에 대해서 뿐만 아니라 문명의 본성에 대해서도 유사한 비중과 깊이로 천착한다는 점에서 그의 글을 전적으로 자연 글쓰기의 전형으로 규정하는 것은 다소 무리해 보인다.

소로우가 『월든』에서 보여 주는 실험적 생활과 철학적 사유 그리고 시적 명상의 근본 목적은 자연 탐구라기보다는 오히려 인간 탐구에 초점이 맞추어져 있다. 월든 숲 속으로 들어간 이유를 스스로 "인생의 골수"(86)[1]를 뽑아내기 위함이라고 밝히고 있듯이, 그는 인간의 본성을 탐구하기 위한 방법으로서 자연 환경에 최대한 동화되는 삶을 실험적으로 실천한 것이다. 그는 자연에 대한 관찰이 곧 자기성찰의 과정과 인식론적으로 다르지 않다는 점을 명백히 한다. 그는 우주의 무한히 다양한 존재들이 근본적으로 동일한 존재 조건과 원리를 공유하며, "다양한 자연과 인간의 삶"(10)이 역동적인 상호작용에 의해서 유지되고 있다고 본다. 그러한 관점에서 보면, 자연을 탐구하는 노력과 인간을 이해하려는 노력이 본질적으로 다른 별도의 것으로 구분될 수 없다. 즉 "우주의 수많은 별들"을 관찰함으로써 이르게 되는 "경이로운 정점"과 "우리가 서로의 눈을 잠시 들여다봄"으로써 얻게 되는 "더없이 놀라운 기적"(10)이 결과적으로 동일한 경험으로 합일되는 것이다.

『월든』에서 소로우가 제시하는 자연과 인간 사이의 본원적 관계를 보다 더 선명하게 이해하기 위해서는 그의 자연관에 대해서 뿐만 아니라, 그의 고유한 문명관에 대해서도 균형 있게 탐색해보아야 한다. 소로우의 자연관을 생태중심주의적 시각으로 해석하면서 파생될 수 있는 인간중심주의에 대한 경직된 비판과 문명의 가치에 대한 편협한 회의주의를 벗어나서, 소로우가 자연과 문명이 조화롭게 공존할 수 있는 가능성과 방식을 모색했음을 조명할 필요가 있다. 소로우의 사상에서 생태중심주의와 인간중심주의가 반드시 '상살적인'(internecine) 관계에 있지만은 않다. 오히려 그는 자연환경 속에서의 인간 특유의 존재 조건, 즉 인간이 다른 동물들과는 달리 자연을 개조하여 문명을 발달시켜야만 하는 조건을 이해하려고 의도했다. 소로우는 자연과 인

---

1) 이후 이 장에서 『월든』으로부터 인용은 쪽수만 표기함.

간의 근원적 관계를 이해하기 위해서 월든 숲 속에서 자신의 실험적인 삶을 인간의 삶이 최초로 야생 생태로부터 분리되어 문명을 시작했던 분기점 상태까지 회귀시키려고 시도한다. 바로 그러한 야생과 문명의 분기점에서 생존을 위한 최소의 필수적 욕구를 확인할 수 있기 때문이다. 바꾸어 말하면 소로우의 그러한 시도는 진보된 물질문명 속에서 인간이 겪고 있는 야생 본능의 왜곡과 문명 본성의 변질, 특히 물질문명에 대한 가치관의 혼동을 지적하려는 것이며, 나아가서 그것은 그러한 혼동 상태를 교정하기 위한 제안으로 연결된다.


## 2. 심층생태학의 모순

소로우는 인간이 자신의 욕구 충족을 위해 자연을 스스로 합목적적으로 해석하고 변형시켜 이용하는 태도, 즉 물질주의적 욕구 충족을 위해 문명을 발달시키는 행위에 항의한다. 그 이유는 자연에 대한 인간의 그와 같은 이기적이고, 자기본위적인 태도가 인간 자신을 포함하는 생태계 모든 구성 요소들의 공멸을 초래할 위험성을 내포한다고 보기 때문이다. 그는 인간이 생태계 안에서 조화롭게 공존하기 위해서는 생태계 모든 구성 요소들의 유기적 상호 연관성을 전일적 시각으로 이해해야 할 필요가 있음을 역설한다. 이러한 점에서 소로우의 시각은 충분히 심층생태학자들의 관심과 동의를 받을 만하다. 그러나 그는 문명의 가치 자체를 거부하지는 않으며, 인간이 생존을 위해서 야생 자연을 변형시키는 행위를 근본적으로 거부하지도 않는다. 또한 그의 사상은 우리가 인간중심적 시각을 탈피하고 생물중심주의적 시각을 취해야 한다는 주장을 펴지 않는다는 점에서 심층생태학의 중심 사상에서 벗어나 있다.[2]

소로우에게는 인간중심적 시각과 생태중심적 시각이 각기 차원을 달리해서 작용하므로, 그 두 시각은 서로 모순되거나 배타적 관계에 있지 않다. 소로우의 인간중심주의는 주로 인식론적 차원에서 작용하며, 반면에 그의 생태중심주의는 도덕적 교화를 목적으로 하는 가치론적 차원에서 의도된 것이다.3) 마찬가지 맥락에서, 자연 글쓰기의 전형으로서의『월든』과 인간 본성에 대한 탐구로서의『월든』이 상호 모순적이지 않으며, 야생 자연의 탐색과 문명에 대한 사색 역시 결코 상호배타적이지 않다. 사실상『월든』에서 그 두 특성은 동전의 양면처럼 상호 분리될 수 없으며, 결국 자연 환경과 인간의 본원적인 관계에 대한 탐색으로 수렴된다. 나아가서『월든』에서 소로우의 전일적 자연관은 문명과 야생 자연이 상극적인 대립 관계를 극복하고 조화롭게 양립할 수 있는 가능성을 모색한다.4) 소로우가 자연과 문명 사이의 관계를

---

2) 신문수는『월든』에서 소로우가 보여 주는 인식론적 태도에 관해 "자연에 대한 소로우의 응시와 사색에는" 인간중심주의와 생물중심주의 사이의 극복될 수 없는 간극에 대한 "자의식이 짙게 배어 있다"(171)고 해석한다. 신문수는 그러나 소로우가 생태계의 전일적 상호관계를 경험적으로 이해함으로써 인간중심주의적 시각을 탈피하고 심층생태적 사유를 실현한다고 주장한다. 한편 강규한은 동일한 문제에 대해 인간이 자연을 인식하고 표현하는 순간 불가피하게 그것은 "인위화된 자연"이 된다고 보며,『월든』에서 소로우가 사색하고 표현하는 "자연은 단지 인간 언어에 의해서만 추적될 수 있을 뿐"(572)이므로,『월든』은 "실체적 자연 그 자체를 담는 그릇이라기보다는 인위와 자연의 끊임없는 긴장을 보여 주는 역동적 공간"(578)이라고 주장한다.

3) 우리는 소로우의 사상에서 인간중심주의를 인본주의와 같은 당위의 철학으로서가 아니라, 인식론적 사실주의로서 이해할 수 있다. 즉 인간이 중심이 되어야 한다는 말이 아니라, 리얼리티에 대한 인식의 차원에서 우리가 자연 환경을 이해하는 방식은 인간중심적일 수밖에 없다는 뜻이다. 에머슨의 "투명한 눈동자"(transparent eyeball 24)와 같은 초월주의적 경험의 경우나, 종교적 당위로 초월적 시각을 주장하는 경우가 아니고서는 인간이 인식 주체로서 자기 자신을 벗어날 수 없다.

4) 인간을 포함하는 자연 생태계는 소로우가 관찰하고 사유하는 '대상'이고, 그 관찰과 사유의 '주체'는 자신의 반성적 의식이므로 그 두 요소를 동일한 차원에서 작용하는 모순관계로 전제하는 것은 인식상의 오류이다. 또한 인간이 유기체의 한 종으로서 근본적으로 자연으로부터 단절될 수 없는 한, 그가 만들어 낸 문명도 자연으로부터 결코 완전히 분리될 수

필연적인 상호 영향 관계로 이해했다는 사실에 주목하는 보트킨Daniel B. Botkin 은 "소로우는 자연과 문명 둘 다의 가치를 인정했고, 사랑했으며, 경외했고, 그 둘 다로부터 즐거움을 얻었다"(xxii)고 말한다.

　『월든』에서 소로우가 전개하는 철학적 사유의 양상을 보다 명확하게 이해하기 위해서는, 그것을 심층생태학의 학문적 입장에 대해서 제기되는 실제와 개념화 사이의 간극이라는 문제에 비추어 볼 필요가 있다. 『월든』에서 소로우가 행하는 관찰과 탐구는 그 목적에 있어서 리얼리티에 대한 '해명'의 차원과 도덕적 '요청'의 차원으로 비교적 분명하게 구분될 수 있다.[5] 반면에 심층생태학은 자연과 인간 사이의 근원적 관계를 해명하려 한다기보다는, 비인간 생명체에 대해 인간이 취해야할 태도를-교화적·윤리적·정치적 실행의 차원에서-요청하는 데 주된 관심을 갖는다. 그 점은 심층생태학의 창시자 중 한 사람인 아르네 네스가 자신의 "심층생태학을 리얼리티에 대한 특수한 견해라기보다는 하나의 운동으로 정의한다"(Clark 4)는 진술에서 여실히 드러난다. 네스는 그것이 "그 어떤 적절한 학문적 의미에서도 철학이 아니며, 어떤 종교나 이념처럼 제도화되지도 않는다"(*The Deep* 71)고 주장한다. 해롤드 글래서Harold Glasser는 네스의 이러한 입장으로부터 심층생태학의 '방법론적 모호성'이 생겨난다고 보며, 바로 그러한 강령과 원칙의 모호성 때문에 심

---

없다.

5) 철학적 논의에서 '해명'(account for)과 '요청'(postulate)의 문제에 대해서는 노양진의 「비트겐슈타인과 철학의 미래」, 『몸·언어·철학』(파주: 서광사, 2009): 301-26 참조. 노양진은 철학사에서 빚어지는 주된 혼동의 근원을 철학적 논의에서 우리에게 주어진 실재what we have에 대한 해명의 차원과 우리가 바라는 것what we want에 대한 요청의 차원이 명확한 구분 없이 뒤섞여 있는 데 기인한다고 본다. 소로우는 『월든』에서 실재에 대한 정치한 해명을 바탕으로 우리가 보다 더 나은 삶을 위해 어떤 태도를 취해야 하는지에 대한 요청을 제안한다. 도덕적 요청에 사실적 해명이 바탕이 되어야 하는 이유는 정교한 해명을 통해서 우리가 자연과 인간의 본성에 대한 혼동과 왜곡, 미명과 미신, 두려움과 불안으로부터 한 발짝 더 벗어날 수 있기 때문이다.

층생태학이 "근본적인 심층적 문제들을 정의하고 명백하게 개념화하는 데 갈등을 초래한다"(71)고 주장한다. 나아가서 존 클락John Clark은 그러한 모호성과 갈등의 직접적인 예로, 심층생태학 강령에서 "인간은 생명 유지를 위해 필수적인 욕구vital needs 충족을 위한 경우를 제외하고는 생명체의 다양성과 풍요성을 감소시킬 권리가 없다"는 조항을 문제시 한다. "필수적인 욕구들의 본질"이 무엇인지에 대한 명확한 해명이 없기 때문에, 그것이 제도상의 조건이나 개인의 주관적 의도로부터 야기되는 "욕구의 문화적인 상대성"에 의해서 쉽사리 타협될 여지가 크다는 것이다(Clark 5).

소로우가 월든 호숫가에서 실행한 실험적 삶에서 심층생태학의 방법론적 모호성과 관련된 논쟁에 대한 하나의 해결 가능성을 찾을 수 있다. 『월든』에서 그는 생태계 안에서의 인간의 근본적 존재 조건에 대한 철저한 실천 철학적 해명을 바탕으로 해서, 우리가 더 나은 삶을 살기 위해서 어떻게 해야 하는가에 대한 도덕적 요청을 제안한다. 소로우가 인간이 생태계의 구성 일원으로서 정당한 역할을 수행하고 자아실현을 이루기 위해서 필요하다고 제안하는 핵심적인 도덕적 요청은 삶을 "간소화하라"는 것이다. 그리고 그 간소화의 한계와 범위를 실질적으로 규정하기 위해서, "삶의 기본 필수품들"(gross necessaries of life, 11)─심층생태학에서의 "생존을 위해 필수적인 욕구"에 해당하는─의 개념을 구체화하며, 그것을 실천적으로 입증하려고 시도한다. 삶의 필수품의 본질을 규명하는 것은 인간의 본성, 자연 환경에 대한 인간의 반응 양상, 야생과 문명의 관계 등을 이해하기 위한 전제조건이 된다.

소로우는 인간의 본성과 문명의 본질을 해명하기 위해서 원시 인류의 조상이 최초에 어떤 목적과 방식으로 자연 환경을 변형시키기 시작했는가를 파악하려고 했다. 그 이유는 인간이 자신과 문명을 이해하는 것이 그가 자연 환경을 인식하는 방식에 대한 이해와 다르지 않기 때문이다. 소로우는 인간이 문명을 발달시킨 과정의 초기 단계에서부터 문명 욕구가 왜곡된 물질적 욕망으로 변질되었다고 본다. 자연을 개조하려는 최초의 목적 자체가 물질적 욕망에 의해서 오도되었고, 이후 물질문명이 진보하면서 문명의 가치에 대한 혼동이 심화되었다는 것이다. 그는 이러한 혼동을 교정하기 위해 월든 숲 속에서 자신의 삶의 방식을 야생과 문명의 분기점 상태까지 회귀시키려고 시도했다. 인간의 문명 본성을 이해하기 위해서 문명이 창발하는[6] 시점에서의 인간의 심리 상태와 삶의 모습을 확인할 필요가 있었던 것이다. 소로우는 자신의 시각을 바로 그 분기점에서의 인간의 시각으로 회귀시킴으로써, 인간과 자연의 본원적 관계를 해명하고자 했다.

## 3. 필수적 욕구

소로우는 물질적 차원에서 자신의 삶의 방식을 야생 생명체들의 자기보존 욕구 수준까지 간소화함으로써, 인간이 신체적으로 유기체의 한 종이라는 사실을 재확인하려고 한다. 소로우가 월든 숲 속에서 삶의 방식을 야생 생명체의 삶의 방식에 수렴시키려고 시도하는 보다 구체적인 이유는 의식주의 근본 목

---

6) '창발'(emergence)은 존 듀이John Dewey가 유기체의 발생과 변화과정을 설명하기 위해서 사용하는 '연속성' 원리와 관련된 실용주의 철학의 개념이다. 창발은 단순한 유기체가 지극히 복잡한 구조나 체계를 가진 유기체로 형성되어가는 현상을 설명하기 위한 개념이다. 어떤 유기체의 구성 요소들을 분석적으로 이해하고 그것들의 총합을 제시한다고 해도 그 유기체의 생성과 성장, 존재 상태를 완전하게 표현할 수 없다. 따라서 창발은 '발현'보다도 유기체의 생성과 성장 과정에서 나타나는 환원불가능성을 강조한다(Eames 16-22). 한편 스티븐 존슨Steven Johnson은 그의 저서 『창발』(Emergence)에서 창발 이론을 복잡한 현대 문명과 도시가 다양한 요소들로 구성되고 작동하는 방식을 설명하는 데 적용한다. 창발 개념은 또한 물질적 존재로부터 정신적인 현상이 발현하는 양상을 설명하는 데도 이용된다. 여기에서 필자는 야생 자연으로부터 문명의 출현을 창발의 개념으로 표현하려고 한다. 그 이유는 그것이 원시 인간을 포함하는 야생 자연과 문명 사이에 존재하는 연속성과 환원불가능성을 강조하는 데 효과적이기 때문이다.

적을 확인하기 위해서이다. 그는 삶의 필수품의 범위를 생명 유지를 위한 기본 욕구 충족의 차원으로 엄격히 제한할 때, 인간의 그러한 욕구가 다른 야생 동물들의 생존을 위한 욕구와 본질적으로 동일하다는 사실을 환기시킨다. 인간의 물질적 욕구가 생존을 위한 차원을 넘어서 심리적 만족을 위한 욕망의 차원으로 확장되면, 그것은 곧 사치와 호사가 된다. 그 결과 인간은 사치품을 얻기 위해 자연을 과도하게 변형시키게 된다. 반면에 의식주에 필요한 물질적 욕구를 생존을 위한 차원으로 제한한다는 것은 인간이 야생 생존 상태에 접근한다는 것을 의미한다. 건강한 야생성이 회복된 상태에서 인간의 삶은 자연의 리듬에 공명하며, 그의 시각은 생태계의 전일적 상호관계를 직관적으로 인식하게 된다.

소로우가 자연과 인간의 삶, 그리고 문명 사이의 상호관계를 이해하는 방식은 다분히 자연주의적 실용주의의 특성을 띤다. 그래서 『월든』에서 그가 제시하는 자연과 문명 그리고 인간에 대한 관점은 에머슨식의 초월주의적 견해보다는 듀이의 실용주의적 견해에 더 가깝다. 듀이는 인간이 끊임없이 변화하는 불안정한 자연 환경에 적응하기 위해서 자연의 조건을 수용하여 순응하거나 아니면 그것을 개조하여 적용하는 두 가지 상반된 반응을 취한다고 본다. 『월든』에서 보여 주는 소로우의 문명 비판적인 시각은 현대인의 삶의 방식이 자연에 순응하는 태도의 중요성을 망각하고, 오로지 자연을 개조함으로써 얻는 물질적 이득에 편집적으로 집착하고 있음을 문제시한다. 그가 숲 속에서 실험적 삶을 실행한 것은 그러한 불균형을 지적하고 교정하려는 목적을 갖는다. 삶을 극도로 간소화한다는 것은 자연에 최대로 순응하며, 동시에 자연의 개조를 최소화한다는 것을 의미한다. 그것은 야생과 문명이라는 두 가지 존재 상태의 본질적 가치들을 확인하기 위한 방안이며, 그러한 삶을 실천하는 것은 그의 의식에 침습된 왜곡된 물질문명 욕구를 제거하는 과정이기도 하다.

소로우는 문명 발달 과정에서 물질문명을 지향하는 인간의 욕구가 지나치게 비대해졌다고 본다. 물질문명의 가치에 매몰된 인간의 삶은 자연 환경으로부터 점점 유리되었으며, 그 결과 인간은 자신의 야생성, 즉 자신이 유기체의 한 종으로서 다른 종의 생명체들과 공유하는 본성을 망각하는 결과를 빚었다. 야생과 문명의 가치를 균형 있게 파악할 수 있는 인식론적 조건은 자연에 최대로 순응하는 것, 즉 물질적 욕구를 최소화하는 것이다. 소로우는 "누구도 소위 자발적 빈곤voluntary poverty이라는 유리한 처지vantage ground에 서지 않고서는 인간의 삶을 공정하고 현명하게 관찰할 수 없다"(14)고 믿는다. 따라서 그는 인간과 자연 사이의 본원적 관계를 파악하기 위해서는 왜곡된 물질문명의 동인이 되는 사치와 소유욕으로부터 자유로워져야 한다는 점을 강조한다.

『월든』의 첫 장인 「경제학」("Economy")은 의식주, 연료, 가구 등 삶의 필수품들의 본질을 파악하면서, 생존을 위한 필수적인 욕구를 사치를 지향하는 물질적 욕구와 대비시킨다.[7] 생존을 위한 필수적 욕구는 생태 의식이 수반된, 자연과 조화되는 차원에 제한되지만 물질문명의 욕망은 인본주의에 근거하여 자연을 무한정 개조하려는 차원으로 확장된다. 우선 의식주의 욕구가 생존을 위한 차원을 넘어서 물질적 소유욕으로 확장될 때, 그것은 필연적으로 자연을 과도하게 개조하고 착취하는 결과를 야기한다. 소로우는 인간 정신뿐만 아니라 현실적인 삶도 역시 그러한 물질적 소유욕에 의해서 지배되고 있다고 본다. 이는 인간이 야생 상태를 벗어나면서 의식주의 기본 생존 욕구가 무한한 심리적 욕망으로 확장되어 가는 과정에 인간성이 타락하게 되었음을 의미한다.

소로우는 인간이 다른 야생 동물과 공유하는 삶의 필수품이 무엇인가

---

7) 이 논의에서는 'needs'를 생명 유지를 위한 필수적인 '욕구'로 그리고 'desire'를 심리적 만족과 관련된 '욕망'으로 각각 표현한다.

를 면밀하게 구체화한다. 그는 "삶의 기본 필수품"을 인간이 "야만인이든, 가난한 사람이든, 혹은 어떤 철학적인 이유에서든 그것이 없이는 살아갈 수 없는 것들"(11)이라고 정의한다. 이어서 그는 그러한 인간의 삶의 필수품들을 다른 야생 동물들이 생존을 위해 필요로 하는 것들과 하나씩 비교한다. 그는 인간이 다른 동물들과 생존을 위한 필수품에 있어서 기본적으로 공통된 지반을 갖고 있지만, 인간은 다른 동물들과는 달리 그것들을 어느 정도 문화적으로 변형시킬 수밖에 없다는 점을 인정한다. 이러한 조건에서, 소로우에게 무엇보다 중요한 것은 인간이 삶의 필수품에 가하는 문화적 변형에도 불구하고, 그 필수품들이 갖는 근본 목적이 변하는 것은 아니라는 사실이다. 오늘날 우리의 골격이 인류의 원시 조상의 것과 다르지 않은 것처럼 문명의 발달에도 불구하고 인간 존재의 본질적 법칙은 거의 변하지 않았다는 것이다. 그래서 그는 우리가 삶의 필수품이라고 여기는 것들의 사용 목적이 다른 동물들이 생존을 위해서 필요로 하는 것들의 용도와 근본적으로 동일하다는 사실을 환기시킨다. 예를 들면 먹잇감과 물은 인간을 포함하는 모든 동물에게 필수품이며, 잠자리 공간 또한 마찬가지이다.

소로우는 생존을 위한 필수적인 욕구도 자연적·문화적 환경에 의해서 영향을 받는 상대적인 것임을 분명히 인식한다. 그리고 그는 자신에게 주어진 "기후대에서" 인간의 삶의 필수품을 "식량과 주거와 의복과 연료"(12)와 같은 항목으로 규정한다. 생존을 위한 의식주의 욕구는 소로우가 이른바 "제2의 본성"(12)으로 부르는 문화적 욕구로 확장되면서, 그것은 자연 현상에 따르는 신체적인 욕구가 아니라 심리적 욕망으로 변화된다. 이러한 변화에 대해 소로우는 "인간은 주택뿐만 아니라 의복과 음식cooked food까지 만들어 냈다"(12)고 표현한다. 그리고 심리적 욕망의 추구는 습관적이고 집착적이며, 무제한적이어서 결국 목적과 수단이 전도되는 양상을 띠게 된다. 예를 들면 인간은 불을 사용하는 법을 획득한 뒤 "처음에는 한낱 사치에 불과했던 불가에 앉는다는 것이 이제는 필수적인 일로 간주"(12)되었으며 나아가서 "과도하게 사용하게 되면서 …… 우리 자신을 요리하게 되는"(12) 상태를 우려할 지경이 되었다. 결국 그는 오늘날 인간이 물질문명의 가치에 과도하게 집착하면서 의식주의 근본 목적을 망각한 채 "자신들이 쓰는 도구의 도구가 되어 버렸[음]"(35)을 꼬집는다.

소로우는 물질문명에 대한 이러한 가치관의 혼란을 제거하고 야생의 생존 욕구와 초기 문명 욕구가 혼재하는 분기점에서의 인간의 삶의 상태를 파악하려고 시도한다. 그의 월든 오두막에서의 생활은 바로 그러한 삶의 조건을 실천적으로 경험하기 위한 일종의 실험이었다: "우리는 내가 적지 않은 관심을 갖고 있는 실험의 피실험자이다"(127). 소로우는 월든 숲 속에서의 실험적인 생활을 위해서 오두막과 효모를 넣지 않은 빵, 헌옷, 장작 난로와 몇 가지 가구 등을 확보한다. 그러나 그 필수품들은 자연 조건에서 생존을 위한 최소 필수품이라기보다는 그가 지향하는 특별한 의미에서의 인간적인 삶을 위한, 즉 최소한의 문화적 조건을 보장해 줄 수 있는 삶의 필수품들이다. 다시 말하면 그는 숲 속에서 자연 환경에 전적으로 순응하는 방식이 아니라, 그것을 어느 정도 개조하는 기초적인 수준의 문명을 수용했던 것이다. 그가 그러한 실험적인 삶을 실천한 의도는 자연 환경에 최대한 순응하고 자연의 개조를 최소화하는 삶의 방식을 모색하려는 것으로 볼 수 있다.

월든 숲 속에서 소로우는 인간의 의식주 활동이 다른 동물의 생존 본능과 그 욕구의 바탕을 공유하고 있다는 사실을 거듭해서 환기시킨다. 그리고 문명 생활 속에서 사람들이 그러한 사실을 망각하고 있을 뿐만 아니라 원래의 기본 욕구들이 다양한 형태의 욕망으로 과도하게 확장되고 변질되었음을 지적한다. 그는 식생활의 측면에서 문명화된 인간이 "생명 유지를 위한 음식"(a viand)을 섭취하는 것이 아니라, "감각적인 미각"을 충족하기 위한 "진미음식"(tidbits)에 탐닉하는 식습관에 빠져 있다고 생각한다(206). 음식을 섭취하는 행위가 생명 유지를 위한 "식욕"(appetite)에서 비롯되는 것이 아니라, 맛 자체에서 쾌감을 추구하는 "미각"(taste) 혹은 포만감에서 만족을 얻는 "식탐" (gluttony) 등으로부터 비롯되고 있음을 비판한다. 그처럼 변질된 식욕은 "인간을 더럽히는 것"(205)일 따름이다. 그런데 소로우는 신체적 건강을 위한 물질적 자양분과 영적 성숙을 위한 정신적 자양분을 동시에 줄 수 있는 "소박하고 정결한 식습관"을 갖는 것이 "가능할 것"이라고 본다(203). 실제로 소로우는 "인간이 동물처럼 소박한 식사를 하면서도 건강과 체력을 유지할 수 있다"는 믿음을 실천하기 위해, 월든 숲 속에서 보낸 "거의 2년 동안 이스트를 넣지 않은 호밀가루, 감자, 쌀, 아주 소량의 돼지고기와 소금을 먹었고, 음료로는 물만 마셨다"(58). 그는 "인간이 나무열매와 짐승고기를 먹던 야생 상태를 벗어나 처음으로 …… 누룩을 넣지 않고 빵을 만들던 원시 시절로 거슬러 올라가서"(59) 체험한 식생활을 통해 오늘날 삶의 필수품으로 여겨지는 효모가 "꼭 필요한 것이 아니라는 사실"(59)을 깨닫기도 한다. 즉 효모를 넣은 빵의 발견이 인간으로 하여금 맛에 집착하는 식생활을 시작하게 한 동기가 된 것이다. 이러한 맥락에서 소로우가 「겨울 호수」("The Pond in Winter") 장에서, 삶에 대한 해답을 찾을 수 없는 의문들로 겨울밤 잠을 설친 뒤, 이른 아침 호수 표면에 두껍게 언 얼음을 깨고 동물처럼 "무릎을 꿇고 물을 마시는" (266) 행위는 자연 상태에서의 인간의 순수한 식욕의 근본을 상징적으로 보여 준다.

다음으로 소로우는 인간의 주택의 경우에도 그 근본 목적이 야생 동물의 주거지와 다르지 않음을 환기시킨다. 주거지의 공간이 단순히 잠자리의 용도를 넘어서 외부 위험으로부터의 안전을 위한 "피신처"(shelter)의 개념으로 변화되면, 그것은 "들소와 같은 일부 야생 동물들에게는 필수품이 아닐" (11) 수 있다는 사실을 지적한다. 더욱이 주거지로서의 용도에 문화적 기능이 덧붙여져 "주택"(house)이라는 개념으로 바뀌면, 그것은 오로지 인간에게만 필수품이 된다(11). 그러나 잠자리가 됐건 주거지가 됐건, 주택이 됐건, 그 모든 공간들의 가장 근본적인 목적은 안정된 생존을 유지하기 위한 것이 된다.

소로우가 최소한의 도구만을 사용하여 손수 오두막을 지은 행위는 인간이 최초로 야생 상태를 벗어나서 주거를 시작했던 상황을 체험하기 위한 것이었다. 그는 "인간이 처음에는 벌거벗은 상태로 야외 생활을"(26) 했을 것으로 본다. 그러나 원시 인간은 주어진 조건에서 자연 환경에 순응하는 것만으로는 생존 자체가 불가능했을 것이므로, 자연 환경을 자신의 목적에 맞게 개조하기 시작했을 것이다. 즉 인간은 불안정하고, 위험스러운 야생에서의 생존 조건을 극복하고 확실성과 안전을 확보하기 위해 보다 우호적인 주거 환경을 만들어 내야 했을 것이다.

> 인류 초창기에 모험심 넘치는 어떤 인간이 바위 속에 난 구멍으로 기어들어가 그곳을 은신처로 삼았으리라고 상상된다. 어떤 의미에서 아이들은 각기 세상을 다시 시작한다고 할 수 있는데, 비가 오고 추운 날씨에도 야외에서 지내기를 좋아하는 것이다. 아이는 말놀이는 물론 집놀이도 하는데 그에 대한 본능이 있기 때문이다. 어렸을 때 선반처럼 생긴 바위나 동굴 입구를 보았을 때 흥미를 느끼지 않은 사람이 있을까? 그것은 인류의 원시 조상이 아직 우리의 내면에 살아 있기에 느끼는 자연스러운 갈망인 것이다. 인류는 주거지를 동굴로부터 시작하여 종려나무 잎사귀로 만든 지붕, 나무껍질과 나뭇가지로 된 지붕, 아마포를 짜서 늘인 지붕, 풀잎과 짚으로 만든 지붕, 판지와 널, 그리고 돌과 기와로 된 지붕의 순서로 발전시켜 왔다. (26-27)

원시 인류는 야생 동물과 달리 자연 환경에 전적으로 순응하기만 했던 것이 아니라, 그것을 적극적으로 개조해 나갔다. 인간은 지적 능력을 사용하여 주거지를 발견하거나 만들었으며, 그것을 계기로 문명을 발달시켰다. 소로우가 주목하는 점은 인류가 야생 상태를 갓 벗어나던 시기에 가졌던 본능이 아직도 우리의 내면에 남아 있다는 것이며, 문명의 시작 단계에서는 인간의 거주지가 다른 야생 동물의 주거지와 근본 목적을 공유했다는 사실이다. 즉 문명의 초기 단계에서는 인간의 거주지가 새의 둥지나 여우의 굴과 동일한 용도로 인식되었으며, 그것은 오늘날보다도 "더 단순하고도 더 소박한 욕구를 만족시키기에 충분했다"(28). 그런데 문명사회에서 사람들은 주택의 근본 목적이 굴로서의 기능, 즉 주거지로서의 기능이라는 사실을 망각한 채 '건축물'(superstructure, 43)로서의 가치에만 집착한다. 소로우의 시각에서 보면 "결국 집이라는 것은 여전히 굴 입구에 만들어 놓은 일종의 현관인 셈이다"(42).

마찬가지 맥락에서 소로우는 의복의 근본 목적이 다른 동물의 털이나 가죽처럼 "생명의 열기를 유지하기 위한 것"(20)이라고 생각한다. 따라서 그는 의복을 그것이 없었다면 "인류가 초기에 멸망했을지도 모를"(26) 우리의 피부의 일부로 이해한다. 그는 다양한 생물학적 용어를 사용하여 옷의 참된 기능은 유기체의 "표피"(cuticle, 23)의 기능과 같다고 표현한다. 그중에서도 "지속적으로 입는 두꺼운 옷"은 "외피"(integument) 혹은 "피질"(cortex)로, 그리고 셔츠는 껍질을 벗겨 내거나 따라서 사람을 다치게 하지 않고서는 떼어낼 수 없는, 식물의 채관부에 해당하는 "인피부"(liber)라고 본다(23). 반면에 겉에 입는 얇고 화사한 옷은 "피부의 최외피epidermis 혹은 가짜 피부"(23)로서 우리의 생명에 관계가 없으며, 따라서 치명적인 상처가 없이 그것을 우리 몸에서 벗겨낼 수 있다고 주장한다. 그것은 유행에 종속되며, 필수품이 아니라 사치품에 속하는 것이다.

소로우는 가치관의 혼동을 불러오는 오늘날의 물질문명 속에서 사람들이 자연환경에 적응하기 위한 필수적 수단으로서의 옷의 근본 목적을 망각하고, 그것을 부나 권력 또는 높은 신분을 표시하는 수단으로 삼고 있음을 신랄하게 비판한다. 그는 또한 패션, 즉 유행이라는 명분으로 의상을 문화적·예술적 차원의 표현 수단으로 여기는 것이 허위임을 주장한다. 그러한 행위가 실제로는 "유행의 여신"을 맹목적으로 섬기는 우매함에서 비롯된 것이어서, "파리의 우두머리 원숭이"가 어떤 유형의 모자를 쓰면 "미국의 모든 원숭이들이"(24) 어떠한 정당한 목적이나 이유도 없이 그것을 따라 한다는 것이다. 그것은 "입고 있는 옷을 보고 사람들을 판단하는 문명국가"(21)에 사는 사람들의 "유치하고 야만적인 취향"(25)을 반영할 따름이다. 게다가 옷을 만드는 제조업자들의 목적은 사람들이 옷을 품위 있게 입게 하려는 데 있는 것이 아니라, 자신들의 "회사를 더 부자로 만드는 데"(25) 있다.

소로우에 따르면, 인간은 처음에는 기본 생존 조건인 의식주 욕구를 안정적으로 충족하기 위해서 자연을 개조하는 일을 시작했지만, 그러한 문명 개척 행위가 일정 정도를 넘어서 과도하게 진행되면서 사치와 호사라는 물질적 만족을 위한 목적으로 변질되었다는 것이다. 그는 인간이 비대해진 물질문명의 욕망 속에 스스로를 속박하기 이전에 "원시 시대의 소박하고 꾸밈없는 생활은 …… 인간을 자연 속에 머물게 하는 이점"(35)이 있었다고 믿는다. 따라서 그는 인간의 삶이 자연으로부터 점점 멀어져서 물질문명 속에 함몰된 상태를 인간 지위의 "타락"(61)으로 본다. 그래서 원시시대에 "배가 고플 때면 아무 생각 없이 과일을 따먹던 인간이 이제는 농부가 되었고, 은신처가 필요하면 나무 밑으로 들어갔던 인간이 이제는 가옥 관리인으로 전락하고 말았다"(35)고 평가한다. 요컨대 문명의 출발점에서는 의식주 활동이 생존을 위한 필수적 욕구로서 시작되었으나, 이후 테크놀로지의 발달에 힘입어 진행된 물질문명의 융성과 함께 그것이 사치나 과시 그리고 소유욕 등 무한히 증대되는 심리적 욕망을 충족하기 위한 행위로 변질된 것이다.

## 4. 야생으로부터 문명으로

소로우는 인간의 "제2의 본성," 즉 문명 본성이 다분히 사치 욕구와 탐욕으로 변질될 가능성을 내포한다는 사실을 지적한다. 그는 콩밭을 경작하는 "특별한 경험"(151)을 통해 문명을 시작했던 초기 단계에서 인간이 자연 환경을 개조하게 되는 심리적 동기를 탐색한다. 그는 밭을 일구어 콩을 심고 가꾸는 과정에서 어떻게 인간이 야생 식물이었던 콩을 다른 식물들로부터 차별화하여 새롭게 농작물로 인식하게 되었는가를 통찰한다. 그는 우선 동물의 다른 모든 종들과는 달리 인간 종이 경작을 해야만 하는 원인에 대해 의문을 갖는다. 경작의 근본 원인에 관한 물음은 인간 종의 존재론적 고유성에 관한, 즉 인간이 애초에 야생 상태를 벗어나 문명을 시작하게 된 생물학적 특수성에 관한, 영원히 답을 얻을 수 없는 물음이기도 하다: "무슨 이유로 내가 콩을 기르게 된 걸까? 그건 하늘만이 알 일이다"(146). 경작 행위로 상징되는 문명 본성은 인간 종에게 주어진 생존 본능의 한 축으로 우리가 그 목적을 파악하려는 것은 무의미할 뿐만 아니라 불가능하다고 볼 수 있다.

생태계의 먹이사슬 구조 안에서 인간은 수많은 야생 생명체 중에서 자신의 생존에 유익한 종류를 배타적으로 선택하여 그것을 단순히 먹이로 삼는 데 그치지 않고, 재배하는 일을 하게 되었다. 경작이라는 "기묘한 노동"(146)의 심리적 기저에는 잡초와 작물을 적대적인 것과 우호적인 것, 즉 적군과 아군으로 구분하는 심리적 반응이 자리 잡고 있다. 그리고 인간이 자신에게 유익한 특정 식물을 경작한다는 것은 해가 되는 그 밖의 다른 생명체를 파괴해야만 한다는 것을 의미한다.

콩밭을 경작하는 경험은 야생 자연과 물질문명의 가치에 관한 더욱 복합적인 의미로 확장된다. 그는 자신의 경작지의 가치를 야생 자연의 가치에 대비시킴으로써 경작 활동의 본질을 이해하려고 한다. 그것은 자신의 경작 활동을 야생과 문명의 분기점까지 되돌리려는 시도를 통해서 가능하다.

> 사실이지 내 밭은 야생wild 들판과 경작지cultivated field 사이의 연결고리였
> 던 셈이다. …… 긍정적인 의미에서 준개발된half-cultivated 밭이었다. 내가
> 경작한 그 콩들은 기꺼이 야생의 원시상태로 회귀하고 있었다. (148-49)

그가 가꾸는 콩들은 잡초와 구분되어 재배되고 있다는 관점에서 보면 농작물
이다. 하지만 그의 경작 활동의 주된 목적이 경제적 이득으로서의 수확물을
얻으려는 것이 아니라, 야생과 문명이 갈라지는 시점을 체험하는 데 있다는
관점에서 보면 그것은 복원된 야생물이다.

경작은 근본적으로 인간이 자연 환경을 자신의 목적에 적합하도록 개
조하는 일종의 문명을 구축하는 행위이다. 소로우는 당시 콩코드 농부들이
경작을 안정된 생존을 위한 수단이 아니라, 부의 축적이라는 경제적 욕구를
충족하기 위한 수단으로 전락시키고 있다고 본다. 소로우는 자신의 콩밭 경
작 행위를 풍자적인 '의 서사시'(mock epic)의 표현 양식을 빌려 트로이 전쟁
에 비유하여 묘사하는데[8], 그 이유는 그 두 가지 행위가 인간이 자신의 이익
에 장애가 되는 대상을 파괴하려 한다는 심리적 공통지반을 갖기 때문일 것
이다. 우리가 전쟁을 제아무리 그럴듯한 문화적 의식과 지적 대의명분으로
치장한다고 해도 그것은 본질적으로 약육강식의 야만적인 본능 행위이며[9],
농사도 탐욕과 이기심에 의해서 동기가 유발되면 마찬가지로 야만적인 행위

---

8) 「콩밭」("The Bean-field") 장은 버질Virgil의 『농경시』(Georgics)에 제시된 "신성한 예술"(156)
   로서 농경의 이상을 "부분적으로 아이러닉하고 부분적으로 진지하게 전유"(Tillman 130)
   하고 있다.
9) 「야생 동물 이웃들」("Brute Neighbors") 장에서 생생하게 묘사되는 개미들의 전쟁은 야생
   동물의 전쟁이 "인간들끼리 싸우는 전투에서의 투쟁, 포악 그리고 학살"(218)과 근본적으
   로 다르지 않음을 시사한다.

로 전락하게 된다. 농사일을 하는 소로우의 귓가에는 자신의 괭이 소리와 마을로부터 들려오는 전쟁 훈련의 포성이 교차하고, 콩밭 두둑을 일구던 그의 괭이는 흙 속에서 고대의 종족들이 사용했던 "전쟁과 사냥 도구들"(149)과 더불어 근래의 경작자들이 사용했던 도자기 파편들도 들춰낸다. 고대 전쟁과 근대 경작의 유물들은 한결같이 물질문명과 관련된 인간의 야만적 이기심을 확인시키는 것이다.

인간에게 고유한 경작 활동은 결국 지극히 자기본위적인 문명적 생존 활동으로 밝혀진다. 경작 활동에 있어서 인간은 다른 유기체들을 자신에게 유익한지 아니면 유해한지에 근거해서 "매우 불공평하고 악의에 찬 가르기를"(152) 행하고, 이어서 유해한 종이나 개체들은 무참하게 파괴하면서 유익한 종이나 개체들은 관대하게 대하거나 가꾸어 주는 것이다. 소로우는 이러한 동기에서 행해지는 경작이 "탐욕과 이기심"에 의해서 "타락"(156)할 가능성을 내포하며, 실제로 역사적으로 농경이 점점 더 타락해 왔다고 본다. 그 결과 농부들이 "땅을 재산이나 부의 주된 획득 수단으로 보는 천박한 습성"에 빠져 "가장 비천한 삶을 영위"(156)하고 있다는 것이다. 나아가서 그는 비록 그 농부가 "자연을 오직 약탈자의 입장에서만 알고 있지만"(156) 그러한 본능적인 이기심으로부터 "우리 누구도 자유롭지 못하다"(156)는 사실을 인정한다.

소로우는 자연을 개조하여 물질문명을 발달시키려는 인간의 욕구가 이처럼 왜곡되는 이유는 그것이 사치 욕구로 변질되기 때문이라고 진단한다. 그는 "사치의 본질"(14)을 인간이 생명 유지를 위해 필수적인 정도를 넘어서 의식주를 추구하는 심리로 규정한다. 사치는 호사, 허영, 지배욕, 과시욕, 소유욕 등 물질문명과 상호 인과관계를 이루고 있는 무한한 심리적 욕망들의 바탕을 이룬다. 그러므로 "농업에서든지, 상업에서든지, 문학에서든지, 예술에서든지 간에, 사치스러운 삶의 열매는 사치일 따름이다"(14)라고 지적한다.

소로우는 사치 욕구로 확장된 문명 본성을 인간성의 타락으로 보며, 따라서 물질적 탐욕에 기초한 농업의 발달 역시 그러한 타락의 한 현상으로 해석한다.

사치 욕구는 본질적으로 왜곡된 무한 욕망이므로 사치를 추구하는 삶은 곧 "잘못된 깃발을 달고 항해하는 것"(23)이 된다. 그런데 대부분의 문명인들은 필수품이 아니라 사치품을 얻기 위해, 패배할 수밖에 없는 삶의 전투를 치르고 있다는 것이다. 이처럼 사치품을 얻기 위한 투쟁 속에서 인류의 다수는 노예상태로 전락했고, 그들을 지배하고 있는 소수도 사실은 "자신이 자신의 노예감독"(7)으로 전락했다고 비판한다. 「베이커 농장」("Baker Farm") 장은 가난한 농부인 존 필드John Field의 경우를 통해 사치를 추구하는 삶이 결국은 좌절될 수밖에 없다는 것을 예시한다. 존 필드처럼 우리들도 더 고급스러운 음식을 먹기 위해 평생을 분투하지만 대부분 끝까지 "허기"(193)에서 벗어나지 못하는가 하면, 새 옷을 사 입기 위해 애쓰지만 결국 자신들이 단지 옷걸이로 전락하고 만다는 것이다. 또한 안락한 주택을 마련하기 위해 인생의 대부분 시간을 희생하지만 집값을 다 치르고 그 집을 소유할 때쯤에는 "그 집 속에 거주한다기보다는 갇히는 결과"(32)를 야기하기도 한다.

소로우는 물질문명이 만들어낸 수많은 "현대적 개량품들"—예컨대 기차나 전보, 주택과 의복, 예술품들, 심지어 대학과 학문—이 속도와 편리함, 안락함과 아름다움, 문화적 가치와 지적 권위 등을 표방하지만, 거기에는 인간의 "환상"이 달라붙어 있을 뿐만 아니라, "복리로 징수"를 꾀하는 상업이라는 "악마"의 놀음이 숨어 있다고 본다(49). 그는 인간의 영혼이 개량되지 않은 상태에서 지적 발달의 결과로 성취한 문명의 이기들은 "개량되지 않은 목적을 위한 개량된 수단"(49)에 불과하다고 역설한다. 이처럼 잘못된 목적을 지향하는 문명은 인간이 자유와 풍요, 자아실현을 성취할 수 있도록 도와주는 것이 아니라, 오히려 인간에게 속박과 빈곤, 절망을 안겨주는 것이다. 소로우는 이러한 상황에서라면 문명인의 삶이 미개인의 삶보다 못하다고 판단한다.

그러나 문명의 가치에 대한 이러한 회의적 입장에도 불구하고, 『월든』에서 소로우는 근본적으로 반문명주의의 입장을 취하지 않는다. 오히려 그는 "문명이 인간 조건의 진보"일 수 있다고 생각하며, 그 자신이 "그러한 진보의 이점을 이용"할 수 있다고 믿는다(29). 문명의 가치에 대한 이와 같은 양가적 입장에 비추어보면, 월든 실험은 현대인의 인간성에 나타나는 왜곡된 문명 본성을 교정하려는 목적을 갖는다. 그가 타락한 문명 본성의 교화를 위해서 제시하는 방안은 인간성의 바탕에 내재되어 있으면서도 이제는 퇴화되어 버린 야생성을 회복하는 것이다. 동시에 그는 야생성의 부정적 요소인 야만성도 극복되어야 한다고 주장하는데, 문명 본성을 영적 차원으로 승화시킴으로써 그것이 가능하다고 믿는다. 그는 사치를 지향하는 물질적 욕구를 차단하고 자연의 리듬에 동화되는 간소한 생활을 실행함으로써, 즉 자연 환경을 최대로 수용하고 그것을 최소로 개조하는 생활을 실천함으로써 그러한 치유를 꾀한다. 월든에서의 실험을 통해서 삶의 야생적 순수성을 유지하면서도 문명의 "모든 이점을 확보할 수 있는"(30)지를 확인하려는 것이다.

소로우가 의도하는 문명의 이점을 현명하게 이용할 수 있는 한계는 문명 본성을 사치욕의 수준으로 확장하지 않는 것이다. 월든 호숫가에서 생활하는 동안에 소로우는 안정된 의식주의 확보를 위해서 오두막을 짓고, 가구를 만들었으며, 빵을 구웠고, 옷을 입었고, 책을 읽거나 쓰는 등 문명의 이점을 이용했다. 하지만 그는 자신의 생활에서 물질문명의 요소를 최소화했고, 반면에 자연 환경에 최대로 동화되는 생활방식을 선택했다. 그는 가능한 한 많은 시간을 집안에서보다는 자연 속에서 보냈으며, 최소 정도로 요리했고 대신에 여러 가지 야생 열매를 먹었으며, 옷을 바꿔 입는 것을 동물의 털갈이나 허물벗기 정도로 제한했다. 즉 물질적 욕구와 관련된 삶의 모든 요소들을 최대한 간소화함으로써 거기에서 사치의 가능성을 철저히 배제했다. 그는 또한 낚시도 했고 일부 작물을 경작했으며, 심지어 제한적으로 상업적 거래 활동도 행했다. 그러나 그러한 문명적 활동의 목적이 물질적 소유욕으로 오염되지 않도록 철저히 경계했다. 사치와 물질적 소유욕이 엄격히 배제된 월든 숲 속에서의 생활은 인간의 야생 본성이 아무리 "퇴화되었다"(38)고 할지라도 그것이 여전히 인간성의 바탕을 이루고 있음을 입증하기 위한 것이었다.

소로우의 그러한 노력은 인간성을 구성하는 야생성과 문명성이라는 두 축 사이의 불균형을 교정하려는 노력인 것이다. 문명사회 속에서 사람들이 자연으로부터 거의 단절된 삶을 지향하고 있는 데 반해서, 월든 숲 속에서 소로우의 삶은 때로 문명 세계로부터의 단절을 꾀한다. 그것은 "생각할 수도 없을 만큼 가정적"이 되어버린 문명인의 삶에 건강한 야생성을 회복시키려는, 즉 "난롯가와 들판 사이에 생긴 엄청난 거리"를 좁히려는 시도인 것이다 (27).

> 나는 개도 고양이도 소나 돼지나 암탉도 키우지 않았으므로 가정에서 나는 소리는 없다고 할 수 있다. …… 단지 지붕 위와 마루 밑에 다람쥐가, 들보 위에는 쏙독새가 살았으며, 창 밑에는 큰 어치가 울었고, 집 아래는 산토끼나 마못이 살기도 하고, 집 뒤에는 부엉이나 고양이 그리고 올빼미가 살았으며, 호수에는 기러기 떼와 아비, 밤중에 짖는 여우도 있었다. 농장 주위에 사는 온순한 종달새나 꾀꼬리는 내 개간지를 찾아온 적도 없었다. 마당에서는 수탉도 암탉도 울지 않았다. 아예 마당이라는 것이 없었다! 울타리도 없이 자연이 바로 문턱까지 다가와 있을 뿐. 낮은 풀밭 아래로는 젊은 숲이 한창 자라고 있었고 야생 옻나무와 검은 딸기 덩굴이 지하광 속까지 자랐다. 건장한 송진 소나무들이 자리가 모자라 지붕널에 줄기를 비비대며 삐걱거리는 소리를 내고 그 뿌리는 바로 집 땅 밑까지 파고들었다. …… 폭설이 내리면 대문까지 난 길이 막힐 염려도 없었는데

거기에는 대문도 마당도, 문명계로 통하는 길도 나 있지 않았던 것이다.
(120-21)

문명 세계로부터의 단절은 곧 자연 환경 속에 동화되는 경험을 의미한다. 소로우는 문명사회를 떠나 자연 속으로 들어와 살게 되면서 야생과 문명 사이의, 즉 야생 동식물과 인간 사이의 관계를 새로운 시각에서 바라보게 된다. 인간중심적인 시각에 매몰되어 자연환경을 일방적으로 대상화하지 않고, 야생 생명체의 입장으로 시각을 투사함으로써 전도된 관점에서 생태계를 바라보는 것이다. 그의 오두막에 동거하는 "야생 토종 생쥐"(212)의 관점에서 보면 그 생쥐의 서식지에 소로우 자신이 새로 이주해 온 것이고, 헛간에 집을 지은 개똥지빠귀 새의 입장에서는 소로우가 "그 새들 가까이에 둥지를 튼"(81) 것이다. 또한 겨울철에 대비해서 야생 밤을 따 모으던 소로우는 "붉은 날다람쥐와 어치 새가 큰 소리로 책망하는 소리를 들으면서 …… [자신이] 종종 그 녀석들이 반쯤 먹다 놔둔 밤송이를 훔치고"(224) 있다는 것을 깨닫는다.

이와 같은 시각적 투사를 자연 생명체 전체의 입장으로 확장하면, 그것이 곧 자연 생태계 전체의 관계를 조망하는 전일적 시각이 된다. 전일적 시각을 취해서 보면 인간의 삶은 다른 야생 동물의 삶과 존재론적으로 동일한 차원에서 인식된다. 소로우는 야생 생명체의 시각에서 대상을 관찰할 뿐만 아니라, 때로는 원시 상태의 인간의 시각을 취함으로써 문명인의 삶을 관찰하기도 한다.

내가 새와 다람쥐들을 보기 위해 숲 속으로 걸어들어 갔듯이, 어른들과 아이들을 보기 위해서는 마을로 걸어들어 갔다. …… 내 집에서 한쪽 방향으로는 강가 풀밭에 사향뒤쥐의 집단 서식지가 있었다. 그리고 그 반대편 지평선 느릅나무와 아메리카플라타너스 숲 아래로 분주한 인간들의 마을이 있었는데, 그들은 각기 자기들의 굴 어귀에 앉아 있기도 하고 잡담을 나누기 위해 이웃 굴로 달려가는 플레리도그나 되는 것처럼 내 눈에는 신기하게만 보이는 것이다. 나는 종종 그들의 습성을 관찰하러 가곤했다. (158)

소로우의 오두막은 야생과 문명의 중간 지대에 위치한 상징적 공간이며[10], 그의 시각은 야생과 문명의 분기점을 조망하는 관점을 취한다.

이처럼 인간의 생활 조건을 자연 환경에 최대한 동화되도록 회귀시킨 상태에서 소로우는 인간과 야생 동물이 근본적으로 동일한 욕구를 공유한다는 사실을 확인한다. 자연으로부터 창발한 문명과 인간이 다시 야생과 자연을 향해 무한히 수렴되는 체험을 통해서, 문명에 대한 야생 자연의 존재론적 우선성을 인식하게 되는 것이다. 그것은 물질문명의 가치에 중독된 현대인들이 망각해 버린 야생성의 가치를 재인식하는 것을 의미한다. 그는 마못의 야성에 의해 자극받은 자신의 내재된 야성이 되살아나 "그 마못을 잡아 날로 먹고 싶은 충동"(198)을 느끼기도 하고, 때로는 굶주림 때문에 짐승고기를 구하기 위해 정신없이 숲 속을 배회하면서도 자신에게 되살아난 포식성이 결코 잔인하다거나 야만적이라고 느끼지 않는다. 오히려 그러한 본능이 인간성의 지극히 친숙한 일부분임을 경험한다.

문명의 영향이 최소화된 월든 숲 속에서의 생활을 통해 소로우는 야생과 문명의 경계가 본원적 구분이 아님을 확인한다. 그는 문명화된 가정생활과 야생적인 삶 사이의 경계가 흐려지는 것을 느끼며, 인간과 야생 동물이

---

10) 레오 막스Leo Marx는 월든 연못가 소로우의 오두막을 이상적인 목가주의가 구현된 "상징적 경관"으로 해석하며, 그 한 쪽에 콩코드 마을의 문명사회가 다른 한쪽에 "신비롭고도 자유로운 원시적 세계"가 펼쳐진다고 기술한다(245).

공존하고 교감하는 것을 경험하고, 가축과 야생 동물의 동족 관계를 확인하며, 탁자와 소나무의 동근同根 상태를 목격하고, 경작과 야생 사이의 경계가 허물어지는 것을 체험한다. 그 각각의 경우에 전자가 후자로부터 생겨났지만, 그 양자 사이에는 결코 완전한 단절이 있을 수 없고 오히려 엄연한 연속성이 존재하는 것이다. 소로우는 가구인 탁자의 근원이 숲 속 소나무임을 관찰하고(107), 가축인 닭의 조상은 야생 꿩이었다는 사실에 대해 성찰하며(152), 농작물인 콩도 본래 야생에서 자라던 식물의 한 종이었음을 체험적으로 깨닫는다. 물질문명은 야생 자연으로부터 창발한 것이며, 그 존재론적 우선성은 언제나 후자인 야생과 자연에 있는 것이다.

소로우는 인간과 자연의 근원적 관계를 이해하기 위해서는 무엇보다도 인간과 자연, 문명과 야생 사이의 연속성에 대해 각성할 필요가 있다고 본다. 나아가서 인간성의 두 축인 야생성과 문명 본성 사이의 불균형을 교정하기 위해, 물질문명과 그 욕망의 힘에 밀려 퇴화되어 버린 인간의 건강한 야생성을 회복해야 한다고 주장한다. 인류사에서 인간의 삶이 야생과 문명의 분기점을 지난 이후 물질문명의 욕망이 과도하게 활성화되면서, 그에 비례해서 야생성이 억압되어 쇠퇴해 버렸다. 소로우는 인간성의 이러한 불균형을 해소하기 위해 "야생이라는 강장제"(298)가 필요하다고 본다. 그리고 『월든』의 후반부를 구성하는 주요 장들인 「베이커 농장」("Baker Farm"), 「야생 동물 이웃들」("Brute Neighbors"), 「예전의 주민들과 겨울 손님들」("Former Inhabitants; and Winter Visitors"), 「겨울 동물들」("Winter Animals"), 「봄」("Spring") 등의 장에서 소로우는 야생 자연에 동화됨으로써 활력과 자유를 되찾는 자신의 경험을 묘사한다. 그는 들판의 사초류sedges나 양치류 식물들처럼 "자신의 본성에 따라 야생"(196)으로 살아가기를 희망하기도 하고, 대강 오리loon와 "멋진 게임"(221)을 즐기기도 하며, 산홍두ground-nut 같은 "야생 자연이 다시 이 땅을 지배하면서 저 약하고 방종한 영국산 곡물들"(225)이

사라지게 될 시대를 상상하기도 하고, 산토끼의 "힘과 자연의 위엄을 과시할 줄 아는 야성"(264)에 경외감을 느끼기도 한다.

이와 같이 소로우는 한편으로 왜곡된 물질문명의 영향으로 인해 병약해진 인간성이 야생성의 회복을 통해서 자유와 강건함을 되찾아야한다고 강조하면서도, 다른 한편으로는 인간성이 야생성 자체를 이상적인 모형으로 삼을 수 없음을 지적한다. 야생 자연은 강건함과 자유로 충만하며 소유욕과 사치로부터 자유롭지만, 다른 한편에서는 동물의 야만적 욕구와 포악성에 의해 지배받으며 절제와 순결이 결여되어 있다. 즉 야생 동물의 존재 상태는 무절제한 육체적 욕구로 더럽혀져 있으며, 정신적 능력의 미발달로 인한 원시적 무의미성의 상태를 벗어나지 못한다. 야생 동물들의 존재는 "하얗고 멀쩡한 이빨이 달린 돼지의 아래턱 뼈"로 상징되는 "동물적 건강과 힘"이라는 측면에서는 비록 "성공을 거둔 셈"(206)이라고 할지라도, 그것이 육체적 욕구의 차원을 벗어나지 못하므로 인간의 삶에 이상적인 모형이 될 수는 없다.

마찬가지 맥락에서 동물적 본성의 또 다른 특성인 단순함도 그것이 인간에게 삶을 간소화해야하는 근거와 척도가 된다는 점에서는 가치를 갖지만, 사고의 단순성이나 우매함으로 나타나면 인간의 정신적 성숙에 장애가 된다. 예컨대 소로우가 숲 속 생활에서 친교를 맺은 "캐나다 태생의 나무꾼"(136)은 "동물적인 인간의 모습이 확연히 두드러져 …… 지적인 인간, 다시 말해서 정신적인 인간은 갓난애 시절만큼이나 잠자고 있었다"(138). 그의 "원시적이고 동물적인 삶"은 관능적 욕구에 매몰되지 않고, 자연의 리듬에 조화를 이루는 소박함으로 발현되어, "그는 너무도 순수하고 천진해서, 마못 한 마리를 이웃에게 소개해야 할 때처럼 소개할 말이 없을 정도였다"(139). 그러나 "그의 사고라는 것이 너무도 원시적이고 동물적인 삶에 묻혀 있어서, 비록 단지 학식만 갖춘 인간의 사고보다 더 유망한 것이기는 해도 다른 사람에게 알려질 만큼 성숙하게 되지는 못했다"(141-42). 인간의 지적 본성이 발달시킨 물질문명이 인간의 정신을 왜곡시키고 타락시킬 수 있는 데 반해서, 인간의 동물적 본성은 인간 정신의 발현 자체를 저해할 수 있다. 그러므로 소로우는 인간을 포함하는 모든 생명체의 존재론적 우선성이 야생 자연 상태에 있다는 사실을 인정하면서도, 인간에게 야생적 "본성은 극복하기 어렵지만 반드시 극복되어야만 한다"(208)고 주장한다.

## 5. 야생과 문명의 공존 가능성

『월든』에서 소로우는 자연과 인간의 관계를 해명하기 위해서 야생 본능과 문명 본성, "보다 고양된 영적인 삶을 추구하는 본성과 원시적이고 야만적인 삶을 추구하는 본능"(198) 등의 이분법적인 인식 틀을 사용한다. 이러한 시각은 그의 사상에 대한 비평가들의 논의로 이어져, 1854년 첫 출판 당시 그 책에 대한 주된 비평은 "몸과 마음, 철학과 실제, 개인주의와 사회적 책임, 육체적 고립과 사회 참여"(Myerson 2) 등의 주제들을 이분법적으로 해석하는 방향으로 기울었었다. 그러나 20세기에 들어와서 주목받게 된 생태비평은 『월든』을 생태중심주의의 본보기로, 소로우를 선구적인 반문명주의자로 자리매김하려는 경향을 띠게 된다. 즉 『월든』에서 소로우가 자신이 제시한 야생 자연과 물질문명이라는 대립 개념 중에서 전자를 신실하게 경외하면서 후자를 혹독하게 비판한다는 것이다.

　　『월든』에 대한 그러한 일방주의적인 비평 경향은 자연과 인간에 대한 소로우의 복합적 사상을 지나치게 단순화하는 위험성을 내포한다. 소로우가 자연을 생태주의적 시각으로 통찰하며, 전일적 체계로 이해하고 있다는 것은 논란의 여지가 없는 사실이다. 그러나 소로우는 자연과 문명을 상극적인 대등한 실체로 보는 것이 아니라, 문명을 자연으로부터 창발한 현상으로 수용한다. 그의 전일적 통찰은 생태계의 인간 및 비인간 생명체들뿐만 아니라 자연에 대한 인간의 영향력, 즉 문명의 요소도 대자연의 체계 안으로 포섭한다. 예컨대 콩밭 경작을 하던 소로우는 "이곳에서의 내 존재 자체와 나의 영향력이"(147) 자연을 개조하고 있음을 인식하지만, 동시에 그는 "결국은 나 자신마저도" 네 살 때 처음으로 보았던 월든 호수와 숲의 "꿈결 같던 그 멋진 풍경을 뒤덮는 데 한 역할을 하게 되었음을"(147) 깨닫는다.

　자연과 인간에 대한 소로우의 사상을 이해하는 데는 그가 사용하는 이분법적 인식 틀과 그의 전일적 시각을 이해하는 것도 필요하지만, 인간과 문명을 포함하는 자연의 모든 요소들의 변화 양상을 시간적 연속성의 개념으로 파악하는 그의 시각을 이해하는 것이 못지않게 중요하다. 그가 인간과 자연, 문명과 야생의 관계를 존재론적 연속성과 창발의 개념으로 제시하고 있기 때문이다. 즉 전자는 후자로부터 발생해서 끊임없이 변화하고 있다는 것이다. 그러한 점에서 소로우가 제시하는 전일적 시각의 특성은 오늘날 심층생태학자들이 주장하는 생태중심주의적 시각과는 기본적으로 차이가 있다. 우선 심층생태학이 인간 및 비인간 생명체들 사이의, 그리고 모든 유기체의 종들 사이의 상호 연관성을 강조하는 데 반해, 소로우의 자연관은 자연과 인간 사이의 그리고 야생과 문명 사이의 창발적 연속성에 대해서도 환기시킨다. 심층생태학이 생명체들 사이에 작용하는 공간적 상호 연관성에 집중하는 데 비해서 소로우는 그들 자체에 작용하는 시간적 변화의 연속성에도 주목한다.

　급진적 생태주의자들과는 달리, 소로우는 인간이 근본적으로 인간중심주의적 시각을 탈피할 수 있다거나, 탈피해야 한다고 주장하지 않는다. 대신에 그는 우리에게 자신의 시각을 자연 생명체들의 입장으로 투사함으로써 경직된 인본주의적 시각을 교정할 것을 권고한다. 소로우가 전일적 시각을 표현하기 위해서 사용하는 "경작지와 초원과 삼림을 아무 차별 없이 내려다보고 있는 …… 태양의 눈"(156)이라는 은유는 인간의 시각적 투사의 범위를 최대로 확장한 것으로 이해할 수 있다. 문명인이 자연을 대하는 자신의 시각 자체를 영원히 원시인의 시각으로 환원시킬 수는 없을 것이다. 그러나 이기심으로 경도된 문명인의 시각을 새나 다람쥐의, 나아가서 태양의 시각에까지 투사해봄으로써 그것을 보다 유연한 상태로 교정할 수는 있을 것이다.

보트킨이 지적하듯이 소로우의 사상에서 "자연과 인간은 하나의 체계를 이루고 있으며, 그것은 분리된 것이 아니고 또 분리될 수도 없다"(251). 소로우는 자연의 전일적 체계 안에서 인간이 그 일부로서 일체화되어 있다고 믿는다. 따라서 존재론적 차원에서 자연과 문명을 이분법적으로 구분하고, 그 어느 한 쪽의 가치만을 배타적으로 인정하는 것은 인간 종의 존재 조건을 곡해하는 것이다. 그러나 인식론적 차원에서 보면, 인식 대상으로서의 자연은 인식 주체인 인간 자신과 분명히 구분된다. 소로우는 인간의 영향력에서 완전히 벗어나 있는 자연, 즉 "그 누구의 정원도 아닌" 자연은 단순히 "물질" (Matter)일 따름이라고 말한다(*The Maine* 70). 따라서 인식 주체로서의 "인간이 그것[인식의 대상이 되는 물질로서의 자연]과 합동되어서는 안된다"(*The Maine* 70)는 것이다. 나아가서 그는 우리가 인간에 의해서 영향을 받지 않은 자연을 생각하기가 어렵기 때문에 습관적으로 자연의 모든 구성 요소에 인간의 존재와 영향력이 미친다고 생각하게 되지만, "광대하며 황량하고 비인간적인 모습의 자연을 도시의 한 복판에서라도 본 적이 없다면 [우리는] 순수한 자연을 본적이 없다"(*The Maine* 70)고 단언한다. 요컨대 소로우는 어떠한 환경 속에서도 인간과 비인간 자연, 문명과 야생이 공존할 수 있는 여지가 있다고 믿는다.

소로우는 인간성을 형성하는 야생 본능과 문명 본성 그 "두 가지 모두를 존중한다"(198)고 밝힌다. 여기서 주목할 점은 그가 문명 본성, 나아가 영적 본성이 야생성을 지향하는 육체적 존재 조건으로부터 연속성 속에서 창발한 것으로 본다는 사실이다. 즉 육체적·야생적 본성과 지적·문명적 본성이 연속성의 관계에 있으며, 다시 그 지적 본성으로부터 영적 본성이 창발하는 것이다. 소로우는 인간이 육체적 본능의 야만성을 극복해야하고, 문명 본성이 사치를 지향하는 물질적 욕망으로 왜곡되지 않도록 경계해야 하며, 그것[문명 본성]을 "보다 높은, 시적 기능들"(202)로 승화시켜야 한다고 주장한다. 그는 그러한 변화를 "탐욕스러운 애벌레가 나비로 변형되는"(203) 탈바꿈의 은유로 제시한다. 인간이 육체적 탐욕을 상징하는 애벌레 상태를 벗어나서 영적인 존재를 상징하는 나비와 같은 상태로 변모할 수 있어야 하는 것이다.

소로우가 희망하는 인간의 이상적인 삶은 야생성이 보장해 주는 육체적 강건함을 바탕으로 해서 정신적 자아실현을 지향하는 영적 본성을 최대로 발현시키는 상태로 볼 수 있다. 그는 그러한 삶을 "미개인의 강건함과 문명인의 지성[이] 한데 결합[된]"(12) 상태로 본다. 소로우는 인간의 문명 본성이 물질적 축적과 탐닉을 지향할 수도 있고, 반대로 정신적 성장을 지향하게 될 수도 있다고 생각한다. 그는 물질문명 속에 매몰된 현대인들에게 "보다 긴박한 요구"(more pressing wants, 37)는 물질적 호사를 추구하는 것이 아니라, "정신의 빵spiritual bread을 훨씬 더 얇게 썰어야하는"(38) 것이라고 조언한다. 즉 그는 우리가 돈을 주고는 살 수 없는 "영혼의 필수품"(308)을 추구할 필요가 있다고 말한다. 나아가서 그는 우리가 가진 인간성 속에서 야생성과 문명성이 각각의 본래의 가치와 고유한 정도를 유지할 수 있다면 문명은 "하나의 축복"이 되며 "문명인이란 보다 더 경험 많고 현명한 미개인"(38)이 될 수 있다고 전망한다. 또한 『월든』의 마지막 장인 「결론」("Conclusion")의 낙관적인 어조와 희망적인 메시지가 시사하듯이, 그는 인간이 문명을 축복으로 수용할 수 있다면 문명과 야생 자연이 조화롭게 공존할 수 있을 것으로 기대한다.

## 제3장

# 미국문학에서 기계의 지위:
# 지니로부터 연인으로

## 1. 자연과 인간, 기계 사이의 (불)연속성

12세기 사상가인 성 빅터 휴Hugh of St. Victor는 과학의 기원을 인간이 자신에게 주어진 고통스러운 조건을 치유하기 위한 노력에서 찾는다. 그는 연약한 육체를 가진 인간이 자신에게 비우호적인 자연 환경에서 생존하기 위해 과학과 테크놀로지, 기계문명을 시작했다고 본다. 즉 그는 인간이 자신과 환경 사이의 부조화를 극복하려는 시도 속에서 인공품을 발명하며, 거기에서 발생하는 지혜를 "기계적 과학"이라고 불렀다. 그에 따르면, 인간이 적대적인 자연 환경과 자신의 육체적 연약함으로부터 비롯되는 고통을 치유하기 위해서 과학을 시작했으므로, 과학의 기본적인 자세는 "가짜 낙원을 만들기 위해 자연을 조종하거나 지배하거나 정복하는 것이 아니라, 인간의 약함을 도와주는" 차원으로 제한되어야 한다는 것이다.[1] 인간과 기계문명의 관계에 대한 이러

---

1) 김성곤 편, 『현대문학의 위기와 미래』, pp. 354-58 참조.

한 관점은 기계가 인간의 생존을 위한 보조적 도구에 불과하다는 전통적 견해를 대변한다.

산업혁명과 더불어 가속화된 테크놀로지의 발달은 기계문명의 본질과 의미를 새롭게 인식하게 했다. 테크놀로지는 이미 인간이 생존의 어려움을 극복하거나 자연환경에 성공적으로 대처하려는 차원을 넘어서 자연을 변형하고 정복하려고 시도한다. 같은 맥락에서 기계는 더 이상 인간의 연약함을 보충해 주는 고분고분하기만 한 허드레 일꾼의 지위에 머무르지 않고 인간의 생존을 위협할 수도 있는 존재로 대두되었다. 그 결과 인간은 기계적 환경이라는 편리하지만 위협적인 현실에 직면했다. 이러한 새로운 환경 속에서 인간은 자신과 자연, 그리고 그것을 변형하는 수단인 기계 사이의 관계에 대해 새롭게 인식할 필요를 느끼고 있다.

20세기 말에 와서 브루스 매즐리시Bruce Mazlish는 유기체의 한 종 species으로서 인간이 가진 고유한 특성 중 일부가 기계를 창조한 원동력이라고 본다. 존재론적으로 이제 기계는 단순히 인간에 의해서 편의상 창조되었고 경우에 따라 인간에 의해서 거부될 수도 있는 하나의 선택 가능성이 아니다. 실제로 그것이 인간성을 규정하는 본질적 요소로 부각된 것이다. 매즐리시는 유전과 진화의 개념을 빌려 인간이 처음부터 일종의 자연 선택으로 자신의 생존을 위해 도구를 사용하여 자연을 개조하면서 인위적인 환경을 만들어 나아갔음을 설명한다. 그는 산업혁명 이후 자본주의라는 경제적 동인이 기계의 발달을 가속시켰다고 파악한다. 또한 자연 선택이나 경제적 동인 이외에도 인간이 기계화를 추진하는 보다 더 근본적인 심리적 요인이 있으며, 그는 그것을 인간의 호기심과 완전성 혹은 영생에 대한 열망이라고 본다.[2] 즉 기계의 새로운 지위는 인간의 물리적 환경을 변화시킬 뿐만 아니라 그의

---

2) 『네 번째 불연속』, pp. 353-57 참조.

정신성 나아가서 그의 정체성에 대해서도 새로운 인식을 요구하게 되었다.

기계문명에 대한 현대인의 변화하는 심리적 반응은 자연적·사회적 '실재'(reality)에 대한 자신의 기존 관념을 수정해야만 한다는 것을 의미한다. 기계에 의존할 수밖에 없는 현실에 대해 우리가 심리적 혼란과 갈등을 경험한다는 것은, 바꾸어 말하면 우리 자신이 오래도록 유지해 온 인간과 자연, 그리고 기계에 대한 관념을 바꾸어야 한다는 것을 의미한다. 나아가서 인간은 새로운 기계적 환경에 적응하기 위해서 자신과 자연, 기계의 관계에 대한 전통적 견해를 수정해야만 한다. 우리는 지금까지 익숙했던 삶의 조건이 변함에 따라 새로운 환경에 심리적으로 재적응해야만 한다. 그와 더불어 우리는 정신적 갈등과 혼란을 경험한다. 따라서 인간과 기계의 관계에 대한 문제는 인간과 자연의 관계에 대한 문제뿐만 아니라 필연적으로 인간 자신의 정체성의 문제를 수반한다. 인간은 기계의 지위와 의미를 새롭게 인식해 나가면서 자연의 의미뿐만 아니라 자신의 정체성에 대한 생각을 계속해서 수정해가고 있다.

인간이 자신이 창조한 기계문명과 그에 의해서 발생되는 외부 환경의 변화에 대해 보이는 양극적 반응은 환호와 저항, 기대와 불안, 수용과 거부이다. 그리고 우리들 대부분은 그 양극적 반응의 중간에서 테크놀로지의 진보와 기계문명의 가치에 대해 심리적 혼란을 경험한다. 인간이 기계문명을 환호하는 이유는 기계의 본래적 기능이 가져다주는 편리함과 효율성을 기꺼이 수용한다는 것을 의미한다. 오늘날 우리는 기계가 인간의 노동을 덜어주어 편리함과 안락을 제공한다는 전통적인 목적과 정도를 넘어서서, 첨단 기계류가 정치적·상업적 목적에서 우리의 삶을 통제하고 있음을 목격한다. 한편으로 기계는 상업적 차원에서 우리의 무한한 물질적 욕망－신체적 만족에 제한된 유한한 욕구가 아니라 무한한 심리적 욕구－을 충족시키기 위한 충실한 수단으로 작용한다. 다른 한편으로는 그것은 정치적 목적으로 이용됨으로써 자연을 변형하고 다른 사람들을 통제할 수 있는 권력의 수단이 되기도 한다. 더욱이 오늘날 유전공학과 미세공학nanotechnology, 그리고 로봇공학robotics의 가속적 발달 결과로 기계적인 것과 인간적인 것의 구분이 흐려지면서, 인간은 기계로부터 정서적 만족이라는 또 다른 욕구충족을 경험한다.

이에 반해 인간의 기계에 대한 거부감은 주로 기계적 환경의 대두와 함께 인간의 현실에 초래되는 탈자연화와 인간의 정체성에 나타나는 탈인간화에 대한 불안감에서 비롯된다. 즉 그것은 인간이 자신의 삶의 바탕으로 딛고 선 '실재'라는 개념이 위협받는 데서 오는 우려와 반발이다. 산업혁명 이전에 사람들은 인간과 자연 사이의 직접적 상호작용을 당연시했을 뿐만 아니라, 한 개인과 다른 사람들 사이의 정서적 교감을 중요시했다. 따라서 사람들은 인간과 자연, 개인과 개인 사이의 그러한 직접적 관계를 바탕으로 해서만 인간성을 실현하고 실재를 확인할 수 있다고 믿었다. 한 개인이 다른 사람과 정서적·신체적으로 직접적인 상호작용을 유지하는 것이 순수한 인간성을 유지하는 데 당연하고도 필요하다고 여겼던 것이다. 또한 인간은 자연에 대립하는 존재가 아니라 자연의 일부로서 반드시 자연과 직접적 접촉을 통해서만 삶의 의미를 실현할 수 있다고 믿었다. 즉 인간이 자연 법칙에 순응함으로써 인간성의 순수함이 유지된다고 보았다.

이와 같이 인간이 자신과 자연 사이에 직접적인 접촉을 요구하는 데는 심리적으로 뿐만 아니라 생물학적으로 인간이 동료 인간에 대해서, 그리고 다른 유기체에 대해서 가지는 일종의 '유전자적 수준에서의 적합성'(congeniality)이 작용하는 것으로 여겨진다. 이러한 가치관은 인간이 자연의 한 부분집합으로서 자신의 지위를 인정하고, 삶의 의미를 자연 현상에 비추어 해석해 왔던 오랜 전통에 뿌리를 두고 있다. 자연의 일부분을 구성하는 유기체로서의 인간이 기본적인 속성—대표적으로 탄생과 죽음, 그리고 종족 번식 등—을 다른 종의 유기체와 공유한다는 사실이 그러한 정서적 동질성을 느끼게 하기에 충분했을 것이다. 뿐만 아니라 우리가 생존의 기본 조건인 의식주를 위해서 궁극적으로 자연에 의존할 수밖에 없다는 사실도 우리로 하여금 강한 자연 친화적 경향을 갖게 하는 요인이 된다.

　　그러나 산업혁명 이후 급속히 높아진 기계의 지위는 인간과 자연 사이의 이러한 직접적이고도 연속적인 관계를 위협했으며, 19세기 미국문학은 인간과 자연, 그리고 기계문명 사이에 생겨나는 새로운 갈등을 다양한 방식으로 반영한다. 한편으로 인간과 자연 사이에 당연히 존재해야만 한다고 믿었던 연속성에 점차 금이 가기 시작했고, 다른 한편으로 인간과 기계 사이에 존재한다고 믿었던 불연속성이 위협받기 시작했다.[3] 따라서 인간은 자신의 현실에서 전통적으로 유지되어 왔던 자연과 인간 자신 그리고 그의 피조물인 기계의 지위에 대해 혼란을 경험하고 있다.

　　이전에 인간은 자신을 자연의 하부구조로서 여기고 자연을 숭배하고 그것으로부터 지혜를 배우는 것이 자신의 도덕적 의무라고 여겼었다. 동시에 그는 자신이 창조한 기계 혹은 도구에 자신의 지배받는 부속물로서의 지위를 부여하는 것을 당연시했다. 그러나 산업혁명 이후 자연과 인간, 기계라는 세 요소의 지위와 그들 사이의 질서나 관계에 대한 우리의 인식이 변하기 시작했다. 말하자면 기계의 등장으로 초래된 인간과 자연의 분리는 인간이 자연에 순응해야하는 종속적 존재로부터 자신의 지위를 격상시켜 자연과 동등한 독립체로서의 지위를 스스로 부과한다는 것을 의미한다. 다른 한편으로 인간은 심대한 위력을 행사하면서 자신과 자연 사이의 관계에 균열을 내며 등장

---

3) 매즐리시는 인간이 창조자로서 자신과 그의 피조물인 기계 사이에 불연속성을 오래도록 당연시해 왔으나, 산업혁명 이후 급속한 기계의 발달, 특히 20세기에 일어난 컴퓨터의 발달과 더불어 그러한 고정 관념이 수정되어야 한다고 주장한다. 그는 "인간은 도구와 물리적·정신적·감정적 교류를 하면서 다른 동물로부터 진화했다"(16)는 것이며, 이러한 인간과 기계의 공진화는 지금도 계속되고 있고 미래에도 계속될 것이라고 진단한다. 따라서 그는 "우리가 인간과 기계 사이의 불연속을 깨는 문턱에 와 있다"(17)고 주장한다.

한 첨단 기계류에 대해 적절한 지위를 부여하는 데 도덕적 혼란을 겪고 있다.

이러한 상황에서 19세기 이후 미국작가들은 자연과 인간, 그리고 기계의 지위에서 일어나는 중대한 변화에 대해 다양한 심리적 반응을 표현한다. 그들의 반응은 대체로 기계문명의 급속한 발달이 자연 환경에 대해서 뿐만 아니라 인간 자신의 신체적·정신적 실재에 대해 미치게 될 부정적 영향에 대한 우려와 경고로 요약된다. 그들이 나타내는 우려의 초점은 기계문명 자체를 근본적으로 거부하는 데라기보다는 인간이 기계를 만들고 이용하는 목적의 적합성 여부와 기계의 가치에 대한 과도한 집착을 지적하는 데 모아진다. 그들의 이러한 제한된 반응은 인간의 삶이 결코 기계문명 이전의 원시적 상태로 환원될 수 없다는 사실을 인식하기 때문일 것이다.

기계문명의 가치와 문제점에 대해 숙고하는 동안 미국작가들은 한결같이 인간성의 바탕에 문명과 자연을 향한 모순된 지향이 공존한다는 사실을 의식한다. 그들은 우리가 우리 자신의 정체성에 내재된 이러한 모순을 의식하지 못한 채 어느 한쪽의 가치에 집착할 때 발생할 수 있는 위험성을 지적한다. 산업혁명과 더불어 등장한 기계의 위력에 놀라워했던 19세기 작가들은 기계의 발달이 초래하는 물리적 위험성, 즉 그것이 자연과 인간의 생명을 직접적으로 파괴할 가능성에 대해 우려한다. 이에 비해서 20세기의 작가들은 전기·전자화된 기계류가 사람들의 일상생활 속으로 점점 밀접하게 들어오면서 느끼게 되는 일종의 정서적 거부감을 절실하게 표현한다. 나아가서 그들은 그러한 현상이 인간의 정신에 초래하는 도덕적 혼란과 심리적 왜곡을 신랄하게 풍자한다.

## 2. 기계에 대한 환호와 우려

19세기 미국작가들은 산업혁명의 결과 등장한 자체 동력을 가진 각종 기계들에게 지니genie와 같은 초인적인 힘을 가진 존재로서의 지위를 부여했으며, 그 위력적인 존재에 대한 그들의 반응은 경이와 우려로 요약된다. 어느 시대나 그 시대를 살아가는 사람들에게는 당시의 과학기술이 최첨단 테크놀로지로 인식되게 마련이다. 정보화 시대인 오늘날 고도로 발달한 정보 기계인 컴퓨터가 사람들의 경이를 불러일으키듯이 산업화 시대인 19세기에 새롭게 등장한 자체 동력을 가진 각종 기계들은 당시의 사람들에게는 놀라움의 대상이었다. 그들의 눈에 그 기계들은 초인적 위력을 가지고 사람들을 위해 봉사하는 신화적 괴물로 비쳐졌다.

소로우Henry Davis Thoreau는 『월든』(*Walden*)의 「소리」("Sounds") 장에서 당시 새롭게 등장한 기관차라는 "반신반인"(demigod, 161)의 괴물에 대해서 숙고한다. 숲 속의 고요함을 배경으로 들려오는 온갖 자연의 모습과 소리에 흠뻑 젖어 있는 소로우에게 기관차의 요란한 기계음과 기적소리는 그를 19세기 산업혁명의 결과 새롭게 주어진 기계적 환경의 가치와 그것이 인간의 현실에 드리우는 명암에 관한 긴 명상에 빠져들게 한다. 먼저 그는 기계 자체의 막강한 힘과 능률에 대해 경이로움을 표한다. 그는 "그 철마iron horse가 내딛는 발로 대지를 뒤흔들고 콧구멍으로부터 불과 연기를 내뿜으며 천둥 같은 콧방귀로 언덕을 메아리치게 할 때 …… 대지는 이제 거기에 거주할 만큼 가치가 있는 하나의 종족을 가지게 되었다"[4](161)라고 표현한다.

---

4) 에밀리 디킨슨Emily Dickinson도 그녀의 시 「그 녀석이 긴 코스를 질주하는 것을 즐겁게 바라보네」("I like to see it lap the miles")에서 유사한 비유를 들어 기차를 위력적인 괴물로 표현한다.

　　　그것이 철거덕거리며 수 마일을 뛰어와서
　　　계곡을 핥고 지나며

프랭크 노리스Frank Norris도 역시 『문어』(*The Octopus*)에서 19세기 후반 캘리포니아의 농장지대를 가로지르는 철도망과 이를 상징하는 기차를 초자연적 혹은 신화적 괴물로 비유한다. 그 소설의 중심인물 중 한 사람인 매그너스 데릭Magnus Derrick의 부인 애니 데릭Annie Derrick은 밀이라는 자연으로부터의 수확물을 두고 생산자인 농부들과 운송자인 철도회사 사이에 벌어지는 투쟁을 염려에 찬 마음으로 숙고한다. 밤늦도록 잠을 이루지 못하는 걱정에 찬 그녀의 "가슴속으로 메아리쳐 들어오는"(130) 기차 지나가는 요란한 소리는 "증기와 강철의 질주하는 공포, 혹은 사이클롭스Cyclops 같은 외눈박이 거인"(130)을 머릿속에 떠올리게 한다. 즉 그것은 "강철로 된 촉수를 가진 리바이어던Leviathan"(130)인 것이다.

노리스가 19세기 말 서부 농업사회를 압도하는 기계문명을 상징하는 기차에 대해서 놀라움과 두려움을 표현하는 데 비해서, 헨리 애덤스Henry

---

탱크에서 배를 채우기 위해 멈추어 서더니
웅장한 발걸음으로

첩첩이 서 있는 산들을 돌아
길가 선술집을
거만한 눈빛으로 들여다본 뒤

그의 갈비뼈 사이를 채우기 위해
깎아낸 채석장을 지나
무시무시하게 울려 퍼지는 긴 가락으로 울어대며
언덕을 쫓아 내려가

마치 천둥의 아들처럼
별처럼 정확히 시간을 지키고
그 자신의 마구간 문 앞에서
고분고분하면서도 전지전능하게 멈추어 서는 것을
보는 것이 나는 즐겁다.

Adams는 동부 뉴잉글랜드 도시 사회를 지배하는 발전기라는 기계의 전능한 듯 보이는 위력에 당혹과 두려움을 나타낸다. 노리스가 밀과 철도를 인간의 운명을 결정하는 두 가지 대립된 힘으로 대비시킨다면, 애덤스는 성모 마리아와 발전기를 사회적 변화의 두 원동력으로 제시한다. 그의 자서전적 기록인 『헨리 애덤스의 교육』(*The Education of Henry Adams*)의 「발전기와 성모 마리아」("The Dynamo and The Virgin")라는 장에서, 그는 당시 기계의 발달과 이에 대해 사람들이 나타내 보인 열정을 표현한다. 중세에 사람들은 성모 마리아로 상징되는 종교적 열정을 기반으로 해서 일원론적인 우주관을 유지했지만, 20세기에 들어와서 사람들은 기계학적인 힘의 상징인 발전기를 "도덕적인 힘"(380)으로 숭상함으로써 다원적인 우주관을 가지게 되었다는 것이다. 즉 그는 사회적·정치적인 현상을 변화시키는 힘이 "믿음"이라고 전제했으며, 이제는 종교적 믿음이 아니라 새로 발명되는 여러 기계에 대한 믿음이 그러한 힘을 가진다고 본다. 그는 1900년 시카고에서 열린 대 박람회The Great Exposition에 전시된 "다임러 모터, 시간당 백 킬로미터라는 무시무시한 속도로 달리는 자동차"(380) 등과 더불어 자신에게 "무한성의 상징이 되어 버린"(380) 발전기를 이해하려고 노력한다. 그러한 기계들로 상징되는 과학과 테크놀로지의 힘이 이제는 서양문명을 창조하는 원동력으로 등장했으며, 나아가 그것은 사람들의 신앙의 대상이 되었다.

이들 19세기 미국작가들은 기계문명을 열렬히 환영하지도 않지만 그렇다고 해서 그것을 본질적으로 거부하지도 않았다. 다만 그들은 기계의 신화적 위력을 사람들이 맹목적으로 수용하거나, 이기적인 목적을 위해서 오용할 때 초래될 수도 있는 비극적 결과에 대해 경고한다. 소로우는 인간의 존재조건에 비추어 우리가 근본적으로 기계의 개발과 이용을 거부할 수 없음을 시사한다. 비록 그가 월든 호숫가로 들어옴으로써 기차로 상징되는 기계문명의 사회로부터 거리를 둔 삶의 방식을 실험적으로 선택했지만, 그 자신도 결코 기계문명의 세계로부터 완전히 절연될 수 없다는 사실을 잘 알고 있다. 그는 "기적소리마저도 들리지 않는"(160) 그런 곳은 더 이상 존재하지 않으며, 그 자신도 철도라는 길에 의해서 "사회와 연결"(160)되어 있음을 인정한다.

　이 점에 있어서는 노리스도 근본적으로 소로우와 견해가 다르지 않다. 노리스 역시 『문어』에서 기계문명에 대한 가치를 중립적으로 제시하며, 기계들이 마치 양면칼날처럼 생산적일 수도 있고 파괴적일 수도 있다고 보기 때문이다. 예를 들면 애닉스터Annixter가 로스 뮤에르토스 농장the ranch of Los Muertos에 새로 도입되어 사용되고 있는 대규모 파종기5)를 경이에 차서 바라볼 때, 그는 그 "서른 세 개의 파종기들이 각각 여덟 개의 괭이를 끌고 마치 군대의 행렬처럼 쨍그랑거리며 지나가면서, 수만 에이커의 거대한 농장에 씨앗을 뿌리며, 살아 있는 토양을 비옥하게 하고 생명의 기원인 대지의 어두운 자궁 속에 깊숙이 씨앗을 심어, 온 세계 모든 사람들의 생명을 유지하는 자양물인 식량"(128)을 공급해 줄 것을 상상한다. 노리스는 이렇듯 기계화되어 가는 농업 활동에 대해 도덕적 판단을 내리지 않는다.

　그럼에도 불구하고 소로우와 노리스는 기계의 위력에 의해서 자연과 인간의 생명이 파괴되고 전통적으로 존중되어 왔던 목가적인 삶의 이상이 붕괴될 것에 대해 불안을 나타낸다.6) 그러나 그들은 기계문명의 보다 더 고질

---

5) 이것은 말의 힘으로부터 동력을 얻었던 거대한 기계로, 엔진을 갖춘 동력 파종기가 나오기 이전까지 사용된 반기계화된 상태의 농기계이다.

6) 소로우는 양떼를 가득 실은 열차가 지나갈 때 "전에는 가축을 몰았지만 지금은 일자리를 잃어버린 사람들이 자신들의 직무의 표상이라도 되는 듯 이제는 쓸모없어진 몰이용 막대기를 손에 쥔 채 가축의 무리에 끼어서"(167) 운송되는 것을 침울하게 바라보며, 그러한 상황을 미국인들의 "목가적 생활이 내몰려 버려지는"(167) 것으로 해석한다. 노리스도 『문어』에서 자연과 기계문명 사이의 직접적인 충돌을 묘사하는데, 예를 들면 한 무리의 양떼들이 질주하는 기관차에 치어서 참혹한 죽음을 당하는 사건에 대한 묘사는 기계문명의 위력에 의해서 목가적 자연이 파괴되는 것을 상징한다.

적인 파괴력은 그러한 기계를 이용해서 충족시키려고 하는 인간의 무한한 물질적 욕망에 기인한다고 본다. 따라서 그들이 보다 심각하게 걱정하는 것은 기계 자체의 파괴적 속성이라기보다는 그 기계를 이용하는 사람들의 탐욕에 의해서 초래될 인간성의 파괴이다. 즉 그들이 경계하는 것은 사람들이 기계 문명을 발달시키는 원인으로 작용하는 상업주의에 집착할 때 생기는 위험성이다. 소로우에게 "여름이건 겨울이건 나의 숲 속을 꿰뚫고 지나가는" 기적소리는 "쉴 새 없이 움직이는 도시의 상인들이 다른 지역으로부터 오는 모험적인 시골 상인들과 거래하기 위해 마을에 도착하고 있다"(160)는 사실을 알려 준다. 화물열차는 놀라운 힘과 능률로 야채와 식량, 목재, 목화, 견사 등 시골의 일차 산업 생산물을 도시로 실어 나르며, 반대로 도시로부터 의자와 의류, 그리고 비단 등 이차 산업 생산물을 유통시킨다.

기차의 신화적인 힘과 그것을 통해 이루어지는 왕성한 상업 활동을 장황하게 묘사하는 동안에 소로우는 반복적으로 그러한 활동의 목적에 대해 회의적 태도를 나타낸다. 그는 "이 모든 것[기차의 위력]이 겉보기와 같다면, 그리고 사람들이 고귀한 목적을 위해서 자연의 요소들을 자신들의 하인[기차]으로 만들었다면!"(162)이라고 표현함으로써, 사람들이 기차를 만들어 이용하는 목적에 대해 우려를 나타낸다. 소로우는 기차의 거대한 힘과 규칙적인 운행 그리고 상업 활동의 활력과 자신감에 대해서 계속해서 칭송하는 듯하지만, 거기에는 어김없이 "그것이 아침 일찍 일어나 일하는 것만큼이나 그의 진취적 기상도 순수하다면!"(162)이라고 덧붙임으로써 그 목적의 순수성에 대해 의심한다. 물론 그는 일반적으로 철도와 상업 활동이 그런 고상한 목적을 실현하기 위한 수단이 아니라는 것을 알고 있다. 기계는 상업 활동을 위한 수단일 뿐이며, 상업 활동은 오로지 부의 축적만을 목적으로 한다. 거기에서 소로우가 지향하는 도덕적·영적인 가치는 결코 찾을 수 없다.

마찬가지로 노리스도 자연과 인간을 파괴하는 요인이 기계 자체의 위력에 있다기보다는 그 기계를 이용하는 사람들의 무한한 상업주의적 욕망에 있다고 본다. 버만S. Behrman과 그의 철도회사The Pacific and Southwestern Railroad로 구체화된 인간의 상업적 물질주의는 기계의 힘을 빌려서 밀wheat로 상징되는 자연을 지배하고 착취하려고 한다. 이 점에 있어서는 샌 와킨San Joaquin의 농장주들도 마찬가지다. 즉 그 투쟁의 배경에는 문어발처럼[7] 한없이 뻗어나가면서 착취하려드는 인간의 물욕, 즉 상업주의가 작용한다. 독점적 지위로 성장하고 이윤을 극대화하려는 철도회사뿐만 아니라, 농장주들도 파종기grain drills나 수확기harvesters와 같은 기계를 이용하여 곡물이라는 이득을 극대화하려 할 따름이다. 그들은 서로 곡물 가격과 운송료를 두고 목숨을 걸고 투쟁한다. 농부들 역시 소로우가 이상화하는 목가적인 정신을 이미 잃어버렸으며, 자연과 공존한다기보다는 자연을 지배하여 자신의 욕심을 충족시키려 든다. 노리스는 자연을 지배하고 착취할 목적으로 벌어지는 그러한 투쟁을 철도회사와 농장주—산업주의와 목가주의—사이의 대결이라기보다는, 각종 기계의 힘을 이용해서 밀로 상징되는 대자연을 착취하고 그것을 통해 자신의 욕망을 충족하려는 인간들의 싸움으로 해석한다.

그러나 철도회사 경영자들과 농부들이 기계의 힘을 빌려 자신의 탐욕을 충족시키려고 할 때 아이러니컬하게도 자연과 기계가 결합된 힘이 결국은 그 두 부류의 사람들 모두를 파멸시킨다. 노리스는 기계적 힘을 압도하는 또 하나의 힘이 작용하고 있음을 시사한다. 그것은 자연의 힘이다. 대지와 밀이 상징하는 자연의 힘은 모든 인간을 먹여 살릴 수 있을 만큼 충분히 생산적이기도 하다. 그러나 다른 한편으로 "인류와 그를 먹여 살리는 대지 사이에 최종적으로 영원히 남아 있는 어떤 부적합한 기질"(130)이 있다. 노리스는 이처

---

7) 인간의 무한한 상업주의적 욕망이 "문어발식" 형태로 확장해 가며 그 촉수tentacles를 이용해서 자연과 약한 사람들을 착취한다는 노리스의 견해는 인간이 그러한 욕구를 채워 가는 데 나타나는 보편적 패턴이 되었다.

럼 인간에게 파괴력으로 작용하는 자연의 힘을 흥미롭게도 기계적 구조와 작용에 비유한다.

> [애니 데릭은] 자연의 어마어마한 무관심을 인식했다. 개미떼 같은 인류가 고분고분하게 자연과 더불어 일하며, 수백 년이라는 시간의 신비로운 행진 속에서 자연과 함께 흘러가는 한, 자연은 적대적이지 않으며 심지어는 친절하거나 우호적이기까지 하다. 그러나 그 곤충들이 [그 자연의 힘에] 반역을 일으켜 그것에 머리를 부딪쳐 대항하려든다면, 자연은 당장에 무자비하게 되어 거대한 엔진, 즉 엄청나고 무시무시한 괴력으로 작용한다. 즉 그것은 강철의 심장을 가진 리바이어던이 되어 [자신의 행위에 대해] 아무런 회한도 모르며 용서도 모르고 관용도 모른다. 그것은 완벽한 고요 속에서 인간의 원자를 근절해 버리지만, 그 바퀴들과 톱니바퀴들로 된 엄청난 기계장치를 거치는 동안 인간은 파괴의 고통 속에서 외마디 비명이나 한 가닥 전율도 감히 나타내지 못한다. (130)

여기에서 노리스는 자연을 괴물과 기계장치가 결합된 모습으로 묘사하며, 그것이 인간에게 무자비한 파괴력으로 작용할 수 있음을 경고한다. 그는 인간과 자연 그리고 기계의 관계에 있어서 인간은 자연의 하위 존재이며, 다시 기계는 그 인간의 하위 존재이지 결코 그 삼자가 동등한 지위를 가질 수 없음을 시사한다.

이러한 관점에서 보면 인간이 자연과의 관계를 유지하며 살아가는 데 있어서 발생하는 문제점의 근원은 기계를 발명하여 산업화하려는 시도 자체에라기보다는 그 기계를 어떤 목적으로 이용하려 하는가에 있다. 인간이 기계를 오용할 때 그 기계의 힘뿐만 아니라 자연의 힘도 인간을 파멸시키는 방향으로 작용하게 된다. 소설의 끝 부분에서 기계의 힘을 오용하는 대표적인 인물인 버만이 자신이 도입한 거대한 기계인 수확기의 놀라운 위력을 확인하고 감탄한 다음, 역시 자신이 도입한 양곡기elevator를 확인하는 과정에서 그 기계의 코일에 발이 빨려들어 곡물통 속으로 떨어지고, 자신의 머리 위에 엄청난 양으로 쏟아져 내리는 곡물 속에 파묻혀 발작하듯 "무시무시한 죽음의 춤"(453)을 추면서 죽어 가는 장면은 기계의 힘과 자연의 힘이 결합하여 인간을 파괴하는 상황을 극화한다. 노리스의 소설은 테크놀로지와 자연의 모순 관계를 지적한다기보다는, 인간이 자연 법칙을 인식하는 것과 그것을 무시하는 것 사이의 차이를 대비한다. 결과적으로 그것은 자연 법칙을 무시한 채 기계의 힘을 오용할 때 맞이하게 될 인간의 비극적 운명에 대해 경고한다.

소로우 역시 사람들이 기계문명이 나아가는 방향과 속도를 의식하지 못한 채, 오직 기계의 위력에 무조건 집착할 때 초래될 수 있는 인류의 파멸에 대해 경고한다. 그는 기차의 운행으로 상징되는 기계문명의 발달이 어딘가를 향해 마치 "행성과 같은 움직임으로—혹은 오히려 혜성처럼8)" 치닫고 있지만, 그것이 "그러한 속도와, 그러한 방향으로"(161) 진행할 때 다시 우리의 현실적 조건으로 되돌아올 수 있을지를 의심한다. 그는 그 "반신반인"의 기관차를 만듦으로써 "인류가 일종의 아트로포스Atropos라는 운명의 신을 만들어냈으며, 그 운명의 신은 결코 [자신이 진행하는 길로부터] 비켜서는 법이 없다"(163)고 짐짓 찬양하는 듯 말한다. 나아가서 그는 독자들에게 "그것[아트로포스]이 너의 엔진의 이름이 되게 하라"(163)고 충고하기까지 한다. 이러한 과장과 확신이 겉으로는 기관차라는 기계가 가진 강건하고 충직한 특성을

---

8) 소로우는 기차라는 당시로서는 놀라운 첨단 기계문명의 산물을 예로 들어 테크놀로지의 발달이 지향하는 방향을 행성과 같은 순환적 진행이 아니라 혜성과 같이 자체의 가속도에 의해서 스스로 불타 소멸해 버리는 움직임으로 비유한다. 그는 오늘날 테크놀로지의 발달이 인류의 종말을 몰고 올 것으로 우려하는 빌 조이Bill Joy와 같은 문명비평가와 유사한 견해를 보인다(Bill Joy. "Why the future doesn't need us." *Wired*. 8.04 http://www.wired.com/2000/04/joy-2/ 참조).

칭송하는 듯 보인다. 그러나 그의 이러한 신화적 과장에는 진지한 예찬이라 기보다는 비꼬는 듯한 우려가 담겨 있다. 그것은 사실 아트로포스라는 운명의 신이 인간의 생명의 끈을 가위로 자르는 일을 임무로 하는 신이라는 사실에 의해서 분명해진다.

소로우와 노리스가 기계의 오용에 우려를 나타내는 데 비해 애덤스는 기계문명 자체에 대해서 근본적인 회의를 나타낸다. 그는 현대적 테크놀로지의 본질과 미래를 걱정과 불안감을 가지고 바라보는데, 그것은 인문주의적인 교육을 받은 구세대에 속하는 그에게 발전기에 의해서 상징되는 기계문명의 시대가 구심점을 잃고 오로지 원심력에 의해 해체되어 가는 시대로 여겨졌기 때문이다. 애덤스는 테크놀로지의 힘을 본질적으로 인간정신과 사회를 와해시키는 힘으로 파악했다. 그는 각각의 기계가 가진 신비로운 구조mechanism가 상호 "불연속적이고" 그것들이 행사하는 "새로운 힘들"은 "무정부적이며," 과학을 향해 나아가는 그 힘들의 "사악한 정신"이 "부친살해적")이라고 표현한다(381). 성모 마리아로 상징되는 종교적 신념으로부터 원동력을 얻었던 과거의 문명이 통일과 조화를 특징으로 하는 데 비해서, 테크놀로지의 힘을 믿음으로 하여 생겨나는 오늘날의 문명은 세대와 세대, 물질과 정신, 지식과 지혜를 분열시키고 갈등하게 한다는 것이 애덤스의 판단이다.

기계의 이러한 "사악한 힘"의 실천적 적용을 극화한 작가는 마크 트웨인Mark Twain이다. 그는 『아서왕의 궁전에 간 코네티컷 양키』(A Connecticut Yankee at King Arthur's Court)라는 소설에서 기계문명의 발달에 대해 우려를 넘어 음울한 경고를 표한다. 소로우와 노리스는 인간이 기계나 테크놀로지를 주로 상업적 물질주의 목적으로 오용했을 때 초래될 위험성에 대해 경고한다. 한편 애덤스는 기계문명의 본질에 잠재된 사회적·심리적 분열 현상에

---

9) 기계에 대해 사용한 '부친살해적'(parricidal)이라는 표현에서 '부친'은 그 기계를 만든 인간으로 해석될 수 있다.

대해 우려한다. 이에 비해 트웨인은 인간이 기계와 테크놀로지를 개발하고 정치적 목적으로 이용하면서 자신의 이런 행위에 대해 스스로 도덕적 가치판단을 할 수 있는 능력이 없을 때 이르게 될 사회적 파멸을 묘사한다. 이 소설에서 전개되는 트웨인의 풍자는 기계문명과 관련되어 인간성 자체에 내재된 자기모순을 지적한다. 즉 인간의 마음의 바탕에는 자연으로 다가가려는 성향과 문명화하려는 성향 사이에 뿌리 깊은 갈등이 존재하는데, 인간이 이러한 자기모순을 의식하지 못한 채 목가적 환경이나 기계적 사회 중 어느 하나를 유토피아로 선택하여 추구한다는 것이다. 트웨인은 목가적 유토피아의 환상이 결국 인간을 야만과 미개의 비참함에 빠뜨린다면, 기계적 유토피아의 환상은 인간을 철저한 자기 파괴에 이르게 할 수 있음을 풍자한다.

　　소설의 주인공 행크 모간Hank Morgan이 기계문명이 발생하기 이전 목가적 문명에 기초한 이상사회로 여겨지는 6세기 아서왕King Arthur의 궁전 카멜롯Camelot을 방문하고 맨 먼저 발견한 것은 탐욕과 미신이 지배하는 야만사회일 따름이다. 그곳은 기본적으로 권력을 독점한 소수의 귀족과 이에 결탁한 제도화된 종교가 다수 인간을 가혹하게 억압하는 사회이다. 이와 같은 억압적 질서가 가능했던 것은 다수 사람들의 무지와 정신적 미개 상태 때문이다. 그리고 행크 모간이라는 민주화된 상식과 실용적 기계문명의 지식을 갖춘 근대 미국인이 이 중세 문명사회를 산업화된 이상향으로 바꾸려고 시도한다. 그러나 기계의 발생이 결국 카멜롯이라는 목가적인 세계를 철저한 파멸에 이르게 한다. 그 소설은 목가적인 카멜롯의 사회와 기계화되고 산업화된 19세기 미국사회를 대비하면서, 이 두 사회에 대해 심리적으로 양가적인 태도를 나타낸다. 한편으로 모간은 중세의 그 목가적인 사회를 무지와 미신, 잔학 행위, 독재 등으로 특징짓지만, 다른 한편으로 그것을 평화롭고 순수하며 인정어린 곳으로 염원하기도 한다.

　　총포류 공장의 지배인이었던 모간은 그의 근대적 테크놀로지와 지식을 이용하여 순수하고 무지한 카멜롯의 사회를 산업화된 유토피아로 만들려고 시도한다. 그는 그 중세의 어두운 나라에 "19세기의 문명이 활기 있게 일어나 도록"(102)하기 위해 보일러, 엔진 그리고 온갖 종류의 노동을 덜어 주는 기계류를 만들고 전화와 전보와 같은 통신설비도 설치한다. 그는 카멜롯 주민들의 복지를 위해서 학교, 공장, 그리고 언론 등의 시설을 세우지만, 다른 한편으로는 그에게 대항하는 사람들을 통제하기 위해서 자신이 만든 무기를 이용한다. 그러한 기계와 테크놀로지의 힘은 곧 정치적 권력 투쟁으로 이어지며, 그 권력을 서로 차지하려는 투쟁 속에서 카멜롯 사회는 양분되고, 이는 결국 참혹한 전쟁으로 이어진다. 결과 산업화된 유토피아를 건설하려는 모간의 시도는 실패로 돌아갈 뿐만 아니라 카멜롯이라는 평화로운 사회는 근대 기계문명의 힘에 의해서 완전히 파괴되어 버린다. 모간은 근대식 무기를 사용하여 수만 명의 적들을 죽이지만 그의 승리는 패자들뿐만 아니라 승자인 모간 자신에게도 완전한 파멸을 의미한다. 그 이유는 적들의 썩어 가는 시체가 모간과 그의 추종자들이 머무르는 동굴 주위에 넘어설 수 없는 장벽을 만들어, 승자들을 그 속에 가두어 버리기 때문이다. 모간은 그가 처한 이러한 궁지를 "우리는 정복했다. 그 보답으로 우리는 정복당했다"(406)라고 말한다. 그 소설은 테크놀로지의 힘에 절대적으로 의존하는 유토피아적 환상은 필연적으로 정치적 권력 투쟁으로 연결되며, 그것은 결국 디스토피아를 초래하는 결과에 이르고 만다는 것을 시사한다.

트웨인은 목가적 유토피아에 대한 염원도 역시 일종의 환상임을 지적한다. 악몽 같은 과거로의 시간 여행으로부터 다시 19세기 미국 사회로 돌아온 모간은 임종을 맞아 그의 "잃어버린 땅," "모든 것이 사랑스럽고 …… 삶을 살아갈 가치가 있게 만드는 곳"(409), 즉 중세의 유토피아로 다시 돌아가고자 소망한다. 모간의 이러한 모순된 소망은 인간 본성에 내재된 역설적 상태를 반영한다. 그는 삶의 이상적인 상태를 실현하는 조건으로, 한편으로는 자연에 대한 동경과 다른 한편으로는 테크놀로지에 대한 지향 사이에서 갈등한다. 이러한 그의 갈등은 자신의 존재에 본질적으로 내재된 자연과 문명이라는 두 조건 사이에서 딜레마에 처한 인간의 모습을 상징한다.

## 3. 기계에 대한/의한 의식의 변화

새롭게 부상하는 기계의 지위에 대해 19세기 미국 작가들이 보내는 우려와 경고에도 불구하고 20세기에 들어오면서 사람들은 더욱 가속적으로 기계문명을 발달시켰다. 그 결과 기계는 단지 생산이나 산업 혹은 운송을 위한 수단으로서 뿐만 아니라 점차 개인의 일상생활의 편의를 위한 수단으로 역할을 확장한다. 20세기의 사람들에게 기계는 더 이상 경이와 두려움의 대상인 괴물이 아니다. 그것은 사람들의 지시를 충실히 수행하는 개인 비서나 대행인으로서의 지위를 가진다. 나아가서 기계가 다루는 대상이 자연뿐만 아니라 인간 자신의 신체와 정신작용을 포함하게 된다. 기계가 인간과 자연의 관계를 가로막을 뿐만 아니라 자연적·사회적 환경 자체를 바꾸고 있다. 사람들이 이 새로운 기계적 환경에 대처하려는 과정에서 기계는 각 개인의 정신 상태뿐만 아니라 그들의 집단의식까지도 변화시킨다. 19세기의 작가들이 주로 기계에 의해서 야기되는 사람들의 물리적 환경의 변화에 주목했던 반면에, 20세기의 작가들은 새롭게 주어진 기계의 지위와 역할에 의해 초래되는 사람들의 도덕적·심리적 변화에 주목한다.

스코트 피츠제럴드Scott Fitzgerald의 『위대한 개츠비』(The Great Gatsby)는 20세기 초반 미국인들이 겪는 기계문명의 가치에 대한 도덕적 혼란을 드러낸다. 소설의 주요 인물들은 모두 다 1920년대 당시 급증하던 기계인 자동차의 가치에 대해서 도덕적인 부적응 상태에 있다. 그들은 그 기계의 편리함을 무분별하게 수용하면서 그것이 타인과 사회에 끼치는 위험성을 간과한다. 기계에 대한 이러한 도덕적 혼란은 상업적 물질주의가 초래하는 정신적 타락과 맞물려 재즈시대로 일컬어지는 1920년대 미국 사회의 한 특징을 이룬다.

1920년 미국에는 8,131,522대의 자동차가 등록되어 있었으나 그 숫자는 1929년도에 23,120,897대로 급증한다. 제너럴 모터스General Motors가 1908년에 설립되었으며, 같은 해 헨리 포드Henry Ford 사는 최초의 대량 생산 자동차 모델인 '모델 티'(Model T)를 내놓았다. 또한 1920년에 피츠버그의 KDKA라는 미국 최초의 공식적으로 인가받은 라디오 방송국이 생겨났으며, 불과 2년 후인 1922년 말까지 576개의 방송국이 인가를 받았다.[10] 미국사람들은 이러한 운송과 정보의 첨단 테크놀로지에 환호했으며, 미국 전역을 휩쓸었던 새로운 기계적 환경이 그들의 개인의식 나아가서 집단의식에 영향을 주었다. 미국인들의 일상생활 속으로 들어온 이러한 새로운 기계는 그들에게 도덕적 혼란을 초래했고 『위대한 개츠비』가 이를 반영한다.

자동차는 그 소설의 작중인물들의 생활에서 중요한 비중을 차지한다. 머틀 윌슨Myrtle Wilson과 개츠비Gatsby를 비극적 죽음으로 몰고 가는 그 소설의 플롯에도 역시 자동차라는 기계가 직접적으로 혹은 간접적으로 역할을 한다. 처음부터 시작되는 자동차와 부주의한 운전에 대한 거듭되는 언급은 마침내 플롯의 중심 사건인 자동차 사고에 의한 머틀의 죽음으로 이어진다. 개츠비의 파티에 갔던 올빼미 눈을 가진 남자Owl Eyes는 어떤 술 취한 운전자에 의해 도랑에 처박혀 바퀴가 부서져 버린 자동차 안에서 영문도 모르는 채 걸어 나오며, 톰Tom Buchanan은 신혼여행 직후에 자동차 안에서 다른 여인과 관계를 가지고, 조단 베이커Jordan Baker는 무분별한 운전자이다. 그리고 마침내 데이지Daisy Fay가 몰던 개츠비의 자동차가 머틀을 치어 죽인다. 그들은 모두

---

10) 리처드 레한Richard Lehan의 『위대한 개츠비: 경의의 한계』(*The Great Gatsby: The Limits of Wonder*) 9쪽 참조.

부주의한 자동차 운전자들로서 오직 그 기계가 가져다주는 편리함만을 즐길 뿐 거기에 수반되는 위험성에 대해 무지하다.

중심인물 중 한 사람인 톰은 근대 과학과 테크놀로지의 진보에 대단한 자부심을 가지며 그 가치에 대해 역설한다. 그러나 그는 근대 과학과 테크놀로지, 그리고 기계의 등장과 더불어 그들이 처한 도덕적 혼란을 깨닫지 못한다. 바로 이러한 시기에 오스왈드 스펭글러Oswald Spengler가 『서양의 몰락』 (*The Decline of the West*)이라는 저서의 「기계」("The Machine")라는 장에서 기계의 발달이 자연에 대한 경외감과 무한한 존재에 대한 열망을 가진 사람들의 소멸을 초래했다고 비판한다. 그는 인간이 근대 테크놀로지의 도래와 더불어 자신과 자연과의 관계를 역전시켜 버렸으며, 이것이 "모든 것을 뒤엎어 버렸고 경제적 생활을 근본부터 변화시켰다. 이전까지는 자연이 인간을 위해 봉사했지만, 이제 그것[자연]은 굴레에 매인 노예가 되었다. …… 그리고 기계들은 그 형태에 있어서 점점 더 인간적인 것과는 거리가 멀어져 간다" (2:502-03)고 지적한다.[11] 피츠제럴드는 도덕적 혼란을 대변하는 인물인 톰 뷰캐넌을 통해서 자연과 인간 사이의 조화로운 관계에 대한 전통적인 가치를 포기하고 기계의 절대적인 힘을 자신의 권력의 원천으로 신봉하는 인간상을 풍자한다.

20세기 중반에 기계가 보다 직접적이고 구체적으로 인간의 정신적 상태를 변화시키는 상황이 랠프 엘리슨Ralph Ellison의 『보이지 않는 사람』 (*Invisible Man*)에서 예시된다. 그 소설에서 백인 의사는 기계장치를 힘을 이용해서 흑인 주인공의 정신성mentality뿐만 아니라 정체성identity까지도 변화시키려고 시도한다. 작품의 흑인 주인공은 공장에서 사고를 당하여 입원한 다음 복잡하고도 이상한 기계의 내부에 앉혀져 그의 정체성 자체를 송두리째

---

11) 리처드 레한은 피츠제럴드가 어떤 경로로든 스펭글러가 쓴 이 책의 내용을 접했을 것으로 추정한다.

바꾸려는 백인들의 시도에 말려든다.

> 그 기계는 칼을 대지 않고 뇌 전두엽 절제수술의 효과를 이끌어 낼 것이
> 다. ⋯⋯ 아다시피 전두엽을 조금도 절단하지 않고 우리는 신경계의 가장
> 중심에 적당한 정도로 압력을 가함으로써─우리의 개념은 게슈탈트인데
> ─그 결과는 인간성 자체의 완벽한 변화에 이르게 된다. (236)

그 주인공은 그 기계로부터 벗어나려고 안간힘을 다하지만 그의 노력은 허사
로 된다. 실제로 일정한 정도의 기계작용을 겪은 후 그가 "그 기계가 나의
어머니이다"(240)고 느끼게 될 때 그 기계장치의 효력은 성공을 거둔 것처럼
보인다. 이것은 현대의 기계장치와 이를 오용하는 정치적 세력의 결합으로
인간의 심리적 조건이 조작되고 변형될 수 있음을 시사한다. 이는 철저히 기
계적인 환경 속에서 생활하는 현대인들이 기계에 의해서 통제되면서 겪게 되
는 심리적 왜곡의 위험성을 상징하며, 기계를 만들고 조작하는 특별한 지식
과 정보를 가진 소수의 사람들이 다수의 다른 사람들의 가치관과 정신성까지
도 지배할 수 있음을 지적한다.

20세기 중반 이후 더욱 증가하는 기계의 영향력은 기계의 지위를 더
이상 주인인 인간을 위해 요술적인 힘을 행사하는 지니나 그를 편안하게 하
기 위해 헌신하는 하인의 차원에 머물게 하지 않는다. 기계는 이제 인간의
친구나 애인으로서의 지위를 확보했으며, 나아가서 인간의 운명을 결정하는
지배자master 혹은 인간이 추구하는 불멸과 완전성의 상징으로서의 지위를 넘
보고 있다. 기계의 영향력은 자연 환경을 개조하여 인간의 생존을 돕는 상태
로부터 출발하여 그의 도덕적 가치관을 흔들어 놓았으며, 나아가서 개인의
정신과 정체성을 바꾸어버렸고, 이제는 인간성humanity 자체를 근본적으로 위
협하는 듯 보인다.

토마스 핀천Thomas Pynchon은 『브이』(V)에서 인간이 기계를 더 이상 생명이 없는 물건으로 여기지 않으며 거기에 자신의 감정을 이입하여 일종의 인격을 부여하는 병적 심리현상을 묘사한다. 철저히 기계적인 환경 속에서 인간은 자연과의 접촉을 거의 잃어버렸고 오로지 기계와의 접촉을 통해서만 정서적 위안을 얻는다. 더불어서 인간이 기계의 속성을 닮아가고 기계가 인간의 속성을 닮아가며, 그 결과 그 양자의 구분이 모호해져 간다. 인간은 기계적 환경 속에서 점점 '탈인간화되어'(dehumanized) 가고, 반면에 기계가 점점 '인간화되어'(humanized) 가는 것이다. 그리고 자연은 인간의 현실에서 이제 그 존재 의미를 완전히 삭제 당한 것처럼 보인다. 작중인물들에게 생명의 의미와 신비성이 사라진 것처럼 보이며, 그들의 삶은 기계적이고 인공적이다.

핀천의 소설이 제시하는 기계문명이라는 환경에 처한 현대인의 가장 두드러진 병적 심리현상은 기계라는 무생물에 인간의 감정을 전이하여 그것에 집착하는 것, 즉 페티시즘fetishism이다. 주요 인물 중 한 사람인 베니 프로페인Benny Profane이 사귀었던 라첼 아울글래스Rachel Owlglass라는 여자는 엠지M.G.라고 이름 붙인 자신의 자동차와 섹스를 즐긴다. 그녀는 한밤중에 그 자동차와 대화하며 그것을 애무한다. 그녀는 "나는 너의 감촉을 느끼기 위해서 산다. …… 너는 우리가 도로 위를 달릴 때 내가 어떤 느낌인 줄 아니? 우리 단둘이만 있을 때 말이야. …… 있잖아, 나에게 너무도 익숙해진 너의 그 재미있는 반응"이라고 말한 다음 근처에서 프로페인이 그녀 자신을 지켜보고 있음을 알지 못한 채 실제로 그 자동차의 어떤 부분을 이용해서 성적인 유희를 즐긴다.

그녀는 그 차안으로 기어 들어갔다. 그리고 자신의 목을 여름 밤하늘 별자리들을 향해 노출시킨 채 운전석에 등을 기대고 누웠다. [프로페인이] 그녀에게 다가가려고 했을 때 그는 [별빛 아래] 너무도 창백한 모습으로

드러나 보이는 그녀의 왼손이 변속기를 애무하기 위해서 뱀처럼 꿈틀거리며 뻗어나가는 것을 보았다. 그는 그녀가 어떤 방식으로 그것을 만지는가를 목격했고 알아차렸다. (29)

기계라는 무생물에 인간의 감정을 전이시키고 정서적 교감을 경험하며 그로부터 쾌감을 얻는 모습은 그 소설의 시대적 배경이 되는 1950년대뿐만 아니라 그 이후로 심화되는 현대 기계문명 사회의 보편적인 심리현상을 표현한다.

　　프로페인 자신도 기계에 인간의 감정을 전이하고 기계와 감정적 교류를 나누는 상태에 빠져 있기는 마찬가지다. 그는 시뮬레이션을 통해 자동차 사고나 방사능 낙진 피해를 실험하기 위해서 자동인형을 이용하는 회사의 야간 경비원으로 일한다. 그가 경비하는 두 로봇은 각각 죽음과 사고를 상징하여 '수의'(SHROUD)와 '충격'(SHOCK)이라고 이름 붙여졌는데, 전자는 실제 인간의 골격 주위에 부착된 투명한 플라스틱으로 된 팔다리를 가졌으며 후자는 발포 플라스틱foam plastic의 살을 가졌다. 이 두 자동인간은 공상과학 영화의 정밀한 사이보그를 연상시킨다.[12] 프로페인은 '충격'과 "일종의 친척관계"(286)를 느끼며, 어느 날 밤 그는 가짜 무당의 역할을 하고 있는 '수의'와 대

---

12) '수의'는 합성인간으로 방사능 피폭을 측정하는 역할을 하며 마찬가지 인조인간인 '충격'은 자동차 사고 충격을 측정하기 위해 만들어졌다. '수의'의 "피부는 셀룰로스 아세테이트 부티르산염으로 되어 있으며, 이것은 빛에 대해서 뿐만 아니라 엑스선, 감마선 그리고 중성자에 의해서도 투시된다. 그의 골격은 전에 실제 살았던 사람의 것이었 …… '수의'는 키가 5피트 9인치이고 이것은 공군 표준 사이즈의 아주 중간 크기였다. 그의 폐, 성기, 신장, 갑상선, 간장, 비장 그리고 다른 모든 내장기관은 속이 비어 있으며 신체 세포와 마찬가지로 투명한 플라스틱으로 되어 있다. 이것들은 실제 인간의 조직이 하는 것과 같은 정도의 방사능을 흡수하는 수양액으로 채워질 수 있었다"(284). 한편 '충격'은 '수의'와 대부분 비슷한 조직을 가졌으나, "그 내부 흉곽 안에 혈액 저장소와 그 중앙부에 혈액 펌프 그리고 니켈-카드뮴 전지로 된 전력 공급 장치가 있었다. 가슴 옆쪽에 있는 제어판에는 정맥과 동맥의 혈액 공급 및 맥박과 심지어 호흡 정도를 조절하기 위한 토글장치와 가감저항 통제장치가 있었다"(285).

화를 하고 있는 자신의 모습에 스스로 놀란다. 그 자동 마네킹은 인류가 곧 자동기계로 변하게 될 것이라고 말한다: "나[수의]와 '충격'은 너와 그 밖의 모든 사람들이 미래에 언젠가 변하여 이르게 될 모습이다"(286). 그 자동인간은 자신들에게는 삶과 죽음의 구분이 없으며, 사람들 모두가 그런 상태에 이르게 될 날이 "그리 머지않았다"(286)고 예언한다. 핀천은 '수의'라는 로봇의 모습을 통해서 테크놀로지를 다룬 문학이나 영화에서 반복적으로 제시되는 인간적인 것과 기계적인 것을 결합하는 모형을 제시하며, 인간이 기계보다 우월하다는 생각을 뒤엎는다. 이러한 상황에서 인간이 자연과의 직접적인 접촉을 통해서 삶의 의미를 실현한다는 생각은 사라진 신화처럼 보인다.

핀천은 현대인들이 기계에 감정을 이입하고 그것에 집착할 뿐만 아니라 실제 그 기계를 점차 닮아간다고 본다. 그들의 일상생활의 동작은 오직 기계의 반복적인 왕복운동을 닮았으며, 그들이 추구하는 개인적인 삶의 방식은 무의미로 특징지어진다. 프로페인과 그의 동료 뉴요커들인 "병든 패거리들"(the Sick Crew)은 자신들의 일상생활의 활동을 기계적으로 퇴화시킴으로써, 그들 "얼간이들"(schlemihls)은 점점 기계를 닮아 간다. 그들은 아무런 목적도 희망도 생각마저도 없이 이곳에서 저곳으로, 이 파티에서 또 다른 파티로 마치 요요처럼 움직일 따름이다. 프로페인은 하루 종일 뉴욕시에서 지하철을 타고 타임스퀘어와 그랜드 센트럴 정거장 사이를 목적도 없이 왔다 갔다 한다. 그들은 자신들의 행동을 기계적 움직임으로 제한함으로써 자신들을 일종의 기계 혹은 물건으로 전락시킨다.

인간이 기계를 닮아 가는 현상은 "병든 패거리들" 중 한 사람인 퍼거스 믹솔리디안Fergus Mixolydian이라는 전위 예술가에게서 더욱 심각해진다. 그는 거의 아무런 일도 하지 않는 "뉴욕에서 가장 게으른 생물체"(56)로서, 하는 일이라고는 오직 "일주일에 한 번 부엌의 싱크에서 건전지, 증류기, 정류기, 그리고 소금 용액을 가지고 빈둥거리는 것"(56) 뿐이며, 그런 방식으로 수소를 생산해서 초록색 고무풍선에 채워 넣는 것이다. 그 밖의 대부분의 시간을 그는 TV를 시청하며 보낸다. 그는 인간이라기보다는 오히려 TV라는 기계의 일부분이 되었으며 "그는 잠들 때 작동하는 스위치를 고안했는데 그것은 자신의 팔 안에 삽입된 두 개의 전극으로부터 신호를 받아들인다. 퍼거스의 의식이 흐려져서 어느 수준 이하로 떨어지면 피부의 저항이 지정된 정도를 넘어서 증가하여 그 스위치를 작동시킨다. 그렇게 해서 퍼거스는 TV수상기의 연장물extension이 된다"(56). 그는 신체적으로 TV와 기계적인 반응을 주고받는 일종의 인간 기계인 것이다.

핀천의 소설은 현대인이 추구하는 개인적인 삶의 목표뿐만 아니라 역사적인 지향도 기계적이며 무의미하다는 것을 보여 준다. 개개인의 삶의 운동 방향이나 역사가 변천하는 방향은 모두 진보적 진행이 아니라 기계의 반복적인 왕복운동을 닮았다. 20세기 후반 테크놀로지의 추진력에 의해서 이끌어지는 인류역사는 인간이 탈인간화되어 가고 기계가 인간화되어 가는 과정을 거쳐, 결국 기계와 인간의 구분이 모호해지는 상태를 향해서 변화된다. 이것은 프로페인과 더불어 소설 『브이』의 플롯의 두 축 중에 하나를 차지하는 허버트 스텐실Herbert Stencil이 필사적으로 추구하는 대상인 '브이'라는 인물의 궁극적인 실체를 통해서 명백해진다. 즉 '브이'가 '누구인가' 혹은 '무엇인가'의 문제는 현대의 테크놀로지에 의해서 지배되는 인류 역사가 지향하는 방향이 인간 중심인가 기계 중심인가의 대비를 가능하게 한다.

소설의 전체를 통해서 '브이'는 스텐실이 추구하는 어떤 대상에 대한 상징으로 나타난다. 스텐실이 제공하는 일화에 따르면, '브이'는 불가사의한 여인으로 나타나는데, 그녀는 구시대의 질서가 공포와 소진으로 특징지어지는 고통스러운 근대라는 새로운 시대로 변천하는 과정에서 어떤 무생물적인 것the inanimate으로 향해 가는 길을 의도적으로 추구한다. 그녀의 역사적인 정체성은 부패와 혁명 혹은 폭동의 역사적인 순간에 모습을 드러내는 여인이기

도 하고, 정부mistress이기도 하며, 어머니이기도 하고, 창녀이기도 하며, 여사
제이기도 하다. 이러한 무정형의 '브이'가 이차세계대전 중 몰타 지역의 공습
에 의해 무너진 건물의 들보에 짓눌려 부서진 채 어린애들에 의해서 한 부분
씩 분해될 때 드러나는 모습은 일종의 인조인간이다. 그것은 유리로 된 인조
눈을 가졌으며, 팔, 가슴 등 신체의 각 부위는 하나씩 분해되고, "그녀의 다리
의 피부가 얇은 조각으로 떨어져 나오자 은으로 된 도립질 세공의 섬세한 내
부 구조를 드러냈다"(343). 그리고 "아마도 몸통 자체는 또 다른 놀라움을 담
고 있었다―알록달록한 색깔의 비단으로 된 내장, 회색 풍선으로 된 폐, 로코
코 풍의 심장"(343) 등. '브이'의 정체성은 물론 미해결의 신비로 남아 있을
수밖에 없다. 그러나 분명한 것은 그것이 인간성을 가진 생명체라기보다는
기계적 특징을 가진 물체라는 것이다. 그것은 "단지 기묘하게 인간의 육신으
로 구성된 자동인간automaton"(411)으로 정의되어진다.

　　핀천은 생명 없는 기계에 대한 인간의 집착이 결국 인간 자신이 죽음으
로써 다시 "생명이 없는 우주에서 합쳐져서 그 둘이 하나로 될 때"(410) 비로
소 해소될 지도 모른다고 말한다. 그리고 그는 "그때까지 사랑이라는 유희는
무생물에게 인간성을 부여하는 것을 의미한다. 그러한 현상은 남성과 여성
사이에가 아니라 살아 있는 것과 죽어 있는 것 사이에, 즉 인간적인 것과 물
애적인 것human and fetish 사이에 발생하는 일종의 복장도착증transvestism이다"
(410)라고 진단한다.


## 4. 현대 테크놀로지의 역설

20세기 작가들인 피츠제럴드나 엘리슨 같은 미국작가들은 기계의 사용에 의
한 우리의 도덕적 타락과 심리적 왜곡에 대해서 풍자한다. 소로우나 노리스

와 같은 19세기 작가들과 마찬가지로 그들도 기계문명 자체를 비판한다기보다는 인간이 기계를 만들고 사용하는 목적과 방식에 문제가 있음을 지적한다. 19세기의 작품에서와는 달리 20세기의 작품에서는 기계가 더 이상 괴물의 모습으로 그려지지 않는다. 오히려 그것은 사람들의 일상생활 속에 가까이 존재하면서 수고를 덜어주는 하인이나, 사악한 지시까지도 충실히 수행하는 대행인으로 묘사된다. 한편 핀천은 TV나 컴퓨터와 같은 정보 매체로서의 새로운 기계의 발달과 함께 인간정신에 나타나는 새로운 변화를 표현한다. 기계는 한층 향상된 지위를 가지게 되어 사람들의 애인이나 친구 혹은 적으로 나타난다. 때로 기계적 환경에 의한 인간의 심리적 왜곡이 일종의 병리현상으로 비쳐지기도 하지만, 그로 인해 인간성 자체에 대한 새로운 이해가 요구되기도 한다.

이렇듯 인간과 기계의 구분이 모호해지고 그 양자 사이에 불연속성이 깨지면서 인간은 정체성의 위기라는 새로운 위험에 처한다. 특히 20세기 후반 컴퓨터의 발달을 기반으로 가능해진 정보공학, 생명공학 등의 가속적인 발달을 표현하는 데는, 매즐리시가 지적하듯이 '발달'이라는 용어보다는 '진화'라는 용어가 더 적절한 것처럼 보인다. 컴퓨터 혹은 '디지털 머신'의 등장과 더불어 기계가 인간의 근육은 물론 두뇌의 역할까지 돕거나 대신하기 시작하면서, 인간의 지적 활동 중 많은 부분을[13], 그리고 인간의 신경 체계의 일부까지도 기계가 대신하게 되었다. 사람들은 자연과의 접촉을 거의 잃어버렸으며, 심지어 다른 사람들과의 직접적 접촉도 잃어버린 듯 보인다. 각 개인은 오로지 기계와의 접촉을 통해 생활하며, 또 그것을 통해 신체적·정서

---

13) 핀천의 소설 『제49호 품목의 경매』(*The Crying of Lot 49*)에서 39세에 실직당한 요요다인 회사의 한 간부 사원이 3주일 동안 자살을 할 것인지 결정을 내리지 못하는 것을 보고 한 사무 효율성 전문가가 그에게 "아니, 자살을 결정하는 데 3주나 걸렸단 말이오? IBM 7094 컴퓨터 같으면 백만 분의 12초에 그것을 처리할 수 있소. 당신이 쫓겨난 것도 당연하군"(85)이라고 말한다.

적 만족을 얻는다. 기계가 만들어 주는 가상현실이 실제 현실보다도 더 큰 영향력을 갖는 경우도 생겨나고 있다.

오늘날 과학자들이 증언하는 바에 따르면 유전공학과 미세공학, 그리고 로봇공학의 결합으로 신체적인 능력뿐만 아니라 지적인 능력까지 갖춘 호머Homer의 영웅들—인간을 닮았지만 지적·육체적 힘이 인간의 한계를 훨씬 초월하는—이 기계적으로 실현될 날이 머지않은 것처럼 보인다. 과학 소설이나 영화에서는 기계가 심지어 인간의 감정까지도 갖게 될 것이며, 더 나아가서 효과적인 방법으로 자기 복제를 할 수 있을 것으로 예견한다. 또한 인간 신체의 여러 기관들이 실제 기관보다 성능이 뛰어난 기계들에 의해서 대체될 수도 있다고 본다. 인간정신과 기계의 통합을 통해 인간이 거의 완전성과 불멸성을 획득할 것처럼 말하기도 한다. 이런 현상에 대해서 매즐리시 같은 조심스러운 낙관론자들은 제아무리 기계가 인간과 함께 진화하여 거의 완전성에 이른다할지라도 궁극적으로 그것을 통제하는 것은 인간일 것이므로 우리가 거기에 수반되는 위험에 적절히 대처할 것이라고 본다. 그는 인간이 결정적인 순간에 "컴봇"14)의 플러그를 뽑아버릴 수도 있다고 생각한다. 그는 "인간을 닮은 컴봇을 만드는 것은, 우리가 기계를 만드는 주된 이유—완전을 향한 열망—에 어긋난다. 기계가 완전하다면 그것은 인간이 아니다. [왜냐하면 인간은 본래 불완전할 수밖에 없으므로.] 기계가 완전하지 않다면 우리는 그런 기계를 원하지 않는다"(369)고 말한다. 따라서 인간과 기계 사이의 불연속성은 결코 무너지지 않을 것이며, 유기체로서 인간 종의 고유성이 어떠한 경우에라도 유지될 것이라고 보는 것이다.

반면에 빌 조이 같은 회의론자들은 테크놀로지의 발달로 인한 초능력 기계의 출현이 인류의 미래를 위협할 수 있다는 주장이 단지 가정이 아니라

---

14) '컴봇'이라는 표현은 매즐리시가 컴퓨터화 된 로봇을 일컫기 위해 만든 말임.

현실이라고 우려한다. 그의 주된 우려는 인간과 기계의 합성이 우리가 지금까지 간직해 온 인간성을 파괴할 것이라는 점과, 테크놀로지의 발달이 어떤 단계를 넘어서면 인간 스스로가 그것에 제동을 걸 수 없게 되어 초능력의 기계가 대량살상 무기로 오용될 수도 있다는 점이다. 그는 소로우의 말을 인용해서 "우리가 기차를 타는 것이 아니라 기차가 우리를 타게 된다"는 위험성에 대해 경고한다.[15] 그리고 대부분의 과학기술자들이 자신들의 마음속에 일어나는 이러한 위험성에 대한 두려움과 이에 대한 자신들의 책임에 대해 애써 외면하고 있다고 지적한다.

미국작가들은 인간성 자체를 고정된 것이 아니라 환경의 변화와 더불어 계속해서 변화하고 있는 것으로 파악한다. 그들은 테크놀로지와 기계, 인간성에 나타나는 이러한 변화에 대해 매즐리시 식의 낙관적인 예견보다는 빌 조이 식의 비관적인 태도를 가진다. 즉 그들은 자신들의 우려의 목소리가 가속적으로 발달하는 기계문명에 일종의 제동장치로 기능하기를 기대하는 경향이 있다.

인간이 자연 선택에 의해서든 인위적 결정에 의해서든 기계를 창조하여 환경과 자기 자신의 삶에 그 어떠한 변화를 시도한다 할지라도, 그의 종species적 지위를 결코 초월할 수는 없을 것이다. 그리고 인류의 운명은 그것이 비극적 종말이든 조화로운 진화든 결국 기계에 의해서가 아니라 인간 자신에 의해서 결정될 것이다. 인간이 창조한, 보다 정확히 말하면 변형시킨, 기계뿐만 아니라 인간 자신의 지적 능력도 양면의 날을 가진 칼이며, 그것이 어떤 결과를 만들어내는지는 역시 인간의 책임으로 돌아갈 것이다. 그 어떤 경우에도 우리는 칼을 탓할 수 없기 때문이다. 다른 모든 것에 대해서처럼 기계에 대해서도 우리들 대부분은 밝은 전망과 어두운 전망을 동시에 갖는다.

---

15) 빌 조이의 「왜 미래가 우리를 필요로 하지 않는가」 "Why the future doesn't need us." 『와이어드』(*Wired*) 8.04. 13쪽 참조.

우리는 한편으로는 기계의 힘을 추종하고 그 유용성을 기꺼이 수용하면서도, 다른 한편으로는 인도주의적 혹은 생태주의적 감정에서 기계에 대해 거부감을 드러내는 모순된 존재들이다. 생물학적 차원에서 우리는 자연의 다른 생명체들로부터 유전자적 차원에서 작용하는 동질성을 확인하려는 경향이 있으며, 이것이 우리로 하여금 자연에 대한 동경, 즉 생명애를 불러일으킨다. 반면에 우리의 또 다른 존재 조건은 우리로 하여금 생존을 위해 끊임없이 자연환경을 변형시키도록 요구하며, 이것이 우리로 하여금 끊임없이 기계를 만들고 이용하게 한다.

이 글에서 살펴본 미국작가들은 인간성에 내재된 이러한 역설적 양면성을 우리에게 주지시킨다. 우리의 생존은 기계문명을 철저히 배제한 순수한 자연 상태로 환원될 수 없으며, 마찬가지로 그것은 자연 상태로부터 완전히 단절된 기계적 상태로 치환될 수도 없다. 미국 작가들은 우리의 기계 지향성이 인간의 고유한 존재 조건임을 인정하지만, 우리가 그것에 과도하게 집착할 경우 초래될 수도 있는 비극적 운명을 우려한다. 그들 작가들은 목가적 이상향에 대한 노스탤지어뿐만 아니라 기계적 이상향에 대한 환상도 균형을 잃은 과도한 집착임을 우리에게 환기시킨다.

## 제4장

# 농업주의 이상과 농촌 경관:
# 햄린 갈랜드의 『주통행로』

## 1. 목가적 농업주의

농업은 인간의 생존을 위해 필수적인 요소인 식량을 공급한다는 점에서 전통적으로 정치가들이나 사회철학자들에 의해서 그 가치가 예찬되어 왔다. 또한 문학 양식으로서 목가주의는 전원생활의 단순성을 미덕으로 찬양하며, 자연과 조화된 농부들의 삶을 그 모범으로 제시한다. 목가주의적 욕구가 미국인들에게만 고유한 것은 아니지만, 미개척지인 신대륙에서 새로운 역사를 시작하려는 미국인들에게 그러한 욕구는 특별한 의미를 가졌었다. 그리고 훼손되지 않은 자연 속에서의 단순하고 평온한 삶에 대한 소망은 오늘날 미국인들의 생활과 태도 속에 녹아들어 있다. '도시로부터의 탈출'을 꿈꾸는 많은 도시 사람들의 소망이 이를 입증하며, 미국의 대도시 주변에 광범위하게 발달한 교외지역이나 중서부 농업 지대의 잘 가꾸어진 풍경은 그러한 소망의 흔적을 보여 준다.

미국 건국의 아버지들founding fathers 중 일부도 풍요롭고 광활한 땅에서 새로운 국가를 건설하려는 구상 속에서 국가 산업의 기반으로서 농업의 가치를 강조했다. 토마스 제퍼슨Thomas Jefferson의 농업주의agrarianism가 그러한 견해를 대변한다.[1] 그리고 제퍼슨의 농업주의 이상은 이후 19세기 중반에 이르러 서부 개척을 추동하는 힘이 되었다. 즉 그의 목가적 농업주의가 일종의 정치적 이미지로 이용되면서 개척자들을 서부로 끌어들여 정착하게 하는 데 강력한 역할을 했다.

그러나 제퍼슨보다 약 한 세기가 지난 후에 중서부 사실주의 작가인 햄린 갈랜드Hamlin Garland가 경험했고 묘사한 미국 서부의 농촌 모습과 농부들의 생활은 제퍼슨이 구상했던 목가적 농업주의 이상과는 사뭇 달랐다. 1891년에 출판된 갈랜드의 『주통행로』(Main-Travelled Roads)에 묘사되는 대평원의 농촌과 농부들의 삶에서 시골 생활의 여유와 평화는 전혀 찾아볼 수 없다. 오히려 서부 농촌은 고된 노동과 물질적 결핍의 현장이며, 대지는 생명과 지혜의 원천이라기보다는 고된 노동이나 투기의 대상이 된다. 개척지 농민들의 실제 삶에서 제퍼슨의 농업주의 이상은 실패로 돌아간 것이다. 더불어 시골 생활에서 간소함과 평화 그리고 지혜를 추구하려 했던 농부들의 도덕적 가치관도 역시 변질되었다. 왜곡된 욕망과 사회 제도 하에서 대부분의 농부들은 자족하는 자작농이 아니라 절망적인 소작농의 삶을 영위하고 있다.

19세기 미국의 서부 농촌을 배경으로 하는 『주통행로』에서 갈랜드가

---

1) 농업주의agrarianism는 시골 사회가 도시 사회보다 더 가치 있고, 자립적인 농부가 임금 노동자보다 우월하다고 보며, 농업을 이상적인 사회적 가치를 성취할 수 있는 삶의 방식이라고 주장하는 사회철학이다. 그것은 상업이나 제조업에 의존해서 유지되는 도시 생활에 대비해서 자연을 상대로 한 단순한 시골 생활의 도덕적 우월성을 강조한다. 그러한 의미에서 '농업주의'는 농업 생산성에 주요 관심을 두고 국부의 원천을 농업에서 구하는 경제 이론인 '중농주의'(physiocracy)와 그 의미가 구분된다. 아담 스미스Adam Smith는 중농주의를 주장한 대표적인 인물이다.

묘사하는 농촌 경관, 농업의 가치, 그리고 농부의 성품 등은 건국 초기 제퍼슨이 제시했던 농업주의 이상에 정면으로 배치되는 것이다. 갈랜드의 소설에서 농촌을 방문하는 사람들은 그곳을 자연의 아름다움과 농사일의 즐거움, 그리고 농부의 소박함이 어우러진 공간으로 보는 경향이 있다. 반면에 실제 농부들의 시각에 비쳐진 농촌 환경은 결핍과 고통, 그리고 속박의 공간으로 나타난다. 그 결과 『주통행로』는 두 가지 상반된 농촌 풍경화를 보여 주는데, 하나는 감상적인 방문자의 눈을 통해서 제시되는 목가적 시골 풍경이고, 다른 하나는 좌절에 빠진 농부의 관점이 반영된 어둡고 고통스러운 농촌 경관이다.

　『주통행로』에서 묘사되는 서부 개척 농부들의 생활과 가치관이 건국 초기 제퍼슨이 구상했던 목가적 농업주의 이상과 부합하지 않는 이유는 그들의 삶이 결코 단순화된 욕망에 바탕을 두고 있지 않기 때문이다. 한편으로 그들 농부들은 비우호적인 자연 환경 속에서 고된 농사일에 시달리며, 다른 한편으로는 다른 농부들이나 토지 투기꾼들의 탐욕 등 인간의 해악에 의해서 고통당하기도 한다. 대평원의 농촌은 자연을 관조하는 목가 시인들의 터전이 아니라 거친 대지를 상대로 노동을 하는 농부들의 생활공간이다. 동시에 그곳은 도시로 떠나서 그곳에서 생활하다가 다시 농촌을 방문하는 사람들의 고향이기도 하다. 그들 방문자들은 농촌의 아름다움을 찬미의 대상으로 삼지만, 평생을 농업에 종사하는 농부들은 대부분 결핍과 고통의 농촌 환경을 벗어나서 물질적 풍요와 문화적 혜택을 누릴 수 있는 도시 생활을 염원한다.

　서부 농촌 경관의 이처럼 극단적으로 상반된 두 가지 모습은 제퍼슨이 파종한 농업주의 이상의 이론과 실제 사이의 모순에서 비롯된 것이다. 버질 Virgil로부터 시작된 전통적인 목가주의 작가들과는 달리 제퍼슨은 목가주의를 단순한 문학적 수사가 아니라 일종의 건국을 위한 실천적 계획사업으로 구상했다. 제퍼슨은 유럽이 제조업을 바탕으로 문명화되는 과정에서 나타났던 경제적・도덕적 문제점들을 제거하고 보다 더 바람직한 국가적 이상을 설정하려고 시도하였다. 그래서 그는 미국의 사회경제적 모델을 목가적 이상에 바탕을 둔 농업주의 사회로 구상했다. 그러한 맥락에서 레오 막스Leo Marx는 제퍼슨이 『버지니아 주에 관한 기록』(*Notes on the State of Virginia*)을 출판한 1785년에 이르러서 목가적 이상은 그것이 전통적으로 속했었던 "문학 양식의 영역을 '벗어나서' 현실의 영역으로 들어 왔다"(73)고 말한다.[2] 즉 제퍼슨은 목가적 이상과 정치적 실제가 결합된 사회 정책으로 자신의 농업주의를 내세웠다.

제퍼슨의 농업주의는 미국이 상업과 제조업을 가능한 한 제한하고 소규모 자작농을 기반으로 한 전원 국가로 발전해야 한다고 제안한다. 당시 유럽은 전쟁 때문에 제조업의 생산성이 강조되는 분위기였으며, 그곳의 도시들은 제조업 작업장들과 상업 지역으로 구성된 어둡고 붐비는 곳이었다. 제퍼슨은 제조업이 신생 국가의 산업적 기초가 되려는 상황에 대해 경계심을 가졌었다. 그래서 미개척지의 순수한 자연에 기본적인 문화적 개선이 결합된 중간 경관이 미국인들의 민주적 이상을 구현할 수 있는 터전이라고 기대했다.

제퍼슨은 민주적인 사회의 "도덕적 중심으로서 시골의 미덕"(Marx 123)을 강조했다. 그래서 그의 목가적 농업주의는 경제적 효율성보다는 도덕적 이상을 중시한다. 그 점에 있어서 제퍼슨의 농업주의는 중농주의자들의 생각과 달랐다. 당시 실질적인 중농주의자들은 대규모 농업의 우월한 효율성을 강조했지만, 제퍼슨은 가족 중심의 소규모 농장을 주장한 것이다. 즉 그는 제조업에 기반을 둔 도시 사회는 물론 대규모 기업농에 대해서도 반대했으며,

---

2) 제퍼슨의 농업주의 사상은 『버지니아 주에 관한 기록』에 기술되어 있으며, 특히 농업에 대한 목가적 이상은 그중에서도 Query XIX "Manufactures"(175-77)에 표현되어 있다. 또한 레오 막스는 『정원에 놓인 기계』(*The Machine in the Garden*)에서 제퍼슨의 그러한 사상을 서양의 목가주의 전통에 비추어 논한다(116-44).

대신에 자작농을 기본으로 하는 농촌 사회를 이상적인 사회의 조건으로 생각했다.

그러한 사회는 도덕적으로 성숙한 사람들로 구성된 공동체인데, 제퍼슨은 그들이 독립적이고, 합리적이며, 민주적인 농부들이어야 한다고 믿었다. 그는 미국의 농부들이 사고와 욕망에 있어서는 단순하지만, 자연에서의 경험을 통해서 지혜로워진 사람들이 되어야 한다고 제안했다. 그러한 그의 주장은 "흙에서 노동하는 사람들은 신의 선택을 받은 사람들이며 …… 신은 농부들의 가슴을 실질적이고 진정한 미덕을 위한 독특한 저장고로 만들었다" (176)는 자신의 믿음에 근거한다. 제퍼슨은 가슴속에 "미덕의 씨앗"(176)이 심어진 고상한 농부들로 구성된 사회가 산업 자본주의의 해악에서 벗어날 수 있는 대안이라고 믿었다. 그러한 농부들이야말로 자본가들의 탐욕과 소비자들의 변덕에 의해 초래되는 시장 경제의 해악을 거부할 수 있다는 것이다. 그는 그러한 미국의 농부들이 의존적이고 비참한 삶을 살고 있는 유럽의 제조업 직공들과는 달리, 자유롭고 독립적인 삶을 살 수 있을 것이라고 전망했다.

유럽에는 토지가 이미 경작되고 있거나 혹은 경작자가 접근하지 못하도록 울타리가 쳐져 있다. 그러므로 나머지 다른 사람들을 먹여 살리기 위해서는 선택에 의해서가 아니라 어쩔 수 없이 제조업에 의존해야만 한다. 그러나 우리는 농부의 근면을 유혹하는 막대한 토지를 가지고 있다. 그렇다면 우리의 모든 국민들이 그 땅을 향상시키는 데 고용되어야 하는 것이 최선인가, 아니면 국민의 절반이 나머지 다른 사람들을 위한 제조업과 수공업을 행하도록 요구되어지는 것이 최선인가? (176)

제퍼슨이 미국에서 농업의 산업적 우월성을 주장한 것은 미국이 경작 가능한 막대한 땅을 가지고 있다고 생각했기 때문이며, 그가 농업의 도덕적 우월성을 찬양한 것은 제조업이 인간성을 타락시킨다고 믿었기 때문이다. 그는 "어떤 시대나 국가도 농부들의 도덕적 타락을 나타내는 현상에 대한 예를 보여준 적이 없다"(176)고 역설한다.

제퍼슨은 이상적인 농업 사회에서 농부는 자연 환경, 특히 대지와의 관계에서 즐거움을 누릴 수 있으며, 그들의 삶은 자연의 리듬에 조화를 이룬다고 생각했다. 그가 구상하는 미국의 농부상은 전통적인 목가주의 문학작품에 등장하는 농부의 모습과 일치하는데, 그들은 경제적인 욕망을 추구하지 않는다는 공통점을 갖는다. 결국 제퍼슨이 기대하는 목가적 공동체는 욕망이 절제된 자급자족을 기반으로 하는 사회이다. 그는 "버지니아의 농부가 가족 규모로 [운영되는] 자신의 농장에서 그의 가족이 필요로 하는 모든 것을, 그리고 기껏해야 그보다 '약간 더' 많은 농산물을 생산할 것"(Leo 127, 필자 강조)이라고 전망했었다.

제퍼슨은 농부들이 소작농으로서의 신분을 벗어나서 실질적으로 자신의 땅을 소유하게 되면 더 이상 경제적 욕망을 갖지 않을 것이며, 토지나 재산에 대한 탐욕에서 벗어날 것이라고 기대했다. 즉 그들이 삶의 목표를 자족함에 둘 것이며, 부의 축적에 두지 않을 것이라는 것이다. 그것은 인간의 심리적 욕망과 신체적 생존 욕구를 동일시하는 것으로, 농부들이 사실상 심리적 평형상태를 유지한다는 것을 의미한다.


## 2. 농업주의의 좌절

그런 점에서 제퍼슨의 목가적 농업주의는 근본적으로 실현 불가능한 유토피아 이론이다. 제퍼슨 스스로도 자신의 구상을 "단지 이론, 즉 미국의 하인들이 자유로운 상태에서라면 따르지 않을 이론"일 따름이라고 자평했다.[3] 레오 막스는 제퍼슨의 목가적 농업주의에 내재된 그러한 모순이 단순히 사유방식의 문제가 아니라 "근원적인 양가성-자아와 사회로부터의 충돌하는 요구들에 대한 복잡한 반응-에서 비롯되는 것"(136)이라고 본다. 실제로 개인의 욕망은 스스로 절제될 수 없으며, 개인들의 집합인 사회의 요구와 충돌할 수밖에 없다. 미국의 대지가 제아무리 광활하다고 할지라도 경작지를 공급해 주는 데는 결국 한계가 있으며, 반면에 인간의 욕망은 무한하기 때문이다.[4] 그럼에도 불구하고 제퍼슨은 사회가 근본적으로 안고 있는 빈부의 갈등이나 개인의 욕망의 문제를 지나치게 단순화하여 쉽게 억제될 수 있다고 간주했다. 제퍼슨은 도시가 인간의 욕망을 확장시키는 환경이고, 반면에 농촌은 욕망이 억제되는 환경이라고 구분하여 인식한다. 그러나 그러한 구분은 인간 욕망의 발현과 확장에 따르는 정도의 차이를 본질의 차이로 오인하는 것이다.

레오 막스는 제퍼슨이 미국에서 자신의 농업주의 구상이 실제로 실행될 가능성이 낮다는 사실을 인식하고 있었으므로, 그것을 일종의 도덕적 "본보기로 혹은 장기적인 정책을 위한 지침으로"(143) 제시했다고 본다. 실제로 제퍼슨의 목가적인 농업주의 사상은 19세기 중후반 미국인들의 마음속에서 일종의 도덕적 가치를 상징하는 정치적 메시지로 작용했다. 이에 대해 헨리 스미스Henry Nash Smith는 제퍼슨에 의해서 촉발된, "광활하고도 계속해서 성

---

3) 제퍼슨이 호겐드롭G. K. van Hogendrop의 질문에 답하는 편지(Oct. 13, 1785)에서 진술한 표현으로 *The Papers of Thomas Jefferson VIII*, ed. P. Boyd and others (Princeton, N.J.: Princeton UP, 1952), 631-34에 나와 있으며, 여기에서는 레오 막스의 『정원에 놓인 기계』의 133쪽에서 재인용했음.

4) 헨리 조지Henry George는 다른 동물과는 달리 인간에게 있어서만 욕구가 확장되고 변형된다고 주장한다. 그는 모든 동물들 중에서도 오직 인간만이 "그의 욕망들이 채워지면서 증가하고, 그것이 결코 충족되지 않는 유일한 동물"(134)이라고 말한다. 그는 인간의 생존을 위한 신체적 기본 욕구가 심리적 차원으로 확장되는 현상이 인간 본성에 내재하며, 그것이 문명의 근원이고 진보의 시작이 되었다고 본다.

장하는 대륙 내부의 농업 사회의 이미지가 19세기 미국의 두드러진 상징들 중 하나"가 되었으며, 일종의 집단적 재현이 되었고, 미국적인 풍요로운 생활을 정의하는 "시적인 이상"이 되었다고 주장한다(123). 즉 서부를 "정원"(garden)의 이미지로 상징화함으로써 미국을 풍요와 성장의 공간으로, 그리고 농업을 "대지에서의 축복받은 노동"(123)으로 표현하는 강력한 은유로 제시했다는 것이다. 그러나 그러한 은유의 효력은 사람들을 서부로 끌어들여 개척 농부로 정착하게 하는 데는 효과적으로 작용했지만, 그들에게 평화롭고 안정된 삶을 가져다주는 데는 실패했다.

　　서부를 경작지로 바꾸어가는 데 추동력이 되었던 목가적 농업주의 이상은 19세기 후반 이후 가속화된 산업화, 상업화, 도시화 등의 근원이 된 미국인들의 물질주의적 욕망에 부딪혀서 깨어지고 말았다. 농업주의 이상이 실현되기 위해서는 당시 급격하게 확장했던 자본주의 경제에 제동을 걸어야 했으나, 그것은 원천적으로 불가능했다. 우선 소규모 자작농에 대한 제퍼슨의 구상이 현실에서 좌절되었다. 그의 이상은 농업 생산과 수요의 완벽한 조화 －각각의 자작농이 자급자족하면서 약간의 잉여 농산물만을 생산하는 것－ 를 전제로 하는데, 그것은 이론상으로만 가능했을 따름이었다. 뿐만 아니라 날씨나 기후 또는 다른 자연 조건의 변덕 때문에 토지의 농업 생산성도 일관되게 유지될 수 없었다. 즉 인간의 욕망이 평형상태로 유지되지 않았으며, 생산성도 과잉이나 결핍 상태 중 어느 한 쪽으로 치우치는 상황이었다.[5] 그 결

---

5) 북서부의 토지는 대단히 비옥했고 경작되는 면적이 급속도로 늘어나서 잉여 농산물과 가축이 지나치게 많아졌다. 그 결과 서부의 농부는 생존을 위한 농업이라는 원시적인 패턴에 더 이상 만족하지 않았다. 또한 시장에 접근을 원하는 농부들은 국내 여건의 개선에 관심을 갖게 되었다. 그들의 그러한 관심이 고속도로와 운하의 건설을 촉진했고, 강에 관개수로가 생겨나게 했으며, 이후에 철도의 건설을 요구했다. 상업이 발달하면서 신시내티나 루이빌과 같은 황야의 도시 정거장들이 생겨났다. 거기에는 은행이나 포장 산업과 같은 기본적인 제조업이 발달했고, "결국 서부의 분위기를 결정하는 것은 농업 공동체가 아니라 바로 그러한 도시적인 요소들이었다"(Smith 155).

과 농업주의를 상징하는 "정원의 신화"는 일종의 "조롱거리가 되었으며", 들에서 일하는 농부들은 현실에 대해 강한 "분노감을 갖게 되었다"(Smith 188).

　중서부의 광활한 땅을 개척하고 경작하게 하기 위한 조치로 실행된 홈스테드 법The Homestead Act이 실패로 돌아간 것이 당시 미국인들의 땅에 대한 무한한 욕심을 예증한다.6) 홈스테드 법이 실패한 이유는 정부가 농민에게 혹은 철도회사에 무상으로 배분한 땅을 투기꾼들이 사서 탈법적으로 되파는 행위 때문이었다. 동시에 증기기관을 이용하는 트랙터와 타작 기계 등 농기계들이 북서부의 밀 경작지에 등장하면서 더 이상 생계 중심의 소규모 자작농이 유지될 수 없었다. 그 결과 점점 더 많은 농부들이 소작농으로 전락했고, 19세기 후반에 이르러 소작농의 비율이 급속히 증가했다. 더욱이 공식적으로는 소유자들에 의해서 경작되는 농지로 등록되어 있었던 많은 농장들조차도 과도하게 저당 잡혀 있어서 형식상 소유자들이 실제 주인이라고 보기 어려운 지경이었다.

　이러한 상황에서, 중서부 작가인 갈랜드는 실제 농부들의 삶 속에서 농업주의의 이상이 무참히 깨어지는 모습을 신랄하게 묘사한다. 『주통행로』에서 그가 묘사하는 서부의 농부들은 제퍼슨이 구상했던 평화와 자유를 누리는 자족적인 자작농의 모습이 아니다. 그들은 왜곡된 토지 제도와 가혹한 자연 환경, 그리고 대지주의 탐욕에 고통당하는 소작농의 모습이다. 갈랜드는 과거부터 계속된 그럴듯하고 진부한 말들로 미화된, 농업에 대한 찬미가 가난에 찌든 서부 농부의 곤경을 감춤으로써 더욱 심각한 해악을 끼쳐왔다고 주장한

---

6) 홈스테드 법에 따라서 미국 정부는 미시시피 강 서쪽의 미개척 국유지를 21세 이상인 사람에게 한 사람당 160에이커씩 분배하여 일정한 조건을 이행하면 무상으로 그 소유권을 인정했다. 그 청구지에 대한 소유권을 얻기 위한 조건은 해당 토지구역에 대한 신청서를 제출하고, 그 땅에 5년 이상 거주하면서 그것을 개간하여 향상시킨 다음, 그에 대한 권리 증서를 청구하는 것이다. 홈스테드 제도가 실패로 돌아간 원인과 상황에 대한 설명은 스미스Henry Nash Smith의 『처녀지』(*Virgin Land*) 189-94쪽 참조.

다. 그는 인상적인 단편인 「루크레티아 번즈」("Lucretia Burns")에서 래드번 Douglas Radbourn이라는 인물을 통해 다음과 같이 말한다.

> 작가들과 연설가들이 농장 생활의 '목가적인 점'을 너무도 오랫동안 거짓 진술해 왔고 '독립적인 미국 농부'에 관해서 너무나 많은 말을 해 온 결과, 농부 자신이 미국에서 가장 고되게 일하면서도 가장 적게 보수를 받는 사람들 중 하나라는 사실을 스스로 인식하지 못하게 되었다. (*Other* 102, 원문 강조)

갈랜드가 묘사하는 서부의 농부들은 헛간 같은 오두막에서 살고 있고 그들의 아내는 도시로의 탈출을 꿈꾼다. 래드번은 그 농부들이 모두 미친 듯이 일하지만 그들이 얻는 보상이란 단지 "여름 동안에는 먹고 잘 수 있고, 겨울에는 겨울잠을 잘 수 있는 굴뿐이다. 그들에게는 비참한 현재와 절망적인 미래뿐이다"(*Other* 102)고 울분을 토한다.

동부의 도시에서 여러 해를 보낸 후 1887년 사우스 다코타South Dakota에 있는 그의 옛 고향집으로 돌아왔을 때, 갈랜드는 "이 슬픈 생활로부터 탈출한 이후 이제는 동정심에 차서 [서부 농촌을] 바라보는 구경꾼의 시각"(*Roadside* 113)을 갖게 되었다고 말했다. 그는 그의 옛 이웃들이 암울한 기분에 젖어 있는 것을 목격했다. 나아가 그는 그들이 그처럼 불행해진 이유가 "밀 가격이 형편없이 낮았으며, [갓 시작된] 낙농업이 그들의 삶에 새로운 고민거리들과 고된 노동을 가져다주었기"(*Roadside* 113) 때문이라는 것을 깨닫게 되었다.

그의 가족과 그 자신의 체험을 바탕으로 해서 농부들의 삶을 사실적으로 묘사하는 갈랜드의 소설은 중서부 지역의 고난에 찬 농촌 생활에 대한 신랄한 고발을 담고 있다. 『주통행로』는 분노에 차 있고, 거칠며, 감정적인 농부들의 생활에 관한 이야기이다. 갈랜드는 대부분 지극히 가난한 농부들이 내륙의 혹독한 더위와 추위를 이겨내며 쟁기질하고, 파종하며, 수확하고 탈곡하는 등의 농사일을 행하는 모습을 생생하게 묘사한다. 그들 농부들에게 농촌은 고된 노동과 가난을 의미할 뿐만 아니라, 삶의 가능성을 제한하는 속박의 공간이기도 하다. 그들은 자신들의 노동에 대한 공정한 대가를 원하지만 그것을 가로막는 사회의 힘은 항상 그들의 힘을 압도한다.

## 3. 농촌 풍경의 양면성

『주통행로』에서 갈랜드는 농촌의 경관과 농부들의 삶을 묘사하기 위해서 사실주의와 인상주의 화법이 결합된 소위 "진실주의"(veritism)의 회화적 기법을 효과적으로 사용한다.[7] 그 결과 갈랜드의 소설에서는 두 가지 극단적으로 대비되는 농촌 풍경화가 그려진다. 첫 번째 풍경화는 농촌 방문자의 낭만적인 시각을 통해서 자연의 아름다움이나 농촌 생활의 정겨움을 묘사한다. 그것은 전통적인 목가적 풍경의 일종으로, 주로 일찍이 농촌을 떠났다가 일시적으로 귀향하는 방문자들의 향수어린 회상 속에서 생겨난다. 이에 반해 가난과 노동의 고통에 시달리는 농촌의 현실을 반영하는 두 번째 풍경화는 철저히 농부들의 심리적 관점을 통해서 제시된다.

---

7) "진실주의"(veritism)라는 용어는 갈랜드 자신이 고안한 신조어로 사실주의 작가가 세부묘사에 의한 박진성verisimilitude을 나타내려는 시도와 인상주의 작가가 자신이 인식하는 대로 사물을 묘사하려는 시도가 결합된 묘사 기법을 의미한다. 갈랜드는 진실주의라는 것은 사실을 언급하면서 동시에 "한 개인의 인상을 진실 되게 기술하는 것"(*Forum* 690)이라고 말한다. 이에 대해 파이저Donald Pizer는 "진실주의 작가veritist는 '사물을 있는 그대로' 기술하는 것이 아니라 '작가의 눈에 비쳐지는 대로의 사물'에 대해서 기술한다"(*Early* 126, 원문 강조)고 설명한다. 실제로 갈랜드는 1885년 무렵 보스턴에 머무는 동안 에네킹John J. Enneking과 같은 인상주의 풍경화 화가들과 교류했으며, 그로부터 영향을 받은 회화적 기법을 소설을 쓰는 데 이용했다(Newlin 194).

「협곡을 오르며」("Up the Coolly")나 「옥수수밭 이랑 가운데」("Among the Corn-Rows")와 같은 주요 단편은 방문자의 눈에 비쳐진 아름답고 서정적인 농촌 경관으로 시작되지만, 관점이 점차 농부의 시각으로 전환되면서 그 풍경화는 암울한 모습으로 변화된다. 고향인 농촌을 떠나 도시에서 생활하다가 일시적으로 돌아오는 인물들, 즉 방문자들의 눈에 농촌은 일종의 낭만적 회상의 대상으로 떠오른다. 제퍼슨이 제시했던 목가적 농업주의의 모습을 실제 농부들의 삶에서는 찾아볼 수 없고, 다만 방문자들의 회상어린 시각 속에서 그 이미지를 엿볼 수 있다.

도시의 세파와 복잡함에 지친 사람들은 고향으로 돌아오면서 농촌의 자연을 현실적인 '대지'(land)로서가 아니라 낭만적인 '풍경'(landscape)으로 바라보는 경향이 있다. 「협곡을 오르며」에서 고향인 미시시피 농촌을 떠나 동부의 대도시에서 배우로 성공한 하워드 맥레인Howard McLane은 10년 만에 고향을 방문한다. 고향으로 달려가는 기차를 타고 있는 하워드의 눈에 비쳐진 유월의 농촌 풍경은 평화와 풍요, 안식의 상징이다.

산들바람이 부는 유월의 어느 날에 등받이가 젖히는 안락의자에 기대어 앉아서 호수들과, 참나무 숲과 한창 수확중인 보리밭을 지나고, 재빠른 낫날 앞에 푹푹 쓰러지는 무성한 풀이 자라는 사료용 풀밭을 지나서, 빠르게 전진해 가는 것은 일종의 기쁨의 파노라마이고 달콤한 경이로 가득 찬 여정이다. 거기에는 멀리 내다보이는 전망 아래로 호수들이 펼쳐지고, 저 멀리 숲의 언덕이 짙고 푸르게 떠오르거나, 혹은 빠르게 흐르는 시냇물들이 깊은 곳의 단단한 바윗돌 아래에서 거품을 일으키며 시원한 바람을 창문을 통해서 들여보내 준다. …… [풍경이] 그에게는 어딘지 신비로운 아름다움을 띠고 있었다. 다른 사람들에게보다도 그의 눈에 호수들은 더 시원하고 찬란해 보였고, 초원은 더욱 신선해 보였으며, 곡식들은 더 황금빛

이었다. (45)

이처럼 서정적인 중서부 농촌 경관의 묘사는 제퍼슨의 농업주의의 실현이라 기보다는 문학적 목가주의의 재현을 보여 준다. 농촌의 아름다움은 방문자/도 시인의 눈에 비쳐진 것이며, 거주자/농부가 바라보는 풍경이 아니기 때문이 다. 농촌에 대한 그처럼 낭만적인 비전은 자연이 스스로 인간에게 은혜를 베 풀어주며, 농부가 자연과 조화된 삶을 살고 있다는 지나치게 단순화된 인식 에서 비롯된 것이다.

「옥수수밭 이랑 가운데」도 방문자의 시각으로 대평원이 간직한 자연의 요소들, 특히 다양한 야생동물들의 삶의 모습을 평화로운 풍경으로 묘사하면 서 시작된다. 대평원 농촌의 그처럼 그림 같은 풍경은 농부인 로브Rob를 만나 러 온 한 잡지사의 하급 편집자인 시그레이브즈Seagraves의 눈에 비쳐진 것이 다.

유월 하순 어느 날 오후 5시였다. 평평한 들판은 초록색과 노란색이었으 며 마치 바다처럼 끝없이 펼쳐져 있었다. 기울어가는 해가 멀리 떨어진 구름 아래로 어렴풋하고 아련한 연무를 드리우고 있었고, 그 속에서 길들 여지고 있는 말들이 이웃 청구지에서 쟁기를 끌고 있었다. 마치 꿈속에서 보는 모습 같았다. 들다람쥐들의 휘파람 소리, 떨어지듯 내려오는 물떼새 의 어렴풋하고 구슬프며 전율하는 울음소리, 날갯짓이 재빠른 프레리 비 둘기가 휙휙 나는 소리, 외로운 오리가 꽥꽥 우는 소리가 가물거리는 대 기를 통해서 들려왔다. 이따금 종달새의 날카롭고도 달콤한 휘파람 소리 가 근처 저습지의 길게 자란 풀숲 속에서 들려왔다. 그 어떤 다른 기후와 하늘, 들판도 이와 같이 독특하고 기이한 아름다움을 만들어낼 수 없었다. (88-89)

자연을 대하는 시그레이브즈의 태도는 다분히 시인의 시각을 반영한다. 인근 붐타운Boomtown에[8] 이사해 온 그는 농사일과는 전혀 상관없는 직업을 가졌으며, "아직 대평원 생활의 단조로움에 지겨워하지 않았다"(89). 민감한 감수성을 가진 그는 잔디에 누워 대평원의 원경을 감상한다. 이어서 그는 밤이 되면 무서우리만큼 고요한 적막 속에서 가장 작은 자연의 소리에도 귀를 기울이며 쥐가 찍찍거리는 소리나 지나가는 여우의 발자국 소리마저도 "마치 그의 고통스러운 감각을 위안해 주는 소리인 것처럼"(89) 듣는다. 야생 자연에 대한 시그레이브즈의 이와 같은 정서적 반응은 결코 일반적인 농부의 감각이라고는 볼 수 없다.

같은 맥락에서 「갈레길」("A Branch Road")도 역시 읍내에서 학교에 다니는 청년인 윌Will Hannan의 인상을 빌려서 흥겹고 활기찬 밀타작wheat trash 마당을 진실주의 기법으로 묘사하면서 시작된다. 그는 마을의 농부 청년들과 어울려 그의 애인인 아그네스Agnes Dingman 집의 타작일을 돕는다.

> 부웅부웅, 붕붕붕, 우앙우앙! 세차게 돌아가는 실린더의 속도가 올라가면서 윙윙 소리를 내며, 으르렁거리고, 부르릉거렸다. 마침내 그 소리가 우르릉거리는 고함소리로 바뀌었을 때, 데이비드David가 피처들pitchers에게 고개를 끄덕여 신호하면서 자신의 양손을 쓱쓱 비볐다. 밀단들이 노적 위에서 던져져 내리기 시작했다. 손에 칼을 든 절단꾼band-cutter이 밀단의 끈을 칼로 쳐 갈랐다. 이어서 멕이꾼feeder이 날렵하고 멋진 동작으로 밀단을 팔에 껴들고 그것들을 평평한 벨트 입구 속으로 굴려 넣었다. 그러자 실린더가 사납고도 질식하는 듯한 으르렁거림과 함께 그것들을 쳐대었다. …… 누렇고 아름다운 밀짚들이 실린더 속으로 빨려 들어가는 것, 윤

---

8) 붐타운은 서부 개척 시대에 어떤 지역에서 금광이나 은광, 유전, 목재 산업 등이 급격하게 성장하면서 그 근처에 생겨나는 공동체이다.

이 나는 황갈색 밀알들이 옆 출구로 고동치며 쏟아져 나오는 것, 절단된 밀짚과 검불, 그리고 먼지가 거대한 더미 위로 뿜어져 나오는 것, 말몰이 꾼driver이 유쾌하게 휘파람을 불고 소리치며 말을 모는 것, 차갑고도 상쾌한 공기와 찬란한 햇빛이 시간이 흘러가고 있음을 미묘한 방식으로 느끼게 해 주는 것 등은 하나의 매력이었다. (8)

서술자는 이러한 풍경이 서부 농장에서의 "가장 유쾌하고도 사교적인 순간 중 하나"이며, 그것은 "인간적인 교제는 별도로 하더라도 하나의 멋진 장면"이라고 말한다(8). 하지만 타작일이 이와 같이 서정적으로 묘사되는 데는 사랑에 빠져 있는 윌의 감정이 반영된 것이다. 즉 그것은 농촌을 현실로 경험하는 것이 아니라 거기에 일시적인 낭만적 감상으로 참여하는 윌의 느낌을 표현한다.

　「협곡을 오르며」나 「옥수수밭 이랑 가운데」, 「갈레길」 등은 모두 방문자의 시각에서 농촌을 바라보고 묘사하면서 작품이 시작된다. 그러나 화자의 시각이 방문자의 관점에서 점차 농부 거주자의 입장으로 바뀌면서 농촌 경관은 완전히 다른 모습으로 나타난다. 우선 「옥수수밭 이랑 가운데」에서 방문자로서 농촌 풍경으로 감상하던 시그레이브즈의 시각이 부모의 농장에서 고된 노동에 시달려온 농촌 처녀인 줄리아Julia Peterson의 시각으로 옮겨가면서, 그 풍경의 가치는 완전히 전도된다. 혹독한 더위 속에서 밭일을 하던 그녀는 잠시 휴식을 취하는 중에 "옥수수밭이 펼쳐진 또 다른 언덕을 평생 동안 다시는 보고 싶지 않다"(102)고 말한다. 마찬가지로 「갈레길」에서도 소설의 시작 부분에 제시된 타작마당의 유쾌한 노동 모습은 윌이 마을을 떠나면서 사라진다. 이후 7년 만에 다시 고향 마을로 돌아오는 윌의 눈에 비쳐진 마을 모습에서는 낭만적 회상과 비루한 농촌 현실이 교차하지만, 결국 그곳은 결핍과 속박의 공간으로 그려진다.

「협곡을 오르며」에서 그러한 시각의 변화 과정이 보다 더 섬세하게 묘사된다. 농촌 출신인 하워드가 고향 방문을 통해서 점점 더 깊숙이 농촌의 현실 속으로 들어가면서, 즉 농촌을 바라보는 방문자의 시각과 농부의 시각의 차이가 점점 좁혀지면서 아름다운 시골 풍경이 허상이었음이 서서히 드러난다. 하워드의 고향 방문 경험은 농촌 경관이 풍요로부터 빈곤으로, 기쁨으로부터 고통으로, 평화로부터 갈등으로, 그리고 희망으로부터 좌절로 바뀌어가는 과정을 나타낸다. 우선 기차가 정거장에 도착하면서 구체적인 현실로서 드러나는 가난하고 침체된 고향 마을의 모습이 그의 낭만적 환상을 무너뜨리기 시작한다. 더운 열기를 내뿜고 있는 플랫폼에 내려서서 느릿하게 서성거리는 몇몇 고향 사람들과 마주쳤을 때 "그의 다리는 힘이 빠진다"(46).

하워드가 그의 동생 그랜트Grant McLane가 살고 있는 집에 도착했을 때 그의 낭만적 감상은 마침내 무너져버린다. 그의 동생이 살고 있는 집은 한눈에도 변변찮은 형세이다. 그것은 작은 집 한 채에 우중충한 색깔의 작은 헛간이 딸려 있으며, 진흙투성이인 앞마당에는 몇 마리 소가 파리 떼를 쫓으며 서 있다. 그 장면을 보는 순간 하워드는 여행 중에 고향의 아름답고 평화로운 자연 경관을 보며 얻었던 위안을 잃게 되며 "구역질나는 한기가 그의 영혼을 파고든다"(51)고 느낀다. 그가 마당 어귀에서 동생 집의 불결하고, 우중충하며, 초라한 모습을 바라보며 한참을 서 있는 동안 마음속에서 "귀향의 모든 기쁨이 사라져"(52) 버린다.

가난에 찌든 고향집과 반감에 찬 동생의 태도로 인해 비참한 심정으로 잠자리에 든 뒤, 하워드는 "밀레Millet보다도 더 위대한 대가에 의해서 그려진 암울한 풍경화"(58)가 그 방의 벽에 장식되어 있는 장면을 상상하게 된다.

계곡에 위치한 농장! 거칠고 사납게 퍼져나가는 우중충한 구름이 산맥 너머로 휩쓸고 지나가면서 쟁기질하고 있는 남자의 머리 위에 얼어붙게 할 것 같은 차가운 빗방울을 뿌려댔다. 쟁기를 끄는 말들은 시무룩하고 지친 표정을 짓고 있고 갈기와 꼬리털은 세찬 바람에 한쪽으로 쏠렸다. 쟁기질 하는 사람은 회색 누더기 옷에 진흙 범벅이 된 조잡한 장화를 신고, 얼굴을 쏘아대는 냉기와 아픔을 막아내기 위해 진눈깨비가 몰아치는 쪽을 향해 고개를 숙인 채 나아가고 있었다. 검고 끈적거리는 흙이 어슴푸레한 윤택을 내며 갈려나갔다. 그 옆에는 한 소년이 뺨에 눈물이 흘러내리며 소떼를 돌보고 있었고, 개 한 마리가 질풍을 향해 등을 구부린 채 앉아 있었다. (58)

비참하고 고통스러운 농촌 현실을 가혹하리만큼 사실적인 터치와 인상을 결합하여 묘사하는 이 그림은 하워드가 귀향하면서 마음속에 품어 온 아름답고 평화로운 농촌 풍경을 완전히 뒤엎어 버린다. 그 그림은 비록 하워드의 상상 속에서 떠오른 풍경이지만, 사실상 농촌의 가혹한 현실을 상징하는 그랜트의 삶을 표현하고 있다.

하워드는 들판에서 들려오는 소의 풍경 소리나 건초를 만드는 농부들의 음성이 "도시 사람들의 귀에나" "즐겁고 유쾌한 음악소리처럼 들리는 것" (68)이며, 그들의 눈에나 농장이 목가적인 경관으로 비쳐진다고 생각한다. 그리고 "시인은 해먹hammock에 누워 농부가 우유를 짜는 모습을 바라다보며 시를 쓴다"(69)고 혼잣말한다. 즉 그는 평화로운 목가적 농촌 경관은 감상적인 방문자나 작가와 같은 외부자의 시각에 떠오르는 환상일 따름이라고 생각한다.

그럼에도 불구하고 농촌 생활에 대한 실제적 경험이 부족한 하워드는 마을 농부들의 현실적 정서를 여전히 이해하지 못한다. 즉 고향 방문 동안 그에게는 이제까지 마음속에 품어 왔던 농촌에 대한 낭만적 감상과 지금 목격하는 농촌의 현실에 대한 인식이 번번이 교차한다. 그가 자신의 고향 방문을 환영하기 위해 모인 마을사람들에게, 마을 언덕 목초지에서 소떼들이 풀을 뜯고 있는 아름다운 풍경에 대해 언급하자 모임의 분위기가 갑자기 "싸늘한 침묵"에 빠지고 만다(74). 마을 사람들은 누군가가 농촌 경관의 아름다움에 대해서 언급하는 데 대해 심한 거부감을 가지며, 동시에 자신들의 현실에 대한 암울한 주제를 스스로 말하는 것도 싫어한다. 갈랜드는 그 환영 모임에 참석한 마을 사람들이 "유쾌한 척 하는 것"이 사실은 "노예의 미소와 같은 자기방어"(75)일 뿐이라고 생각한다. 우연히 그곳을 지나가는 어떤 사람의 눈에는 하워드를 환영하는 "이 작은 깜짝 파티"가 "너무나 멋진 전원생활"로 비쳐지겠지만, 그것은 단지 구경꾼의 "유쾌한 환상"(75)에 불과하다는 것이다.

결국 하워드는 농촌 경관이 목가적 아름다움과 산업적 고통이라는 이중성을 띠고 있다는 사실을 깨닫게 된다. 즉 그는 "세상이 평화롭고 목가적이라고 부르기를 좋아하는 이러한 삶"에 사실은 "무한한 비극"이 내재해 있다는 것을 알게 된다(78).

자연의 아름다움과 하늘의 광활함이나 찬란함이 [하워드의] 마음을 더욱 먹먹하게 할 따름이다. 그는 언젠가 밀레Millet가 표현했던 문장을 떠올렸다: "나는 민들레들의 해무리aureole와 또한 언덕 너머 저 아래에서 구름 위로 그 영광을 발산하고 있는 태양을 너무나 잘 볼 수 있다. 그러나 그것만이 아니다. 나는 들판에서 쟁기를 끌고 있는 지친 말들의 몸에서 피어나는 김smoke과, 혹은 땅의 냉혹한 지점 위에서 잠시 허리를 펴기 위해 몸을 일으켜 세우려고 애쓰고 있는, 뼈골 빠지게 일하는 사람도 볼 수 있다. 화려하고 아름다운 것들에 의해서 비극이 둘러싸여 있다." (80-81)9)

9) 인용된 밀레의 표현은 그가 미술사가인 알프레드 센시어Alfred Sensier에게 쓴 편지에서 가져온 것이다. 여기에서는 그 출처로 『미국문학 히스 명작선』(*The Heath Anthology of American Literature*), 6th edition, Volume C, *Late Nineteenth Century: 1865-1910*, Paul Lauter and

농촌 풍경화로 유명한 밀레Jean-Francois Millet는 농촌을 구성하는 자연의 요소와 인위의 요소를 구분해서 인식한다. 그는 전자를 "화려하고 아름다운 것"으로 보고 후자를 "비극"으로 규정한 것이다. 갈랜드는 전통적인 목가주의나 제퍼슨의 농업주의가 농촌 경관에 내재된 그러한 이중성을 간과한 채 일방적으로 농촌에 대한 아름다운 환상만을 불러일으켰다고 본다. 그래서 그는 『주통행로』에서 농촌의 비극적 현실에 초점을 맞추어서 묘사한다.

　농촌은 도시보다 자연에 더 가까운 곳에 위치하는 생활환경이며 농부들의 활동이나 관계도 농작물이나 가축 등 자연 생명체를 직접 대상으로 한다. 그리고 농업은 도시, 교외, 농촌을 막론하고 모든 환경에 거주하는 모든 사람들에게 삶의 가장 긴요한 필수품인 식량을 공급한다. 그런 이유에서 사람들은 자연과 농업에 대해 근원적인 이끌림을 느낀다. 또한 유기체의 한 종으로서 인간이 전체 생태계의 일부분이라는 점에서, 공존관계에 있는 다른 생명체에 대해서 동료적 친근감을 가진다고 볼 수도 있다. 그것이 인간이 자연을 아름다움이나 지혜 그리고 도덕의 원천으로 인식하는 주된 이유일 것이다. 그러나 자연은 인간에게 그 자체로서 언제나 우호적인 것만은 아니다. 그래서 인간은 자연을 찬양하면서 동시에 생존과 안전을 위해서 그것에 맞서 싸워야만 한다. 노동의 대상으로 대지를 대하는 농부에게 자연은 근본적으로 비우호적이며 불확실하고 고통을 주는 존재이다. 밀레의 표현이 시사하듯이 농촌 경관에는 우리가 아름다움의 대상으로 인식하는 자연 요소와 노동의 대상으로서의 자연 요소가 뒤섞여 있다.

---

others Ed. 372쪽 각주를 참조함.

## 4. 도시와 농촌의 정서적 갈등

『주통행로』에서 각기 다른 인물들은 농촌과 도시에 대해서 서로 다른 환상을 가지고 있다. 그것은 자신들이 '거주하는 환경'과 '거주하고 싶은 환경'에 대한 인식의 차이, 즉 실재와 환상 사이의 모순에서 비롯된다. 그리고 도시와 농촌에 대한 그들의 그처럼 상반된 태도로부터 농부들과 도시 사람들 사이에는 심리적 갈등이 생겨난다. 도시인은 농촌을 자연과 조화된 이상적인 삶의 환경으로 보는 반면에, 농부는 자신의 삶의 터전인 농촌을 고통스러운 노동과 물질적 결핍 그리고 사회적 좌절의 공간으로 인식한다. 또한 세파에 지친 도시인이 자신의 거주지인 도시를 복잡하고 인위적이며 결국은 허무한 삶의 투쟁이 진행되는 곳으로 인식하는 데 비해서, 농부는 도시를 성공과 부가 보장된 환경으로 본다. 도시와 농촌 사이의 그러한 갈등은 「협곡을 오르며」에서 도시의 삶을 선택한 형과 농촌에 남아 어머니를 모시고 생활하는 동생 사이의 심리적 갈등으로 극화된다.

형 하워드가 동생 그랜트를 처음 대면하는 순간에 도시와 농촌의 삶의 방식과 문화적 수준의 차이가 극명하게 대비된다. 어둑어둑한 마당에서 우유를 짜고 있던 동생 그랜트가 일어서면서 두 형제가 서로를 알아보는 순간, 도시에서 성공한 삶을 상징하는 하워드의 시각과 농촌에서 좌절된 삶을 상징하는 그랜트의 시각이 서로 날카롭게 교차하며 부딪힌다.

그들은 마주서서 서로를 바라보았다. 하워드의 소맷부리, 칼라 깃, 셔츠가 그 우아함 때문에 낯설게 느껴지면서, 어둠 속에서 모습을 드러냈다. 집안에서 새어 나온 불빛이 그의 넥타이의 보석을 정면으로 비추자 그것으로부터 한 가닥 광채가 비쳐 나왔다. 침묵 속에서 그들이 서로를 바라보고 있는 동안 하워드는 누더기 옷을 입고, 오물 속에 발목까지 빠진 채, 소맷자락을 걷어 올리고, 찌그러진 밀짚모자를 머리에 눌러쓰고 서 있는 그랜트의 가슴속에 무엇인가 괴롭고 쓰라린 감정이 생겨나는 것을 간파했다. 하워드의 손이 하얗게 빛나는 것을 보고 [그랜트는] 분노가 치밀었다. (52)

이 순간 농촌에 대한 하워드의 환상이 깨어지는 반면에 도시 생활에 대한 그랜트의 편견은 더욱 견고해지고, 그 결과 두 형제 사이에는 미묘한 심리적 갈등이 형성된다. 하워드는 햇볕에 검게 탄 피부에 거칠고 늙어 보이는 동생의 모습과 가난에 찌든 가정 형편을 보고 마음이 쓰라리며, 동생은 번지르르한 신사의 모습으로 나타난 형의 모습을 보고 분노가 치민다. 이처럼 두 형제에게 각각 삶의 경험이 수반되지 않은 도시와 농촌 생활에 대한 상반된 환상은 갈등과 불화를 일으킨다. 저녁식사 자리에서 그랜트는 형에게 "형제간이니 어쩌니 하는 말을 하지 말라"고 신랄하게 쏘아붙이며, 다음날 아침에도 하워드가 "윈저 스카프Windsor scarf를 두른" 말쑥한 옷차림으로 동생의 밭일을 도와주려 하지만, 결국 그랜트의 원한만 키울 따름이다(56).

그랜트는 농촌 생활을 제도적 모순과 고된 육체노동의, 벗어날 수 없는 굴레라고 느낀다. 실제로 그는 예전에 살던 규모 있는 농장을 그것에 설정된 과도한 융자금mortgage 때문에 팔아버리고 소작농의 신세로 전락했다. 그에게 농촌은 박탈과 속박의 공간일 따름이다. 그러한 상황에서 농부들은, 특히 젊은 농부들은 도시 생활에 대한 동경을 가지고 있다. 그들은 도시 생활의 자유와 문화적 풍요를 갈망한다. 그랜트의 아내인 로라Laura는 문화적인 생활을 누리기 위해서 도시로 나가 살고 싶어 한다. 그녀는 "늘 초조하고 안달이 나며, 온종일 일에 얽매어 있는" 농촌 생활이 싫다고 불평하며 "극장이나 음악회"(75)에 가고 싶어 한다. 로라에게 도시 생활은 곧 연극이나 음악 감상과 같은 문화적 여유를 의미한다. 마찬가지 맥락에서 그랜트가 보기에 하워드로 상징되는 도시는 성공과 부를 의미한다. 그래서 그는 하워드가 "돈을 산더미처럼 벌어"(55) 들이면서도 자신과 어머니의 고통에 무관심했다고 생각한다.

이에 대해 도시인인 하워드는 시골사람들과 마찬가지로 "도시에 사는 남녀들도 마음과 영혼을 갉아먹는 고민 속에서 살아가고 있다"(80)고 생각한다. 그는 자신이 선택한 도시 생활을 "북적거림과 요란함 그리고 정신적 불안"(63)으로 특징짓는다. 그는 또한 자신이 하는 연극 일이라는 것이 "도박과 같아서"(55) 수입이 매우 불안정할 뿐만 아니라, 거기에서 성공한다는 것은 결국 "매가 메추라기를 잡아먹는"(65) 것과 마찬가지로 누군가를 짓밟고 그 위에 올라서는 것이라고 느낀다. 하워드에게 약육강식의 생존경쟁으로 유지되는 도시 생활은 압박과 허탈의 공간을 의미한다. 그래서 그는 "성공한다는 것이 도대체 무슨 의미를 갖는가?"(65)라고 자문한다.

하워드는 도시 생활에서 삶의 진정한 의미를 찾지 못하며, 그 공허감을 메우려고 고향과 어린 시절의 복원을 꿈꾼다. 즉 그는 고향 방문을 통해 어린 시절의 순수와 평화로 되돌아가고 싶은 회고적인 염원을 가지고 있다. 그는 성공을 위한 모든 동기를 잃어버린 것처럼 느끼며 단지 어린 시절의 순진무구함과 평화로움으로 되돌아 갈 수 있기를 소원한다. "다시 한 번 그의 어머니의 가슴에 머리를 기대고 편히 쉬고 싶은"(65) 것이다. 그가 원하는 것은 과거의 회복이다. 그는 "예전 자기 집안의 농장을 되사서 그의 어머니가 옛 집으로 다시 들어가시고, 벽난로를 복원하고 옛 가구들도 거실로 되찾아와 어머니 옆에 놓아드린다"(65)면 얼마나 좋을까 하고 생각한다.

반면에 그랜트와 그의 아내뿐만 아니라 『주통행로』의 거의 모든 젊은 농부들은 농촌을 탈출하여 도시로 나가서 살고 싶은 어하거나, 혹은 그것이 현실적으로 불가능하다고 느끼기 때문에 도시 사람들에 대해서 질투심을 가지고 있다. 「협곡을 오르며」에서 농촌 젊은이들은 "세상과 삶에 굶주려 있고"(75) 하워드로부터 극장이나 음악회와 같은 도시의 문화적인 생활에 관한 이야기를 듣고 싶어 한다.

한편 「갈레길」에서 읍내에서 학교에 다니는 윌은 농업 노동에서 벗어나 도시에서의 사무직에 종사하려고 계획하고 있다. 실제로 윌의 생각은 "일년만 학교를 더 다니면 자신이 법률사무소에 취직을 하게 될 것[이며], 브라운 판사가 그에게 [자리를] 주기로 이미 약속했다"(21)는 데 집중되어 있다. 그래서 마을의 청년들은 윌처럼 "학교에 다니는 녀석"에 대해 "미묘한 질투심"(7)을 느낀다. 그리고 훗날 윌이 도시에서 큰돈을 벌어 와서 자신의 옛 애인인 아그네스에게 남편을 버리고 자신과 함께 그곳을 떠날 것을 제안하자 그녀는 윌을 따라가기로 결심한다. 도시 생활에 대한 그녀의 환상을 자극한 ░░ 윌이 제안한 "피아노와 장서를 갖게 해 주고, 극장과 음악회에 갈 수 있게 ░░ 주겠다"(41)는 조건이다.

갈░░드는 「협곡을 오르며」의 마지막 장면에서 도시와 농촌 사이의 불화가 쉽게 조░░ 수 없다는 사실을 다시 한 번 강렬한 회화적 대비를 통해서 보여 준다.

그들 두 사람[하░░드와 그랜트]은 손을 맞잡고 얼굴을 마주보며 거기 서 있었다. 한 사람░ ░ 하얀 피부에 도톰한 입술을 가졌고, 산뜻한 정장을 차려입은 말쑥한 ░습이었고, 다른 사람은 다소 누그러진 기분에도 불구하고 비극적이며 ░울한 표정을 짓고 그의 크고 길며 거친 스코틀랜드 혈통의 얼굴은 ░░에 타서 청동색이었으며 과거의 고난을 보여 주는 주름들로 갈라░ ░었다. (87)

░░░행로』에서 묘사되는 농부들의 특징적인 정서는 좌절과 패배의식이다. 「협곡을 오르며」의 결말에서 두 형제의 정서적 갈등이 어느 정도 완화되지만 그들은 궁극적으로 화해에 이르지 못한다. 하워드가 그랜트에게 재정적으로 지원해서 옛 농장을 되찾고 땅을 사도록 해 주겠다고 제안할 때 그랜트는 형

의 도움을 거절한다. 그랜트는 현재 상황에서 "돈이 자신에게 어떤 기회를 제공하지 못한다"(87)고 생각하며, 자신은 이미 "철저한 패배자"이고 자신과 같은 "농부들 중 99퍼센트는 인생의 패배자"(87)라고 주장한다.

농촌의 젊은이들이 농촌을 탈출하여 도시로 나아가고 싶어 하는 것은 문화적 생활에 대한 염원 이외에도 혹독한 농업 노동에 대한 거부감에서 비롯된 것이기도 하다. 「협곡을 오르며」에서 농부인 그랜트는 베블런Thorstein Veblen이 정의하는 이른바 "산업적 활동"의 전형을 나타내며, 반면에 배우인 하워드는 "대중을 상대로 한 유희"를 행하는 "비산업적 활동"을 대표한다 (10).[10] 그리고 하워드가 근본적으로 농사일을 관찰하는 입장에 있는 데 반해서 그랜트는 철저히 농업 노동을 행하는 입장에 있다.

「옥수수밭 이랑 가운데」는 목가적 이상으로서의 농업과 거부감의 대상으로서의 농업 노동의 부조화를 미묘하게 대비시킨다. 자립심이 강하며 신념과 활기를 가진 농촌 청년인 로브는 "전형적인 청구지 보유자"(claim-holder 90)이다. 게다가 그는 "어느 정도의 분석력"(91)도 가지고 있어서, 자신이 그처럼 개척 농부로서 삶을 결정한 데 대해 나름대로 이론적인 정당성도 주장한다. 그는 남의 땅에서 일하는 농장 일꾼으로 살아가거나 다른 사람의 노동력의 대가로 편히 살아가는 것을 부당하다고 생각해서 청구지를 분배받아 정착하려는 것이다: "그래서 나는 서부로 왔다. 많은 다른 개척자들처럼 유럽의

---

10) 베블런은 "인간외적 환경(non-human environment)을 이용함으로써 인간의 삶을 향상시키려는 모든 수고"(10)를 통틀어서 산업적 활동으로 분류한다. 그의 구분에 따르면 "인간이 자연에 대해서 행사하는 힘," 즉 대지와 자연의 동식물들을 대상으로 하는 농업 노동이 "산업적 생산의 특징적 요소"가 된다(10). 인간적인 환경human environment을 그 이용 대상으로 하는 비산업적 활동은 재능을 통해 달성하는 위업exploit으로, 반면에 산업적 활동은 흔히 말하는 고된 육체노동drudgery으로 각각 규정된다. 베블런은 주로 하층민에 의한 고된 육체노동의 성격을 띤 산업적 노동에 대해서는 오늘날에도 사람들이 강한 거부감을 갖는 반면에, 주로 유한계급의 전유물이었던 비산업적 노동에 대해서는 강한 선호도를 나타낸다고 주장한다.

못된 귀족들이 사람들을 억압하지 않는 곳에서 새 삶을 시작하려고 한다" (92). 시그레이브즈는 노동자 계급인 로브가 이와 같은 주장을 하는 것을 보고, 그를 "근대 민주주의자"(93)라고 평가한다. 그러나 마을 사람들은 모두 그를 상황파악이 뒤처지는 "정신나간 녀석"(97)으로 여기며, 로브 스스로도 자신을 "괴짜"(hair-pin, 90)라고 규정한다. 그리고 그가 동쪽 어딘가로 가서 신붓감을 구해 오겠다고 선언하자 사람들은 그를 놀림감으로 삼는다.

　　실제로 로브는 기차를 타고 위스콘신의 워팩Waupac으로 가서 시골 처녀인 줄리아에게 청혼하여 그녀의 동의를 얻어내지만, 그 두 젊은 남녀의 미래는 그다지 밝아 보이지 않는다. 그들에게 농촌 생활은 고된 노동의 굴레에 얽매인 삶을 의미할 뿐이며, 결코 자유로운 삶에 대한 희망이 보이지 않는다. 줄리아가 로브의 청혼을 받아들이는 것은 풍요롭고 안락한 미래를 기대해서가 아니라 현재 그녀가 처한 혹독한 노동으로부터 탈출하기 위한 것이다. 무더위를 견디며 옥수수밭에서 온종일 일하다가 잠시 휴식을 취하는 동안, 줄리아는 누군가가 찾아와서 자신을 노동에서 해방시켜 줄 것이라는 꿈에 빠져든다.

> 그 지친 처녀는 자신의 밭일을 잊고 있었다. 그녀는 꿈꾸기 시작했다. 누군가가 그녀를 이처럼 고된 노동에서 구해 주기 위해 올 것만 같았다. 그것이 그녀의 지속적이고도 달콤하며 가장 비밀스러운 꿈이었다. 그 남자는 …… 아마도 동북부에서 온 양키일 것 같았다. 양키 남자들이라면 아내를 들에서 노동하도록 요구하지 않겠지. 그는 아마도 멋진 집을 가지고 있을 것이다. 아마도 읍내에서 살고 있을 것이다. 아마도 장사하는 사람이겠지! (99)

아이러니컬하게도 농촌 자연의 아름다움마저도 그녀로 하여금 그곳의 더위와 흙먼지와 노동에서 탈출하고 싶은 욕망을 강화시키는 역할을 한다. 즉 농촌의 아름답고 평화로운 자연의 요소는 바로 그 자연의 또 다른 요소들에 맞서 싸우는 농사일에서 도피하려는 꿈을 촉진할 따름이다.

줄리아가 그처럼 달콤한 상상에 빠져 있는 바로 그 순간에 어린 시절 학교친구인 로브의 남성다운 목소리가 그녀의 백일몽을 깨운다. 로브는 그녀가 결혼해 준다면 멋진 집에서 살면서 결코 농사일을 시키지 않을 것이고, 종종 근처 붐타운에 있는 교회에도 가고 온갖 즐거운 곳에도 데리고 가겠다고 약속한다. 줄리아는 "최후 심판의 날까지 쟁기질하고 우유를 짜야하는"(107) 운명에서 벗어나기 위해, 청구지에서 밀농사를 짓고 있는 로브의 청혼을 받아들이기로 결심한다. 그러나 그녀의 결심과 새로운 삶에 대한 전망은 현재의 농업 노동의 굴레에서 벗어나기 위해서 다시 농사꾼의 아내가 되려고 한다는 점에서 명백히 모순된 것이다. 사실상 그녀의 결심은 옥수수밭을 벗어나서 밀밭으로 옮겨가려는 것에 불과하다. 그 단편소설의 결말은 그녀가 결국 고된 노동에서 해방되지 못할 것이라는 여운을 남긴다.


## 5. 농부의 욕망

농촌이 문명의 해악으로부터 단절된 아름다운 자연 환경이라는 착각과 마찬가지로, 농부의 심성이 자연과 조화를 이룬 단순한 욕망에 기초한다는 생각도 역시 허구이다. 농촌에도 도시와 마찬가지로 문화적 욕구가 삶의 기초를 이루며, 농부의 삶도 역시 테크놀로지와 상업 등 물질문명의 영향을 받는다. 농부들은 결코 부의 축적이나 사회적 성공을 위한 욕망에서 벗어난 은둔자나 시인들이 아니다. 갈랜드가 묘사하는 농촌은 그곳 주민들의 크고 작은 물질적 욕망이 끊임없이 서로 충돌하는 공간이다. 물질적 욕망은 농장 소유권을 두고 발생하는 농부들과 땅 투기꾼들 사이의, 지주와 소작농 사이의, 또는 농부들 상호간의 갈등 관계로 나타난다.

「협곡을 오르며」에서 그랜트는 농장의 융자금을 갚느라 허덕이다가 결국은 농장을 팔았지만 단 한 푼도 수중에 들어오는 것이 없었고, 결국 소작농으로 전락했다. 그는 땅 투기꾼들이 판을 치고 있는 농촌이라는 감옥에 갇혀 소작농으로 살아가는 것은 노예의 삶과 다르지 않다고 느낀다. 그래서 그는 "우리는 살아 있는 동안 이곳을 벗어날 수가 없어. 그리고 다음 생에서도 벗어날 수 있을 것 같지 않아. 투기꾼들이 우리보다 먼저 그곳에서 자리 잡고 있을 테니까"(75)라고 말한다. 그러한 상황에서 넓은 농지를 소작한다는 것은 "사람을 산 채로 가죽을 벗기는 것과 같은 조건"(75)으로나 가능하다.

마을 사람들도 몇 사람만 제외하고는 비슷한 처지이다. 마을 언덕 밭이 지금은 목장으로 변해서 소떼가 풀을 뜯고 있지만 그것도 실질적인 소득을 보장해 주지 못한다. 사정을 모르는 하워드가 마을의 그처럼 변화된 모습에 대해 마을 사람들의 소득이 높아졌을 것이라고 말하자, 그러한 언급이 그들의 마음속 깊이 억제된 사회와 제도에 대한 불만을 자극한다. "우리들이 살고 있는 집을 보면 너도 알 수 있잖아. 우리들 대부분의 집말이야. 먼저 들어와서 싼 값에 땅을 구입한 몇 사람만 [예외이지]. 여기, 맥일베인McIlvaine처럼. 그 양반은 우리들 모두가 얻지 못한 성공을 거두었어"(74). 이어지는 하워드와의 대화에서 마을의 한 농부가 '자유무역주의자'(free-trader)라는 표현을 언급하자 모임의 분위기는 또 다시 싸늘해진다. 그러한 정치경제적인 주제는 마을 사람들 모두에게 "금기시된 것"이어서 "밖에 나가서 날뛰며 고래고래 소리를 질러대면서 말해야" 할 것 같은 문제인 것이다(74).[11] 그들은 자신들

---

11) 당시에 관세는 보호무역 정책의 주된 수단이었으며 연방정부 세입의 주된 근원이었다. 헨리 조지Henry George는 관세가 소비자들에게 가격을 높이는 결과를 빚었고 반면에 임금의 상승을 가로막는다고 믿었다. 그는 또한 관세가 경쟁을 가로막고 독점적 회사들을 보

의 고통스러운 삶에 무엇인가가 잘못되었다고 느끼고 있다. 그리고 그 잘못의 원인이 자신들에게 있지 않다는 것을 어렴풋이 알고 있지만, 그 실체적인 원인이 무엇인지에 대해서는 정확하게 이해하지 못한다.

「갈레길」에서는 더 좋은 혹은 더 큰 농장을 차지하기 위한 농부들의 탐욕과 갈등이 드러난다. 키니 가The Kinneys는 윌이 속한 해난 가The Hannans 집안과 뿌리 깊은 원한 관계에 있다. 오래전에 윌의 어머니가 남편을 잃고 두 아이들을 키우고 있었을 때, 키니 씨Mr. Kinney는 그녀로부터 해난 가의 농장에 대한 저당권을 가로챘고, 결국 그 농장을 25센트라는 터무니없는 가격으로 빼앗아갔었다. 그 농장은 다시 키니 집안의 큰아들인 톰Tom이 차지하고 자기 아버지를 내쫓아버리는 바람에 키니 씨는 작은 아들인 에드Ed의 초라한 집에서 함께 살고 있다. 애리조나에 가서 큰돈을 벌어서 고향에 돌아온 윌은 에드의 아버지인 키니 씨에게 "늙은 흡혈귀"(29)라고 욕설을 해댄다. 에드의 아버지는 윌의 집안의 농장을 가로챘으며, 에드는 윌의 애인인 아그네스를 가로챈 셈이다. 그런데도 여전히 가난에 시달리는 에드는 현재 농사일 이외에도 돈을 벌기 위해서 가축 거래도 행한다. 그는 일요일에 "말장사"(horse-tradin') 일을 하기 위해 호브커크Hobkirk에 가는데, 그의 아버지는 아들의 그러한 일에 대해 "좋은 일이라고 믿지 않는다"고 말한다(33).

「사자 발톱 아래」("Under the Lion's Paw")에서 갈랜드는 대지와 농장에 대한 인간의 무자비한 탐욕을 효과적으로 극화한다. 1862년에 홈스테드법이 실행되었을 때 그 제도에 찬성했던 사람들은 그것이 당시 "빈민과 무직

---

호하며 그 회사들에게 힘을 실어준다고 생각했다. 갈랜드의 「협곡을 오르며」에서는 농부들이 토지나 농장의 자유로운 거래 혹은 관세 문제와 같은 민감한 사회 문제에 대해 깊은 분노를 품고 있음을 알 수 있다. 특히 헨리 조지는 지주가 단지 토지 소유권을 이용해서 수입을 얻는 것을 방지하기 위해서 단세제single tax를 주장했고, 갈랜드는 그의 문학작품에서 뿐만 아니라 강연 등의 활동을 통해서 단세제를 지지하는 급진적인 활동을 펼쳤다 (Pizer, *Prairie Radical* xvi-xix).

자의 수를 크게 줄이고 대지에서 열심히 일하고, 독립적이며, 자족하는 농부들의 비율을 증가시킬 것"(Smith 189)이라고 낙관했다. 5년 후인 1867년에도 호러스 그릴리Horace Greeley와 같은 홈스테드 법 찬성론자는 도시의 실업자들을 향해 "만약 당신들이 광활하고 자유로운 서부로 당장 달려가서 미국 정부의 풍부한 땅에서 농장을 얻게 되면, 그 누구를 귀찮게 강요할 필요도 없을 것이고 누구도 굶주리게 하지 않을 것이며, …… 당신이나 당신의 자녀들이 무엇을 얻기 위해서 혹은 일자리를 얻기 위해서 애걸할 필요도 없을 것이다"(Goodrich 181)고 주장했다.12) 그러나 『주통행로』에서 묘사되는 1870년대와 1880년대 서부 농촌의 실상은 그들 낙관주의자들이 주장했던 것과는 완전히 다른 모습이다. 여러 단편들 중에서도 특히 「사자 발톱 아래」는 토지 투기꾼이 법과 제도의 허점을 이용해서 농부들의 농장을 빼앗고 그들을 소작농으로 전락시키는 과정을 상세히 묘사한다.13)

「사자 발톱 아래」에서 전형적인 땅 투기꾼인 짐 버틀러는 록 리버Rock River 지역에 정착 농부들이 자리 잡기 시작하던 초기에 그 마을로 이사해 와서 소규모 식료품 사업을 시작했다. 그러나 두 번째 해가 지나갈 무렵 그는 애초에 구입했던 가격의 4배를 받고 자기 땅을 매각했다. 그는 그 이후로 땅 투기야말로 부를 얻을 수 있는 가장 확실한 방법이라고 믿게 되었다. 그는 장사를 해서 모은 단 한 푼까지도 강매에 나온 땅이나 땅에 설정된 저당권을

---

12) 그릴리Horace Greeley, 1811–72가 『뉴욕 트리뷴』(New York Tribune)(February 5, 1867)에 기고한 글을 굿리치Carter Goodrich와 데이비슨Sol Davison이 「서부로 이동에서의 임금 노동자」("The Wage-Earner in the Western Movement. I. The Statement of the Problem") Political Science Quarterly, L, (June, 1935)에서 인용한 것임. 그릴리는 미국의 정치인이자 신문사의 편집인 그리고 개혁가였다.

13) 홈스테드 법에서 구상되었던 신세계에서의 농업주의적 유토피아 이상은 결국 "토지 투기꾼들과 철도 독점가들railroad monopolists …… [그리고] 기계, 공사금융corporation finance의 여러 제도, 의회에 대한 대기업의 영향력"(Smith 191)뿐만 아니라 이윤추구에 몰두하는 곡물회사 등에 의해서 전체적으로 실패로 돌아갔다.

사는 데 계속해서 투자했다. 그리고 그는 그 땅이나 저당권이 "밀만큼이나 좋아"(135)라고 말하곤 한다. 주변 농장들이 하나씩 그의 수중에 들어 왔다. 마침내 그는 그 지역에서 제일가는 지주들 중 한 사람으로 인정받게 되었으며, 그의 저당권이 세다 카운티Cedar County 전역에 흩어져 있었다. 그리고 그 저당권이 기한이 차게 되면 늘 "이전의 소유자를 소작인으로"(135) 만들어 나갔다. 그리고 마침내 20개의 농장을 소유하게 된 버틀러는 소작인들로부터 부당하게 높은 토지 임대료를 받으며, 낚시나 사냥 등을 즐기며 호화로운 생활을 한다. 그는 또한 국회의원인 처남 애쉴리Ashley와 긴밀한 관계를 유지하며 워싱턴이나 보스턴에 가서 일 년씩 지내기도 한다.

　　버틀러는 메뚜기 떼의 습격으로 황폐해진 농장을 버리고 캔자스로부터 이주해 온 해스킨즈Timothy Haskins 가족에게 자신의 버려진 농장 가운데 하나를 임대해 준다. 원기 왕성한 농부인 해스킨즈는 자신의 농장을 갖게 될 것이라는 희망 하에 밤낮을 가리지 않고 투사처럼 일해서 그 버려진 농장의 가치를 한껏 높인다. 해스킨즈 부부에게는 임대한 밭에서 자라는 밀이 산들바람에 바스락거리는 소리가 희망의 음악처럼 들린다. 그러나 그들의 노동과 희망은 정치적 배경을 가진 지주인 버틀러의 계략에 의해 자신의 밭의 땅값을 높이기 위한 수단으로 이용당할 따름이다. 마침내 해스킨즈가 자신의 노동력과 자본을 투자해서 그 농지의 가치를 향상시켜 놓자, 버틀러는 해스킨즈에게 터무니없이 높은 임대료를 내고 계속 그 농지를 소작하거나 아니면 몇 배로 불어난 가격으로 그것을 구입하라고 요구한다: "나를 강도 취급하지 말게나. 나는 법대로 한 거니까. 그게 정상적인 방식이고 모든 사람들이 그렇게들 하고 있다구."(143). 분노에 찬 해스킨즈가 버틀러를 쇠스랑으로 내리치려는 순간 옆에 자신의 두 살 된 딸이 서있는 것을 보고 그는 그 농기구를 내려놓는다.

　　햄린 갈랜드의 소설에서 농부들의 욕망은 결코 억제되거나 균형 있게 유지되지 못한다. 오히려 서부 농촌은 「사자 발톱 아래」에서와 같이 개척 농부들과 토지 투기꾼들 사이의 부의 획득을 위한 투쟁의 대상이 되거나, 「이산 리플리 아저씨」("Uncle Ethan Ripley")에서처럼 부정한 방식으로 돈벌이를 하려는 사기꾼의 표적이 되기도 하고, 「갈레길」에서처럼 농부들 상호간의 욕망이 충돌하는 공간이 되기도 한다. 그 와중에 다수의 농부들은 결코 벗어날 수 없는 좌절 속에 빠져 있다.

　　일반적으로 목가주의의 심리적 근원은 시골에서의 삶을 통해서 자연에 조화된, 더 단순하고 실재적인 삶의 스타일을 추구하려는 욕망이다. 농부들은 도시인들보다 자연에 더 가까이에 살면서 대지나 동식물 등 자연의 요소들과 직접적인 관계를 갖는다. 하지만 『주통행로』에서 갈랜드가 제시하는 농부와 자연의 관계는 목가적인 시인이 자연에 대해서 가지는 태도와 다르며, 제퍼슨이 구상한 농부와 대지와의 관계와도 일치하지 않는다. 갈랜드의 농부가 자연으로부터 수확물을 얻으려 하는 데 반해서, 목가적 시인은 자연으로부터 도덕적 지혜나 영적 충만감을 추구한다. 농부는 자연을 상대로 노동을 해야 하지만, 시인은 자연을 노래한다. 자연을 상대로 한 인간의 그 두 가지 활동, 즉 산업적 노동과 목가적 관조는 조화롭게 공존할 수 없다.

　　『주통행로』의 농부들은 대부분 농촌을 탈출하고 싶어 한다. 그들이 도시 생활을 염원하는 것은 자신들의 생활이 공허하다고 느낄 만큼 충분히 인위적·문화적 환경 속에 깊숙이 들어와 있지 않기 때문이다.[14] 그렇다고 해서 그들은 삶의 충만감을 느낄 정도로 충분히 자연의 리듬에 조화를 이루는 삶을 살고 있지도 않다. 그 이유는 산업으로서의 혹은 생업으로서의 농업이 근본적으로 생산성을 목적으로 할 수밖에 없으며, 농부가 자신의 욕망을 억

---

14) 이푸 투안Yi-Fu Tuan은 농장 생활도 도시 생활과 마찬가지로 근본적으로 자연이 아니라 문화를 추구하는 삶의 형태라고 본다(xiv). 그런 관점에서 보면 농부들이 농촌을 탈출하려고 하는 것은 더 높은 수준의 문화를 지향하는 욕구로 볼 수 있다.

제해야 할 한계를 스스로 정할 수 없기 때문이다. 따라서 농부들이 농촌을 탈출하려는 염원을 갖고 있다는 것은 그들이 자연을 상대로 한 노동을 벗어나고 싶어 하며, 더 수준 높은 문화를 향유하고 싶어 한다는 것을 뜻한다.

갈랜드는 『주통행로』에서 농촌을 보여 주는 두 가지 상반된 풍경화를 제시함으로써 자연에 대한 인간의 욕구에 내재된 이중성을 지적한다. 문학적 목가주의를 반영하는 평화로운 농촌 경관이 방문자의 시각을 통해서 제시되는 반면에, 농촌 현실을 반영하는 음울한 풍경화는 농부들의 인상을 반영한다. 그 두 가지 상반된 농촌 풍경화를 통해서 갈랜드는 문학적 목가주의나 제퍼슨의 농업주의가 근본적으로 모순된 믿음이거나 도시 사람들이 품고 있는 감상주의적 환상이라는 사실을 주지시킨다.

갈랜드가 들춰내는 서부 농부들의 좌절된 삶의 모습은 목가적 농업주의가 인간 욕망의 문제를 지나치게 단순화했다는 사실에서 그 원인을 찾을 수 있다. 갈랜드가 농촌 현실을 농부의 욕망의 문제에 비추어 재조명하는 것은 소로우가 『월든』에서 농업의 근본 목적과 인간 욕망의 문제를 결부시키는 것과 연관된다. 갈랜드의 소설에서 농부들은 더 큰 농장과 더 많은 수확물을 얻으려는 욕망을 가지고 있지만, 비극적인 농촌 현실의 직접적인 원인은 비현실적인 홈스테드 법이나 그릇된 농업주의 정책, 그리고 일부 투기꾼들과 지주들의 탐욕에 있다. 그러한 점에서 갈랜드는 농부들의 고통이 그들 자신의 내재된 욕망에 그 근원이 있다고 생각하지 않았다. 반면에 소로우는 농부의 고통스러운 노동과 지속적인 빈곤은 주로 농부 자신의 무지한 삶의 태도에 그 근원이 있다고 보았다. 소로우는 「베이커 농장」("Baker Farm") 장에서 존 필드John Field와 같은 농부를 "정직하고 근면하지만 주변머리 없는 인간"(193)이라고 규정한다. 그 농부는 "연준모치shiners를 미끼로 퍼치perch를 낚으려는" "전래적인 생활양식"(197)에 맞추어 삶을 영위하고 있기 때문에, 결국 가난의 늪과 노동의 굴레에서 해방되지 못한다는 것이다.[15)]

갈랜드의 소설에서 서부 농부들은 생업으로 농사를 선택한 사람들이
다. 따라서 "생계를 꾸리는 일이 곧 직업이 되어서는 안 되고, 오락이 되게
하라"(196)거나 "대지를 누리되 소유하지 말라"(196)는 소로우의 충고가 갈
랜드의 농부들에게 적용될 수는 없을 것이다. 갈랜드도 농부들이 물질적·문
화적 욕망에서 결코 자유롭지 않다는 사실을 지적한다. 그러나 그는 대부분
의 농부들을 무지하지만 우직한, 어느 정도의 순수성을 간직한 사람들로 묘
사한다. 그 결과 갈랜드가 그리는 고통 받는 우직한 농부는 제퍼슨이 제시하
는 "고상한 농부"가 결코 아니며, 소로우가 소개하는 오직 생계를 위해서 가
축처럼 일하는 철저히 무지한 농부와도 거리가 멀다.

　『주통행로』에서 갈랜드가 묘사하는 서부의 농부들은 제퍼슨이 구상한
유토피아적 행복이나 소로우가 제안하는 초월주의적 영적 성장을 삶의 목표
로 하지 않는다. 그들은 또한 농사의 경험과 문학의 경험을 일치시키려고 하
는 프로스트Robert Frost와 같은 농부 시인이 될 수도 없다. 그들은 도시 사람
들보다는 상대적으로 더 단순한 욕망을 가졌으며, 자연을 상대로 한 투쟁을
통해서 식량을 생산하려고 분투한다. 갈랜드의 소설에서 자연을 상대로 한
고난에 찬 투쟁 속에서 농부들이 보여 주는 인내력은 그들의 삶에 어떤 존엄
성을 부여한다. 그 결과 갈랜드가 묘사하는 농부상은 어느 정도의 순수성을
간직한 채, 대지를 상대로 삶의 활동을 영위하는 고통 받는 인간성의 상징으
로 나타난다. 갈랜드는 서부의 농부들을 계급적 편견이나 사회이론을 통해서

---

15) 소로우는 사회적 생활수준을 충족하기 위해서 농사짓는 농부는 필사적으로 소모적인 노
　　동을 하지 않을 수 없다고 본다. 사회적으로 제시된 일정 정도의 생활수준을 충족하려고
　　－농장을 소유하고 거기에 "차, 커피, 버터, 우유, 쇠고기", 그리고 "두꺼운 장화와 질긴
　　옷"을 확보하는 것－분투하다보면 결국 고된 노동과 빈곤의 악순환에 빠진다는 것이다
　　(194). 소로우는 비록 소규모 자작농이라 할지라도, 농부가 사회적 기준을 충족하려는 삶
　　의 방식을 취하게 되면, 결국 그 생활 자체의 굴레에 얽매어 속박당하고 불행해진다고
　　생각한다.

제시하고 있다기보다는, 우직스럽고 존엄한 인물들로 다루고 있다. 그의 묘사에는 진솔한 인도주의적인 연민이 감상주의적 전통과 어울려 있어서, 그 결과 그의 소설은 서부 농촌 경관과 그곳 사람들에 관한 강력한 정서적 울림을 만들어 낸다.

## 제5장

# 자연과 농업에 대한 개념화:
## 프랭크 노리스의 『문어』

## 1. 서부 대지와 농업주의

서부 개척사에서 초기의 덫사냥꾼trappers이나 모피 거래인들fur traders, 광산업자, 이후의 정착 농부들, 그리고 철도업자들은 모두 새롭게 주어진 서부의 땅과 자연물을 이용해서 부를 축적하려 했던 사람들이다. 그들 중에서 덫사냥꾼이나 모피 거래인들은 서부의 자연과 땅을 소유하지는 않고 단지 이용하기만 했었다. 그리고 개척 초기 대부분의 자급자족형 소규모 자작농들도 토지를 그 소유권 자체에 대한 가치보다는 농작물을 생산하기 위한 기반으로서의 가치에 더 큰 관심을 가졌다.[1] 그에 반해 프랭크 노리스Frank Norris가 『문

---

[1] 사전적 의미로 '땅'은 "강이나 바다와 같이 물이 있는 곳을 제외한 지구의 겉면"을 뜻한다. 그리고 '토지'는 일반적으로 "경작지나 주거지처럼 사람이 생활과 활동에 이용하는 땅"을 가리키며, 그 단어의 법률적 의미는 "사람이 이용하거나 소유하는 대상으로서의 땅"을 나타낸다. 한편 '대지'는 "대자연의 넓고 큰 땅"이라고 정의된다. 그러므로 '땅'이 세 가지 의미를 모두 포함하는 가장 보편적인 표현이다. 영어로는 'land'나 'earth'가 이 세 가지 한국

어』(*The Octopus*)에서 묘사하고 있는 대규모 농장의 주인들이나 철도업자들은 땅에 대한 소유권 혹은 재산권을 기반으로 이윤추구 사업을 행했던 사람들이다. 그렇기 때문에 그 두 집단은 이해관계에 있어서 서로 대립될 수밖에 없었다.

개척 초기 소규모 자작농들은 광산업자들이나 철도업자들, 혹은 기업형 대규모 농장의 농장주들과는 달리 특별한 도덕적 가치를 표방하는 직업군이었다. 제퍼슨Thomas Jefferson의 농업주의 사상으로부터 연유된 역사적 배경 하에서, 그들의 농업 활동은 서부의 토지를 자연의 리듬에 조화되는 방식으로 이용하는 것으로 여겨졌다. 그러나 『문어』에서 묘사되는 19세기 후반 서부의 철도회사the Pacific & Southwestern Railroad를 운영하는 사업가들railroaders 뿐만 아니라 샌 와킨the San Joaquin 지역의 농부들도 땅과 농작물을 투기 대상으로 삼음으로써, 자연의 리듬을 거스르는 사람들로 묘사된다. 그들은 광활한 서부의 땅과 거기에서 생산되는 농작물의 가치에 대해 이전의 개척민들과는 다른 태도를 가졌다. 철도업자들은 철도 건설 대가에 대한 보너스로 정부로부터 교부받은 땅을 투기의 대상으로 삼는다. 그리고 농업 노동자들을 고용해서 농업사업agribusiness을 행했던 대규모 농장의 주인들은 토지의 재산권에 집착하고 그를 통한 이윤추구에 몰두한다. 그 두 그룹 모두는 농작물의 물질적 사용가치가 아니라 상품으로서의 교환가치를 추구하며, 토지의 생산성 자체가 아니라 토지의 가격에 주된 관심을 가지고 있다.

건국 당시 제퍼슨은 농업을 새로운 공화국에 적용할 수 있는 바람직한 경제 활동의 토대로 구상했었고, 독립적이고 근면한 농부를 이상적인 시민

---

어 표현에 대응하는 단어이지만, 모든 경우에 'land'라는 단어가 보편적으로 사용된다. 필자는 여기에서 이용이나 소유의 대상이 되는 주거지 및 경작지에 대해서는 '토지'로, 그밖에 일반적인 경우에는 '땅'으로, 그리고 대자연의 의미를 나타낼 때는 '대지'라고 각각 구분해서 사용한다.

상으로 여겼었다. 그는 서부 확장이 그곳으로 이주하려는 모든 농부들에게 자립적이고 자유로운 생활을 보장해 줄 것이고, 그 결과 미국은 평화롭고 고상한 농업 국가로 발전하게 될 것이라고 기대했었다. 그의 그러한 낙관적 전망은 "우리는 [서부에] 농부들의 근면함을 유혹하는 막대한 토지를 가지고 있다"(157)는 믿음에 기초한다. 그러나 『문어』에서 묘사되는 19세기 중반 이후 실제로 진행된 서부 개척은 제퍼슨이 낙관했던 것과는 달리, 평화로운 프런티어의 확장이 아니라 땅과 자연물을 서로 차지하기 위한 투쟁의 장이 되었다. 이에 대해 리머릭Patricia Limerick은 미국의 서부 개척을 "'프런티어'라는 불분명하고도 자기관용적인 용어" 대신에 "'정복'이라는 정직하고 분명한 용어"(7, 원문 강조)를 사용하면, 그 과정과 의미를 보다 더 정확하게 이해할 수 있다고 주장한다. 물론 리머릭이 서부 개척을 정복으로 규정한 것은 백인들이 아메리카 원주민들을 상대로 행한 행위에 일차적으로 적용된다. 하지만 이후로도 그러한 양상은 계속되어, 『문어』의 중심인물들인 농장주들과 철도회사가 서로 땅을 차지하기 위해서 맞서 싸우는 것도 전형적인 정복 투쟁이 된다.

　　노리스는 『문어』에서 철도회사가 연방정부로부터 무상으로 교부받은 땅의 소유권을 개인 농장주들에게 매도하려는 과정에서, 철도회사와 농장주들 간에 벌어지는 갈등과 투쟁을 묘사한다. 철도회사들은 정부의 막대한 지원 하에 가치 있는 땅을 대거 차지했다.[2] 그런 다음 그처럼 무상으로 교부받

---

[2] 서부 개척 당시 땅을 차지하기 위한 경쟁은 "모든 사람들에게 결코 공정하지 않았다. …… 법률에 어떻게 규정되었던 간에, 부유하고 영향력 있는 사람들에게 항상 유리했다"(Rohrbough 298). 1862년 제정된 "태평양 철도 법"(the Pacific Railroad Acts)에 따라서 연방정부는 철도회사에게 대륙횡단 철도를 건설할 수 있도록 하기 위해 땅을 교부하였다. 역시 1862년에 농부들에게 토지를 무상으로 분배해 주기 위한 '홈스테드 법'(the Homestead Act)이 실행되었다. 그러나 홈스테드 법이 제시한 장밋빛 전망에도 불구하고, 대부분의 좋은 땅은 이미 철도회사나 주정부의 차지가 되어 있었다. 따라서 정착하기 위해 조금이라도 늦게 이주해 온 농부들은 땅을 구하는 데 매우 불리한 조건에 처해 있었다.

은 토지land grants를 구매해 줄 대상으로서, 그리고 미래의 화물 고객으로서 정착 농민들을 서부로 끌어들였다. 노리스의 소설에서 농장주들은 낮은 가격에 우선적으로 농업용 토지를 매도해 주겠다는 철도회사의 광고를 보고 미국 동부나 유럽으로부터 이주해 온 사람들이다.[3] 그러나 막상 철도회사가 최초의 약속을 어기고 향상된 토지 가치에 대해 턱없이 높은 지가를 요구하자, 주인공인 매그너스 데릭Magnus Derrick에 의해 대표되는 농장주들은 결국 집단적 투쟁에 나선다. 철도회사의 속셈은 최대한 높은 지가와 곡물 운송료를 책정하고, 동시에 각종 권력 기관에 로비를 통해서 터무니없이 낮은 곡물가격을 책정하도록 함으로써, 결국 농부들을 파산으로 내몰아 자신들의 소작농으로 전락하게 하려는 것이다.

『문어』에서는 농장주들과 철도회사가 소설의 중심 소재인 토지와 밀, 즉 자연과 그 수확물을 서로 차지하려고 맞서 싸우는 동안, 자연의 그 두 요소가 자연물로서의 본래 의미를 잃고 점점 개념적 의미로만 인식되어간다. 서부의 땅을 토대로 행해지는 밀 농업과, 역시 그 땅을 이용해서 사업을 하는 철도회사는 모두 땅과 밀의 본래의 물적 가치를 망각하고, 거기에서 오로지 자본주의 경제가 추구하는 개념적 가치인 소유권과 이윤만을 추구한다. 자연에 대한 그처럼 과도한 개념화와 그에 수반되는 체계화의 과정은 자본주의 시대 인간 욕망의 추상적 속성과 그 파괴성을 여실히 보여 준다.


## 2. 땅과 자본주의

땅의 가치는 모든 생명체의 생존을 위한 근원으로서의 물질적 가치에서 시작

---

3) 농장주들 중에는 매그너스 데릭처럼 동부에서 이주해 온 앵글로 색슨계뿐만 아니라, 후븐 Bismark Hooven처럼 독일에서 갓 이민을 온 사람도 있으며, 소작인이나 농장 노동자들 대부분은 포르투갈이나 멕시코 등으로부터 뒤늦게 들어온 사람들이다.

된다. 얇은 층을 이루어 대륙을 덮고 있는 흙으로서의 땅은 인간뿐만 아니라 모든 육상 동식물들의 존재의 근원이 된다. 흙이 없다면 식물이 자랄 수 없을 것이고 식물이 없이는 동물이 생존할 수 없다. 그런 차원에서 땅을 가치의 근원으로 보는 중농주의나 농업주의가 생겨났다. 제퍼슨의 농업주의적 사고는 땅과 농업이 생존을 위한 물질적 가치뿐만 아니라, 더 나아가서 그것을 통해 도덕적 가치도 실현할 수 있다는 신념을 반영한다. 그러나 땅의 의미가 그 구성요소인 흙의 물질적 차원을 벗어나 공간적 차원으로 확장되면 그것은 재산과 부, 나아가서 권력의 근원으로 작용한다. 그렇게 되면 땅은 생명과 생산의 근원이 아니라 소유나 탈취 혹은 거래와 투기의 대상이 된다. 이처럼 개념적 가치의 대상으로 변형된 땅은 거래업자나 투기꾼, 군주나 정복자가 추구하는 목표가 된다.

유럽에서는 땅의 가치에 대한 인식의 변화—경작, 소유, 세습, 자본—과정이 오랜 기간에 걸쳐 거의 자연스러운 변화처럼 보일 정도로 서서히 진행되어 왔다. 반면에 미국의 서부에서는 그것이 비교적 짧은 기간에 거의 극적인 방식으로 진행되었다. 미국이 영토를 확장해 가는 과정은 여러 세력들이 새로 주어진 땅을 서로 차지하기 위해 벌이는 다양한 투쟁으로 구성된다. 최초에 그것은 땅을 차지하기 위한 백인과 인디언 간의, 이어서 각기 다른 유럽 국가 간의 정복 전쟁이었다. 이후 다시 서부 개척은 기업과 개인, 혹은 개인과 개인 간의 땅을 차지하기 위한 복잡한 투쟁의 과정이었다. 그리고 그 실행은 기본적으로 지도상에 선을 긋는 작업과 각 세력 간의 소유권을 규정하는 일, 즉 "그 선들에 의미와 권력을 부여하는 것"(Limerick 27)이었다.

땅의 가치와 관련해서 미국의 서부 개척은 자본주의의 급격한 발달이 불러온 역동성과 그에 수반된 문제점을 동시에 보여 준다. 연방정부는 1785년에 서부의 넓은 땅을 지도상에 1평방 마일 단위의 격자 모양으로 구성되도록 측량하고 구분하는 제도를 실행했다. 그런 다음에 "사람들로 하여금 그

선들을 존중심을 갖고 대하도록"(Limerick 55) 설득하려고 노력했다. 지도상의 선이나 등기에 찍힌 직인이 땅, 즉 "지구를 합법적으로 나눌 수 있다는 사회적 허구"(Limerick 56)를 사람들로 하여금 믿게 하려고 시도했던 것이다. 그 과정은 사실상 "땅이 물질matter로부터 재산권property으로 전환되는 변화를 포함한다"(Limerick 27).

연방정부는 서부의 땅을 농업과 철도 산업이라는 두 가지 다른 목적으로 분할하여 교부 하였다. 대륙횡단 철도를 건설하던 당시, 정부는 계획된 철길의 양쪽에 있는 홀수 구획의 땅에 대한 소유권을 철도회사에 교부해 주었다. 그리고 정부가 소유하고 있던 짝수 구획의 땅을 농장주들이 사용할 수 있도록 허용해 주었다. 그러므로 『문어』에서 캘리포니아 샌 와킨 지역의 매그너스 데릭이나 브로더슨Broderson, 애닉스터Annixter, 오스터만Osterman과 같은 농장주들은 누구도 자기 농장을 온전히 소유하지 못한 상태에 있다. 그 결과 농부들이 대규모 농장을 소유하기 위해서는 철도회사가 차지하고 있는 "교차 구획"(alternate section, 73)을 구입하지 않으면 안 되는 상황에 있다.[4]

게다가 농부들은 철도회사가 정부로부터 아직 그 홀수 구획의 땅에 대한 양도권patent을 허가받기 이전에 광고를 보고 그곳에 이주해 와서, 단지 경작권만을 얻어 농사를 짓기 시작했었다. 이후 철도회사는 양도권을 받자마자 그 땅에 지가를 매겼고, 당시 정부가 지정한 지가인 "에이커 당 2.5달러"(72)에 그 농부들에게 우선권을 주어 매도하겠다고 약속했다. 그러나 철도회사는 약속을 실천하지 않고 여러 해 동안 의도적으로 매도를 지연해 오면서, 농부들로 하여금 그 땅을 개량하게 하여 지가가 계속해서 오르도록 놓아둔 것이다. 그러는 동안 농부들과 철도회사 사이에는 상승하는 지가에 대해 매우 민감한 대립 관계가 계속되었다. 즉 거듭해서 더 높은 가격으로 새롭게 평가되

---

4) 이후 이 장에서 『문어』에서의 인용은 쪽수만 표기함.

는지가 문제가 양측의 첨예한 관심사가 된 것이다.

철도회사와 농장주들은 양측 다 자신들의 땅을 각자의 목적에 효율적으로 이용하기 위해서 그 땅을 기호화하여 지도로 만들었다. 우선 매그너스 데릭의 농장 사무실에는 그의 "로스 뮤에르토스Los Muertos 농장의 거대한 지도가 걸려있고, 거기에는 그 농장의 모든 수로와 저지대, 고지대는 물론이고 토양의 진흙지대나 옥토의 다양한 깊이까지 표시되어 있으며, 매우 정확하게 구획되어 있다"(43). 그 지도는 땅을 농업 생산을 위해, 즉 그 땅을 물질적 차원에서 효율적으로 이용하기 위해 작성된 기호처럼 보인다. 그러나 소유자의 의도가 달라지면 지도의 기능도 달라진다. 만약 소유자가 지도를 땅을 거래하기 위한 목적으로 사용한다면, 그것은 그 땅의 시세차액을 통해서 최대의 이윤을 얻기 위한 기호로서 기능한다. 즉 땅의 가치가 삶의 물질적 기반이라는 차원을 벗어나 개념적 소유권으로 변화되면, 그것은 거래나 투기를 통한 이윤 추구의 대상으로 인식되게 된다.5)

이를 입증하듯 철도회사는 자신들의 땅을 기호화한, 이윤 추구나 재산권 행사를 위한 목적으로 치밀하게 작성된 지도를 가지고 있다. 퀴엔 사베 Quien Sabe 농장의 농장주인 애닉스터가 자신이 경작하고 있는 토지를 매도해 줄 것을 요구하기 위해 철도회사의 토지 사무소P. & S. W. Land Office를 찾아갔을 때, 그곳의 소장인 러글즈Cyrus Ruggles의 책상에는 철도회사가 소유한 "교차 구획 토지가 정확하게 도면화된 거대한 지도가"(139) 펼쳐져 있다. 그 지도는 철도회사가 움켜쥔 개념화된 보유토지holdings에 대한 권리를 상징한다.

---

5) 리머릭은 서부 경제에서 가장 흥미진진한 경험 중 하나가 땅의 투기를 통해서 이윤을 추구하는 것이었다고 주장한다. 그것은 "중독적이고 짜릿한 쾌감을 주는 경험"이며, 반면에 뒤늦게 이주해 와서 땅의 가격이 높아지는 것을 감당해야하는 농부들에게는 투기가 "불공정한 이점 위에 유희하는, 범죄에 준하는 경제 활동"이었다는 것이다(67). 그리고 부동산 거래 업소에 걸려있는 지도는 땅을 자본주의적 기호로 사용하는 전형적인 예이다.

그 전체 지도에는 P. and S. W. R. R이라고 표시된 붉은색 선의 거대하고도 복잡한 네트워크를 이룬 철도망이 그려져 있었다. 그 선들은 샌프란시스코를 중심으로 하여 북쪽과 동쪽, 남쪽으로 그물눈처럼 갈라져 캘리포니아 주의 모든 지역으로 퍼져나가 있었다. …… 그 지도의 바탕색이 흰색이었으므로 그 위에 표시된 다양한 카운티와 마을 그리고 도시들을 돋보이게 하기 위해서 사용된 모든 색깔들이 마치 중심의 한 점을 향해서 집중된 붉은 동맥들을 가진 거대하고도 불규칙하게 뻗어나간 생명체 속으로 흡입되는 것처럼 보였다. 캘리포니아 주 자체가 하얗고 창백하게 빨아먹혀 생기를 잃은 배경이 되어 있고, 피를 잔뜩 빨아먹어 한껏 부풀고 무한히 뻗어나가 곧 터져버릴 듯한 그 괴물의 붉은 동맥들이 배경에 대비를 이루어 유난히 두드러져 보이는 듯했다. 그것은 공화국 전체의 생명의 피를 실컷 빨아먹어 몸이 터질듯 부풀어 가는 하나의 거대한 기생동물이며 이상생물체였다. (204-05)

자연물에 대한 개념화와 부에 대한 욕망은 동시에 강화된다. 즉 욕망이 강화될수록 그만큼 더 개념화의 정도가 과도해지고 그 목적이 왜곡되기 쉽다. 애초에 철도회사가 정부로부터 땅을 교부받았던 것은 미개척지인 서부에 철로를 건설하여, 그곳 개척민들의 삶에 교통과 운송을 원활하게 하려는 목적에서였다. 마치 우리 몸의 생명력을 유지하기 위해 몸속에 혈관이 연결되어 물질대사를 가능하게 해 주는 것과 같은 자연적이고 물질적인 목적이었다. 그러나 철도회사가 덤으로 받은 막대한 땅을 오로지 재산권이나 투기를 위한 수단으로 삼게 되면서, 그 지도는 일종의 개념화된 괴물로 나타나게 되고 거기에 그려진 얽히고설킨 선들은 마치 흡혈귀의 혈관처럼 보이는 것이다.

　　한편 농장주인 애닉스터도 자신이 경작하고 있는 토지의 소유권에 대해 강한 관심을 가지고 있지만, 정작 그 소유의 주체에 대해서는 혼동된 생각을 가지고 있다. 그는 "'내 땅'에 대해서 볼일이 있어요—내말은 '당신네 땅'

―'철도회사 땅' 말입니다"(139, 필자 강조)라고 언급함으로써, 자신이 거주하며 경작하고 있는 토지의 소유권에 대해 확신하지 못하는 상태에 있다. 그에 대한 러글즈의 응답은 "그 땅은 실질적으로 당신의 것이죠"(139)라는 것이다. 철도회사는 애닉스터를 비롯한 농부들에게 샌 와킨 지역의 토지에서 8년 동안 세금을 내지 않고 거주하며 농사를 짓도록 허용한 채, 그들이 그 땅을 개량하는 것을 지켜본 것이다. 그 동안에 그 땅을 자신들에게 매도해달라는 농부들의 거듭된 요구를 묵살해 왔었다. 그 땅의 지가가 한껏 오르기를 기다린 것이다.

개념화된 땅은 이용권이 아니라 소유권이 목적이고 소유권은 곧 매매해서 얻을 수 있는 시세차액을 의미한다. 그 땅에 대한 거래가 실행되어야 상품으로서의 가치가 발휘될 수 있기 때문이다. 그래서 철도회사는 농부들이 점유하여 이용하고 있는 땅이라는 재화에 대한 가치가 최고 가격으로 결정되자마자, 그것을 개념적 거래의 대상으로 삼는다. 철도회사는 "불화의 원인이 된 땅을 농장주들에게 명목상의 비용으로 임차해 주겠다"(208)는 기만적인 태도를 취하지만, 농부들이 그 제안을 거부할 것이라는 것을 빤히 알고 있다. 임대 제안을 받아들인다면 자신들이 실질적으로 점유하고 있는 땅에 대한 철도회사의 재산권을 인정해 주는 결과가 되고 말 것이기 때문이다. 이어서 철도회사가 터무니없이 높은 가격으로 그 땅을 매물로 내놓자마자, 즉시 수많은 매수자들이 나선다. 철도회사가 "재산도 없고 돈도 없는 외지 사람들"을 "거짓 구매자"(dummy buyers)로 내세운 것이다(208). 그래서 개념적 소유를 위한 절차의 마지막 단계로 "기업의 구획corporation's sections을 거짓 구매자들 명의로 등기해서 소유권을 넘겨주는 익살극이 엄숙하게 진행[된다]"(208).

철도회사만이 땅에 대한 극대화된 시세차액을 추구하는 것은 아니다. 농부들도 땅의 물적 가치인 생산성이 아니라, 재화로서의 개념적 소유권에 관심을 집중하고 있기는 마찬가지이다. 애닉스터를 비롯한 농부들도 땅에 대한 소유권을 확보하여 나중에 지가가 오르기를 기대한다. 즉 그들이 원하는 것은 매매 가능한 땅의 소유권을 가지는 것, 즉 "내 울타리 안에 있는 모든 흙덩어리가 내 개인 재산이라는 것을 느끼고 싶다"(141)는 것이다.

> 나는 소유권을 원해요. 그건 매그너스 데릭이나 브로드슨 노인, 그리고 오스터만을 포함하여 이 카운티의 모든 농장주들에게도 마찬가지입니다. 우리는 내 땅을 갖고 싶고, 그 땅에 대해 희망이든 저주든 우리가 마음대로 할 수 있다는 것을 경험해보고 싶단 말입니다. 내가 퀘엔 사베 농장을 팔고 싶다고 가정해봅시다. 당신들에게서 그 농장 땅 전체를 구매하기 전까지는 그걸 팔 수가 없어요. 다른 사람에게 완결된 등기를 넘겨줄 수 없으니까요. 그 땅은 내가 여기 들어와서 그것을 개량해 놓은 이후로 땅값이 열 번씩이나 두 배로 뛰었다구요. 그래서 지금은 족히 에이커 당 20달러는 될 거라구요. 그렇지만 당신네들이 그 땅을 매도하지 않으면, 즉 내가 그 땅을 소유하지 못하면 그처럼 가격이 올랐어도 나에겐 아무 소용도 없다구요. 당신들이 나를 옴짝달싹 못하게 하고 있다구요. (141)

애닉스터는 철도회사가 지가가 30달러로 오를 때까지 그 땅을 "투기 목적으로 보유하고 있을 것"(141)이라고 생각하며, 토지 사무소를 찾아가서 애초에 약속한대로 에이커 당 2.5달러에 땅을 매도하라고 다그친다. 하지만 그 요구는 묵살당하고, 며칠 뒤 농부들은 땅값이 "에이커 당 27달러"(194)로 결정되었음을 철도회사로부터 통보받게 된다. 철도회사에게 땅은 오로지 투기 목적으로서 가치가 있을 따름이다. 마찬가지로 땅에 대한 애닉스터의 관심도 생산 기반으로서의 자연이라기보다는 거래 대상으로서의 개념적 가치에 더욱 치우쳐 있다.

특히 철도회사에게 땅은 법률이나 제도상의 허점을 교묘히 이용해서 불로소득을 극대화하기 위한 원천이다. 땅의 가치가 상승할 것을 기대하고 땅을 가지고 있는 지주에게는 그 땅의 소유권이라는 것이 물리적 사실이 아니라, 단지 하나의 개념에 불과하다. 토지 재산이란 현재 비록 지극히 안정적인 개념처럼 보일지라도, 사실은 인간과 물질 사이 존재하는 매우 인위적이고 임의적이며, 따라서 근본적으로 허구적인 개념일 따름이다.6) 철도회사는 연방정부나 캘리포니아 주정부와 같은 정치 기관, 보너빌 머큐리(*Bonneville Mercury*, 72) 신문사와 같은 주요 언론 기관, 심지어 사법 기관까지도 매수하여 땅에 대한 재산권을 확정하려고 하며, 농부들도 같은 목적으로 권력 기관을 매수하려들기는 마찬가지다. 그 둘 사이에는 다만 정도의 차이가 있을 뿐이다. 애덤스John Adams에 따르면 "권력은 항상 재산권을 뒤 따른다" (Limerick 58, 재인용). 애덤스의 주장과 관련해서, 권력과 재산 중 어떤 것이 우선하는가가 아니라, 그 둘 사이에 밀접한 상호작용이 있다는 사실이 문제의 초점이 된다.

철도 트러스트Trust와 농장주들의 연맹League이 토지 재산권을 서로 차지하기 위해 벌인 싸움에서 패배한 농장주들은 결국 토지와 농장에 대한 모든 권리를 잃게 된다. 애닉스터의 폐허가 된 농장 문간에 붙여진 경고문—"경고. 이 구역을 무단 침입하는 어떤 사람도 법에 의해 엄중하게 고소당하게 됨. P. and S. W. 철도회사의 명에 의함"(445)—이 개념적 토지 소유권의 임의성을 극명하게 표현해 준다. 그리고 매그너스 데릭도 자신의 로스 뮤에르토스 농장 전체에 대한 소유권을 철도회사의 앞잡이인 버만S. Berman에게 빼앗기고 파산하여 쫓겨나게 된다.

---

6) 헨리 조지Henry George는 인간은 자신이 행한 노동의 생산물에 대해서만 배타적 소유와 향유의 권리를 가지는데, 땅은 그 어떠한 조건이나 상황에서도 결코 인간 노동의 생산물이 될 수 없으므로 "땅의 사적 소유는 옳지 않다"(336)고 주장한다.

## 3. 농업의 개념화

우리는 대체로 농업과 상업을 실질적으로 다른 생활방식이라고 생각하는 경향이 있다. 일차산업으로서의 농업은 직접 자연을 대상으로 노동하여 생산물을 얻어내는 반면에, 삼차산업으로서의 상업은 상품을 사고파는 행위로 각각 그 의미를 구분하기 때문이다. 게다가 농업은 자연과 소박한 삶을 상징하고, 반면에 상업은 인공과 무한한 이윤추구의 유혹을 의미한다는 고정관념이 덧붙여져 있기도 하다. 그러나 근대 자본주의 사회에서 농업이 작동하는 방식을 살펴보면—특히 농업이 투기적 성격을 띠게 되는 양상을 고려하면—그러한 허구적 구분은 무너지고 만다. 사실상, 제퍼슨의 구상과는 달리 미국에서 농업이 상업이나 제조업의 폐해로부터 벗어나기 위한 방편도, 또한 그에 대한 대안도 될 수 없었다. 『문어』에서 묘사되는 19세기 미국의 서부에서—실제 오늘날의 자본주의 사회에서 그러한 현상은 더욱 심화되었지만—농업과 상업은 뗄 수 없을 정도로 서로 얽혀 있다. 샌 와킨 지역의 농장주들에게 토지를 구입하고, 개량된 최신 쟁기와 농기계를 구매하고, 잉여 밀 수확물을 판매하는 것 등 농업의 주요 일처리와 관심사가 자연을 대상으로 하는 노동이라기보다는 인공과 시장을 상대로 하는 거래에 더 가깝다.

동맹을 결성하여 철도회사의 전횡에 대항하는 샌 와킨 지역의 거의 모든 농부들은 농업의 가치에 대한 숭고한 신념을 가졌다기보다는 "노다지 농업"(bonanza farm, 217)으로 단번에 부자가 되고 싶어 한다. 이러한 현상은 농업의 전통적 미덕인 단순성이 더럽혀진 것 이상의 의미를 가진다. 부에 대한 욕망은 인간의 문명 본성에 내재된 취득 본능이며, 자본주의 사회의 발전을 추동하는 열정이다. 그러한 관점에서 리머릭은 서부 개척 농부들에게 "투기와 정당한 재산 형성의 차이가 흑과 백처럼 명백한 구분이 있는 것이 아니라, 다만 농담shades의 차이가 있을 뿐이다"(68)고 본다. 더 나아가서 그랜트

Charles S. Grant는 개척 시대 서부의 농부들이 직업의식과 활동에 있어서 "자기정당화와 교활한 기만행위를 결합한 희한한 도덕적 태도"(49)를 나타내었다고 말한다. 매그너스 데릭을 비롯한 『문어』에서의 농장주들도 대부분 생계형 농업에 종사한다기보다는 상업적 기업 농업 혹은 심지어 투기적 농업에 몰두하는 경향을 보인다.

  매그너스에게는 포티나이너the Forty-niner의 기질이 남아 있었다.[7] 그의 가슴속 깊은 곳에 아직 투기꾼의 기질이 유지되고 있었다. "때가 되면 우리 모두는 대박을 터뜨릴 거야." 정확하게 바로 그것이었다. "나중 일이야 내가 알게 뭐람." 그의 투철한 공공의식에도 불구하고, 정의와 진리를 향한 그의 줄기찬 옹호에도 불구하고, 매그너스는 백만 달러를 손에 넣기 위해서라면 전 재산을 걸고 기꺼이 도박을 할 수 있는 도박꾼으로 남아 있었다. 그것이 그를 통해서 표현된 진정한 캘리포니아 정신이었으며, 서부의 정신이었다. 그것은 세세한 일상사에는 관심을 두지 않았고, 기다리며 인내하려 하지도 않았으며, 합법적인 방식으로 힘들게 일하여 돈을 벌기를 거부했던 태도였다. 그 어떤 상황을 무릅쓰고라도 하룻밤 사이에 부를 움켜쥐겠다는 광산업자의 본능이 지배하고 있었다. 그것이 매그너스와 그가 대변하는 다른 수많은 농장주들이 농장을 경영했던 정신의 골격이었다. 그들은 땅을 사랑하지 않았다. 또한 흙에 대해 애정을 갖고 있지도 않았다. 그들은 자신들이 25년 전에 광산업을 했던 방식으로 농업을 행했다. …… 땅에 있는 모든 것을 얻어내고, 땅을 바싹 마를 때까지 쥐어짜내며, 그래서 결국은 그 땅을 철저히 고갈시켜버리려는 것이 그들의 정책인 것 같았다. 그리고 마침내 땅이 고갈되어 더 이상 생산하기를 거부할 때면, 그들은 자신들의 돈을 다른 어떤 곳에 투자하려 들것이다. (211-12)

---

7) Forty-niners는 1849년 골드러시Gold Rush 당시 일확천금, 즉 노다지bonanza를 노리고 캘리포니아로 몰려갔던 투기꾼들prospectors을 일컬음.

캘리포니아 농부들의 투기적 성향에 비추어 보면,『문어』에서 철도 트러스트와 농부들의 연맹이 땅을 서로 차지하기 위해서 벌이는 싸움에서 "실질적인 도덕적 대립이 없다"(Folsom 68)는 주장은 타당하다. 양측 다 정당한 이윤보다는 불로소득의 일확천금을 노리는 투기적 성격의 사업가들이다. 철도 트러스트뿐만 아니라 농부들도 역시 땅을 투기적으로 이용해서 최대의 이윤을 얻기 위해 애쓰고 있는 것이다. 근대 농업의 그러한 특성을 파악하여, 워스터 Donald Worster는 농부들이 "자연을 상대로 내기를 하려는 경향이 있으며 ……그 내기에서 져 크게 망하는 경우가 종종 있다"(62)고 말한다.

샌 와킨 농장주들에게 농업은 단순하고 조화된 삶이라는 목가적 이상으로부터 완전히 벗어나 있는 활동이며, 오히려 이윤을 추구하는 사업의 특성을 띤다. 실제로 대자본가로서 수익률이 높은 제조업을 구상중인 시다퀴스트 씨Mr. Cedarquist는 캘리포니아에서 대량 생산된 밀을 해외로 운송할 선박을 건조하려는 조선업을 계획하고 있다. 그는 "19세기 최대의 단어가 생산"이었다면 "20세기 최대의 단어는 마켓"이 될 것이라고 장담한다(216). 그가 예상하는 마켓이란 미국이 생산한 밀의 해외 시장을 의미한다. 유럽은 이미 소진된 시장이 되었으므로 이제는 "새롭고 더 거대한 시장"을 개척해야하며, 그것이 "굶주림에 떨고 있는" 중국과 아시아가 될 것이라고 예견한다(217). 그는 서부에서 밀 농업을 하는 농장주들이 유럽으로 밀을 수출하기 위해 이제까지 의존해 왔던 시카고의 곡물시장과 중간상인을 거칠 필요도 없이, 앞으로는 자신들이 중국과 직접 거래할 수 있을 것이라고 기대한다. 즉 밀이 농산물로서의 가치보다는 무역 상품으로서의 가치가 더 중요하게 되었으며, 농부들은 생산자의 성격보다도 사업가의 성격을 띠게 되었다. 사실상『문어』에서는 샌 와킨 지역의 농장주들에게서 농업주의의 도덕적 가치를 거의 찾아 볼 수 없다.

그러나 몇 년 전까지만 해도 샌 와킨 지역의 농부들은 소규모 목축업과 자작농을 행했었다. 그 지역에서 오랫동안 살아온 백세인centenarian은 그곳에서의 농업 유형의 변화에 대해서 프레슬리에게 다음과 같이 한탄한다.

당신이 믿으실지 모르겠지만, 그때는 밀 재배를 생각조차도 하지 않았어요. 당시에는 소떼나 양, 말 등을 기르고 있었고, 거기에 수송아지들이 있었지만 그 수가 많지는 않았지요. 비록 돈이 궁했지만 언제나 먹을 것은 풍족했어요. 모두가 입을 수 있는 옷도 충분했고, 아, 그래요 포도주도 통으로 있었고 또 식용유도 있었어요. 선교원의 신부님들이 그것들을 소유하고 있었지요. 아, 그래요 이제 생각이 나는데, 물론 밀밭도 있긴 있었죠. 지금은 시드 농장이 위치한 선교원의 북쪽에 조그마한 밀밭이 있었어요. 밀밭이 그곳에 있었고, 포도원도 하나 있었죠. 그 모든 것들이 다 선교원의 땅에 있었어요. …… 울리베리 신부님께서 오늘날 데릭 씨가 경작하는 것과 같은 농작물을 보셨다면 뭐라고 하셨을까요? 수만 에이커의 밀밭이라니! 산맥지역에서부터 해안가에 이르기까지 오로지 밀밭뿐이라니. (21-22)

그 지역은 선교사들의 주도하에 밀, 올리브, 포도 등 다품종 농작물을 경작했던 곳이었다. 그러나 이후 정부와 연대한 철도회사가 농부들을 유입하여 땅의 경작권을 주고 대규모 밀농사 사업을 하도록 유도한 것이다. 농부들이 생활을 위한 여러 가지 농작물을 생산하는 것이 아니라, 거대한 규모의 토지에 오로지 밀만을 단일경작 하여 국내 소비는 물론 유럽으로 수출까지 하는 사실상 이윤추구 사업을 행한 것이다. 그러한 상황에서, 눈길이 닿는 지평선까지 사방으로 펼쳐진 밀밭, 즉 "사물의 새로운 질서" 혹은 오로지 단 한 가지 사물이 지배하고 있는 "일종의 [밀의] 공국principality"은 매그너스의 아내인 데릭 부인Mrs. Derrick의 마음속에 "모호한 공포감"을 불러일으킨다(48). 그것이 그녀에게는 "무언가 과도하고 거의 비자연스러운 어떤 것"(48)으로 느껴지기 때문이다. 농업이 자연 본래의 리듬을 가로막고, "자연의 힘을 통제하여 특정한 식물과 동물만을 [선택적으로] 생산하도록 이끄는 것을 의미한다" (Freitag 100)는 관점에서 보면, 그것은 근본적으로 비자연스러운 활동이다.

자연과 땅을 대상으로 하는 인간의 생업 활동에 있어서, 농업뿐만 아니라 다른 대부분의 활동도 이윤추구를 목적으로 하기는 마찬가지이다. 광산업, 유전 사업, 관광업, 사냥과 어로, 벌목사업, 발전사업, 부동산업 등 땅을 대상으로 하는 인간의 모든 활동이 이윤추구를 위한 사업인 셈이다. 그중에서도 농업이 영리사업으로 비쳐지는 데 대해 우리가 유별나게 거부감을 갖게 되는 이유는 농업에 대해 전통적으로 부여된 도덕적 가치 때문일 것이다. 그리고 농부의 미덕과 농업의 신성함이 그처럼 강조되는 이유는 농업 생산물이 인간의 생명유지에 가장 기본이 되는 필수 물질이기 때문일 것이다. 즉 우리는 농업을 생명유지와 관련된 어떤 순수하고도 신성한 활동 영역으로 간주하려는 경향이 있다. 그러나 자본주의가 발달하면서 농산물은 더 이상 도덕적 가치의 대상이 아니라, 전적으로 상업적 가치의 대상으로 바뀌었다.

매그너스 데릭을 비롯한 샌 와킨 지역의 대부분의 농장주들은 제퍼슨의 농업주의 이상에 정 반대가 되는 농업 활동, 즉 노다지 밀 농업을 추구하는 사업가들이다. 매그너스는 새로운 세계 밀 시장의 발견을 "아메리카 대륙의 발견만큼이나 중요한" "혁명"적 사건이라고 생각하며, 이제까지 농부들의 이익을 착취해갔던 운송 및 유통 기업들의 트러스트를 없애버리고 농부들 스스로 "하나의 거대한 트러스트를 조직하여" 중국에 직접 밀을 수출하게 될 것을 상상한다(226). 농업에 대해 순수한 열정을 가진 것처럼 보이는 젊은 농부인 애닉스터마저도 사실은 땅 투기로 부자가 된 그의 아버지의 유산을 물려받아 "근대적인 농부"(24)가 되겠다고 결심했다. 그래서 그는 대학시절 전공했던 재무, 정치경제, 과학 영농에 덧붙여서 법학을 공부해서 변호사 시험에 합격했다. 토지나 농산물의 이권과 관련된 법적 다툼에 효과적으로 대처하기 위한 노력인 것이다.

　샌 와킨 지역의 농장주들뿐만 아니라 다코타Dakota와 미네소타Minnesota 지역의 모든 농부들이 "노다지 수확"(395)을 꿈꾸는 사업가들이다. 따라서 그들은 정치권력이나 자본, 마켓, 테크놀로지 등 외부의 영향력으로부터 결코 독립적일 수 없다. 매그너스의 농장 사무실에서 "가장 중요한 물건은 증권시세 표시기"(44)이다. 그 혁신품은 근대적인 농부를 꿈꾸는 애닉스터의 아이디어였으며, 그 지역의 농장주들 모두가 재빨리 그 설비를 도입했다. 그래서 농장의 사무실들은 미국의 각 주요 대도시들뿐만 아니라 유럽의 도시와도 연결되어 있다. 매그너스와 그의 아들 해런Harran은 밀 가격의 순간순간의 변동을 알려주는 "그 기계의 하얀 테이프가 계속해서 째깍째깍 움직이면서 릴에서 풀려나가는 것을 바라보며 밤을 거의 앉아서 지새우기도 [한다]"(44). 이처럼 그들의 운명은 상업이나 테크놀러지라는 외부적인 영향력에 의해 좌우되는 것이다. 그러한 관점에서 파이트Gilbert Fite는 "농업은 손해 위험성을 내포하며, 불확실하고 애간장이 타는 사업이다"(55)고 주장한다. 더 나아가 로스바드Murray Rothbard는 농부들이 "다른 기업가들보다 결코 더 고상하지도 더 사악하지도 않다"(141)고 판단함으로써, 농부에게 부여된 도덕적 미덕이 허상임을 역설한다.

　『문어』에서 노리스는 밀을 단순히 자연을 구성하는 한 가지 종species이나 인간의 식량을 위해 농부들이 재배하는 하나의 농작물로 묘사하지 않는다. 샌 와킨 농부들에게 밀의 의미는 일확천금을 손에 쥐기 위해 마음속으로 간절히 그리는 노다지이다. 그럼에도 불구하고 밀을 경작하고 생산하는 과정에서 농부들은 자연물을 대상으로 한 고된 노동과 정서적 애환을 직접 체험한다. 농부들은 "날카롭고 요란한 소리를 내며 작동하는 농기계들, 그 거대한 생명체, 쟁기질하는 일, 심고 가꾸는 일, 비를 기원하는 간절한 기도, 여러 해 동안의 준비, 애타는 심정, 노심초사의 걱정, 조심스런 예측, 농장 경영의 전체적인 사안들, 말들horses과 증기기관 그리고 남자들과 소년들의 농사일"
(434) 등 농사의 모든 과정을 경험하고 기억한다. 샌 와킨 농장주들이 그처럼
자연 생명체를 대상으로 노동을 한다는 점에서, 그들의 정서적 경험의 색조
는 다른 제조업자나 직공들과는 다를 것이다. 농부들의 노동, 즉 농사일이 땅
이나 농작물과 생명의 리듬을 교감한다는 점에서, 그들은 자연으로부터의 감
정적 순화를 경험한다. 그러나 다른 한편으로 농부들은 복잡한 사회 제도를
상대로 그 농산물을 판매해서 이윤을 얻어야 한다는 점에서, 사업적 욕망과
의지도 갖게 된다.

이에 비해 버만과 같은 산업적 혹은 사업적 약탈자에게는 땅뿐만 아니
라 거기에서 생산되는 밀도 오로지 부를 얻기 위해 빼앗고 판매할 수 있는
재화로서만 의미가 있다. 즉 버만에게 밀은 "농부들의 노동이 끝나는 지점"
(434)에서 의미가 발생하며, 따라서 철저히 자본주의적으로 개념화된 상품이
다. 버만은 밀이라는 거대한 재화가 수확기에서 쏟아져 나와 기차의 화물칸
으로, 다시 양곡기elevator가 설치된 대형 곡물창고로, 그리고 마침내 화물선
의 화물창hold로 쏟아 부어질 때 그것을 바라보며 승리의 쾌감에 전율한다.
그는 밀을 포대에 담아서 운반하지 않고 곧바로 화물창에 용적하기 위해 선
창에 양곡기를 설치하고서, "한 장당 4센트가 되는"(449) 포대 비용을 절감할
수 있게 되었다는 사실을 자랑스러워한다. 버만은 밀이라는 개념화된 재화가
"곡물의 강"처럼 흘러 자신의 이윤의 저수지를 채우는 모습을 마치 "최면에
걸린" 듯이 바라본다(434).

## 4. 서부 자연과 낭만주의

사물을 개념화하는 것이 반드시 자본을 축적하거나 권력을 강화하기 위한 목

적으로만 행해지는 것은 아니다. 사물과 경험을 개념화하는 것은 우리가 세계를 이해하기 위한 기본적인 인식 방식이기 때문이다.8) 『문어』의 내레이터인 프레슬리는 서부를 감상적 낭만주의자의 시각으로 바라보고, 그러한 그의 인상을 개념화함으로써 서부의 자연과 대지, 농촌과 농부들을 이해하려고 애쓴다. 지적이고 세련된 태도를 가진 시인인 그는 동부에서 대학을 졸업하고 18개월 전에 서부 농촌으로 건너와서 서부, 즉 "세계 낭만의 프런티어"(that world's frontier of romance, 13)에 관한 대서사시를 쓰겠다는 의지를 가지고 있다. 그는 도시를 탈출하여 자연으로 향하는, 미국 젊은이의 전형적인 목가적 성향을 반영하는 인물이다. 프레슬리는 서부의 자연과 농부들, 특히 대지를 낭만적 경관으로 개념화한다. 그는 추수가 끝나서 텅 빈, 광활한 샌 와킨 지역의 "거대한 대지"를 "출산의 고통을 막 끝내고 기진맥진해서 잠이 들어 있는 위대하고도 자애로우며, 영원하고도 강인한 어머니 같다"(39)고 표현한다.

  프레슬리의 친구이며, 목동으로서 거의 원시주의적인 삶을 살아가는 바나미Vanamee도 역시 자연과 대지에 대해 낭만적인 태도를 가지고 있다. 그러나 서부의 대지를 감상적인 경관으로 인식하는 프레슬리와는 달리, 바나미는 그곳의 자연과 땅, 노동에 체험적으로 참여하여 그 리듬에 깊숙이 동화된 원시주의적인 삶을 산다. 바나미에게 땅은 재산권이나 감상적인 경관으로라기보다는 체험의 물질적 대상인 흙으로 인식된다. 그는 봄비가 내린 뒤 습기를 머금은 땅을 "갈색 토양", "다산성으로 부풀어 오른 흙덩어리", "발아래 밟히는 땅이 살아 있다는 감각" 등으로 인식한다(94). 나아가서 바나미는 자신의 쟁기가 흙을 갈아엎는 장면을, 생명을 잉태하기 위한 남녀 간의 성행위

---

8) 노양진은 우리의 "신체적/물리적 층위의 경험이 정신적/추상적 층위의 경험으로 확장"되면서 우리가 세계와 자아를 인식하고 이해하게 된다고 주장한다. 『몸이 철학을 말한다』, 제3장 「세계인가 경험인가?」(68-78) 참조.

에 비유한다.

> 휴식중인 흙의 저 깊은 곳에서 거대한 심장이 다시 한 번 열정으로 전율
> 하며 욕망으로 진동했다. 흙은 집요하고, 열렬하며, 압도적인 쟁기의 애무
> 에 몸을 내맡기며 고동쳤다. 우리는 대지의 뿌리 깊은 노고와 그것을 구
> 성하고 있는 물질들의 불안한 동요, 그리고 그 대지의 자궁의 내밀한 격
> 정을 느꼈다. …… [쟁기질은] 장시간 행해지는 애무였으며, 원기왕성하
> 고 남성적이며 강렬한 것이어서, 대지가 그것을 받아들이며 가쁜 숨을 몰
> 아쉬는 것 같았다. 수많은 강철 손들이 영웅적인 포옹을 하고, 땅의 따뜻
> 한 갈색 살결을 깊숙이 움켜쥐었다. 그러자 땅은 거의 폭력적일 만큼 강
> 렬하며, 실제로 야만적인 정도로 난폭한, 그 무례한 진행에 열정적으로 감
> 응하며 전율했다. 저 빛나는 태양 아래서, 티끌 한 점 없이 맑은 하늘 아
> 래서 타이탄의 구애가 시작되었다. 그것은 거대하고 원시적인 열정이었으
> 며, 우람한 포옹으로 서로를 끌어안은 채, 무한한 욕망의 격통 속에서 생
> 겨나는 몸부림이었다. 세계를 이끄는 그 두 세력, 즉 남성과 여성이라는
> 자연력은 지독하면서도 동시에 신성하고, 어떠한 법칙에도 따르지 않으
> 며, 길들여지지도 않았고, 다만 야만적이고 자연적이며 숭고한 것이었다.
> (94-96)

대지와 농사일, 즉 흙과 쟁기질은 서로 분리될 수 없는 두 세력으로서, 남녀
의 성행위처럼 자연스러운 상호작용을 통해서 인간의 생존과 번성을 이루어
내는 것이다. 땅과 쟁기질에 대한 바나미의 은유적 개념화는 전적으로 자신
의 노동 체험에 기초하고 있다. 그의 그러한 개념화는 땅의 가치를 철저히
인간 생존과 풍요를 위한 물리적 자연 환경으로서의 범주에 국한시킨다.

따라서 바나미는 사람들이 땅을 자본으로 개념화해서 그것을 소유하려
고 집착하는 것은 물질로서 땅의 본래 기능을 망각하는 처사이며, 결과적으

로 인간 생존에 해악을 초래할 수밖에 없을 것이라고 본다. 특히 그는 땅을 자본으로 과도하게 개념화하면서 생겨날 수 있는 땅에 대한 인간의 집착과 모순에 대해 직접적으로 비판한다. 그러한 입장에서 보면, 자본주의자의 시각이든 시인의 시각이든 땅을 개념화하려는 목적이 편향되거나 정도가 과도하게 될 때, 그 결과는 반드시 인간의 삶에 해악으로 귀결된다. 바나미는 시인이 소유욕의 절제에 대해서 제 아무리 소리 높여 설교한다 할지라도, 그의 시가 전달하려는 메시지 자체가 아니라 시인 자신의 명성을 드높이려고 의도할 때, 그러한 행위는 인간 삶의 기반을 저해한다고 역설한다. 그는 수많은 작가나 "사회개혁가들이 땅을 소유하는 것이 부정한 일임을 주장하는 책을 써서, 결국은 그 수익금으로 남모르는 곳에 땅을 구입한다"(266)고 주장함으로써, 땅을 자본으로 개념화하고 그것을 소유하려는 인간의 집착에 대해 통렬하게 지적한다.

나아가서 바나미와 프레슬리는 밀이라는 식물을 인간의 삶과 세상을 지배하는 초월적인 힘force으로 낭만화 한다. 노리스는 그 두 인물의 관점을 빌려 밀을 "자연도 아니고 문화도 아닌 농작물", 즉 "혼종적 실체"(Dolan 295)로 재규정한다. 노리스는 서부의 광활한 대지에서 진행되는 자본주의적 근대 농업의 성격을 통찰함으로써, 밀을 자연과 산업이라는 상호 모순된 힘들을 통합하는 강력한 상징으로 사용한다. 소설의 결말에서 노리스가 묘사하는 밀은 "다양한 야생식물들로부터 인간에 의해서 개량된, 즉 인간의 욕구를 충족시키기 위해서 사람들에 의해서 재배된 단지 하나의 곡물이 아니다. 그것은 중력과 같은 추상적인 자연력으로서의elemental 힘이다"(Cowley 64-65).

바나미로부터 사상적으로 영향을 받은 프레슬리는 인간의 삶이나 죽음과 같은 현상이 실재하지 않으며, 오직 초월적인 "'힘'만 존재한다"(446 원문강조)고 믿는다. 그것은 "세계 속에 사람들을 생겨나게 하고, 이어서 다음 세대가 계속해서 삶을 이어갈 수 있도록 하기 위해 한 세대의 사람들을 세계

밖으로 밀어내버리며, 밀을 자라나게 하고, 이듬해 농작물에 자리를 내주기 위해서 흙으로부터 그 밀을 거두어가는 힘"(446)을 말한다. 따라서 『문어』에서 밀은 농부들의 삶, 철도가 상징하는 테크놀로지의 영향력, 상업적 거래로 실행되는 자본주의의 위력 등 그 모든 인위적인 힘을 포용하면서 동시에 초월하는 자연 에너지를 표상한다.[9] 밀밭은 장엄한 자연으로 묘사되면서도 다른 한편으로는 산이나 바다와 같은 순수 자연과는 달리 인간의 생존과 직접 연결되어 있다. 그러한 입장에서 크로논William Cronon은 밀이라는 식물을 "제2의 자연"(Dolan 300, 재인용)으로 규정한다.


## 5. 개념 체계로서의 기업

실제적으로 철도회사는 『문어』에서 묘사되는 것처럼 오로지 땅을 강탈하고 농부들을 삶의 터전으로부터 쫓아내는, 부정적인 역할만을 하지는 않았다. 일부 학자들은 서부 개척 초기에 철도회사가 개척민들의 삶을 위해 충분히 긍정적인 역할을 했다고 주장한다. 철도가 대지를 가로질러 건설되었기 때문에 철도회사는 "필연적으로 토지의 개발과 매매, 토지와 물의 정책, 그리고 자연의 보존 등에 관여"(Strom 232)했었다는 것이다. 철도회사는 이주자들에게 땅을 분배했고, 그 땅을 최적의 조건으로 이용하여 과학적인 영농을 하기 위한 방법을 조사했으며, 심지어 "농업 마케팅의 촉진에도 투자했었다"(Strom 233).

---

9) 파이저Donald Pizer는 노리스가 노스캐롤라이나 대학 시절에 그의 스승이자, 물리학자겸 지리학자였던 르 콩트Joseph Le Conte의 "신은 우주의 힘이나 에너지로 자연—인간과 비인간 존재의 생명의 진행—속에 내재한다"는 주장으로부터 영향을 받았을 것이라고 추정한다("Synthetic," 535). 파이저는 또한 노리스가 『문어』에서 당시 지적 흐름을 주도했던 "스펜서주의Spencerianism, 초월주의, 공리주의 등의 요소를 진화론적 유신론evolutionary theism으로 결합했다"고 주장한다("The Concept," 75).

그러나 『문어』에서 철도회사는 테크놀로지의 힘을 이용해서 농부들의 삶을 빨아먹는 흡혈귀로 묘사된다. 게다가 철도 트러스트는 기업 자본주의적 욕망을 고도로 개념화하고 체계화함으로써, 그것이 농부들에게 가하는 해악의 행위 주체와 그 결과에 대한 책임을 모호하게 만든다.[10] 공학 발달의 초창기 기술자들이었던 토목기사는 "자연을 직접 다루는" 일을 했지만, 19세기 말부터 트러스트화된 거대 기업의 영향력 하에서 발달한 기계, 전기, 화학 분야의 공학기술은 그것들이 생산해내는 결과물들이 "자연이나 사회에 어떤 영향을 미치는지를 고려하지 않게" 되었다(Goldman 283). 즉 철도 트러스트는 자연과 물질을 토대로 한 인간의 삶으로부터 유리된, 일종의 사회적 개념 체계가 된 것이다.

『문어』에서 테크놀로지를 지배하는 철도 트러스트는 실제로 정치, 금융, 언론, 사법 등 모든 권력 기관들과 견고한 네트워크를 형성하고 있다. 그것은 일종의 자본주의적 목적을 추구하는 "통합 관리되는 시스템"이며, 그 궁극적인 목표의 추구와 운영은 거기에 고용된 버만이나 러글즈와 같은 직원들이 아니라, 현장에서 "멀리 떨어진 곳에 있는 결백한 한 사람", 즉 그 철도회사의 회장인 셀그림Shelgrim에 의해서 통제된다(Goldman 284).

프레슬리는 샌 와킨 지역 농부들의 죽음과 파멸에 대해 복수하기 위해 버만을 향해서, 결국 실패로 끝나고만 테러를 실행하고 난 다음, 그 비극의 원흉으로 여겨지는 P. and S. W.의 회장인 셀그림을 만나러 간다. 프레슬리

---

10) 골드만Steve L. Goldman은 공학기술engineering이 "인간 존재 혹은 인간 본성조차도 향상시킬 수 있는 능력을 가진 객관적인 기술이나 전문 지식인 반면에, 테크놀로지는 협소한 기득권적 이해관계를 가진 강력한 조직이나 개인에 의해서 이기적인 목적을 위해 부당하게 조정되기 쉬운 하나의 사회적 과정이다"(282)고 규정한다. 공학기술의 사전적 의미는 "순수과학의 지식을 엔진이나 다리, 건물, 철도나 선박 등의 건설을 통해서 실제 생활에 응용하도록 하는 기술이나 과학"을 뜻하며, 반면에 테크놀로지는 "기술적 수단technical means을 창조하고 이용하며 그 수단들이 인간의 삶과 사회, 그리고 환경과 어떤 상호관계를 갖고 있는지를 다루는 지식의 한 분야"를 가리킨다.

는 셀그림이 그가 지배하고 있는 트러스트처럼 "귀신이나 야수와 같은"(404) 존재일 것이라고 상상한다. 그러나 실제로 만나본 셀그림은 "다정다감한 예술 비평가"이며 "폭넓은 동정심에다가 인간 본성을 이해할 수 있는 높은 지성까지 갖추고" 있으면서도, 동시에 "수만 마일의 철도회사를 금융지원하고 운영하는" 인물로 드러난다(404). 그럼에도 불구하고 셀그림은 자신이 철도 트러스트의 운영에 따르는 사회적·도덕적 책임을 지고 있지 않다고 주장한다. 그는 철도 트러스트의 시스템이 실체를 규정할 수 없는 개념 체계 혹은 사회적 상황이라고 생각한다. 그는 프레슬리에게 "철도들은 저절로 건설되네. …… 자네가 밀이나 철도에 대해서 말할 때 자네는 사람들이 아니라 세력들 forces을 대하고 있는 것이네. …… 사람들은 그 전체 사업의 극히 일부분에 관여하고 있을 따름이네. …… [그러니] 사람들이 아니라 상황conditions에 책임을 묻게나"(405)라고 충고한다.

   P. & S. W. 철도회사가 상징하는 기업 트러스트는 19세기 후반 혁신적인 테크놀로지의 발달과 더불어 생겨난 미국의 기업 자본주의corporate capitalism 경제 체제의 산물이다. 리빙스턴James Livingston은 "소유 자본주의로부터 기업 자본주의로proprietary to corporate capitalism의 전환"이 "더 큰 차원의 사회 문화적 변형과 지적 혁명"(xxiii)을 수반했다고 주장한다.[11] 노리스의 소

---

11) 18세기의 초기 자본주의 체계에서의 기업들enterprises은 개인 소유권에 의존해서 설립된 형태를 띠었다. 당시에는 전형적인 20세기 유형의 주식회사corporation는 존재하지 않았다. 따라서 초기 자본주의는 개인 소유권에 의존하는 "소유 자본주의"(proprietary capitalism) 였다. 그러한 개인 소유권에 의거한 자본주의의 문제점은 각각의 기업체들이 대부분 규모가 크지 못했다는 것이다. 따라서 개인 자본가가 설립한 회사들은 유익하고도 큰 이윤이 남는 대규모 프로젝트들을 떠맡아 실행할 수 없었다. 그러한 대규모 프로젝트의 실행에 필요한 자금을 조달하고 그것을 관리할 수 있도록 하기 위해서 수많은 주주들로 구성된 근대 주식회사들이 생겨났다. 그래서 주식회사들이 더욱 널리 퍼지게 되었고, 그 결과 소유 자본주의가 "기업 자본주의"(corporate capitalism)로 변화되었다("Capitalism and Adam Smith," http://www.greekshares.com/capitalism.php).

설 속에서 그러한 경제 체제의 변화와 함께 생겨난 철도 트러스트는 경제 활동의 주된 물질적 요소인 토지와 노동, 생산물을 그 물질적 근본으로부터 유리시켜 철저히 추상적인 개념으로 바꾸고 있다. 더불어서 철도 트러스트는 사회에 대한 기업의 책임을 외면하고 오로지 이윤추구라는 자본주의적 목적에만 집중한다. 그 결과 소설에서 철도 트러스트는 "이상생물체"(an excrescence, 205), "거대한 기생충"(205), "히드라"(Hydra, 379), "몰로크"(Moloch, 380)나 "저거너트"(Juggernaut, 380)[12] 등 규모와 형체를 가늠할 수 없는 비실체적 괴물, 혹은 개념 체계로 은유화된다.

철도 트러스트와 농부들의 연맹이 맞서 싸우는 것은 이념이나 가치관의 대립 때문이 아니라, 오히려 동일한 가치관을 공유하고 같은 목적을 추구하기 때문이다. 그 두 세력이 자연 본래의 물적 가치를 망각한 채, 거기에서 이윤이라는 자본주의적 가치만을 추구하기 때문이다. 그 두 세력 모두는 테크놀로지의 힘과 자본주의적 가치를 결합한 조직체이다.[13] 차이가 있다면 철도 트러스트가 이미 기업 자본주의의 견고한 시스템으로 자리 잡은 데 반해, 농부들의 연맹은 아직 실질적으로 체계화되지 않은 "조직"이다.[14] 그 두 세력의 최종 충돌인, 후븐Hooven의 집 앞 메마른 관개수로에서 벌어진 총격전, 즉 "트러스트와 농부들 사이의 마지막 전투"(364)는 철도회사의 승리로 끝나

12) 저거너트는 막강하고 압도적인 파괴력을 의미하며, 그 근원은 고대 인도의 크리슈나 신상 idol으로, 열렬한 신도들이 극락에 가기 위해 그것을 실은 거대한 수레의 바퀴에 치여 죽으려고 바퀴 밑에 스스로 몸을 던졌다고 알려진다.

13) 농장주들의 동맹도 테크놀로지의 영향력과 시장경제의 원리에 의해서 조직된 것이다. 소설에서 묘사되는 기업형 농업은 쟁기질, 파종, 수확, 운송, 판매 등 모든 과정을 테크놀로지에 의존하고 있다. 다만 농부들은 테크놀로지의 기술공학적 개발이나 그것이 사회와 자연에 미치는 결과에 대해 아직 인식하지 못하고 있다는 점에서 그 사회적 책임도 덜한 것으로 보인다.

14) 농장주들 중 한 사람인 오스터만은 "'조직'(Organisation), 그 표현이야말로 우리의 슬로건이 되어야 한다"(197, 원문 강조)고 외친다.

고 전투에 참가한 대부분의 농장주들은 사망한다.

이후 연맹의 지도자인 매그너스는 아들과 농장, 땅과 돈, 명예 등 가진 것을 모두 잃고 자신의 농장 이름이 "로스 뮤에르토스"라는 사실조차도 기억하지 못할 정도로 심신이 쇠락해진다. 그는 생계를 위해 버만이 제안한 "지역화물 매니저 사무실의 조수 직"(439)을 받아들이고, 버만의 지시를 받으며 일하겠다는 치욕을 감수한다. 반면에 철도 트러스트의 대행인이자 악의 상징인 버만은 비록 싸움에서는 승리를 거두었지만, 결국은 화물선의 화물창 속으로 쏟아져 내리는 밀 더미에서 "끔찍한 죽음의 춤"(453)을 추면서 그 속에 묻혀 질식사한다. 그처럼 샌 와킨 농장주들과 버만이 모두 비참한 최후를 맞이함에도 불구하고, 소설의 결말에서 밀밭은 여전히 번성하며 철도 트러스트도 굳건히 유지된다. 즉 자연과 인위의 두 힘들은 전혀 위축되지 않고 지속된다.

## 6. 개념화의 양극성

농장주들과 철도회사의 극한적 투쟁과 그로부터 비롯된 개인들의 비극적 파멸에도 불구하고, 소설의 결말에서 밀과 철도라는 상호 대립되는 힘은 여전히 평온하게 번성하는 상태로 유지된다. 그처럼 어색한 듯 보이는『문어』의 결말에 대한 비평가들의 해석은 다양하다. 패링턴Vernon Parrington은 소설의 결말에서 노리스가 돌연 자연주의의 "무도덕적 태도를 포기하고 …… 도덕적 질서 속으로 피난한다"(333)고 비판한다. 한편 메이어Wilbur Meyer는 노리스의 최종 목적이 독자들로 하여금 이윤추구의 탐욕에 빠져들지 않고 "서로 협력하며 자연에 적응하도록" 하는 것, 즉 그들의 "사회를 개혁할 수 있도록 설득하는 것"(356)이라고 주장한다. 그러한 관점에서 보면 모순되는 것처럼 보이는 결말의 구성, 즉 자연주의적 결정론과 낭만주의적 낙관론의 결합이 결코 서로 모순되지 않는다는 것이다. 이에 비해 파괴성의 원인을 사람들이 자신들의 이득을 위하여 "자연적인 과정을 가로막거나 조작하는" 데서 찾는 파이저는, 소설의 결말에서 밀이 프레슬리로 하여금 "개인은 고난을 당하지만 인류는 계속된다"(458)는 진리를 깨닫게 하는 "도덕적 중심"으로 작용한다고 주장한다("The Concept", 79-80).

또 다른 한편에서 프라이태그Florian Freitag는 『문어』가 각기 다른 독자들의 기대를 결코 충족시킬 수 없는 "두 개의 결론"(108)을 가지고 있다고 본다. 그는 미시적 관점에서 보면 노리스의 낭만주의적 결론이 샌 와킨 지역에서 발생한 비극적인 사건에 대해서 설득력을 갖지 못한다고 말한다. 그러나 그 사건과 지역의 한계를 벗어나서 거시적인 관점에서 보면, 자연의 일부분인 밀의 번성이 결국은 수많은 굶주린 사람들을 구하게 될 것이라는 낙관적 전망을 무난히 수용할 수 있다는 것이다. 즉 프라이태그는 그 소설이 가진 자연주의적 관점에서 보면 "낙관적이고 공리주의적인 결론"이 "일관되지 못하고 부적절한 것처럼"(108) 보이지만, "밀의 서사시"라는 낭만주의적 관점에서 보면 그것은 "완벽하게 어울리는 결론"이라는 것이다(108).[15]

우리가 프레슬리의 낙관적 비전을 도덕적 회피로 해석하든 아니면 낭만적 포용으로 해석하든 간에, 노리스는 프레슬리의 생각과 감성을 빌려서 소설의 결말을 제시한다. 프레슬리의 결론적 인식은 자연과 테크놀로지에 대한 양극적인 개념화를 목격한 다음에 형성된 것이다. 그는 셸그림과의 대화

---

15) 일부 비평가들은 노리스가 로맨스 장르를 사용해서 자연과 테크놀로지의 조화 가능성을 제시하는 데 대해서, 그가 서부 개척에 전통적으로 부여된 목가적 신화를 뒤집으려고 시도한다고 해석한다. 크로스Sydney J. Krause는 『문어』와 같은 개척농부 소설이 서부 농장의 신화를 깨뜨리려는 의도를 가지고 있다고 보며, 그것을 "개척민 신화의 김빼기"(19)라고 규정한다. 나아가서 스미스Henry Nash Smith는 그것을 "농업 노동에는 특이한 장점이 있고 농부들이 다른 사람들보다 더 미덕을 가졌다"는 제퍼슨식의 "자작농yeoman 숭배에 대한 공격"(245)이라고 평한다. 실제로 『문어』에서 묘사되는 서부의 농촌은 결코 조화로운 목가적 공동체가 아니라, 자본주의적 욕망에 휘말린 투쟁의 장이다.

를 통해서 땅이나 밀, 철도가 시스템화 된 자본주의적 개념 체계의 일부로서 작동되고 있음을 알게 된다. 그러한 경험을 통해서 그는 자신이 이전에 철도 트러스트를 오로지 악의 화신으로 인식했던 편견을 교정하게 된다. 하지만 그는 셀그림의 그처럼 과도한 자본주의적 개념화를 수용하지는 않는다. 셀그림의 자본주의적 인식 속에는 자연의 물적 가치나 개인의 실체적 존엄성이 완전히 배제되어 있기 때문이다.

다른 한편으로 프레슬리는 바나미와의 대화를 통해서 자연에 대한 과도한 낭만주의적 개념화를 목격한다. 셀그림이 주장하는 자본주의적 개념화의 대척점에 서있는 바나미는 자연에 대한 인간의 경험을 원시주의적인 상태까지 회귀시키려고 시도한다. 바나미는 "인간 동물"(97)의 본능적 생존 의미를 강조한다. 그는 "모든 삶이 노동과 음식, 잠이라는 생명의 순수한 본질로 환원된다"(98)고 믿는다. 그러한 삶을 사는 사람은 "문명의 출발점까지 되돌아가서" 자연의 "본질적인 것들을 접촉함으로써 강인[해질]" 수 있다고도 생각한다(98). 바나미는 프레슬리에게 서부의 자연에 대해 "왜 글로 쓰려고 하지? 왜 그 속에서 '살아가려고' 하지 않지? 사막의 열기 속에, 저녁노을의 장엄함 속에, 메사mesa와16) 계곡의 푸르스름한 안개 속에 자신을 흠뻑 젖도록 해봐"(35-36, 원문 강조)라고 권고한다.

그러나 프레슬리는 인간과 자연의 관계에 대해 바나미와 다소 다른 시각을 가지고 있다. 프레슬리는 바나미의 원시주의적인 권고를 거부하면서, "나도 [자연으로] 되돌아가고 싶지만, 너처럼 그렇게 멀리까지 되돌아가고 싶지는 않아"(36)라고 대답한다. 그가 그처럼 타협을 해야 한다고 느끼는 이유는 자신이 자연으로부터 경험한 인상에 대한 언어적 "표현을 찾아내야하고", 그것을 "기록해야만" 하는 임무를 자임하기 때문이다(36). 요컨대 바나미와는

---

16) 미국 서부에 흔히 존재하는 꼭대기가 평평한 거대한 암벽 지형.

달리 프레슬리는 문명의 가치를 소중히 여기는 인물이다. 그리고 노리스는 소설의 결말에서 자연과 문명의 모순 관계에 대해 프레슬리의 타협적인 태도를 수용한다. 바꾸어 말하면 노리스는 원시지향적 낭만주의가 우리가 선택할 수 있는 바람직한 삶의 방식이 아니라는 사실을 말해 준다.

프레슬리의 자연 인식은 셀그림과 바나미의 사상으로부터 어느 정도 영향을 받는다. 그러나 그는 인간의 생존 조건이 셀그림의 무분별한 자본주의적 개념화나 바나미의 과도한 낭만주의적 인식 중 어느 한쪽만을 배타적으로 선택할 수 없다는 사실을 인식한다. 그래서 그는 자연의 물적 가치를 상징하는 곡물로서의 밀과 서부 자연을 대상으로 하는 정신적 창조 행위인 시 창작이 타협적으로 조화된 상태를 지향하는 것으로 보인다. 소설의 끝 장면에서 프레슬리는 밀을 가득 싣고 인도로 향하는 화물선에 서서 캘리포니아의 밀밭을 바라다본다. 그 상황에서 밀은 사람들을 먹여 살리기 위한 식량으로서의 물적 가치와 번성하는 자연으로서의 낭만적 가치를 동시에 상징한다.

『문어』에서 인간 삶에 대한 해악의 근원은 자연이나 테크놀로지의 파괴적인 힘 자체라기보다는 사람들이 자연과 자연물 본래의 물적 가치를 무시하고 그것을 과도하게 자본화하고 개념화하는 데 있다. 밀을 주제로 하는 그의 『문어』나 『곡물 거래소』(The Pit)와 같은 소설에서, 노리스는 "경제학의 생물학적 기초에 대해 무시하고 우리가 땅의 리듬과 더 이상 접촉하지 않게 될 때 일어날 수 있는 타락의 과정"(Lehan 64)을 사실적으로 기록한다. 다시 말하면 그는 테크놀로지와 자본주의가 융합된 경제 체제하에서 우리가 "경제학이 궁극적으로 자연 세계와 연결되어 있다"(Dolan 312)는 사실을 망각하고 있음을 지적한다. 제 아무리 발달된 문명사회 속에서 산다고 할지라도 우리는 자연물을 먹고, 자연물로 지은 옷을 입으며, 자연물로 만든 집에서 살게 된다. 그와 더불어서 우리는 자연을 바라보고, 느끼며, 생각하는 정서적 가치도 소중히 여긴다. 테크놀로지와 문명의 발달은 자연물을 변형시키는 기술의 발달을 의미할 뿐이며, 그것이 우리의 삶을 자연의 물적·정서적 가치로부터 완전히 단절시키는 상태는 결코 상상할 수도 없다.

　　우리가 문명적인 삶을 살아가기 위해서는 세계와 자아에 대한 개념화를 피할 수 없다.[17) 인간이 세계와 자아를 이해하는 길은 개념화라는, 정신의 한 작용 방식을 통해서만 가능하기 때문이다. 그러나 우리가 자연에 대한 경험을 극단적인 상태로 개념화하는 데는 반드시 파괴적 위험성이 내포된다. 노리스는『문어』에서 각각 셀그림과 바나미를 통해서 자연과 세계를 개념화하는 두 가지 극단적인 방향을 제시하고, 소설의 결말에서는 그 두 가지 요소를 타협적으로 포용하는 태도를 취한다. 바로 그러한 이유로 인해서『문어』는 장르에 있어서도 자연주의적 관점과 낭만주의적 서술 기법을 혼용하고 있다. 노리스는 서부 농촌과 자연의 관찰자이면서 동시에 그곳에서 발생하는 사건의 참여자이기도 한, 내레이터인 프레슬리의 시각을 통해서 무분별한 자본주의적 개념화와 과도한 낭만주의적 개념화 사이의 배타적인 선택을 지양하고 그 절충적 조화를 모색한다.

---

17) 인간이 자연을 이해하는 방식을 생태비평적 관점에서 논하는 강용기는 바바라 킹솔버 Barbara Kingsolver의 소설을 비평하는 글에서 "관념적 추론과 과학적 경험"(19)이 우리가 자연현상을 이해하는 두 축이라고 말한다.

제6장

# 인간의 군집 본성과 도시 욕망: 드라이저의 『시스터 캐리』

## 1. 도시 욕망의 특성

드라이저Theodore Dreiser는 도시 지향성을 인간의 보편적인 욕망으로 여긴다. 그는 화려한 도시 경관이 사람들에게 그곳에서의 생활이 온통 즐겁고 풍족할 것이라는 환상을 불러일으킨다고 본다. 즉 도시의 역동적인 풍경－가로등이 빛나고 웅장한 건물이 늘어선 거리, 잘 차려입은 수많은 보행자들, 호화로운 진열창들을 가진 가게들로 이루어진 번화가, 멋진 차량들의 행렬 등－이 사람을 매혹하여 "최면에 빠뜨리면", 그는 이성적 판단이 흐려지고 자신도 "도시 군중에 속하고 싶은 저항할 수 없는 욕망에 굴복한다"("Reflections" 399)는 것이다. 그래서 드라이저는 도시 지향성을 인간 본성에 내재된, 그래서 "별로 해명을 필요로 하지 않는"("Reflections" 400) 욕망이라고 생각한다.

도시 욕망urban desire이 인간 본성에 기초하고 있다는 드라이저의 견해는 로버트 파크Robert E. Park 등의 시카고 학파the Chicago school 사회학자들에 의해서 뒷받침된다. 그들은 도시가 인류사의 발달 과정에서 단지 부차적으로 생겨난 인공 구성물이 아니라, "인간 본성의 진정한 본질을 구현하는"(ix) 결과물이라고 주장한다. 그러한 관점에서 보면, 도시는 사람들과 교통, 통신, 주거, 사업 등을 위한 편의시설들을 단순히 조합해 놓은 것이 아니며, 또한 제도와 행정 시설의 단순한 집합체도 아니다. 파크는 도시가 "단순히 물리적 메커니즘이나 인공적 구성물이 아니라", 오히려 일종의 인간의 "마음 상태"로서 관습과 전통 속에 내재하는 "태도와 감성의 집합적 조직체"라고 주장한다 (1). 즉 그는 도시를 그 구성원들의 활동, 감정, 태도, 욕망 등 모든 생명 현상을 포괄하는 "인간 본성의 산물"로 규정한다(1).

　　『시스터 캐리』(*Sister Carrie*)에서 드라이저는 19세기 말에서 20세기 초에 새롭게 등장한, 산업과 소비에 바탕을 둔 근대 도시의 사회적 환경을 세세하게 묘사할 뿐만 아니라, 그곳에 모여드는 사람들의 심리 상태, 특히 그들의 욕망의 역동적 변화 양상을 구체화한다. 그는 한편으로 도시의 신입자인 캐리 미버Carrie Meeber가 어떻게 도시의 화려함에 매혹되고, 그곳의 멋진 군중의 대열에 성공적으로 합류하게 되는가를 묘사한다. 그에 대비해서 그는 또한 도시에 이미 기반을 마련했던 허스트우드George Hurstwood가 어떻게 그곳의 냉혹한 군중으로부터 배척당하고, 결국은 그의 욕망과 생명이 소멸되는가를 극화한다. 그 과정에서 도시 환경과 군중은 그 두 인물의 욕망에 상반되는 방향으로 영향을 미친다. 캐리에게 도시 환경은 그녀의 물질적·사회적 욕망을 끊임없이 자극하고 확장시키는 기능을 하며, 도시 군중은 그녀의 경쟁심과 과시욕을 지속적으로 강화시킨다. 반면에 허스트우드에게는 도시의 관습과 제도가 그의 정서적·사회적 욕망을 좌절시키고 축소시키며, 도시 군중은 그의 패배감을 가중시키는 역할을 한다. 도시 군중의 특징을 나타나는 이러한 경쟁과 배척, 그리고 과시와 무시 행위는 도시 자체를 "영역다툼territoriality에 의해서 생겨난 사회적 이해관계의 표현"(ix)으로 보는 파크의 견해를 입증한다[1]. 그는 기술이 발달하면서 도시가 문명과 동일한 의미를 갖게 되었지만, "현대의 기술이 영역다툼의 성격을 변형시켰을지언정 그것을 제거해 버린 것은 아니다"(ix)라고 주장한다. 도시 생활의 특징을 이루는 이러한 군집성과 생존 경쟁의 바탕 위에 인간 욕망의 복잡한 변동fluctuation이 작용한다.

『시스터 캐리』의 플롯은 두 주인공인 캐리와 허스트우드의 도시 욕망이 지극히 상반된 방향으로 변화되어 가는 과정을 추적한다. 도시 환경 속에서 캐리의 욕망은 지속적으로 강화되고 확장되는 반면에, 허스트우드의 욕망은 계속해서 쇠퇴하여 결국 소멸한다. 그들의 그처럼 상반된 욕망의 변화는 문명사회에서의 영역다툼, 즉 생존경쟁에서의 성패를 결정하며, 그것은 다시 그들의 상반된 운명의 변화로 나타난다.[2] 캐리의 삶에서 구현되는 도시 욕망은 근본적으로 경쟁심에 의해서 야기되는 사회적 욕망으로서, 그것은 무한히 확장되면서 분화되고 새로운 성격의 욕망으로 변형된다. 반면에 허스트우드의 사회적 욕망은 그의 생물학적 노화와 더불어서 점차 약화되고 적자생존의 도시 환경 속에서 소멸한다. 그 두 주인공의 교차된 운명은 결국 인간성의 기본 요소인 군집 본성과 도시 욕망이 각기 상반된 방향으로 작용하는 결과를 보여준다. 그 과정에서 캐리의 물질적 욕망은 사회적·심리적 차원으로 확장 변형되며, 그에 반해서 허스트우드의 사회적 욕망은 점차 축소되어 신

---

1) 'territoriality'는 '한 영역을 점유하고 방어하는 것을 포함하는 동물의 행동 패턴'으로 필자는 이 논의에서 '영역다툼'이라는 우리말 표현으로 번역함.

2) 군집 본성을 가진 다른 동물들이 주로 무리의 생존을 위해 협력하는 데 비해서, 인간의 사회적 본성은 협력과 경쟁의 독특한 이중성을 특징으로 한다. 토마셀로Michael Tomasello는 『우리는 왜 협력하는가』(Why We Cooperate?)에서 심리학적 실험을 통해서 인간이 본성적으로 이타주의와 협력의 태도를 가지고 있음을 밝힌다. 그는 인간이 협력적 태도를 바탕으로 모방과 교육을 통해서 문화와 사회제도를 창조하고 발달시키며 전승한다고 주장한다. 그러나 그는 또한 한 개인이 성장하면서 사회화가 진행되고, 그 결과 이타주의적인 본성이 약화되며 경쟁적이고 이기주의적인 성향이 발달한다고 본다. 『시스터 캐리』에 묘사된 도시 군중은 상호 협력보다는 철저히 상호 경쟁의 행동 양상을 나타낸다.

체적 욕구의 차원으로 퇴화 소멸된다.

　　캐리의 삶에서 욕망이 확장되고 변형되는 것은 인간의 고유한 존재 조건의 한 양상으로 이해될 수 있다. 헨리 조지Henry George는 다른 동물과는 달리 인간에게 있어서만 욕구가 확장되고 변형된다고 주장한다. 그는 생존을 위한 신체적 기본 욕구가 심리적 차원으로 확장되는 현상이 인간의 본성에 내재하며, 그것이 문명의 근원이고 진보의 시작이 되었다고 본다. 헨리 조지에 따르면 인간은 모든 동물들 중에서 "그의 욕망들이 채워지면서 증가하고, 그것이 결코 충족되지 않는 유일한 동물"(134)이다. 그는 다른 동물과는 달리 인간은 생존을 위한 의식주의 기본 욕구에 있어서 "일단 양적인 요구가 충족되면 질을 추구한다"(135)고 주장한다. 더욱이 그의 욕망이 무한히 "확장되고 섬세해지며 강화되기"(135) 때문에, 인간은 음식에서는 배고픔이 아니라 미각을, 의복에서는 편안함이 아니라 치장을, 그리고 은신처에서는 주택이 아니라 저택을 각각 추구하게 된다는 것이다.

　　캐리의 운명의 상승 곡선은 헨리 조지가 제시하는 인간 욕망의 확장 과정과 정확하게 상응한다. 그녀는 초라해 보이는 무명 드레스에 낡은 구두를 신고 "종이에 싼 값싼 도시락"(1)[3]과 단돈 4달러를 들고 시카고의 기차역에 도착하며, 곧이어 하층 노동자 계층인 언니 부부의 누추하고 좁은 빈민 아파트에서 도시 생활을 시작한다. 즉 그녀의 도시 생활은 생존을 위한 의식주의 양적 요구로부터 시작된다. 그러나 이후 이어지는 일련의 물질적 성공과 더불어 그녀의 소비 패턴은 소박한 생활을 유지하기 위한 지출로부터 사치를 누리기 위한 지출로, 그리고 그녀의 욕망은 물질적 성취를 통한 안정의 추구로부터 부의 과시를 통한 사회적 인정을 추구하는 차원으로 변화된다. 그녀의 그러한 욕망의 확장과 강화가 가장 극적으로 구현되는 공간이 당시

---

3) 이후 이 장에서 『시스터 캐리』로부터의 인용은 쪽수만 표기함.

소비 자본주의의 중심이었던 뉴욕이다.


## 2. 과시적 소비

캐리의 욕망이 지속적으로 강화되고 변형되는 것은 19세기 말엽에 "욕망의
땅"(the Land of Desire)으로 인식되었던 미국에 소비 자본주의 문화를 토대
로 형성되었던 대도시의 발달과 밀접하게 관련된다.[4] 당시 시카고와 뉴욕에
자본주의 경제 체제에서의 산업 생산과 소비문화가 결합된 도시 환경이 형성
되면서, 그곳으로의 급격한 인구 유입이 진행되었다. 사람들은 경제적·사회
적 성취를 위해 그 도시로 모여들었으며, 그들 사이에는 복잡한 이해관계와
상호 경쟁이 생겨났다.[5] 드라이저는 바로 그러한 시대적 배경에 캐리를 위치
시키고 그녀의 욕망의 확장과 도시의 발달, 그리고 그 두 요소 사이의 상호작
용을 극화한다.

　　시골 처녀인 캐리가 기차를 타고 고향 마을인 콜롬비아 시티Columbia
City를 떠나 대도시 시카고로 들어오는 소설의 첫 장면은 미국 사회가 전통적
인 농업 사회로부터 산업 소비 사회로 전환되는 시점을 상징하는 것으로 잘
알려져 있다. 즉 그것은 캐리 개인이 농촌으로부터 도시로 이주하는 상황을
표현할 뿐만 아니라 미국 사회의 가치의 전환, 즉 미국적 욕망의 성격이 변화
되는 시점을 상징하기도 한다. 캐리는 "초록색 환경"(1)을 가진 고향, 즉 욕망

---

4) 윌리엄 리치William Leach는 『욕망의 땅』(*The Land of Desire*)에서 1890년부터 1930년대 대공
　황에 이르는 시기에 발달한, 대량 생산과 소비를 바탕으로 한 미국의 소비 자본주의 문화를
　비판적으로 조명한다.
5) 인간은 복잡한 도시를 피해서 단순하고 평화로운 전원생활을 추구함으로써 욕망을 단순화
　하려는 경향을 보이기도 하지만, "인간 본유의 군중 사랑"(Fishman 187)과 도시지향성은
　여전히 욕망을 강화하고 분화시키는 작용을 한다. 욕망의 확장과 도시지향성은 상호작용하
　면서 강화된다.

이 제한된 "따분한 세계"(50)인 시골을 떠나서 거대하고 신비스러운 "자석" (48)과 같은 흡입력을 가진 시카고, 즉 욕망이 무한히 확장되는 도시로 옮겨온다. 그리고 그러한 이주는 미국 사회가 추구하는 이상이 농업 경제와 가족 공동체에 기초한 전통적인 가치로부터 산업 생산과 소비 자본주의 문화에 기초한 근대적인 가치로 바뀌어 가고 있음을 시사한다. 이후 캐리는 물질적 성취와 소비 활동을 통한 개인의 자아실현을 최상의 가치로 추구하는 도시 대중 속에서 그들과 경쟁하며 "욕망의 민주화"(Leach 5)를 경험하게 된다. 빠르게 도시화되고 상업화되어 가고 있었던 시카고와 뉴욕에서 그녀의 삶은 전통적인 공동체의 가치로부터 급격하게 단절되어 자신의 개인적 만족에 점차 집중되게 된다. 그 결과 캐리에게 "쾌락 추구의 새로운 전당으로서 백화점, 극장, 레스토랑, 호텔, 댄스홀, 놀이공원 등이 관심의 초점"(Leach 4)이 된다.

캐리는 시카고에서 도시 생활을 처음 시작하면서부터 근본적으로 성격이 다른 두 종류의 직업을 접하게 된다. 그 하나는 형부인 핸슨Hanson이 종사하는 고된 육체노동에 의존하는 "산업적 직업"(industrial occupations)이며, 다른 하나는 애인인 드루에Charlie Drouet가 종사하는 "뛰어난 솜씨나 위업" (exploit)에 의존하는 "비산업적 직업"이다(Veblen 10).6) 도살장의 냉동차 청소부로 일하는 핸슨은 산업 노동자의 전통적인 가치관을 실천하는 사람이다. 그는 "저축심이 강한" 사람으로 웨스트사이드에 "두 필지의 대지를 구입하여 그 땅값을 매월 지불해 가고 있으며, 그의 꿈은 언젠가 그곳에 [자신의] 집을

---

6) 베블런은 인간의 노동을 그 발생적 양태에 따라서 산업적 노동과 비산업적 노동으로 구분한다. 인간 활동의 궁극적인 대상이 "비인간 사물을 활용하는 경우 [그것은] 산업적인" 활동으로 정의될 수 있으며, 반면에 인간이 다른 "인간을 강압적으로 활용하는 경우 [그것은] 산업적인 직능으로 여겨질 수 없다"(10). 요컨대 그는 "비인간 환경을 이용함으로써 인간의 삶을 향상시키려는 모든 수고"(10)를 통틀어서 산업적 활동으로 분류한다. 그는 또한 주로 하층민에 의한 고된 육체노동의 성격을 띤 산업적 노동에 대해서는 오늘날에도 사람들이 강한 거부감을 갖는 반면에, 주로 유한계급의 전유물이었던 비산업적 노동에 대해서는 강한 선호도를 나타낸다고 주장한다.

짓는 것"(8)이다. 반면에 주택 외판원인 드루에는 당시 부상했던 서비스업인 '브로커'의 직업군에 속하는 전형적인 인물이다. 리치에 따르면 브로커라는 직업이 1895년 이후 미국 사회에서 새로운 직업으로 각광받게 되었으며, 그들[브로커]의 가치관은 미국 문화가 소비와 쾌락 그리고 오락 지향적으로 변화되게 하는 데 역할을 했다.[7]

캐리는 기질적으로 산업적 직업을 거부하고 비산업적 직업에 대해 강한 동경을 가진 인물이다. 그녀가 신발 공장에서 일한 노동자로서의 짧은 경험은 이후 그녀에게 산업적 노동에 대한 거부감으로, 나아가서 비산업적 노동에 대한 강한 동경으로 작용한다. 드루에가 사준 멋진 옷을 입고 거리를 걷던 그녀는 이전에 함께 일했던 여직공들과 우연히 마주치자 그들에 대해 정서적 거부감을 느끼며, 순간적으로 "작업복과 구두 만드는 기계가"(57) 자신의 환상 속에 떠올라 스스로 흠칫 놀란다. 또한 그녀는 역시 드루에가 마련해 준 안락한 셋집의 창가에 앉아, 거리에 허름한 차림의 여직공들이나 참담한 표정을 한 가난한 노동자들이 지나가는 모습을 바라보면서 고통스러워한다. 그처럼 육체노동에 대한 반감은 그녀의 어린 시절 기억과 뒤섞여 그녀의 내면에서 거의 일종의 정신적 외상으로 작용한다.

---

7) 리치에 따르면, 1895년 이후 생산이 아니라 소비에서 가치를 창출하려는 사회적 경향이 생겨났으며, 그것은 소비를 통한 쾌락과 오락으로 사람들을 이끌어 갔다. 그러한 사회적 변화의 중심에서 "새로운 브로커 집단이 이미지와 돈, 그리고 정보의 이동을 용이하게 하기 위해 활동하기 시작했다"(10). 그 경우 '브로커'라는 용어는 부동산 중개업자들이나 증권 거래인들뿐만 아니라 "중재인의 자격으로 사업을 도와주는 일에 종사하는 모든 개인이나 집단"(10)을 포함한다. 거기에는 심지어 타임스퀘어와 같은 지역을 위해 "빛과 색"을 창조했던 광고 전문가들, "여성의 몸을 중재했던 직업 모델 대행기관들이 포함된다"(11). 『시스터 캐리』에 등장하는 외판원인 드루에나 지배인인 허스트우드뿐만 아니라 캐리를 고용하는 연예오락 기획사, 그리고 그녀의 활동 영역인 브로드웨이의 화려한 빛과 색을 만들어 내는 사람들이 모두 브로커 집단에 포함될 수 있다.

길거리를 지나가다가 때때로 그녀는 노동하는 사람들을 볼 수 있었다. 곡괭이질을 하는 아일랜드인들, 가득 쌓인 석탄 더미에서 삽질하는 석탄 적재 인부들, 그밖에도 단순히 힘으로 하는 일에 분주한 많은 미국인들을 바라보는 것이 그녀의 상상력을 뒤흔들었다. 이제 그런 고된 노동일로부터 해방되어서 그런지, 일한다는 것이 이전에 자신이 그런 일을 하던 때보다 훨씬 더 처참하게 느껴졌다. …… 어쩌다가 창밖으로 보이는 어떤 얼굴을 보면 그녀의 나이 드신 아버지가 밀가루 먼지를 온통 뒤집어 쓴 모습으로 그녀의 기억 속에 되살아났다. 마지막 못을 박는 구두장이, 쇳물이 끓고 있는 어느 지하실의 좁은 창문을 통해서 보이는 철공소 노동자, 높은 빌딩 창문으로 보이는 저고리를 벗어젖히고 소매를 걷어 올린 채 일하는 기계작업소의 직공, 이런 장면들은 그녀의 환상을 옛날 고향에서 보던 제분소의 지저분한 광경으로 이끌어 갔다. (103)

캐리에게는 시골 고향의 아버지에 대한 기억도 정서적 위안의 요소가 아니라, 오히려 삶의 구속감과 노동에 대한 거부감을 불러일으키는 요인이 된다. 그녀는 각종 도시 노동자들의 모습과 제분소에서 일하는 자신의 아버지의 모습을 겹쳐서 떠올리며 우울한 기분에 빠진다. 그래서 그녀는 자신이 신발 공장에서 짧게 경험했던 육체노동으로부터 이제 막 탈출했다는 안도감과 더불어, 어떤 대가를 치르고라도 그처럼 비참한 사회적 최하층민의 고된 노동으로부터 해방되어야 한다는 각오를 다진다.

산업적 노동에 대한 거부감 이외에 부의 가치에 대한 캐리의 개인적인 사고방식도 그녀의 운명을 결정하는 하나의 중요한 원인이 된다. 캐리와 그녀의 언니인 미니Minnie는 물질적 결핍에 직면하여 극히 상반된 반응을 나타낸다. 미니가 근검절약을 통해서 부의 축적을 추구하는 데 반해서, 캐리는 부를 소비함으로써 얻을 수 있는 자기 과시에 주된 관심을 가진다. 즉 미니가 저축 지향적인 인물이라면 캐리는 확연히 소비 지향적인 인물이다. 실제로 시카고에 처음 도착하는 순간부터 캐리의 감성과 욕망은 이미 과시적 소비문화를 지향하고 있다. 비록 그녀의 모습은 투박한 시골 처녀의 차림이지만 그녀는 기질적으로 자신의 매력에 대해 유난히 강한 관심을 가지고 있으며, "물질에 대한 소유욕으로 마음이 부풀어 있으며, 삶의 강렬한 쾌락을 예민하게 이해하고"(2) 있다. 그래서 그녀는 도시 생활을 갓 시작하면서부터 베블런이 정의하는 이른바 "과시적 소비"를 실행한다.[8] 그녀는 언니에게 지불해야 할 하숙비와 그 밖의 필수적인 생활비보다도 자신을 멋지게 보이게 할 백화점의 상품을 구입하는 데 더 큰 관심을 보인다. 예를 들면 그녀는 자신이 받은 첫 주급인 4달러 50센트로 맨 먼저 백화점에서 멋진 우산을 구입하는 데 1달러 25센트를 사용함으로써 언니 미니를 당혹케 한다. 또한 캐리가 드루에의 유혹에 넘어가 그와 동거 생활을 시작하게 되는 결정적인 동기는 그가 백화점에서 구입해 준 화려한 의상 때문이다. 미니와 핸슨이 산업적 노동과 인내 그리고 저축을 바탕으로 한 전통적인 경제관념을 가진 데 비해서, 캐리와 드루에는 육체노동을 기피하고 소비 활동을 통한 만족을 추구하는 근대적인 가치관을 실행한다.

캐리가 과시적 소비 성향을 가졌다는 사실은 물질에 대한 그녀의 욕망이 생존의 안정을 추구하는 차원을 넘어서 쉽게 심리적 욕망의 차원으로 확장되고 변형될 수 있다는 것을 의미한다. 당시 산업 발달과 더불어 대량 생산이 가능하게 된 수많은 상품들 중에서도, 특히 멋진 옷과 장신구로 상징되는 사치품이 캐리의 욕망을 지배하는 힘을 갖는다. 사치품이 갖는 유혹의 힘은 그녀의 도덕의식이나 이성적 판단을 마비시킬 만큼 강한 것이다. 그녀는 드

---

8) 소비 자본주의 사회에서 상품의 소비를 통해서 추구하는 사회적 인정의 욕망은 베블런이 개념화 한 이른바 "과시적 소비"(conspicuous consumption)와 "금전적 경쟁심"(pecuniary emulation)의 욕구로 표현된다. 그 경우 보다 더 값비싼 상품을 소비하는 행위는 그 소비자의 "부를 증명해 주기 때문에 존경받을만한 것"이고, 그 반대로 양적으로나 질적으로 소비하지 못하는 것은 "열등과 결함을 표시하는 것"이 된다(Veblen 74).

루에가 그녀를 유혹하기 위해서 구입해 준 옷들에 대해 일시적으로 양심의 가책을 느낀다. 하지만 서술자는 그녀가 일단 그 물건들을 획득하고 향유하게 되면 그것들을 "결코 포기하지 못할 것"(72)이라고 판단한다. 실제로 그녀의 내면에서는 욕망의 목소리가 그에 저항하는 양심의 목소리를 압도하게 된다.

> "그전에 입었던 낡은 옷을 입어라. 그 떨어진 신발을 신어라"하고 양심은 그녀에게 부르짖고 있었지만 허사였다. 그녀는 굶주림에 대한 공포 때문에 시골로 돌아갔을 수도 있었다. 고된 일과 반복되는 고통스러운 생활에 시달려야 한다는 생각에다가 또한 양심의 압력마저 받았다면, 그녀는 아마도 굴복해 버렸을 수도 있었다. 그러나 이렇게 멋진 그녀의 용모를 망치고 헌 옛날 옷을 입고 보잘 것 없는 모습으로 돌아가야 한다고? 결코 있을 수 없는 일이었다! (72)

캐리에게는 도덕의식의 압력보다도, 심지어는 굶주림이나 노동에 대한 공포보다도 과시적 소비에 대한 욕망이 더욱 강력한 삶의 동기로 작용한다. 드라이저는 그러한 과시적 소비 욕망의 힘을 강조하기 위해서, 그것이 인간의 마음에서 비롯되는 것이 아니라 마치 사물 자체의 작용인 것처럼, "생명이 없는 물건의 목소리"(The voice of the so-called inanimate) 혹은 "돌멩이의 언어"라고 의인화해서 표현한다(72). 캐리는 그러한 과시적 소비를 가능하게 하는 돈의 힘, 즉 "돈의 피상적인 효용"(72)을 포착하는 데 남다른 능력을 가졌으며, "물건의 목소리"를 들을 수 있는 유난히 민감한 귀를 가졌다. 드라이저의 이러한 수사법은 캐리가 주체적으로 사고하고 판단하는 능력을 갖지 못했고, 오히려 도시 환경이 가진 유혹의 힘에 수동적으로 반응하는 인물이라는 자연주의적 관점을 반영한다. 동시에 그것은 과시적 소비를 추구하는 심리적 욕

구가 그녀에게는 생명 유지를 위한 신체적 욕구보다도 더욱 강한 집착성을 띤다는 사실을 시사한다.[9)]

드라이저는 옷에 대한 캐리의 집착과 과시적 소비 양상을 섬세하게 묘사함으로써 인간의 심리적 욕망의 특성을 구체화한다. 베블런에 따르면 우리가 옷에 사용하는 비용은 과시적 소비를 통한 재정적 지위나 우월감을 나타내는 데 다른 어떤 방법보다도 효과적이다. 사람들이 옷을 구입하기 위해서 사용하는 비용의 대부분은 신체적인 보호를 위해서라기보다는 외모를 멋지게 보이게 하기 위해서 지불되는 비용이다. 그래서 "옷에 대한 욕구는 명백히 '고차원적인' 혹은 정신적인 욕망"(Veblen 168, 원문 강조)이다. 그러한 심리적 욕망은 사회적 동물로서 인간이 가진 본성적 조건으로, 집단 속에서 다른 사람들과의 경쟁을 통해 상대적인 우월감을 충족하려는 의지이다. 따라서 그것은 재정적·계층적 우월감을 통한 사회적 인정에 대한 욕망으로 확장된다.

드라이저는 뉴욕을 이러한 과시적 소비가 극적으로 구현되는 도시 환경으로 제시한다. 뉴욕에서 캐리가 생활하는 아파트를 비롯해 그녀의 주된 활동 영역인 극장이나 식당, 번화한 거리 등은 모두 소비 대중이 자극적인 소비를 통해서 자신을 과시하고 또 서로 상대방을 평가하는 공간이다. 뉴욕에서의 첫 거주지인 78번가 아파트에서 캐리는 이웃집에 사는 밴즈 부인Mrs. Vance과 우연히 처음 마주쳤을 때, 자신이 "밴즈 부인만큼 잘 차려입지 못했다"(216)는 열등감 때문에 우울해지고 괴로워한다. 뉴욕의 여러 지역들 중에서도 특히 브로드웨이는 패션을 통한 과시욕이 가장 극적으로 표현되는 공간이다.

---

9) 베블런은 과시적 소비가 개인의 삶의 주요 요소로 자리잡게 되면 "그것을 포기하는 것이 개인의 신체적 안락과 직접 관련되거나 심지어 생명이나 건강을 위해 필요한 많은 품목들을 포기하는 것에 못지않게 어렵게 된다"(103)고 주장한다.

지금도 그렇지만 당시의 브로드웨이는 이 도시의 가장 두드러진 특징 중의 하나였다. 그곳에는 극장들의 마티네matinee를 전후하여 화려함을 과시하기 위해 행렬을 이루는 모든 멋진 여성들뿐만 아니라 그들을 바라다보고 찬탄하는 데 탐닉하는 남성들도 모여들었다. 그것은 예쁜 얼굴들과 화려한 의상들로 이루어진 매우 인상적인 행진이었다. …… 화려한 옷을 좋아하는 사람은 누구라도 새 옷을 구입하게 되면 브로드웨이에서 첫 선을 보인다는 것이 문자 그대로 사실이었다. (217)

그 거리는 수많은 사람들이 과시적 소비와 사치를 통해 미묘하고도 복잡한 시선을 교환하면서 도시 욕망을 실행하는 공간이다. 그곳에는 번쩍거리는 고급 마차들이 줄지어 오가고, 길 양쪽으로는 "보석상들, 꽃가게, 모피상, 셔츠와 모자 전문점, 제과점" 등 온갖 사치품 매장들이 진열창을 찬란하게 밝히고 즐비하게 늘어서 있으며, 머리끝부터 발끝까지 화려하게 차려입은 무수한 젊은 남녀들이 "자극적인 향수 냄새와 꾸민 미소"를 흘리며 행진한다(218).

이처럼 상호 과시와 평가를 위해 브로드웨이에 군집한 행렬에서 사람들이 욕망을 표현하는 방식은 거의 전적으로 시각에 의존한다. 드라이저는 도시 욕망과 과시적 소비의 긴밀한 상관성을 표현하기 위해 실로 다양한 시각적 표현을 사용한다. 그 "떼 지어 지나가는" 사람들은 서로 눈길을 교환하기도(looked into) 하고, 흘깃 바라보기도(glance) 하며, 응시하기도(gaze) 하고, 지켜보기도(fixed eyes upon) 하며, 빤히 쳐다보기도(stare at) 하고, 또한 추파를 던지기도(ogle) 한다(218). 즉 그 "패션의 군중"은 "전시회를 방불케 하는 그곳"에서의 행진에서 서로 바라보고, 보여 주고, 또한 보이는 복잡한 시선의 교환을 통해서 욕망을 표현한다(218).

도시 욕망의 전형적인 실행인 과시적 소비의 "동기는 경쟁심emulation이다"(Veblen 103).[10] 경쟁심은 사람들의 군집 본성에 의해서 형성된 도시 환경 속에서 효과적으로 자극받고 강화될 수 있다. 드라이저는 시카고에서 허스트우드가 지배인으로 일하는 피츠제럴드 앤드 모이즈Fitzgerald and Moy's라는 고급 술집에 대한 묘사를 통해서 군집성과 경쟁심의 역동적 상관성을 압축적으로 제시한다. 그곳은 온갖 호화로운 실내장식과 불빛으로 꾸며진 상류층의 화려한 사교장으로, 사람들은 "자연과 인생에 대한 왜곡된 가치관"(34)을 실현하기 위해서 그곳으로 모여든다. 수많은 사람들이 그곳으로 몰려오는 근본적인 목적은 술을 마시기 위한 것도, 그렇다고 진지한 대화를 나누기 위한 것도 아니다. 그들은 "자기보다 나은 사람들 틈에 끼어보고 싶은 동경"(34) 때문에 그 사교장에 모여드는 것이다.

　　과시욕과 경쟁심, 그리고 그것을 실행할 수 있는 열정을 겸비한 캐리는 도시 환경에 성공적으로 적응할 수 있는 인물이다. 부와 소비에 대한 캐리의 욕망이 강화되는 데는 번번이 그녀에게 경쟁심을 불러일으키는 인물들이 등장한다. 시카고에서 헤일 부인Mrs. Hale과 뉴욕에서 밴즈 부인이 그들이다. 시카고에서 캐리의 오그덴 플레이스Ogden Place 집의 이웃에 사는 헤일 부인은 캐리를 노스 쇼어 드라이브North Shore Drive의 고급 주택가로 안내함으로써 캐리로 하여금 부에 대한 욕망에 눈뜨게 한다. 캐리는 헤일 부인과의 대화를 통해서 "부의 정도를 구별하는"(82) 안목을 얻게 된다. 그 부유층 주거지를 드라이브 하면서 그녀는 현재 자신의 안락한 생활에도 불구하고 열등감으로 인해 비참한 심정에 빠지며, 자신도 그처럼 호화로운 생활을 누릴 수 있기를 갈망한다. 이후 2년이 지난 뒤 뉴욕에서 밴즈 부인은 부와 사치의 세계를 상징하는 브로드웨이로 캐리를 안내하여 다시 한 번 그녀의 경쟁심을 불러일으킨다. 캐리는 브로드웨이의 화려한 행렬을 바라보면서 자신이 "대등한 사

---

10) '경쟁심'(emulation)은 자기보다 더 나은 위치에 있는 사람을 보고 따라 배워 그와 대등하게 되거나 그를 능가하려는 의지를 뜻한다. 한편 '경쟁'(competition)은 둘 이상의 개인이나 집단이 한정된 영역이나 자원을 차지하기 위해 서로 겨루는 행위를 뜻한다.

람"(218)으로 그 인파에 속하게 되는 환상에 빠져든다.

그러한 브로드웨이의 "실체에 대해 잘 알고 있는" 밴즈 부인은 자신이 "시내의 아름다움과 유행에 비교해서 옷맵시에서 다소라도 뒤쳐진 것이 있으면 그것을 만회하기 위해서"(218) 일삼아 그곳에 자주 나오곤 한다. 반면에 캐리는 처음으로 그러한 브로드웨이 패션의 행렬을 목격하고서 열등감에 빠져 우울해하며, 동시에 "당당한 일원으로 그 행렬의 희열을 느낄 수 있기를" (218) 염원한다. 캐리가 브로드웨이에서 바라보고 또 보여 주기를 갈망하는 화려한 옷은 전적으로 그녀의 심리적 욕망을 충족하기 위한 일종의 기호이며,11) 따라서 그것은 그녀의 생물학적 욕구와는 전혀 관련되지 않는다.

옷이 생물학적 욕구의 차원을 넘어서 자기과시의 욕망을 표상하는 기호로서 작용하기는 드루에에게도 마찬가지이다. 드루에는 "여성에 대한 강렬한 욕구"와 "자유분방한 정신"을 가진 "바람둥이"이다(3). 그러나 드라이저는 드루에의 삶에서 "최우선적 본질"(3)은 "섹스에 대한 강한 욕망"이 아니라 멋진 옷에 대한 집착이라고 판단한다. 그 다음이 여성에 대한 욕망으로 표출되는 그의 "강렬한 육체적 본성"(3)이다. 즉 드루에의 삶에서는 멋진 옷에 대한 욕망이 보다 더 본질적인 것이어서, "그에게서 옷을 제외해 버리면 그는 아무런 의미도 갖지 못한다"(3)는 것이다. 소비 자본주의가 지향하는 가치관을 대

---

11) 폴라 게이Paula E. Geyh는 드라이저가 『시스터 캐리』에서 묘사하는 1890년대 시카고와 뉴욕을 "사물의 도시"로 그리고 Dos Passos가 *Manhattan Transfer*에서 묘사하는 1920년대 이후의 미국의 도시들을 "기호의 도시"로 각각 규정한다. 그러나 그러한 구분은 지나치게 도식적이며, 실제로 도시 발달에서 그 두 상태의 차이는 본질적인 종류의 차이라기보다는 기호화가 진행된 정도의 차이로 보인다. 왜냐하면 『시스터 캐리』에서 묘사되는 시카고와 뉴욕에서 소비되는 사물things도 이미 기호적 의미와 특성을 가지고 있기 때문이다. 다만 20세기에 소비 자본주의 문화가 더욱 발달하면서, 보드리아드Jean Baudrillard가 주장하듯이, 소비 행위는 "기호들의 적극적인 조작"이며 소비되는 것은 사물 자체가 아니라 "사물들의 체계, 즉 어떤 관계를 나타내는 개념"의 성격을 띤다는 점에서 소비의 기호적·심리적 의미가 더욱 심화된다고 볼 수 있다(Levin "Introduction" 5, 재인용).

표하는 인물들로서 캐리나 드루에게는 옷을 통한 자기과시의 심리적 욕망이 기본적인 신체적 욕구보다도 더욱 강한 집착성을 띤다. 드라이저는 인간의 신체적 욕구가 심리적 욕망에 비해서 발생적 우선성과 절박성을 가지는 것이 사실이지만, 그 집착성에 있어서는 정반대되는 결과가 생길 수도 있다는 사실을 환기시킨다.

과시욕과 사회적 인정의 욕망을 충족하기 위해 캐리가 선택하는 또 다른 방식은 연극 활동이다. 연극은 베블런이 비산업적 직업의 한 영역으로 제시하는 "대중적 유흥"(10)의 분야에 속할 뿐만 아니라, 그것이 기본적으로 '보여 주는 행위'라는 점에서 캐리의 과시적 성향과도 부합한다. 극장과 연극에 대한 캐리의 관심은 도시로 오기 전부터 이미 그녀의 마음속에 자리잡고 있었다. 시카고 행 기차에서 그녀가 드루에와 나눈 대화는 "극장들과 군중"(4) 그리고 "인기 여배우"(5)에 관한 것이다. 캐리는 극장으로 상징되는 "수많은 환락거리들"이 자신을 "자유롭게 해 줄" 것으로 상상한다(6). 그녀는 또한 언니 미니의 집에 도착한 지 3일 째 되는 날 제이콥 극장H. R. Jacob's에 가고 싶다고 제안함으로써 언니 부부와 미묘한 심리적 갈등을 야기한다.

캐리는 처음에 부와 호사를 얻기 위한 목적에서 연극에 관심을 갖게 되지만, 이후에 그것은 그녀에게 사회적 인정과 권력에 대한 욕망에 눈뜨게 하는 계기가 된다. 그녀는 풍부한 감정 표현력과 "흉내를 내는 타고난 자질"을 가졌을 뿐만 아니라, "인생을 재연하고자 하는 욕망"(112)도 가지고 있다. 그녀는 그러한 자신의 능력을 통해서 세상 사람들에게 자신이 "힘power을 가졌다는 것을 인정하도록"(112) 하고 싶은 것이다. 실제로 우연히 기회를 얻은 첫 연극 공연에서의 성공적인 연기는 캐리로 하여금 드루에나 허스트우드와의 관계에서 처음으로 우월한 입장에 설 수 있게 한다. 그녀는 한 아마추어 극단이 공연한 『가스등 아래서』(Under the Gaslight)라는 극에서 성공적으로 연기하여 사람들의 "칭찬과 선망의 대상"으로 떠오르며, 그 결과 이제 상황이

역전되어 연인인 허스트우드를 "올려다보지 않고 오히려 내려다보게"(135)
된다. 요컨대 연극과 배우라는 직업은 캐리에게 호사와 과시, 그리고 인정과
영향력에 대한 욕망을 한꺼번에 충족할 수 있는 활동 영역인 것이다.

연극에 대한 캐리의 관심은 옷에 대한 그녀의 욕망과 그 과시적 특성을
공유한다. 그녀는 배우로서의 활동을 통해서 군중들로부터 "주목받으려는 욕
망"(309), 즉 사회적 인정에 대한 욕망을 실행한다. 캐리는 연극에서 처음으
로 본격적인 배역을 받아 성공의 실마리를 얻게 되었을 때 "남들처럼 한번
유명해지기를 갈망하며"(309) 자신에 대한 언론의 반응에 민감하게 관심을
나타낸다. 이후 그녀의 급격한 성공은 그녀에게 언론의 관심과 대중의 갈채,
그리고 급료의 가파른 인상을 안겨준다. 그리고 결정적으로 "일간지의 연예
평론가들이 그녀의 승리를 완성시켜 준다"(313). 그녀는 인정의 욕망을 실현
한 것이다.


## 3. 기호적 욕망의 허구성

군집 본성과 도시 욕망의 상호작용은 캐리의 삶에서는 그녀를 공허한 승자로,
반면에 허스트우드의 경우에는 그를 절박한 패자로 변모하게 하는 요인이 된
다. 비록 배우로서의 성공이 캐리에게 과시적 소비 욕구와 사회적 인정의 욕
망을 동시에 충족할 수 있게 해주지만, 그것이 그녀의 자아의식의 성장으로
연결되지는 못한다. 물론 그녀가 예술적 재능을 실행함으로써 자신의 존재
가치를 인식시키려 한다는 점에서 연극 활동은 그녀의 욕망이 단순히 "외적
인 것의 모방으로부터 의식과 상상력의 내적인 영역으로 옮겨갈"(Lemaster
50) 수 있는 가능성을 내포한다. 그럼에도 불구하고 배우로서 그녀의 성공은
주로 타고난 외모와 재능에 의해서 우연히 주어진 것이기 때문에, 그녀에게

성취감과 내적 충만감을 가져다주지 못한다. 공연에서 그녀는 대사가 거의 없고 그저 서성대기만 하는 단역인데도 불구하고, 그녀의 예쁘장한 얼굴과 "찡그리는 표정"(312)이 갑자기 대중의 관심과 흥미를 불러일으키게 된다. 그 결과 그녀는 흥행의 측면에서 연극 전체의 "핵심 인물"(313)이 되어버린다. 도시 욕망은 캐리의 삶에서 성공을 위한 추동력으로 작용하지만, 그것이 그녀의 삶의 실천적인 경험 요소로 포함되지는 못한다.

　　예술에 대해 섬세한 감각을 가진 에임즈Mr. Ames는 배우로서 캐리가 사람들의 좌절된 "모든 욕망을 대변하는 얼굴"(341)을 타고났다고 생각한다. 즉 그녀는 과시와 인정 그리고 우월과 영향력 등의 심리적 만족감을 추구하는, 도시에 군집한 "뭇사람들의 목소리"(67)를 대변하는 인물이다. 그러한 맥락에서 클레어 에비Clare Virginia Eby는 드라이저가 "욕망이-특정 소비 제품을 얻기 위한 것이든, 우월한 사회적 지위를 얻기 위한 것이든-개인으로부터 생겨나오는 것처럼 보이지만 실제로 그것은 사회적으로 생성된 것임을 이해하고 있다"(108)고 말한다. 아이러니컬하게도 배우로서 캐리는 자신의 욕망을 실현하는 주체가 아니라 대중의 좌절된 욕망들을 대신 표현해 주는 대행인으로서 역할을 한다. 게다가 그녀가 접하는 거의 모든 남성들은 그녀를 각기 자신들의 특정한 욕망의 대상으로 인식한다. 드루에는 그녀를 성적 욕망의 대상으로, 허스트우드는 정서적 위안의 대상으로, 공장의 채용 담당자들은 값싼 노동력으로, 그리고 브로드웨이 극장가의 에이전트들은 하나의 흥행 상품으로 평가한다. 그 결과 캐리 자신의 욕망-과시적 소비욕이든 사회적 인정의 욕망이든-은 그 실질적 대상이 영원히 부재한 상태이다.

　　캐리의 욕망이 그 대상을 갖지 못하는 이유는 그녀의 경험이 자신의 삶의 의미를 구성해내지 못하기 때문이다. 다시 말해서, 물질적 성취를 통해서 도시 욕망을 충족해 가는 캐리의 삶이 소비 자본주의가 지향하는 과시욕의 차원을 넘어서지 못하기 때문이다. 캐리가 시카고와 뉴욕에서 마음에 품게 되는 욕망은 물질의 소유와 향유, 자신의 신체적 아름다움의 과시, 연극 공연을 통한 사회적 인정의 성취 등을 포함한다. 그러나 그녀의 그러한 도시 욕망은 근본적으로 그녀의 경험의 의미나 자아 정체성으로부터 유리되어 있다.

프레드 시Fred G. See는 캐리의 욕망에 내재된 그러한 허구성에 대해, 그녀가 "욕망을 추구하면서 갖게 되는 경험이 완전히 현상적인"(139) 차원에 머물고 만다고 주장한다. 즉 그는 옷과 연극으로 표상되는 도시 욕망을 추구하는 과정에서 그녀가 "느낌이나 의미가 아니라 기호를 욕망"(139)한다고 본다. 캐리에게 옷은 지시 대상물referent이면서 동시에 기호sign이다. 그녀는 화려한 옷을 과시적으로 소비함으로써 더 높은 사회적 신분을 성취하게 되며, 연극배우로서 성공함으로써 인기와 부 그리고 사회적 인정의 욕망을 실현하게 된다. 그럼에도 불구하고 그녀의 존재 자체는 여전히 대중이 욕망하는 것의 기호로서 남아 있게 된다. 그 결과 그녀는 소설의 마지막 장면에서도 여전히 좌절감을 느끼며 "창가의 흔들의자에 앉아서 결코 느낄 수 없는 행복"(355)에 대한 공허한 환상에 빠져 있다. 요컨대 캐리의 욕망이 실체적 대상에 도달할 수 없는 이유는 그것이 본질적으로 기호적 욕망이기 때문이다.

시카고가 눈앞에 나타나기 시작하자, 그녀는 그 도시가 자기가 이제까지 생각해 왔던 것보다 더 큰 매력을 가지고 있음을 알았다. 그리고 단지 그녀의 기분이 이끄는 힘에 의해서 본능적으로 그 매력에 집착했다. 그 화려한 의상과 우아한 환경 속에서 사람들은 행복해 보였다. 그래서 그녀는 이 모든 것들에 바짝 다가갔던 것이다. 시카고, 뉴욕, 드루에, 허스트우드, 패션의 세계와 무대의 세계, 그것들은 단지 사소한 사건들incidents에 불과했다. 그녀가 갈망했던 것은 그것들이 아니라 그것들이 표상하는 것이었다. 시간이 흐른 뒤에, 그 표상이 거짓이었음이 드러났다. (353)

캐리가 추구하는 도시 욕망이 결코 궁극적인 의미를 갖지 못하는 데는 사실주의 작가로서 드라이저의 인식론적 관점이 반영되어 있다. 그는 도시 환경에서 개인의 경험이 어떤 견고한 의미나 본질과 연결되어 있다고 생각하지 않았다. 그는 소비 자본주의 문화를 추구하는 군중들 속에서 "지극히 미약한 개인의 삶은 …… 철저히 무의미한 진로를 마치 누에실처럼 자아낸다"고 진술한다. 나아가서 그는 자신이 "목격하는 그 모든 것으로부터 어떤 의미도 포착할 수 없다"고 토로한다. 그 결과 드라이저는 자신의 삶에 대해 "나는 내가 올 때 그랬듯이 혼란되고 낙담한 채 사라져 간다"고 결론짓는다.[12]

캐리가 도시 군중들로부터 환호를 받으며 도시 욕망의 공허한 성취를 이루어가는 동안, 허스트우드는 그들로부터 무시당하며 그 욕망의 철저한 좌절을 경험한다. 사회적 패자로 전락한 허스트우드는 하층 노동자와 실업자 그리고 노숙자들로 구성된 또 다른 종류의 도시 군중 속에 합류하게 된다. 당시 급성장하는 자본주의의 중심으로서 뉴욕은 경제적 승자와 패자라는 양극적인 두 집단으로 구성되어 있으며, 실질적으로 그곳은 승자들을 위한 견고한 사회적 "성벽으로 둘러쳐진 도시"(231)이다. 그 사회적 성벽으로부터 내쫓겨 망각되어가는 데 대한 허스트우드의 마지막 대응 방식은 석간신문을 읽는 행위에 몰두함으로써 현재 자신의 비참한 처지를 스스로 망각하려고 노력하는 것이다. 사회적 인정에 대한 그의 욕망이 좌절되고 이제 그는 오히려 사람들의 눈길을 회피하려는 심리 상태, 즉 사회적 자기 은폐의 태도를 갖게 된다. 실제로도 신문을 펼쳐들어 자신의 모습을 숨길 뿐만 아니라, 심리적으로도 그는 신문 읽기 행위 속에 자신의 고통스러운 현실을 묻어 버리려고 한다. 그래서 신문 읽기는 그에게 "망각의 강"(242)이 된다. 동시에 허스트우드가 그처럼 신문 읽기에 몰두하는 것은 이제 실질적으로는 소멸해 버린 자신

---

12) 이 단락에서 인용된 욕망과 경험의 의미에 관한 드라이저의 견해는 시Fred G. See의 『욕망과 기호』(*Desire and the Sign*) 127-28쪽에서 재인용함.

의 도시 욕망의 잔상을 실행하는 유일한 행위이기도 하다. 그는 온종일 호텔 로비의 의자에 앉아 신문으로 모습을 숨긴 채 도시 욕망의 소용돌이를 전하는 신문 기사들을 "읽고, 읽고, 또 읽는"(243) 것이다.

사회적 성벽 밖의 군중인 파업 노동자들과 노숙자들은 과시적 소비를 위해 브로드웨이에서 행진하는 성벽 안의 군중들과는 달리, 생존을 위한 목적으로 서로 연대한 사람들이다. 따라서 그들 모두의 욕망은 사회적 영향력을 추구하는 심리적 차원으로부터 생존을 위한 의식주를 확보하려는 신체적 욕구의 차원으로 환원된 것처럼 보인다. 생존 욕구의 충족을 표방하는 브루클린 전차의 파업 노동자들은 파업에 동조하지 않는 허스트우드를 "다른 사람의 입에 들어가는 빵을 빼앗아 먹는"(295) 사람으로 여기고 공격한다. 게다가 허스트우드가 속하게 되는 노숙자들의 무리는 보다 더 절박한 생존의 위협에 공동으로 대처하기 위해 모이는 사람들이다.

브로드웨이의 찬란한 밤거리는 한편으로 온갖 종류의 "쾌락을 쫓는 잘 차려입은 군중들"(328)로 도시 욕망의 소용돌이가 진행되는 곳이며, 다른 한편으로는 누더기 차림을 한 불결한 모습의 노숙자들로 구성된 "고물 수집소에나 어울릴 것 같은" "잡동사니 무리"가 모여드는 곳이다(330). 길모퉁이에 무리를 이룬 노숙자들, 그들과 같은 처지이면서 동시에 그들의 지도자격인 "전직 군인"(329), 그리고 그들 주변에 원을 그리며 모여든 구경꾼들 사이에는 특이한 성격의 시선들이 교환된다. 노숙자들은 수치심을 무릅쓰고라도 사람들의 시선을 끌어서 동정심을 구하기 위해 모여들었으며, 그 주변에 모인 구경꾼들은 호기심어린 시선으로 그들을 바라본다.

도시 욕망의 양극적인 결과가 그처럼 극명하게 대비되는 순간에 그 노숙자들의 지도자는 일종의 변형된 사회적 욕망을 추구한다. 그는 자신의 숙박비를 마련하기 위해 구걸하는 대신에, 구경꾼들의 동정심에 호소하면서 다른 노숙자들의 잠자리를 위해 모금 활동을 한다. 이제 "종교적인 사람이 되어" 그 특이한 모금 활동을 통해서 "하나님께 봉사하기로" 결심한 그는 그 노숙자들 무리의 내부에 일종의 질서와 규칙을 부여하며 그들을 지휘한다 (329). 그는 그러한 활동을 통해서 자신의 존재 의미뿐만 아니라 우월감과 사회적 인정의 욕망을 충족하려고 시도하는 것이다. 다시 말하면 좌절된 자신의 사회적 욕망에 대해 왜곡된 방식으로 심리적 보상을 꾀하는 것이다. 허스트우드가 포함된 노숙자들의 "뱀처럼 구불거리는 긴 행렬이" 그 전직 군인의 구령에 맞추어 길모퉁이를 돌아 숙소를 향해 걸어가는 동안, 그 대열을 "한밤중의 행인들과 산책객들이 물끄러미 바라보고 있다"(333). 브로드웨이 밤거리의 그 특이한 행렬과 구경꾼들은 소비 자본주의 사회에서 군집 본성으로부터 비롯되는 경쟁심과 협력 그리고 우월감과 동정심 등 도시 욕망의 여러 가지 모순된 요소들을 극적으로 구현한다.

## 4. 욕망과 자아 정체성

『시스터 캐리』에서 드라이저는 소비 자본주의 도시 환경의 영향을 받아 캐리와 허스트우드의 운명이 상반된 방향으로 변화되는 양상을 극화한다. 그 두 인물이 겪게 되는 운명의 변화는 인간의 군집 본성과 그들 개인의 욕망 사이의 상호작용에 의해서 결정된다. 한편 그들의 운명이 그처럼 상반된 방향으로 전개되는 것은 그들 각자가 가진 도시 욕망의 성격적 차이에 기인한다. 그리고 드라이저가 묘사하는 그러한 운명의 변동은 도시 욕망의 역동성과 구체성을 효과적으로 반영한다. 그러나 캐리와 허스트우드의 욕망과 운명의 변화를 해명하려는 기존의 비평적 관점은 대체로 그것을 어떤 고정된 개념에 적용하려는 경향이 있다. 인간의 운명을 고정된 개념의 틀에 맞추려는 그러한 시각은 자연주의 작가로서 드라이저의 입장을 지나치게 강조하려는 시도에서 비롯된 것처럼 보인다. 그러나 그처럼 경직된 비평적 시각은 욕망과 감정의 주체로서의 두 작중인물의 의지를 과도하게 제한할 뿐만 아니라, 인간 욕망의 역동적 변화 양상을 해명하려는 작가 드라이저의 의도를 읽어내는 데도 실패한다.

예를 들면 자연주의 작가로서 드라이저가 수용한 물리적 원리를 강조하는 리처드 레한Richard Lehan은 드라이저가 『시스터 캐리』에서 스펜서Herbert Spencer의 사회적 다윈주의social Darwinism 사상을 적용했다고 본다. 즉 레한은 『시스터 캐리』를 "유동 상태에 있는 물질의 원리를 적용한 하나의 예"("Sister Carrie" 67)로 평한다. 레한은 그 소설에서 묘사되는 도시 사회와 그 구성원들을 물질적 존재로 규정하며, 그들의 운명의 변화를 물리적 원리에 따르는 기계적인 "진자운동"(*The City* 200)의 개념으로 설명한다. 그러한 비평의 관점은 드라이저가 모든 인간을 "화학적 동물"로, 그리고 그들의 욕망을 "화학작용"(chemism)의 관점에서 이해하려 했다는 견해에 근거한다(Elias 181). 한편 신역사주의적 비평 시각을 채택하는 월터 마이클즈Walter Benn Michaels는 캐리를 자본주의 정신을 구현하는 상징적인 인물로 규정한다. 따라서 "자본주의 사회에서의 욕망의 몸"(Michaels 169)을 상징하는 캐리는 무한히 확장되는 물질주의적 욕망의 화신이 된다. 즉 그녀의 자아는 자본의 가치에 대한 하나의 은유적 표상으로, 그리고 그녀의 욕망은 일종의 관념적 허구로 고정되는 것이다.

드라이저가 스펜서의 사회적 다윈주의라는 가설을 적용했다는 사실이 『시스터 캐리』의 주요 인물들의 삶의 세세한 변화 양상마저도 그 원칙에 의해서 통제된다는 것을 의미하지는 않는다. 또한 그 소설의 시대적 배경이 소비 자본주의가 급성장하는 사회라는 사실에 근거해서 캐리의 욕망을 하나의 허구적 관념으로 수렴시키는 것도 비평적 강요일 수 있다. 실제로 드라이저는 그 소설에서 도시 욕망을 인간을 정의하는 하나의 조건으로 전제하고 그 역동적 변화 과정을 추적한다. 캐리의 물질적 욕망은 다른 동물처럼 생존을 위한 물질의 결핍을 극복하려는 상태에서 시작되지만, 도시의 군집성과 그로부터 비롯되는 경쟁심을 통해서 그것은 지속적으로 확장되고, 분화되며, 변형된다. 따라서 드라이저가 강조하는 것은 인간이 다른 동물들과 신체적 욕구를 공유하고 있다는 사실이 아니라, 그 욕구가 심리적·사회적 차원으로 분화되고 변형된다는 사실이다.

드라이저는 도시 욕망을 인간의 기본적인 존재 조건으로 본다. 그러한 관점에서 보면 캐리가 실행하는 물질주의적 도시 욕망은 인간의 삶의 비인간적인 측면이 아니라 오히려 철저히 인간적인 한 측면이 된다. 드라이저는 "더 값비싼 옷을 입은 사람들을 경쟁적으로 따라하려는" 욕망을 "허황된 야망"이라고 평가하지만, 결국 도시 욕망의 근본이 되는 소비 행위를 통한 "아름다움이나 열광"의 추구 자체를 "반박할 사람은 아무도 없을 것"이라고 주장한다 (34). 나아가서 그는 상업을 통한 부의 추구, 오락을 통한 쾌락의 추구, 과시적 소비 활동을 통한 만족의 추구와 같은 도시 욕망의 모든 속성들이 제거된다면 인간의 삶은 더 이상 그 존엄성을 유지할 수 없을 것이라고 역설한다.

> 만약 인간에게 환락이라는 인위적인 불꽃이 없다면, 이윤을 찾아 몰리는 사업체들이나 쾌락을 팔고 사는 오락이 없다면, 만약 모든 상인들이 그들의 진열장 안팎에 그 모든 물건을 차려놓아주지 않는다면, 그래서 우리의 거리들이 화려한 색깔의 간판들로 즐비하지 않고 물건을 사러 몰려다니는 군중들로 북적대지 않는다면, 우리는 당장에 겨울의 냉혹한 손길이 얼마나 우리의 가슴에 와 닿는지 알게 될 것이다. …… 우리는 흔히 느끼고 있는 이상으로 이런 외적인 여건에 의존하고 있는 것이다. [만약 그런 것들이 없다면] 우리는 태양열에 의해서 생겨났다가 그 열이 사라져버리면 죽어 버리는 벌레에 지나지 않을 것이다. (67-68)

"인위적 불꽃"으로 상징되는 도시가 인간에게 다른 동물들과는 다른 존재의 지위와 존엄성을 부여한다. 도시와 문명을 구성함으로써 인간은 자연에 전적으로 순응하는 종으로부터 그것을 개조하는 존재로 자신을 차별화한 것이다. 기본적으로 인간의 군집 본성에는 협력과 경쟁, 연대와 배척, 동정심과 무관심이라는 모순된 심리적 동기가 공존한다. 그리고 『시스터 캐리』에서 그려지는 소비 자본주의 도시는 사람들이 경쟁을 통해서 사회적 욕망을 무한히 확장해 가는 공간으로 나타난다. 그러나 비록 도시 욕망이 인간 종species에게 존재의 존엄성을 부여하는 근원이 된다고 할지라도, 그것이 각 개인의 삶의 궁극적인 의미로 연결되지는 않는다. 그 결과 도시 욕망의 충족이 캐리에게 결코 정신적 충만감을 가져다주지 못한다. 소설의 결말에서 캐리는 눈부신 사회적 성공에도 불구하고 여전히 외롭고 공허한 정신 상태에 처해 있으며, 그녀 개인의 삶은 여전히 무의미와 혼돈 속에 있다. 아이러니컬하게도 도시 욕망은 캐리 자신에게 삶의 존엄성이 아니라 오히려 허무감을 가져다준다.

프레드 시는 드라이저가 자본주의 도시에서 발생하는 개인의 사회적·심리적 욕망과 그의 정신적 충만감 사이의 그러한 부조화를 사실주의적 시각을 통해서 제시한다고 평한다. 시는 조나단 에드워즈Jonathan Edwards나 에머슨Ralph Waldo Emerson 그리고 멜빌Herman Melville과 같은 미국의 낭만주의적 작가들이 개인의 욕망을 "자기창조적인 중심을 지향하는 정서적 원동력"(124)으로 여겼지만, 이후 사실주의 소설에 이르러 욕망은 그러한 자아실현의 중심으로서의 기능을 상실하고 "언어의 폐허 속에서 방황"(126)하게 되었다고 진단한다. 즉 소비 자본주의에 바탕을 둔 도시 환경에서 개인의 욕망은 그 궁극적인 정신적 표적을 잃고 물질의 축적과 그 향유를 좇아 무한히 표류하게 되었다는 것이다.

부의 축적과 소비가 그처럼 캐리의 삶의 궁극적인 이상이 되지 못하는 이유는 가변적이고 상대적인 물질의 가치가 그녀의 삶에 안정적인 의미를 부여할 수 없기 때문이다. 모더니즘 소설인『위대한 개츠비』(*The Great Gatsby*)에서, 부의 축적과 소비에 의존하여 영원한 미적 이상을 구현하려는 개츠비의 욕망은 물질과 정신의 본질적인 괴리 때문에 비극적으로 좌절된다. 한편『시스터 캐리』에서 캐리도 비록 강렬한 물질주의적 욕망을 실행해 가지만, 개츠비의 경우와는 달리 그녀의 욕망은 추구할 궁극적 이상 자체를 가지고 있지 않다. 그 결과 개츠비의 "초록 불빛"을 갖지 못한 캐리의 욕망은 도시를 구성하는 물질의 화려한 불빛을 따라 한없이 표류한다.

제7장

# 포스트모던 경험의 속성:
# 돈 드릴로의 『화이트 노이즈』

## 1. 경험의 이중성

돈 드릴로Don DeLillo는 『화이트 노이즈』(*White Noise*)에서 현대 사회에서 테크놀로지와 죽음 불안이 어떤 상호 인과관계를 형성하고 있는지를 탐색한다. 포스트모던 사회와 정신성을 특징짓는 그 두 요소는 속성과 작용 방식에 있어서 각기 다른 차원을 가진다. 테크놀로지는 인간이 자연물을 대상으로 자신의 생존에 유리한 방식으로 문화적 변형을 가하는 과정과 결과이며, 죽음 불안은 인간의 근원적인 심리 상태로서 포스트모던 시대에 테크놀로지의 발달에 의해서 왜곡되고 증폭되는 경향을 보인다. 『화이트 노이즈』의 주요 인물들이 겪는 그러한 포스트모던 사회심리 현상은 우리의 삶이 자연 환경과 문화 환경이라는 두 가지 상반된 배경을 모두 수용해야하며, 그 결과 우리의 경험이 신체적 차원과 기호적 차원이라는 각기 다른 두 가지 경험 양상을 결합하게 된다는 사실과 밀접하게 관련되어 있다.

드릴로가『화이트 노이즈』에서 묘사하는 현대 미국인들의 경험에 대해서 비평가들의 시각은 대체로 그것이 테크놀로지에 의해서 지배되는 포스트모던 현상을 대변한다는 쪽으로 기울어 있다. 즉 대표적인 포스트모더니스트인 드릴로가 그 작품에서 자아의 무력화helplessness, 심리적 파편화, 개인성의 상실과 같은 포스트모던 주체와 행동 패턴의 특징을 극화한다는 것이다. 예컨대 포스트모던 자아가 문화적 환경의 형성물이라고 전제하는 렌트리치아 Frank Lentricchia는, 드릴로가『화이트 노이즈』에서 독자들로 하여금 그들이 경험하는 "문화의 형세shape와 운명이 자아의 형세와 운명을 지배한다는 견해로 그들을 이끌려는 의도를 가진 것 같다"(1)고 주장한다.

하지만 다른 견해를 가진 일부 비평가들은 그 작품에서 자연에 대한 드릴로의 억제된 향수를 읽어 내며, 오히려 그 작품이 강한 낭만적 색채를 띠고 있다고 주장한다. 그 대표적인 예로 블룸Harold Bloom은 흔히들 드릴로를 대표적인 포스트모더니스트라고 단정 짓는 경향에도 불구하고 "그는 강력한 낭만적 초월주의자이다"(2)라고 규정한다.『화이트 노이즈』의 인물들의 경험에 대해 이처럼 상반된 해석상의 입장이 제기되는 것은, 그들의 삶이 한편으로는 세계를 개념적으로 이해하려는 기호적 경험에 의해서 주도되는 가운데도, 다른 한편으로는 그에 대한 반작용으로 심리적 저변에서 원초적인 신체적 경험을 추구한다는 사실로부터 비롯된다.[1] 그들은 문화적 활동의 기본이 되는 기호적 경험의 과잉 속에서 살아가고 있으며, 그 결과 환경에 대한 감각

---

1) 언어철학자인 레이코프George Lakoff나 존슨Mark Johnson이 주도하고 있는 체험주의experi-entialism는 전통적인 객관주의objectivism가 인간의 정신 영역을 이해하는 데 몸의 작용을 배제하고 정신 작용 자체를 독립적인 실체로 전제하는 데 대해 반박한다. 경험에 대한 듀이 John Dewey의 실용주의적 견해를 계승 발전시키고 있는 체험주의에 따르면 인간의 경험은 신체적·물리적 층위(자연적 경험)와 정신적·추상적 층위(기호적 경험)로 구분되며, 기호적 경험은 자연적 경험의 은유적 확장을 통해서 구성된다는 것이다. 즉 모든 기호적 경험은 자연적 경험에 뿌리를 두고 있으며 경험의 그러한 두 층위 사이에는 지속적인 상호작용이 있다고 본다. 노양진,『몸·언어·철학』, 267-68쪽 참조.

적 반응인 그들의 신체적 경험이 심각하게 위축되어 있다.

『화이트 노이즈』의 인물들의 주체나 그들의 경험의 의미에 대해서 제기되는 그처럼 상반된 비평적 견해는 드릴로가 묘사하는 소비주의, 죽음 불안, 폭력적 대중문화, 테크놀로지와 매체 의존적 삶 등과 같은 포스트모던 현상에 대한 해석상의 차이에 기인한다. 그리고 그 차이는 다시 자연과 문명에 대한 인간 경험의 이중성에 뿌리내리고 있다. 『화이트 노이즈』의 인물들은 정보공학information technology과 생명공학biotechnology의 발달로 자연과 문화, 몸과 정신에 대한 전통적인 구분이 점점 흐려지는 환경에서 살고 있다. 따라서 그들의 경험을 이해하는 데도 자연 환경과 문화 환경에 대한 경험 대상의 구분보다는 경험 양상에 대한 구분이 더 유용한 척도가 된다. 그들은 자연적, 신체적 경험의 가치를 거의 망각한 채 문화적, 기호적 경험에 의해서 주도되는 삶을 살고 있다. 그들의 삶은 소비 행위와 문화적 활동, 그리고 심지어 학문적 활동마저도 그 본래 의미를 망각한 채 문화적 표상의 가치에 사로잡힌 상태이다. 테크놀로지의 영향력이 자연에 깊숙이 침투하여 작용하는 환경에서 살아가는 『화이트 노이즈』의 인물들은 죽음도 문화의 일부로 간주하려는 경향을 나타낸다. 그러나 그들이 죽음에 순응하려는 태도를 버리고 테크놀로지와 기호의 힘에 의지하여 그것을 극복하려고 시도하는 데서 오히려 죽음 불안이 증폭된다.

테크놀로지의 개발과 기호의 사용은 인간의 불충분한 신체적 조건을 보완하려는 목적에서 시작된 문명 본성의 정신적 작용이다. 말하자면, 테크놀로지와 언어 사용을 통한 기호적 경험은 그 바탕에 존재하는 자연적·신체적 경험으로부터 확장된 것이다. 그리고 인간이 안정된 삶을 유지하기 위해서는 그 두 가지 경험 양상 사이에 연속성과 균형이 요구된다. 그러한 연속성을 확장의 개념으로 설명하는 맥루한Marshall McLuhan에 따르면, "모든 새로운 테크놀로지"는 "매체의 확장"을, 나아가서 "자아의 확장"을 의미한다(7).[2] 바꾸어 말하면, 테크놀로지의 개발을 통한 자아의 확장은, 인간이 환경과 상호작용 하는 범위를 단순한 신체적 반응의 차원을 넘어서 '마음'의 작용으로까지 확장하는 것을 뜻한다. 그러한 연속성과 확장의 방식을 보다 더 구체적으로 설명하는 존슨Mark Johnson은 우리에게 '마음'의 작용이 있다는 것은 인간이 환경을 경험하고 이해하는 데 "도형patterns을 인식하고, 차이점을 기호로 표시하며marking distinctions, 기호적 상호작용의 수단에 의해서 행동을 조정하는 능력"(126)을 가지고 있다는 사실과 다르지 않다고 주장한다.

　　그런데 『화이트 노이즈』의 주요 인물들의 삶에서는 자연적 경험과 기호적 경험 사이의 연속성이 깨어지고 그 두 경험 요소 간에 심각한 불균형이 발생한다. 드릴로는 소설의 화자이자 주인공인 잭 글래드니Jack Gladney와 그의 가족이 첨단 테크놀로지와 다양한 매체에 지나치게 의존적인 삶을 살아가는 모습을 묘사함으로써 포스트모던 주체가 환경에 대해 겪는 경험의 편향과 왜곡을 풍자한다. 그 인물들은 그러한 문명적 수단을 통해서 자아의 안정과 확장을 꾀하지만 기호적 경험의 과잉으로 인해 그들의 시도는 번번이 좌절된다.

## 2. 신체적 경험의 유폐성과 무의미성

『화이트 노이즈』에서 드릴로가 제시하는 신체적 경험은 아직 걸음마 단계에 있는 어린아이인 와일더Wilder에게만 가능한, 환경 자극에 대한 동물적 반응이다. 잭의 아내인 배비트Babette가 전 남편과의 사이에 낳은 와일더는 아직 말을 배우지 않은 상태이며, 단지 자신의 "감각적 분석 체계를 자극"하는 사

---

2) 레이스트Randy Laist는 "맥루한이 전통적으로 단절된 것으로 여겨졌던 인간 주체와 테크놀로지 대상 사이의 관계를 연속성의 개념으로 이해하기 위한 설득력 있는 본보기로서 은유의 구조를 제시했다"(5)고 주장한다.

물의 "모양과 빛깔"에 원초적인 흥미로 반응한다(159).[3] 그가 처한 지적 발달 단계에서는 눈에 보이는 것은 무엇이나 붙잡으려 하고 그것이 지나가면 순식간에 그 존재 자체를 잊어버리며, 곧 또 다시 새로운 자극에 반응한다. 따라서 와일더의 경험 영역에서 "세계는 일련의 스쳐지나가는 희열"(162)이며, 그의 감각을 자극하는 모든 사태는 인과관계나 관련성이 전혀 없는 각기 분리된 별개의 현상일 뿐이다.

와일더의 신체적 경험들은 각각 단절된 개별적인 반응이라는 점 이외에도 철저히 자신의 내부에 유폐된, 타자와의 소통이 불가능한 상태라는 특징을 가진다.[4] 즉 그것은 언어 사용 이전의 반응이므로 타자와 의미를 공유하거나 감정적 상호작용을 가능하게 해 줄 매체medium가 끼어들 여지가 없다. 실제로 와일더는 어느 날 오후 2시에 까닭 모르게 갑자기 울음을 터뜨리더니 그 후 약 7시간 동안 줄곧 울어댄다. 부모가 온갖 방법으로 달래보기도 하고 걱정이 되어 의사에게 데려가 진찰도 받아보지만, 그는 울음을 그치지 않고 또 그 울음의 원인을 밝혀 낼 도리도 없다. 마침내 그 아이가 갑자기 울음을 그쳤을 때 잭과 배비트는 아이가 어떤 신비롭고 신성한 초월적인 경험을 하고 돌아온 것처럼 느낀다. 부부는 와일더가 어른 세계에서의 복잡하고 번민에 찬 일상에서는 결코 경험할 수 없는 어떤 숭고한 장소를 여행하고 돌아온 것은 아닐까라고 짐작한다(79). 하지만 와일더의 울음의 동기와 의미는 철저히 아이의 내면에 차단된 채 소통이 불가능한 상태로 남아 있다.

---

3) 이후 이 장에서 『화이트 노이즈』(*White Noise*)로부터의 인용은 쪽수만 표기함.

4) 노양진은 인간도 다른 모든 유기체와 마찬가지로 "자신의 경험 안에 유폐된incarcerated 존재"여서 한 개인이 다른 사람과 경험을 공유할 수 없으며, 철저히 자신의 경험 안에 갇혀 있다고 주장한다. 노양진, 『몸이 철학을 말하다』, p. 268 참조. 개인의 원초적 유폐 상태는 신체적・자연적 경험 영역에 우선적으로 적용되는 것이 마땅해 보인다. 그러한 유폐 상태를 극복하기 위한 유일한 방법은 기호(언어나 상징)를 사용해서 다른 사람들과 소통을 시도하는 것이다.

와일더에게서 관찰되는 자연적 경험의 유폐성을 보다 더 극적으로 보여 주는 예는 소설의 마지막 장에서 그가 세발자전거를 타고 고속도로를 횡단하는 장면에서 제시된다. 와일더의 세발자전거 질주는 죽음 불안이 우리의 의식 속에 생겨나기 이전의 경험 양상이다. 하지만 테크놀로지와 문명이 야기한 죽음의 위협이 우리의 일상생활 속에 편재해 있음을 알고 있는 어른들에게는 그 아이의 행위는 절박한 위험을 의미한다. 와일더는 세발자전거를 타고 마을길의 막다른 곳ㅡ안전과 위험, 삶과 죽음을 가르는 경계에 해당하는 구분선인 데스 엔드death end ㅡ에 이르러 주저 없이 가드레일을 지나 고속도로 속으로 들어간다. 실제로 드릴로는 고속도로를 "광대한 리본 모양의 모더니스트 흐름"으로 그리고 그곳의 운전자들을 "고속도로의 돌진하는 의식"이라고 표현한다(307). 오로지 자신의 앞만 응시하며 신나게 페달을 밟는 와일더는 그러한 근대적 테크놀로지의 위험을 전혀 인식하지 못한다.

세계와 오로지 신체적 작용으로만 반응하는 와일더에게는 세발자전거로 고속도로를 횡단하는 것이 아마도 단지 짜릿한 쾌감일 것이다. 반면에 근처 주택의 이층 현관에서 그 상황을 목격하는 두 명의 나이든 여인들은 그것을 긴박한 위험이라는 기호적 의미로 해석한다. 두 여인 중 한 명이 절박한 목소리로 "헤이, 애야, 안 돼"라고 소리치며 주변에 구조에 나설 어떤 사람이 있는지 찾아보지만 와일더는 그들의 외침을 인지하지 못하며, 고속으로 운행하는 온갖 종류의 자동차들 사이를 아슬아슬하게 지나쳐 고속도로를 가로질러 간다(306). 그 여인들은 입을 크게 벌린 채 그 상황이 "아침 텔레비전 만화 영화의 인물처럼 빛이 바랜 푸른색과 노란색의 장난감 위에서 페달을 거꾸로 밟아 그 장면이 되감아지기를"(306-07) 간절히 바랄 뿐이다. 매체에 의해 그들의 의식 속에 고착화된 기호적 패턴이 현실 인식을 통제하고 있는 것이다.

한편 도로상의 운전자들은 그 상황을 미처 파악하거나 이해할 겨를이 없다. 안전띠로 좌석에 몸을 동여맨 자세에서 주행 중인 운전자들은 그 사태를 고속도로 상에서 일어날 수 있는 상황으로 인식하지 못한다. "속도 속에 감각이 있고, 표지판signs과 도로의 패턴 그리고 영점 일 초의 찰라 속에 생명이 있는" 운전자들에게 와일더는 다만 스쳐가는 "조그마한 얼룩"으로 인식될 따름이다(307). 그러한 상황에서 인간의 언어는 복잡한 의도와 정교한 의미를 표현하기 위한 수단으로 작용하지 못한다. 여인들은 "멈춰, 가지 마. 안 돼, 안 돼" 등의 외국인들이나 사용할 수 있는 '단순한 표현들'을 외쳐댈 따름이며, 간발의 차이로 와일더를 스쳐지나가는 운전자들도 급박한 '경적'과 외마디 '꾸짖음'으로 대응할 수 있을 뿐이다(307).

자연적 경험 상태에서 모든 유기체는 세계를 예측 불가능한 사태들로 직면한다. 인간은 지식과 테크놀로지를 개발하여 그 사태들에 대한 예측 가능성과 삶의 안정을 확보하려 하지만, 아이러니컬하게도 그것의 과도한 발달은 인간에게 새로운 종류의 불안을 가져다준다. "칼리지-온-더-힐"(the College-on-the-Hill)의 교수이자 포스트모던 문화와 정신성에 대한 냉소적인 비평가인 머레이 시스킨드Murray Jay Siskind는 테크놀로지의 발달이 진행될수록 죽음이 "그 폭과 영역, 새로운 배출구, 새로운 활로와 수단을 확보해 가며, 우리가 더 많이 배울수록 죽음은 더욱 증가하고 …… 지식과 기술의 모든 진보는 그에 따르는 새로운 종류의 죽음과 새로운 억압을 초래한다"(145)고 주장한다.

포스트모던 사회에서 개인이 대부분의 일상적 사태들을 기호적으로 경험하게 되면서, 그 경험 내용 속에는 혼란과 죽음 불안이 스며든다. 우리가 자연 현상에 대한 지식을 늘려가고 삶의 불확실성을 줄여갈수록, 그 궁극에서 맞닥뜨리는 것은 죽음이라는 가장 불확실하고 두려운 자연 현상이다. 한편 환경으로부터의 위험을 전적으로 테크놀로지를 통해서 예측하고 극복하려는 근대적 시도는 주어진 환경에 순응하려는 원시적 태도보다도 심리적 긴장감과 지적 혼란을 더욱 가중시킨다. 개인은 일상생활에서 직면하는 모든 사태에 대해 무수한 해석 가능성을 갖게 되며, 그중 어떤 해석이 자신의 생존과 안전에 더 유리한 것인지를 찾아내고 결정하는 것이 그를 힘들고 지치게 한다. 드릴로는 잭과 배비트의 테크놀로지 의존적인 삶 속에서 발생하는 그러한 심리적 불안과 지적 혼란을 부각한다. 더불어서 그는 기호적 경험의 과잉속에서 방향 감각을 상실한 그들의 삶의 양상과 그에 대한 반작용으로 생겨나는 자연적 경험에 대한 억압된 욕구를 탐색한다.

와일더의 행동 양상은 의식과 언어 이전의 감각적 경험 상태, 즉 불안이라는 심리적 기제가 생겨나기 이전의 존재 상태를 구체화한다. 반면에 잭과 배비트의 삶의 바탕에는 혼란과 불안이 내재되어 있으며, 그들의 일상은 그 혼란을 극복하고 불안을 떨쳐내기 위한 분투에 가깝다. 와일더의 의붓아버지인 잭은 그 아이의 존재 양상에 대해 특별한 호감과 관심을 가진다. 시름 없이 잠들어 있는 아이의 모습은 잭에게 언제나 마음의 위안—일상의 불안 특히 죽음 불안으로부터의 일시적인 해방감—을 주며, "무아지경과 영적으로 확장된 느낌"(149)을 갖게 한다.

> 나는 와일더와 함께 있을 때는 항상 기분이 좋아지죠. 그것은 그 아이가 쾌감에 대한 집착이 없기 때문이 아니겠어요? 욕심내 움켜쥐지 않으면서도 이기적이고, 전혀 얽매이지 않고 자연스러운 방식으로 이기적이지요. 그가 어떤 물건을 놓아 버리고 다른 것들을 붙잡는 방식에는 무언가 경이로운 게 있어요. 나는 다른 아이들이 특별한 순간이나 기회를 충분히 즐기지 못할 때 안타까움을 느끼죠. 그들은 간직되어야 하고 음미되어야 할 것들을 흘려 보내버린단 말입니다. 반면에 와일더가 그런 것들을 받아들이고 즐길 때면 나는 거기에서 천성적인 기운을 느끼거든요. (198-99)

그 부부는 와일더가 자신들에게 마음의 평화와 위안을 가져다준다는 사실에

서로 동의하며, 그 아이의 경험 방식에는 "뭐라고 꼬집어서 말할 수 없는 무언가 더 크고 숭고한 어떤 것"(199)이 깃들어 있다고 생각한다. 와일더가 세계를 경험하는 방식에서 느끼는 숭고함은 그들이 문명화되고 어른이 되면서 잃어버린 자연적 경험 방식일 것이다. 그것은 포스트모던 사회의 복잡함을 벗어나서 목가적 단순함을 지향하는 문명인의 욕구와도 연결되며, 기호적 경험에 얽매인 어른들이 느끼는 어린 시절의 자연적 경험 상태, 즉 의식이 분화되기 이전의 통일된 자아에 대한 향수일 수도 있다.

지적으로 성숙한 어른이 겪는 기호적 경험에는 생존에 대한, 더 정확히 말하면 죽음에 대한 지속적인 불안이 그 바탕에 자리 잡고 있다. 인간이 생존에 대한 불안을 극복하기 위해서 문명을 시작하게 되었는지 아니면 문명의 시작과 더불어 불안이 생겨났는지는 확실하지 않지만, 문명과 불안의 심리적 상호 작용은 우리의 근본 존재 조건에 뿌리내린 것처럼 보인다. 잭의 동료 교수로서 "미국 환경 학과"(the American Environments Department)에 소속된 시스킨드는 잭에게 불안뿐만 아니라 "고통과 죽음, 현실 등 그 모든 것들이 비자연스러운 것"(276)이라고 주장한다. 그는 우리가 그처럼 불안하고 고통스러운 현실을 직시하고 대처할 용기가 없기 때문에, 게다가 삶에 관해 너무나 많은 지식을 가지게 되었으므로, 그 불안에 대한 반응으로 "억압과 절충, 위장에 의존"(276)하려 한다고 본다. 그것이 인간 종의 "생존 방식"이 되었으며, 역설적으로 인간의 "자연스러운 언어"가 되었다는 것이다(276).

잭에게는 그와 같은 자신의 내적 불안을 위장하고 그것에 타협하려는 경향이 와일더에 대한 강렬한 호감과 이끌림으로 나타난다. 기호적 경험의 위력에 의해 얽매이고 압박당하는 잭은 와일더의 자연적 경험을 바라보면서 위안과 해방감을 느끼는 것이다. 시스킨드는 잭이 와일더에게서 그처럼 위안을 경험하는 이유가 그 아이에게서 "완벽한 자아"(276)의 상태를 발견하기 때문이라고 설명하며, 그 아이가 죽음 불안으로부터의 자유로운 상태에 있음을 느끼기 때문이라고 판단한다. 더 나아가서 시스킨드는 뉴욕과 같은 웅대한 문명이란 것도 다름 아닌 죽음 불안을 감추고 억압하기 위한 "찬란한 핑계거리이고 위대한 도피"(276)일 따름이라고 결론짓는다. 요컨대 잭이 와일더에 대해 깊은 애착을 갖는 이유는 그 아이가 기호적 경험에 의한 심리적 혼란으로부터 벗어난 상태, 즉 신체적 경험의 원초적인 유폐 상태에 머물러 있기 때문이다.

기호적 경험에 대한 거부감이 몸에 대한 왜곡된 반응을 불러일으키기도 한다. 죽음 불안에 대응하려는 심리가 죽음의 실제 대상물인 자신의 몸에 대한 과도한 관심을 불러일으키는 것이다. 그러한 반응은 보다 정확히 말하면 죽음 자체에 맞서서 그것을 극복하려는 시도라기보다는 죽음에 대한 불안감에서 도피하려는 욕구이다. 잭의 의붓아들인 하인리크Heinrich의 친구 오레스트Orest Mercator는 죽음에 정면으로 맞서려는 의도에서, 혹은 죽음이라는 사태에서 불안감을 느끼지 않기 위해서 왜곡된 용기로 그것에 대응한다. 그는 기네스 세계 기록을 깨기 위해서 실제적인 죽음 위협인 독사들로 가득 찬 우리에 앉아 최대한 오래 버티는 것에 도전한다(174). 직면한 죽음에 어떤 심리적 개입도 허용하지 않은 채, 그 위협에 오로지 맨몸으로 맞서서 그것을 극복하려고 시도하는 것이다. 바꾸어 말하면 그는 독사를 죽음에 대한 위협이라는 기호로 인식하는 데서 생겨나는 불안을 제거하고 그 행위를 순수한 신체적 경험으로 직면하려고 시도한다.

흥미로운 점은 드릴로가 오레스트를 특이한 인물로 묘사하는 듯하면서도 정작 그의 정체성을 보편적인 만인으로 규정한다는 것이다. 오레스트는 "히스패닉이거나 중동인일 수도 있고, 중앙 아시아인이거나 피부색이 짙은 동유럽인일 수도 있으며, 피부색이 옅은 흑인일 수도 있고 …… 사모아인이거나 북미원주민일 수도 있으며, 세파딕 유대인Sephardic Jew일 수도 있다"(198). 드릴로는 우리 모두가 한편으로 죽음 불안에 시달리면서도 다른 한편으로는 그것을 의도적으로 외면하고 있다고 본다.

또한 오레스트는 몸에 부여된 그 어떤 기호적 의미 해석도 거부하고 자신의 몸을 오로지 물질적인 작용으로 대하려고 시도한다. 그가 음식을 먹는 목적은 단지 독사 우리에서 버터낼 에너지원이 될 탄수화물을 섭취하기 위함이다. 그는 "공기역학적인 원칙에 의해서 음식물을 흡입하며 …… 그의 혀를 타고 미끄러져 넘어가는 각각의 전분 덩어리가 그의 자기 중요성을 증가시킨다"(253). 게다가 그는 자신의 몸에 대해서 뿐만 아니라 다른 사람의 몸에 대해서도 기호적 의미를 완전히 배제한 채 대하려고 한다. 그는 "누군가의 얼굴을 힘껏 맨주먹으로 가격하여 그것이 어떤 느낌인지를 알아보고 싶다"(198)고 말한다.

잭도 역시 몸을 어떠한 기호적 의미 해석의 여지도 없는 순수한 신체적 작용으로 경험하려는 욕구를 가지고 있다. 그는 우리가 취하는 대부분의 단순한 몸동작조차도 무한히 열린 해석 가능성을 내포하는 복잡한 기호 작용으로 인식될 수 있음을 알고 있다. 그는 역시 의붓딸인 12살 된 데니스Denise가 침대 끝자락에 팔을 접어서 베고 누워 있는 모습을 바라보며 "얼마나 많은 암호codes와 역암호countercodes, 사회적 역사들이 이 단순한 자세 속에 내포되어 있는가?"(62)라고 생각한다.

이처럼 몸을 복잡한 기호로 인식하는 데 대한 반작용으로 잭은 때때로 자신의 몸동작을 순수한 신체적 작용으로 느끼고 싶어 한다. 그는 신경화학 분야의 연구원인 위니Winnie Richards를 만나기 위해서 숨이 헐떡거릴 정도로 달려서 그녀를 쫓아간다. 그녀를 뒤쫓아 달려가는 동안 잭은 달리기 동작으로부터 "새로운 포맷에서 [자신의] 몸을 인식하고 …… [자신의] 발아래 세계가 단단한 표면으로 갑작스럽게 와 닿는 것을"(177) 느낀다. 이어서 그는 속력을 높이면서 자신의 몸을 "떠가는 부피"로 그리고 "위로, 아래로"의 단순하고 반복적인 움직임으로 경험한다(177). 다음번에 위니를 뒤쫓아 갈 때도 잭은 달리기라는 행동으로부터 느껴지는 오로지 물질적이고 신체적인 감각에 집중한다.

나는 거의 즉시 이상하게 고양되는 느낌을 경험했는데, 그것은 잃어버린 쾌감의 회복을 나타내는 상쾌한 전율이었다. …… 나는 거리낌 없는 동작으로, 바람을 가르며, 가슴을 내밀고, 머리를 치켜든 채 팔을 세차게 휘저으며, 힘껏 최대로 빨리 내달렸다. …… 널찍한 통로에 이르렀을 때 나는 숨을 헐떡이고 있었다. 위니는 어디에도 보이지 않았다. 나는 교수용 주차 공간을 통과해서, 견고하고도 근대적인 교회 건물을 지나, 행정 본부 건물을 돌아서 달렸다. 키가 큰 나무의 앙상한 가지들로부터 삐걱거리는 바람 소리가 이제 들리기 시작했다. 나는 동쪽으로 달리다가 마음을 바꿔, 멈춰서서 주위를 둘러보았고, 자세히 보기 위해서 안경을 벗었다. 나는 달리고 싶었고 달릴 각오가 되어 있었다. 나는 최대로 빨리 달리고 싶었고, 밤새도록 달리고 싶었으며, 내가 왜 달리고 있는지를 잊기 위해서 달리고 싶었다. …… 나는 그녀가 너무 멀어졌고 언덕 능선으로 사라져 수 주 동안 나타나지 않을 수도 있다는 것을 알아차리고 다시 달리기 시작했다. 나는 마지막 경사지를 치달려 오르는데 젖 먹던 힘까지 쏟아 부었다. 콘크리트 바닥과 풀밭, 그리고는 자갈밭을 내달리는 동안 양쪽 폐는 가슴속에서 타 들어가는 듯했고, 양쪽 다리에는 지구가 끌어당기는 듯한 무게감이 느껴졌으며, 지구가 내리는 가장 본질적이고도 뚜렷한 판결은 추락하는 몸의 법칙이었다. (215-16)

잭이 따라잡기 위해서 달리고 있는 위니는 인간과 세계를 분석적으로 탐구하는 신경화학 분야의 전문가이다. 즉 그녀는 최첨단 생명공학의 선도자이다. 잭은 죽음 불안을 해결해 준다는 다일러Dylar라는 의심스러운 의약품에 대한 정보를 얻기 위해서 그녀를 만나려는 것이다. 잭이 위니를 추적하는 모습은 한편으로 인간이 삶의 문제들을 해결하기 위해서 숨 가쁜 속도로 테크놀로지를 추구하는 상황을 상징적으로 극화하지만, 다른 한편으로는 그가 위니를 쫓아가고, 두리번거리며 찾고, 다시 맹렬히 뒤쫓아 뛰어가는 모습은 아이러니컬하게도 원시인이 사냥감을 쫓아가는 행동을 상기시킨다. 잭은 달리기가 근본적으로 환원적이고 기호적인 접근 방법으로 습득되는 것이 아니라 본능적으로 체득된 동작임을 새삼스럽게 느낀다. 몸의 경험 자체는 기호화 이전 단계의 경험이기 때문이다.

강력한 신체적 경험의 경우로 잭은 달리기 이외에도 음식을 먹는 본능적 행위에 대해서도 특별한 관심을 표명한다. 그는 어느 날 저녁 그가 사는 블랙스미스Blacksmith 마을 근처에 위치한, UFO가 자주 목격된다는 "중립 지대"(no man's land, 220)에서[5] 가족들과 함께 허기진 채 어두운 차안에서 치킨을 사서 먹는다.

> 우리[잭의 가족]는 빛과 공간을 필요로 하지 않았다. 우리는 식탁에서 얼굴을 마주하고 식사할 때처럼 상호 교차하는 신호signals와 규칙codes의 복잡한 네트워크를 구성할 필요가 전혀 없었다. 우리는 각자의 손의 불과 몇 인치 앞만 바라보면서 한 방향으로 앉아서 먹는 데 만족했다. …… 모두들 강렬하게 집중하는 심리 상태에서 마음은 단 한 가지 압도적인 생각에 몰두해 있었다. 나는 엄청나게 배가 고프다는 것을 자각하고 놀랐다. 나는 불과 몇 인치 앞 내 손만을 응시한 채, 씹고 삼켰다. 굶주림은 이런 방식으로 세계를 수축시킨다. 이것이 관찰할 수 있는 음식의 우주이다. …… 우리가 먹기를 끝마쳐 가자 인식의 물리적 영역이 확장되기 시작했다. 음식물에 의한 경계선이 더 넓은 세계에 자리를 내주었다. 우리는 [비로소] 각자의 손 너머를 보았다. 유리창을 통해서 밖을 보았고, 자동차들

---

5) "no man's land"는 적대적으로 대치하는 두 집단 간의 충돌 위험성에 의한 두려움이나 불확실성 때문에 설정된, 소유나 점유가 금지된 중립 지대를 의미한다.

과 불빛을 보았다. (220-23)

잭의 가족들은 어떤 행성의 황야를 연상시키는, 대립하는 인간 욕구들 사이의 완충 지대에서 원시적인 신체적 욕구를 경험한다. 음식물 섭취가 잠시 중단되는 사이사이에 진행되는 그들의 대화는 우주, 우주비행사, 중분자heavy molecule, 아인슈타인 등의 과학적인 용어들과 대륙 간 탄도 미사일이나 자동차의 상표, 기상weather 등과 같은 일상적인 내용들, 그리고 UFO 목격 사건과 같은 비실재적인 소식 등이 뒤섞인 소재에 관한 것이다. 그리고 마침내 "일종의 엄격함이 깃든 상태"(221)에서 음식물을 섭취하는 신체적 경험이 끝나고 배가 채워지자, 잭 부부에게는 사소하고 부질없는 걱정거리가 다시 머릿속을 채우고 그 걱정을 떨쳐버리기 위해서 배비트는 거듭 UFO 이야기를 꺼낸다. 그녀가 "UFO를 목격하는 일이 왜 주의 북쪽 지역upstate에서 항상 발생하는가"라고 질문하자 데니스는 "산들이 북쪽 지역에 위치해 있기" 때문이라고 대답하며, 이어서 잭의 7살 된 딸인 스테피Steffie가 그렇다면 "왜 산들은 북쪽 지역에 위치해 있는가?"라고 묻자, 데니스는 눈 녹은 물이 도시 근처로 흘러갈 수 있도록 하기 위함이고 바로 그러한 이유 때문에 모든 도시들이 주의 남쪽 지역에 위치해 있다고 대답한다(224).

다분히 비논리적이고 모순적인 데니스의 대답을 듣고 잭은 그 대답이 일리가 있는 말인지 혹은 얼토당토않은 소리인지에 대해 혼란스러워 하며, 그 주장의 옳고 그름을 판단할 수 없게 된다. "중립 지대"에서의 잭 가족의 경험에 관해서 분명한 사항은 신체적 욕구에 의한 자연적 경험을 바탕으로 해서 그 사이사이에 지적·기호적 대화들이 끼어들고, 마침내 신체적 욕구가 충족되고 나면 정서적 불안감이 그들의 의식을 지배한다는 사실이다. 그리고 그들의 모든 지적·기호적 사고는 부정확하고 모순적이며, 그들의 정서는 혼란스럽다. 요컨대 그들의 삶은 무의미하지만 확실한 자연적 경험의 토대 위에 의미를 지향하는 복잡한 기호적 경험들이 형성되는 상태에 있다.


## 3. 기호적 경험과 죽음 불안

잭과 배비트는 소비 중심적이고 테크놀로지 의존적인 삶으로부터 야기되는 공허감과 불안을 극복하기 위해서 자신들의 생활을 기호적 체계화를 통해 재구성하려고 시도한다. 하지만 다시 기호적 경험으로부터 유발되는 불안과 혼란이 오히려 가중되고, 궁극적으로 그것들은 죽음 불안이라는 하나의 귀결점으로 모아진다. 드릴로는 우리가 테크놀로지에 의해서 유발되는 죽음 불안을 극복하기 위해서 삶을 기호적으로 재구성하려 하다는 사실을 지적한다. 잭과 시스킨드는 칼리지-온-더-힐 캠퍼스에서[6] "소크라테스적 산책"(269)을 하면서 죽음 불안의 근원과 그것에 대처하기 위해 우리가 시도하는 여러 가지 방법들에 대해서 토론한다. 시스킨드는 우리가 세계를 이해하기 위해서나 삶에 의미를 부여하기 위해서는 기호적 경험에 의존할 수밖에 없음을 역설한다.

우리는 혼돈과 무의미한 지껄임 속에서 삶을 시작하죠. 성장하고 세상 속으로 들어오면서 우리는 형태와 계획을 고안하지요. 거기에는 존엄성이 깃들어 있고요. 당신의 전 생애가 플롯이고, 기획이며, 도표인 셈이죠. 그

---

6) 미국의 전형적인 교외 소도시town인 블랙스미스 마을이나 그곳에 위치한 칼리지-온-더-힐 대학은 자연과 인공이 기묘하게 어우러진 곳이다. 소설의 주요 인물들은 대형 슈퍼마켓과 온갖 상품들로 채워진 집을 주된 생활공간으로 삼지만, 그들은 여전히 테크놀로지에 의해서 잠식된 채 이제 그 자투리만 남아 있는 자연의 요소들을 찾아가서 경험하려 한다. 언덕 위 일몰 장면에 모인 주민들이나 대학 캠퍼스를 산책하는 잭과 시스킨드가 그 대표적인 예이다. 잭과 시스킨드가 산책하는 지역은 "삼목 널빤지 지붕을 가진 콘도미니엄들이 숲 속에 익숙한 방어 자세를 취하며 서 있고, 새들이 판유리 창으로 계속해서 날아드는 환경과 잘 어우러진 주거지역"(269)이다.

것은 실패로 돌아가는 기획이지만 그건 중요한 게 아니고요. 플롯을 구성한다는 것은 삶을 긍정하는 것이고 형태와 통제를 모색하는 것입니다. 심지어 죽은 후에도 아니 오히려 사후에 가장 구체적으로 그러한 모색은 계속되죠. 매장 의식Burial rites은 제식ritual을 통해서 그 설계를 완성하려는 시도로 볼 수 있어요. 국장state funeral을 머릿속에 그려보세요, 잭. 그것은 철저한 정확성과, 세세한 절차와, 질서정연함과, 면밀한 설계를 통해서 행해지거든요. …… 국민들은 불안에서 벗어나고, 죽은 자의 일생은 회복되며, 삶 자체가 강화되고 재확인되는 거죠. …… 플롯을 설정하는 것, 무언가에 목표를 설정하는 것, 시간과 공간에 형태를 부여하는 것. 그것이야말로 우리가 인간 의식의 예술을 진보시키는 방법입니다. (278)

시스킨드가 반복적으로 강조하는 형태shape, 계획plan, 플롯plot, 기획scheme, 도표diagram, 설계design 등의 개념은 확연히 인간 고유의 지적 기능에 의한 것이며, 삶에 의미와 질서를 부여하는 행위이고, 그 진보가 인간 의식의 향상을 뜻한다. 즉 그것은 기호적 경험의 전형적인 특징이며, 그 결과는 문명과 테크놀로지로 구현된다.

나아가서 인간의 기호 사용 능력은 도구 사용 능력과 일치하며, 그것은 곧 테크놀로지의 개발을 의미한다. 포스트모던 석학처럼 행세하는 시스킨드는 기호적 구현물인 테크놀로지가 인간의 삶을 상호 모순된 양쪽 방향으로 이끄는 작용을 한다고 본다. 그는 테크놀로지가 인간의 생활을 현재와 같은 모습으로 진보시켰지만, 동시에 그것이 오늘날 인류가 처한 곤경의 주요 원인이 되었다고 주장한다. 다분히 냉소적인 시각을 가진 그는 테크놀로지가 한편으로 인간에게 "불멸에 대한 욕망을 심어주면서" 다른 한편으로는 "우주적 멸망 가능성으로 위협하기도" 한다고 말한다(272). 그는 테크놀로지가 새로운 장치와 기술들을 계속해서 개발해냄으로써 "인간의 생명을 연장해 주고 낡은 신체 기관을 새로운 기관으로 대체해"(272) 줄 수 있으므로 잭에게 그것을 믿고 의존하라고 냉소적으로 권고한다. 시스킨드의 이론에 따르면 생명과 죽음은 자연 현상이자 법칙인데, 테크놀로지가 그러한 자연 법칙에 개입하여 그 질서를 깨뜨리고 인간에게 불멸의 욕망을 심어준다는 것이다.

시스킨드가 기호적 경험에 관해 이론을 전개하는 인물이고 위니가 테크놀로지를 구현하는 인물인 데 비해서, 배비트는 그것을 삶 속에서 체화하는 인물이다. 철저히 인위화되고 소비중심적인 환경 속에 매몰된 삶을 사는 배비트는 죽음 불안에 대처하려는 반응으로 그녀의 주된 생활공간인 부엌에 기호적 의미를 부여한다. "항상 긴장되어 보이고, 무엇인가에 관해 걱정을 하고 있는 것처럼 보이는" 배비트는 "삼성급 레스토랑에나 있을 법한 스토브를 갖춘" 거대한 "부엌에 그녀의 모든 활력을 쏟아 붓는다"(95). 그러나 잭의 12살 된 딸 비Bee가 보기에, 배비트의 부엌은 요리를 하기 위한 공간이 아니라 "그녀의 중년의 삶" 자체이며 "위기를 돌파하기 위한 일종의 기이한 상징"이다(95). 배비트는 세계와 몸을 기호화함으로써 그것들을 통제할 수 있다고 믿는다.

나는 모든 것이 교정가능하다고 생각해요. 올바른 태도와 적절한 노력을 기울이면 누구든 어떤 해로운 것을 가장 단순한 부분으로 환원함으로써 reducing 그 상태를 변화시킬 수 있어요. 당신은 목록을 만들 수 있고, 범주를 발명할 수 있으며, 도표와 그래프를 고안할 수 있어요. 그것이 내가 학생들에게 서 있기, 앉기, 걷기를 가르치는 방식이죠. 하지만 나는 당신이 이런 주제들이 너무나 명백하면서도 애매하고 일반화된 것이어서 구성요소들로 환원될 수 있다고 생각하지 않는다는 것을 알고 있어요. 나는 그다지 창의력이 풍부한 사람은 아니지만 사물들을 분석하여 분리하고, 구분하는 방법은 알고 있어요. 우리는 자세를 분석할 수 있어요. 우리는 먹는 행동과 마시는 행동, 숨 쉬는 행동을 분석할 수 있어요. 달리 그밖에 우리가 어떻게 세계를 이해할 수 있다는 말인가요. 그게 내가 세계를 바라보는 방식이에요. (182-83)

잭은 달리기나 먹기와 같은 인간의 신체적 활동을 자연적 경험의 차원에서 인식하려고 시도 한다. 반면에 배비트는 그러한 활동을 철저히 기호적 경험으로 치환하여 분석적으로 이해하려고 한다. 배비트의 사고는 현대 과학 기술의 모태가 된 데카르트의 형이상학적, 기호적, 환원적 이해 방식을 대변한다. 그녀는 생명과 죽음, 몸과 마음의 존재 상태를 이원론적이고 기호적인 방식으로 접근하여 이해하고, 그 근원적인 문제들을 테크놀로지의 힘에 의존하여 통제하려 한다. 그녀는 생화학 테크놀로지 산물인 다일러라는 미인가 의약품에 의존해서 죽음 불안을 제거하려고 필사적으로 애쓰는 인물이다.

　테크놀로지의 신봉자인 배비트는 기호 사용을 통해서 혼돈 상태의 자연과 삶에 안정과 의미를 부여하려고 시도하지만, 아이러니컬하게도 그러한 시도 자체가 다시 죽음 불안을 야기하고 심화시킨다는 사실을 간과한다.[7] 기호를 사용하고 테크놀로지를 개발하는 능력을 통해서 인간은 세계를 개념적으로 이해하고 재구성한다. 인간이 세계를 대하는 그러한 방식은 언어적 관점에서 보면 은유의 사용을 의미하며, 윌리엄스William Carlos Williams의 표현을 빌려오면 "사람들과 돌멩이를 화해시키려는" 시도로서 "구성하고"(Compose), "발명하는"(Invent) 행위를 뜻한다.[8] 나아가서 그것은 하이데거Martin Heidegger

---

[7] 테크놀로지가 인간 정신에 끼치는 영향력에 대해서 모지즈Michael Valdes Moses는 "테크놀로지의 더 큰 위험은 물리적 차원이 아니라 형이상학적 차원에서이다"(71)라고 주장한다.

[8] "A Sort of a Song": Let the snake wait under/ his weed/ and the writing/ be of words, slow and quick, sharp/ to strike, quiet to wait,/ sleepless./ —through metaphor to reconcile/ the people and the stones./ Compose. (No ideas/ but in things) Invent!/ Saxifrage is my flower that splits/ the rocks.

가 인간을 테크놀로지적 존재로 규정한 것과도 맥락을 같이한다. 하이데거는 인간이 어떤 조건에 처해 있든지 간에 "테크놀로지에 의해서 속박되어 있다"(4)고 보며, 테크놀로지는 인간이 어떤 목적을 얻기 위해 사용하는 단순한 수단이 아니라 인간 존재 양상의 표현이라고 주장한다.9)

　　『화이트 노이즈』의 모든 주요 인물들의 삶은 테크놀로지의 힘에 절대적으로 의존하고 있을 뿐만 아니라 그로부터 야기된 죽음 불안에 얽매여 있기도 하다. 특히 첨단 테크놀로지의 선도자인 위니가 삶과 죽음을 정의하는 방식은 테크놀로지에 대한 하이데거의 이해 방식인 '틀에 끼워넣기' 개념을 그대로 차용하는 듯하다. 그녀는 우리의 죽음 불안이 삶을 인식하기 위해서 "필요로 하는 경계선" 혹은 "삶에 소중한 질감을 부여하는" 경험이라고 본다(217). 그녀는 잭에게 "당신이 살아서 하는 그 어떤 일이 당신 의식 속에 상존하는 최종 선, 즉 경계선이나 한계에 대한 지각이 없이 아름다움이나 의미를 가질 수 있나요?"(217)라고 묻는다. 인간은 세계와 삶을 기호적으로 인식함으로써, 즉 그것을 죽음 의식의 인식 틀에 끼워 넣어 경계 짓고 재구성하고 정의함으로써만 비로소 그 의미를 이해할 수 있다는 것이다.

　　테크놀로지에 의해서 재구성된 환경 속에서 생활하는 블랙스미스 주민의 삶에서 도덕적 혼란과 심리적 불안을 야기하는 주된 원인은 기호적 경험의 과잉과 이에 대비되는 자연적 경험의 위축과 왜곡에 있다. 자연적 경험의 왜곡은 테크놀로지가 자연 환경은 물론이고 인간의 몸과 정신의 영역에까지

---

9) 하이데거는 테크놀로지의 본질을 "enframing"(틀에 끼워넣기, 구성, 구상)의 개념으로 설명한다. 그는 우리가 세상에 존재하는 어떤 사물을 보고 이해하기 위해서는 그것을 가능하게 해 주는 유일한 방식인 '틀에 끼워넣기'를 필요로 한다고 주장한다. 그러한 행위는 곧 사물에 질서를 부여하는 방식을 의미하며, 그것에 의해서 사물이 우리에게 어떻게 보여지는지가 결정된다. '틀에 끼워넣기'는 현대 테크놀로지의 본질을 지배하는 '드러내 보이기'(revealing)의 방식과 관련된다. 하이데거는 '틀에 끼워넣기'와 '드러내 보이기'를 통해서 주체적 인간이 자신의 외부에 있는 모든 것들을 그의 의식을 통해서 지배하려는 태도를 취한다고 본다(William Lovitt, "Introduction" xxix).

깊숙이 침투하여 그 본래의 기능을 변형시키는 데서 비롯된다.[10] 인간의 생각과 감정을 변형시키는 테크놀로지의 위력은 제2부 「대기중 유독물질 유출 사건」에서 구체적으로 묘사된다. 대기 중에 유출된 나이오딘 D라는 물질은 주민들의 생명에 직접적인 해가 되는 유독물질이다. 더 나아가서 그 물질은 전례 없이 강렬하고 오래 지속되는 "포스트모던 저녁노을"(216) 현상을 야기해서 주민들에게 일종의 왜곡된 경이감과 두려움을 동시에 불러일으킨다. 그 결과 사람들은 그 특이한 저녁노을이 어떤 불가사의한 의미를 계시하는 기호적 현상인지 혹은 단순히 아름다운 자연 현상인지를 파악할 수 없다. 또한 그들은 그것이 영구적인 현상이어서 자신들이 점차 "적응하게 될 차원의 경험"(308)인지 혹은 단지 대기의 일시적인 특이 현상인지에 대해 심각한 인식의 혼란 상태에 빠진다. 그들은 저녁노을이 자연 현상인지 테크놀로지 현상인지를 구분할 수 없으며, 그것을 바라보는 자신들의 행위가 자연적 경험인지 기호적 경험인지도 분별할 수 없다.

인간의 인지 기능을 혼란시키는 테크놀로지의 영향력은 블랙스미스 마을 대부분 주민들의 방향 감각을 잃은 일상생활과 그들의 불안정한 심리 상태에서 드러난다. 인지 과학의 어설픈 지식을 습득한 하인리크는 자신의 실제 존재 상황과 아직 입증되지 않은 과학적 가설을 구분하지 못한다. 그는 인간의 모든 의식 작용을 "왕래하는 신호들, 대뇌피질의 전기적 에너지 등과 같은 뇌 화학의 문제"(45)로 보며, 자신의 기본적인 의지나 일상적인 행동조

---

10) 하이데거는 테크놀로지가 인간에게 허구적인 존재 의식 혹은 비실재적인 환상을 강요한다고 본다. 그는 테크놀로지가 인간에게 가하는 "위협은 잠재적으로 치명적인 기계나 장치들로부터 오는 것이 아니다. 테크놀로지의 실질적인 위험은 인간의 본질에 이미 영향을 끼쳤다. …… [테크놀로지는] 더 근원적인 진리의 외침call을 경험하지 못하도록 할 가능성으로 인간을 위협한다"(28)고 주장한다. 기호적 경험의 압도적인 영향력에 의해서 자연의 일부로서 인간의 근본적 존재 상태를 경험할 수도, 이해할 수도 없게 된다고 보는 것이다.

차도 결코 자기 스스로 실행할 수 없다고 주장한다.

테크놀로지에 의해서 인위화된 환경 속에서 생활하는 블랙스미스 주민들에게는 자연에 대한 집적적인 접촉이 거의 모두 차단되고 대신에 과도한 기호적 경험이 주어진다. 그와 같은 기호적 경험의 과잉 상태로 인해 그들은 사물과 이미지를 구분하는 데 심각한 혼란을 겪는다. 그 마을에서 멀지 않은 곳에 위치한 "미국에서 가장 많이 사진이 찍힌 헛간"(12)은 기호와 이미지가 인간의 인식에서 물리적 실체를 지워 없애버리는 곳이다. 시스킨드는 우리가 "일단 그 헛간을 표지하는 간판signs을 보게 되면 실제 그 헛간을 보는 것이 불가능하게 된다"(12)고 주장한다. 기호나 이미지가 우리의 감각을 지배하게 되어 더 이상 자연적·신체적 경험이 불가능해진다는 것이다. 그래서 그곳을 찾는 사람들은 "이름 없는 에너지들의 축적"에 의한 "일종의 종교적 경험"인 "영적인 항복 상태"에 빠져서 단지 "사진을 찍는 것을 사진으로 찍고" 있을 따름이다(12).

기호로서의 영상 매체의 영향력은 이미지와 실재 사이의 혼동을 야기하고, 그 조작은 도덕적 가치관에 심각한 왜곡을 초래한다. 시스킨드는 텔레비전 드라마나 영화에서 빈번히 사용되는 자동차 충돌 장면만을 다루는 교과목을 개발하여 가르친다. 그가 조사하고 연구한 온갖 상황과 종류의 무수한 자동차 충돌 장면은 "테크놀로지에 내재된 자살 소망을 기호적으로 나타낸 것이다"(207). 시스킨드와 그의 학생들은 그 끔찍하게 파괴적인 장면들을 실제 삶으로부터 완전히 분리하여 결코 폭력적인 행위로 인식하지 않으며, 일종의 철저하고 효과적인 오락으로 여긴다. 시스킨드는 학생들에게 "온통 피투성이와 유리 조각들, 요란한 차바퀴 마찰음"을 "부패 상태에 있는 문명"이 아니라 "순수"를 상징한다고 가르친다(208). 그들은 삶의 고달픔과 책임감에서 벗어나고 싶고 문화적으로 강요받는 "경험의 흐름을 역행시키고 싶은" 충동, 즉 "천진난만에 대한 갈망"을 폭력적인 영상 매체를 통해서 충족한다

(208).

포스트모던 생활 양상에서 기호적 경험의 과잉이 초래하는 또 다른 문제점은 그것이 신체적 경험을 통제하고 왜곡한다는 것이다. 실용주의적 관점에서 보면 우리의 인식은 환경에 대한 신체적 경험이 관념적인 경험으로 연속적으로 분화하고 발달하는 과정에서 성장한다. 물론 우리의 인식 체계는 두 경험 요소의 상호작용에 의해서 구성되지만 인과의 근본적인 우선성은 신체적 경험에 있다.

그러나 테크놀로지 의존적인 잭의 가족의 삶에서는 신체적 경험과 기호적 경험의 작용 방향이 뒤바뀌고 인식이 왜곡되기도 한다. 그들은 나이오딘 D에 오염될 경우 "피부발진과 손바닥의 발한, 구역감이나 구토"(109), "심장의 두근거림이나 기시체험déjà vu"(114), "경련과 혼수상태 혹은 유산miscarriage"(118) 등의 증상이 나타날 수 있다는 라디오의 보도를 듣는다. 라디오가 전하는 그러한 정보는 전혀 과학적 근거가 없으며, 때에 따라서 혹은 방송국에 따라서 그 내용이 달라지는 루머 수준에 불과하다. 그러나 일단 그 말을 들은 잭의 가족들은 그러한 증상들 중 일부를 나타내기 시작한다. 데니스가 "구역질 비슷한 것을 하는" 것을 보고 하인리크는 이제는 "구식이 되어버린 증상"을 나타낸다고 놀린다(115). 그 증상은 사건 발생 초기에 라디오에서 언급했던 내용이고 지금은 또 다른 증상들이 제기되고 있기 때문이다. 스테피와 데니스, 배비트는 발한이나 구토, 기시체험 등에 대해서 매체를 통해서 듣고 난 다음에 그 방송 내용을 따라가듯이 관련 증상들을 나타내기 시작한다. 잭은 그들이 그들 "자신의 추측 기관apparatus of suggestibility에 의해서 기만당하는" 상태에 있다고 생각한다(122). "증상이라는 것이 기호sign인가 사물thing인가?"(123)라는 잭의 이어지는 의문은 기호가 그들의 몸을 통제하고 있음을 시사한다.

기호적 경험의 과잉으로 인한 실재의 왜곡은 보다 더 보편적인 일상생활에서 더욱 심각한 상태로 진행된다. 텔레비전으로 상징되는 근대적 테크놀로지는 우리를 물리적 환경으로부터 점점 멀어지게 하고, 대신에 이미지가 주도하는 환경을 통해서만 지각하고 판단하도록 한다. 배비트는 텔레비전이 "마약 중독처럼 [우리의 의식을] 역류시키는 작용을 하며 뇌를 빨아먹는 기이하고도 병적인 힘"을 가졌다고 보기 때문에 "아이들의 눈에서 그 매체의 매력을 제거하기" 위해 주당 한 차례로 텔레비전 보는 시간을 제한한다(16).

삶이 물리적 실재로부터 차단되어 기호적 경험에 의해서 지배되기는 어른들의 경우도 마찬가지이다. 유독가스 유출 사건을 수습하기 위한 정부의 매뉴얼인 시뮤백SIMUVAC은 가상 대피 훈련과 실제 상황을 완전히 뒤바꿔버린다. 그들은 "실제 재난 상황"을 재난에 대한 가설을 확인하기 위한 "하나의 표본으로 이용하는" 것이다(134). 잭의 개인적인 역사-유독물질 오염 정도를 포함하여-와 정체성은 컴퓨터가 수합하고 기호화하여 처리하는 "막대한 정보의 기록표"로서 "맥박처럼 깜박이는 별표들"로 기호화된다(136). 그 기록표가 잭 본인에게는 죽음 불안을 야기하는 실재이지만 시뮤백 요원들에게는 하나의 컴퓨터 모의실험simulation일 따름이라는 사실에 잭은 황당해 한다.

> 그들은 내가 이미 죽었다고 생각했다면 나를 그냥 내버려 뒀을 심산이었을 수도 있다. 나는 만약에 의사가 엑스레이 사진을 불빛에 비춰 보며 생명과 관련된 내 장기들 중 하나의 중심부에 별 모양의 구멍이 나있는 것을 보여 준다면 이런 느낌이 들었을 것 같았다. 죽음이 이미 들어 왔다. 내 안에 있다. 너는 죽게 될 것이라는 말을 듣는다. 그런데도 너는 죽음 사태the dying로부터 분리되어 있다. 너는 한가한 시간에 죽음 사태에 관해 곰곰이 생각해 볼 수도 있고, 그 낯설고 끔찍한 논리적 구성의 모든 것을 엑스레이 사진이나 컴퓨터 스크린을 통해서 실제로 볼 수도 있다. 죽음이 기호적으로 처리되었을 때, 말하자면 영상으로 처리되었을 때 너는 너의

상태와 너 자신 사이의 기이한 분리를 느끼게 된다. 기호의 네트워크가 도입되었으며, 완전하고도 무서운 테크놀로지가 신들로부터 어렵게 얻어내졌다. (136-37)

테크놀로지가 죽음이라는 자연적 사태와 경험을 철저히 기호적인 경험으로 처리하게 됨으로써, 우리는 죽음의 본래 의미에 대해서 심각한 혼란에 빠진 것이다. 실제로 잭은 자신의 몸에 나이오딘 D가 오염된 정도를 알아보기 위해서 글래스보로Glassboro에 위치한 "추수 농장"(Autumn Harvest Farms)(262)이라는 이름의 병원에서 검사를 받는다.[11] 그 병원의 의료기술자는 오직 컴퓨터 인쇄 출력물이나 "자성에 의한magnetic 스캐너"가 표시해 주는 "별표가 붙은 괄호안의 숫자들"에 의존해서 잭의 혈액에 오염된 나이오딘 D 오염 정도를 "흐릿한 덩어리 모양"이라고 알려 준다(266). 자신의 건강 상태와 관련해서 잭이 내린 결론은 "너의 의사가 그 기호들을 알고 있다"(268)는 것이다. 나아가서 드릴로는 우리의 생활이 자연적 경험을 거의 상실한 채 영상 매체의 기호적 정보에 심각한 정도로 의존하고 있는 상태를 "케이블 건강, 케이블 날씨, 케이블 뉴스, 케이블 자연"(220)이라는 개념으로 압축해서 표현한다.

죽음이라는 자연적 경험을 테크놀로지에 의한 기호적 경험으로 착각하여 생겨나는 보다 더 근원적이고 심각한 문제는 죽음 불안에 대처하는 배비트의 태도에서 찾아볼 수 있다. 잭은 "대략 일곱 살 이상에 이르게 되면 죽는 것에 대해 걱정하지 않는 사람은 아무도 없다"(187)고 믿고 있으며, 실제로 배비트는 깨어 있는 동안 항상 죽음 불안에 시달린다. 죽음 불안은 다른 동물

---

11) 그 병원은 모든 검사가 의료기기에 의해서 철저히 기계적으로 진행되는 곳으로, 테크놀로지에 의해서 자연과의 접촉이 철저히 차단된 곳이고 기계장치들이 생명과 죽음을 결정하는 곳이다. 그런데도 불구하고 그 병원이 '추수 농장'이라는 목가적 이름을 가진 것은 억압되고 말살된 목가적 욕구를 표현하는 아이러니로 볼 수 있다.

에게서는 발견되지 않는 인간 고유의 보편적인 심리 작용이다. 따라서 죽음 불안에 관여하는 뇌의 신경 전달 물질에만 선택적으로 작용하는 것으로 알려진 다일러라는 신약은 동물 실험이 불가능하고 오직 인간을 대상으로만 그 효능을 실험할 수 있다. 그 효능 실험에 지원한 배비트는 그 약품이 자신의 죽음 불안을 제거해 줄 것으로 기대한다. 그러나 그 약품은 죽음 불안을 제거하기는커녕 오히려 불안감을 악화시킨다. "신중하고, 정교하며, 인정 많은" "인간의 얼굴을 가진 테크놀로지"(201)로 표현되는 다일러는 결국 "바보의 황금"(199)으로 드러나며, 생명공학의 전문가인 위니는 죽음 불안을 치료할 "의약품은 단연코 없다"(218)고 결론 내린다. 죽음은 테크놀로지의 힘으로 극복할 수 없는 자연의 과정이며, 죽음 불안은 기호적으로 통제될 수 없는 정서적 현상이기 때문이다.

　게다가 다일러는 물리적 실재와 그것을 표상하는 기호인 언어를 구분하는 능력에 혼란을 일으키는 심각한 부작용을 초래한다. 그 약품 개발의 프로젝트 매니저이자 피실험자인 그레이Mr. Gray는[12] 그 약을 복용한 후에 "사물과 언어를 구분할 수 없게 되어 누군가 '날아오는 총알'이라고 말하면 즉시 바닥에 엎드려 몸을 숨긴다"(184). 다일러의 그와 같은 부작용은 기호적 경험의 과잉에 의해 인간의 의식이 통제되는 극단적인 예이지만, 기호 즉 언어의 힘이 인간 의식을 지배하는 상황은 테크놀로지에 의존해야만 하는 현대인의 생활 속에서 사실상 광범위하고 일반적인 현상으로 나타난다.

　동력을 잃고 곤두박질치는 비행기 사고에서 "우리는 번쩍이는 은빛 죽음 기계 속에 있다"(90)는 기장의 방송이 흘러나오고, 아수라장이 된 기내에서 승객들은 극도의 공포와 불안에 휩싸인다. 그때 승무원들이 그들의 비행기가 "추락crash이 아니라 동체 착륙crash landing" 하게 될 것처럼 가장하자,

---

12) 'Mr. Gray'는 윌리 밍크Willie Mink가 다일러의 개발과 실험을 위해서 사용하는 가명이다.

즉 "단지 단어 하나를 추가하자", 승객들은 즉시 태도를 바꾸어, 사라져버린 것 같았던 "미래를 [다시] 포착하며, 비록 실제 사실에서는 그렇지 않지만 의식 속에서는 그 미래를 쉽게 확장하게" 된다(90-91). 승객들은 'crash landing'이라는 말을 서로 전달하면서 'crash' 보다는 'landing'에 강세를 주어 발음하며 안정된 태도로 동체 착륙에 대비한다(91). 그처럼 긴박한 상황에서도 우리의 의식과 태도는 실제 사태에 의해서라기보다는 언어가 제시하는 기호적 의미에 의해서 지배되는 것이다.

테크놀로지의 진보는 기호의 발달을 의미한다. 그것은 개념적인 기호 체계를 구성하는 작업이며, 따라서 각 개인이 습득하고 통제할 수 있는 실행적인 지식과는 동떨어진 이론이다. 분석적이고 회의적인 하인리크는 인류가 수세기에 걸쳐 전기, 냉장고, 달 착륙, 인공 심장, 삼각법trigonometry, 원자atom, 파장waves, 미립자particles, 뉴클레오티드nucleotide, 텔레비전, 컴퓨터 등과 같은 놀라운 테크놀로지의 진보를 이룩했음에도 불구하고, 실생활에서 각 개인은 석기시대 사람들이 만들고 사용했던 부싯돌조차도 제작하거나 사용할 수 없다고 꼬집는다.

우리는 그러한 것[테크놀로지의 산물들]을 일상생활에서 매일 경험하고 있지만, 만약 우리가 석기시대로 갑자기 되돌려져서 원시인들에게 그 기본 원리를 설명할 수도 없고 더더욱 실제로 그들의 삶의 조건을 개선시켜 줄 어떤 물건도 만들 수 없다면, 그것들이 무슨 소용이 있나요? …… 만약 아빠가 내일이라도 갑자기 중세시대로 되돌아가서 어떤 전염병이 창궐한다면, 아빠가 의학과 질병에 대한 발달된 정보를 가지고 있다손 치더라도 그 전염병을 막기 위해서 무엇을 할 수 있나요? 우리는 실질적으로 21세기에 살고 있고 아빠는 수많은 책과 잡지를 읽으며, 과학과 의학에 관한 수많은 TV 프로그램을 시청하잖아요. 그런데도 아빠는 그 사람들에게

수백만의 생명을 구할 수 있는 단 한 가지의 결정적인 것이라도 알려 줄 수 있나요? (142-43)

현대적 테크놀로지의 진보는 철저히 기호 체계의 발달에 의존하기 때문에 각 개인이 그 분절된 지식을 단편적으로 습득한다해도 그것은 우리의 실제 생활에 거의 소용이 없다. 그 결과 개인이 테크놀로지를 통제하고 이용하는 것이 아니라 오히려 테크놀로지에 의해서 조종당하는 상황이 되었다. 인간과 테크놀로지 사이의 이러한 구조적 모순 때문에 개인은 단지 테크놀로지의 수동적 소비자이자 종속적인 의존자가 되었다.

배비트는 비록 테크놀로지에 의존적인 삶을 살지만 테크놀로지의 본질에 대해서 근본적인 불안을 가지고 있다. 대기 중에 퍼진 오염물질인 유독가스를 제거할 목적으로 일종의 미생물 폭탄이 이용될 수 있다는 소문을 듣고, 배비트는 그 시도 자체를 거부하지는 않지만 그러한 테크놀로지의 개발이 그녀에게 두려움을 가져다준다고 말한다. 그녀는 "[과학기술자들이] 나의 본성의 미신적인 부분에 영향을 끼친다. 테크놀로지의 모든 발달은 나를 더욱 두렵게 만들기 때문에 그 각각의 발달 단계가 이전의 발달 단계보다 더 나쁘다"(154)고 말한다. 마찬가지로 잭도 "더 큰 과학적 진보가 이루어질수록 그만큼 더 원시적인 불안감이 생겨난다"(154)고 생각한다.

기호적 경험의 관념적 속성 때문에 그 발달의 정점에 종교적 경험이 위치하며, 신은 가장 비실재적인 기호적 표상이다. 종교적 신념에서는 철저히 관념적이고 추상적인 상상력이 인간의 그밖에 모든 신체적·정신적 기능을 압도하고 지배한다. 그리고 인간 고유의 기능인 종교와 테크놀로지는 상호 대립적인 관계에 있는 것처럼 보이지만, 실제로 그 둘은 공통적으로 인간의 존재에 대한 불안에 뿌리내리고 있다. 그래서 포스트모던 시대에 인간이 종교나 테크놀로지의 발달에 의존해서 불안감을 극복하려고 애쓸수록 아이러니컬하게도 죽음 불안이 더욱 증가할 뿐이다.

드릴로가 『화이트 노이즈』에서 제시하는 기독교는 경멸적인 의미에서의 지독한 실용주의를 표방하는 기호적 구성물이다. 종교에 대한 그와 같은 포스트모던 견해는 철저한 무신론자인 마리Hermann Marie 수녀에 의해서 대변된다. 잭은 그가 쏜 총에 맞은 윌리 밍크를 교회가 운영하는 한 병원에 데리고 가서 그곳에서 절박한 심정으로 마리 수녀와 종교에 관해서 대화를 나눈다. 그녀는 자신과 같은 성직자들이 신이나 천국과 지옥, 천사나 악마와 같은 종교적인 존재들이 실재한다고 결코 믿지 않는다고 말한다. 그 수녀는 다만 믿는 척 가장함으로써 세상 사람들에게 믿는 사람들이 아직도 남아 있다는 것을 확신시켜 주려는 사명을 실행하고 있다고 논변한다. 그녀는 "우리의 가장pretense은 일종의 헌신"(304)이라고 단언한다. 세상 사람들은 자신들이 믿음을 갖고 있지 않기 때문에 "동굴 속에서 좌선을 하는 무모한 사람들, 검은 옷을 입은 수녀들, 묵언 수행하는 승려들, 어릿광대들, 어린아이들"(304)을 필요로 한다는 것이다. 즉 믿음이 없는 마음들이 믿음의 이런저런 기호적 표상들, 혹은 "천사 과학"(305)으로서의 종교를 필요로 하는 것이다.

## 4. 포스트모던 경험의 양가성

기호는 손쉽게 조작될 수 있기 때문에 그것을 사용하는 목적이나 그것을 대상으로 하는 경험도 그만큼 쉽게 왜곡될 수 있다. 『화이트 노이즈』에서 제시되는 포스트모던 인물들의 삶은 근대적 테크놀로지와 그 발달의 동력이 되는 기호 체계에 얽매여 있다. 그들은 역설적이게도 테크놀로지의 힘을 이용해서 기호적 경험의 과잉으로 인한 복잡함과 혼란, 죽음 불안에서 벗어나려고 시도한다. 하지만 그들이 테크놀로지의 힘에 의존하면 할수록 "자연으로부터 동떨어진 욕망"(272)인 테크놀로지는 그들의 삶을 그만큼 더 자연으로부터 멀어지게 하며, 그만큼 더―다일러에 의존해서 죽음 불안을 떨쳐버리려고 애쓰는 배비트의 경우처럼―죽음 불안은 증가한다. 그럼에도 불구하고 그들은 자연과의 조화로부터 얻을 수 있는 충만감과 신체적 경험으로부터 느낄 수 있는 순수한 자아를 경험하고 싶은 욕구를 완전히 상실한 것은 아니다. 그들의 그러한 욕구는 종종―저녁노을에 대한 경외감이나 어린아이에 대한 애착, 순수하게 신체적인 경험에 대한 집착이 보여 주듯이―우연하고도 무의식적인 방식으로 표출된다. 그들은 기호적 경험의 과잉 속에서 자연적 경험에 대한 욕구를 억압하고 있는 상태이다.

기호적 경험이 자연 법칙을 개조하거나 그것에 역행하도록 작용하는 것만은 아니다. 그것은 인간 주체도 자연의 일부이며 결국 그 법칙에 순응해야만 하는 조건 하에 있다는 사실을 각성시키는 계기가 되기도 한다. 잭은 눈보라가 날리는 추운 저녁에 전 부인과의 사이에 둔 딸 비를 배웅하고 돌아오는 길에 마을 가장자리 숲가에 위치한 "블랙스미스 마을 옛 공동묘지 터"(97)에 들른다. 그는 거기에서 "기울어지고 움푹움푹 자국이 나 있으며, 곰팡이와 이끼가 끼어서, 새겨진 이름과 날짜를 거의 읽을 수 없게 된"(97) 비석들을 만져본다. 그는 강인했거나 평범했던 사람들이 땅속에 묻혀 흙으로 돌아가는 것을 기호적으로 인식할 뿐만 아니라 직접 신체적으로도 느끼면서 "매일매일days이 아무런 목적이 없기를. 계절들이 그저 흘러가도록 내버려 두기를. 어떤 계획에 따라서 행동을 진행하지 않기를"(97) 소망한다. 잭은 그곳에서 "강 건너편 공장들"(97)로 상징되는 근대 테크놀로지의 위력도 궁극적으로는 자연 법칙을 결코 거스를 수 없음을 체득한다.

드릴로가 『화이트 노이즈』에서 묘사하는 포스트모던 삶은 기호적 과잉으로 특징지어진다. 드릴로는 기호적 경험의 과잉에 대해 대체로 풍자적 비판의 관점을 유지한다. 그러나 그는 기호와 테크놀로지의 근본 의미에 대해 부정적인 시각을 제시하지는 않는다. 기호적 경험은 인간 존재의 본성에 닿아 있기 때문에 우리는 결코 기호 사용과 테크놀로지의 개발을 거부할 수 없다. 잭과 그의 가족의 주요 생활공간인 대형 슈퍼마켓의 모든 상품이 기호적 코드에 의해서 인식되고 잭 자신도 은행 등에서 오로지 카드의 식별 부호와 비밀번호에 의해서 정체성을 인정받는다. 마치 기호가 사물과 사람의 정체성을 대체해 버린 것처럼 보이는 상황이다.

그러나 기호와 실재 사이의 전도된 역할에 대한 비판은 여전히 우리가 수용하는 기호적 경험의 정도에 관한 차원에서 가능하다. 우리가 자아와 세계를 인식하고 이해할 수 있는 유일한 방식은 기호적 경험을 통해서이기 때문이다. 그리고 자연과 테크놀로지 사이에 매달린 존재로서 인간 스스로 자신의 존재론적 의문에 답할 수는 없을 것이다. 그것은 "혼돈으로부터 지식으로의 [우리의] 여정이 뫼비우스의 띠처럼"(Oriard 6) 반복 선회하기 때문이다. 우리는 자연적 경험이나 기호적 경험의 어느 한 가지 방식만으로는 세계와 자아를 인식할 수 없다. 우리의 삶은 그 두 경험 요소의 상호작용으로 이루어진다. 우리가 편의상 자연적 경험과 기호적 경험을 구분하여 이해하지만 근본적으로 그러한 구분은 임의적인 구분이다.[13] 자연적 경험과 기호적 경험을 구분하는 기준은 어떤 경험을 이해는 데에 이전의 다른 경험 내용이 투사되는가의 여부에 달려 있을 뿐이다.

우리가 행하는 모든 구분은-자연과 문화에 대한 것이든, 인간과 환경

---

13) 마음을 오로지 다양한 경험의 차원이라는 입장에서 해명하는 듀이에 따르면, 유기체에게 있어 "탐구의 작용operations of inquiry과 생물학적 작용biological operations, 그리고 물리적 작용physical operations 사이의 연속성에는 결코 단절breach이라는 것이 있을 수 없다. '연속성'이란 …… 유기체적 활동으로부터 발생해서 자라나는 이성적 작용rational operations을 의미한다"(26). 듀이는 인간이 기호를 사용하는 이성적 작용과 감정이나 본능에 의존하는 생물학적 활동, 그리고 기본적으로 그러한 활동의 바탕이 되는 물질로서의 인간의 몸의 작용 사이의 관계를 연속성과 창발emergence의 개념을 사용하여 설명한다.

에 대한 것이든, 몸과 마음에 대한 것이든ㅡ모두 임의적이고 편의적인 것이다. 듀이의 주장대로 그런 존재들은 모두 연속적이고 상호적인 관계에 있기 때문이다. 분명한 것은『화이트 노이즈』의 인물들의 삶에서 그들의 자아의식과 환경 사이에 상호작용이 진행되며, 테크놀로지에 의해서 형성된 환경의 영향력이 자아의식 속으로 깊숙이 침투한다는 점이다. 즉 테크놀로지는 주체와 환경, 자연과 문화, 몸과 마음의 관계뿐만 아니라 그 본질에도 영향을 미친다. 문제는 경험을 구성하는 그 대칭적 두 요소 사이의 상호작용에 대해 우리가 어느 정도까지를 적절한 수준으로 수용할 수 있는가에 있다.『화이트 노이즈』에서 드릴로도 소로우Henry Davis Thoreau가『월든』(*Walden*)에서 그렇듯이 문명화된 환경 속에서 우리가 그러한 정도의 문제를 어떻게 결정할 수 있는가에 대해 탐색한다. 즉 삶의 본질적인 요소들과 비본질적인 요소들을 어떻게 구별할 수 있으며, 또 삶에서 몸과 마음의 욕구를 어느 정도까지 '간소화'할 수 있는가를 따져보고 있는 것이다.

## 제8장

# 심리적 중간경관으로서 미국의 교외:
# 존 치버의 교외 소설

## 1. 전면과 이면/다층적 목소리

1950년대 이후 미국에서 주거환경으로서 교외가 급격하게 늘어나면서 교외 공동체 생활은 백인 중산층의 보편적 삶이 되었다. 미국 중산층의 주된 거주 공간인 교외 지역은 흔히 풍요와 안전, 아름다움을 상징하는 이상적인 지리적 경관으로 비쳐진다. 그곳은 우아한 단독주택들, 넓고 푸르게 잘 가꾸어진 잔디밭과 정원, 그리고 큼직한 가로수로 단장된 도로를 갖추고 있다. 그러한 경관은 미국인들의 희망을 반영했으며, 그곳의 주민이 된다는 것은 아메리칸 드림의 실현을 상징했다. 그러나 흔히 상업적 광고 이미지에서 부각되는 이러한 부르주아 유토피아로서의 교외의 전면the facade은 주로 사회 비판적 시각을 반영하는 문학작품이 묘사하는 그곳 생활의 음울한 이면the back과 강한 대비를 이룬다.1) 교외에 대한 이와 같은 양극적 묘사는 미국에서 그 공간이

---

1) 부동산 개발업자들과 텔레비전에 의해서 주로 상업적 목적을 위해 조장된 교외 지역에 대

현실적 인식의 차원을 넘어서 상징적 혹은 신화적 공간으로서의 지위를 얻었음을 의미한다. 즉 교외는 해석 의도에 따라서 부르주아 유토피아 혹은 디스토피아로, 미국적 꿈 혹은 악몽으로 표현되는 것이다.

1950년대와 60년대 미국의 "교외생활의 연대기 기록자"(Donaldson 135)로 일컬어지는 존 치버John Cheever의 소설은 이러한 양극적 풍속도를 교정하는 개정판의 역할을 한다. 그의 소설의 주요 배경이 되는 뉴욕 근교 맨체스터 교외와 그곳 중산층 주민들의 생활은 지고의 행복이 보장된 유토피아도 아니지만 그렇다고 해서 단테의 연옥과 같은 곳도 아니다. "오시닝의 오비드"(Ovid in Ossining)2)로서 치버가 그려 내는 교외 공동체는 주민들이 심리적 모순과 정서적 불안으로 고통스러운 삶을 살아가는 주거 공간이지만, 그렇다고 그들이 그곳을 결코 완전히 떠나고 싶어 하지도 않는 지역이다. 그들은 자신들의 교외 공동체에 대해 자부심을 갖고 있으며 그곳을 외부의 다른 사회적 영향으로부터 지켜내기 위해서 분투한다. 즉 교외주민들에게 자신들의 마을은 다른 지역—도심이나 시골, 혹은 빈민가—과 비교해서 특권을 누리면서 살만한 지역인 셈이다. 자신이 실제로 오랜 기간 동안 교외거주자로서의 경험을 가진 치버는 그의 교외 단편들에서 서술자의 관심과 풍자 그리고 연민이 교묘하게 혼합된 서술적 목소리equivocal narrative voice를 사용함으로써 교외 중산층의 심리적 모순 상태를 효과적으로 표현한다.

---

한 환상적인 광고 이미지가 교외를 중산층 유토피아로 부각시켰다. 반면에 미국의 반교외 정서는 종종 교외를 죽음의 경관으로 표현한다. 예컨대 1956년 알렌 긴스버그Allen 는 「신음소리」("Howl")라는 시에서 교외 공포증을 신화의 수준으로 끌어올린다. 그는 교외가 영적으로 죽은 사회여서 산 사람들의 '눈에는 보이지 않는 곳'(invisible suburbs)이라고 규정하며, 영혼이 메마른 물질주의를 상징하는 파괴적인 신인 몰로크Moloch의 부패한 현상을 구현하는 곳이라고 혹독하게 비판한다.

2) 올윈 리Alwyn Lee는 「오시닝의 오비드」("Ovid in Ossining")라는 글(Time, March 27, 1964, 66-72)에서 신화 창조자로서 치버의 작가정신을 평한다. 오시닝Ossining은 치버가 살았던 뉴욕시 북부 외곽 교외의 지명이다.

치버가 그처럼 의도적으로 교묘한 서술적 음성을 채택함으로써 교외 중산층이 추구하는 행복에 내재된 역설적 특징을 효과적으로 들춰낸다. 그리고 그러한 역설적 상황은 중산층 교외 주민들의 조숙한 자기타협과 허약한 자아의식에서 기인한다. 치버의 서술자가 들춰내는 사실은 신흥 중산층이 안정과 행복을 추구하여 자신들만의 교외 공동체 주거환경을 선택하지만, 그들의 그러한 행복추구 동기나 행위 자체가 역설적이게도 그들에게 불안과 고통의 근원이 된다는 것이다. 교외 중산층의 삶의 선택 방식을 결정하는 주된 동인은 자신의 안정과 안락에 대한 지대한 관심이며, 그리고 그에 수반되어 그들이 겪는 고통은 주로 내적 가치관의 부재로 특징지어지는 그들의 허약한 자아에서 비롯된다.

대체로 자수성가한 사람들로 구성된 중산층은 어느 정도 경제적 성취를 이룬 사회 계층이다. 이제 그들은 삶의 투쟁과 고난으로부터 벗어나서 물질적으로나 문화적으로나 안락한 삶을 누리려는 의도에서 교외 지역을 주거환경으로 선택한다. 그들은 물질적 부의 원천을 상징하는 대도시와 자연의 평안을 상징하는 전원을 양쪽에 두고 위치하는 교외 지역이 자신들의 그러한 양가적인 욕구를 효과적으로 만족시켜 줄 것으로 기대한다. 이처럼 지리적 "중간경관"(middle landscape)[3]으로서 교외는 주거환경을 위한 가장 이상적

---

3) 투안Y. F. Tuan은 대부분의 학자들이 교외를 "중산층의 따분한 놀이터"(xii)라고 지나치게 단순한 시각으로 비판하는 것에 대해 문제를 제기하며, 교외를 인간과 자연 사이의 근본적인 관계에 비추어 그 양자의 화합이라는 입장에서 파악한다. 그는 자연과 도시의 중간에 위치하는 교외 지역을 '중간경관'(middle landscape)이라고 규정한다("Preface" xi-xvii 참조). 투안의 『도피주의』(Escapism)에 의하면 "인류문화에서 현실도피는 두 개의 반대방향의 움직임으로 이해할 수 있다. 즉 이는 '자연으로부터의 도피'(escape out of nature)와 '자연으로의 도피'(escape into nature)를 의미한다. 먼저 자연으로부터의 도피가 자연력을 극복하고자 하는 인류 문명발달사 자체를 상징적으로 의미한다면, 자연으로의 도피는 경쟁적인 도시에서의 삶의 무질서와 온갖 악덕으로부터 벗어나고자 하는 인간의 욕망으로서의 근대 도시산업사회의 성장에 따른 일종의 반작용인 것이다"(진종헌 325).

인 조화를 이룬 곳으로 여겨진다. 한편 교외의 중산층은 사회적으로 상류층과 하층민의 중간 계층이며, 그곳 주민들의 심리적 상태 역시 도전정신과 안정 추구 사이에서 절충적 태도를 취한다. 따라서 사회적·심리적 중간경관으로서의 교외는 바로 그러한 중간적인 위치와 절충적인 태도로 인해 심각한 모순과 불안이 발생하는 지역이 된다. 교외의 중간문화mid-culture는 그곳 주민들의 미숙한 문화적 취향이 상류층의 문화적 수준을 피상적으로 수용한 것이며, 그것은 하층민의 사회문화적 영향력에 의해 침입당하기 쉬운 상태에 있기도 하다. 그 결과 심리적 중간경관으로서의 교외거주자들의 가치관은 이기적 중심주의와 타자의 시선을 의식하는 태도, 사회적 가치에의 순응과 그에 대한 저항, 사회적 성취와 자기타협의 사이에서 내적 갈등이 지속되는 특성을 나타낸다.

치버의 단편소설에서 대부분의 서술자는 교외 공동체 구성원 중 한 사람의 시각과 목소리를 취하여 자신의 동료 주민들의 삶을 그 전면facade으로부터 시작하여 점점 더 깊숙이 그들의 가정생활 속으로 들어가며, 마침내 그들의 내면으로 파고 들어가 각 개인의 심리적 갈등을 생생하게 드러낸다. 자신이 관찰하는 교외 공동체의 내부인insider이면서 동시에 외부인outsider의 입장을 취하는 그 서술자는 "가볍고 평범한 표현들을 자유롭게 사용하는 어법을" 통해서 교외생활의 행복에 대해서 자랑스럽게 이야기하면서 동시에 "교외의 주민들이 말하고 생각하는 방식을 패러디"한다(Aubry 62). 그는 또한 자신의 교외 공동체에 포함되기를 원하면서 동시에 배제되기를 원하는 모순된 심리상태를 나타낸다. 그러한 서술자 중 한 사람인 조니 헤이크Johnny Hake는 "내가 소속되어 있는 이 마을 사람들을 혐오하는 것이 그러한 소속감을 스스로 의식하고 있는 나에게는 이중으로 고통스러운 일이다"(264-65)라고 고백한다.[4] 치버는 이처럼 이중 입장을 취하는 서술자의 목소리를 채택함으로써 교외거주자들로 하여금 자신들의 행복과 안락에 대해서 스스로 말하게 하면서, 사실은 그들이 과시하는 행복과 안락이 과장된 것이거나 위선적인 것일 수도 있음을 풍자한다.[5] 서술자는 자신도 그가 묘사하는 교외주민들 중 한 사람이라는 것을 의식하고 있다. 그래서 종종 서술자의 목소리는 그의 조롱의 대상이 되는 다른 사람들의 목소리와 구분하기 어렵게 된다.

그 결과 치버의 서술자는 아름답고 평화로운 정원과 행복한 결혼생활 등의 교외거주자들이 추구하는 가치들이 전적으로 거짓된 것이거나 버려야할 악덕이 아니라 실제로 어느 정도는 그들의 삶을 구성하는 소중한 가치들임을 믿는다. 치버의 소설에서 아름다운 전면으로 상징되는 교외생활의 안락과 행복이 단지 그 이면의 부패와 고통을 숨기기 위한 위장막이 아니라, 그 두 상반된 요소 모두 실제 그들의 삶의 애환의 일부분인 것이다. 각각의 단편소설에서 서술자는 셰이디 힐Shady Hill이라는 전형적인 교외 마을의 그림같이 아름다운 풍경과 주민들의 행복한 삶의 모습을 곳곳에서 자랑스럽게 소개한다. 「오 젊음과 아름다움」("O Youth and Beauty")에서 마을을 스쳐지나가는 통근열차의 승객들의 눈에 비쳐진 "황금빛 저녁햇살에 흠뻑 젖어 있는 셰이디 힐"(215)의 한여름 저녁 풍경은 더없이 평화롭고 행복해 보인다. 풀과 나무의 향기가 거리에 퍼져있고 어느 집에서는 파티 중 바비큐 연기가 피어올라 고요한 밤하늘로 퍼져간다.

---

4) 이후 이 장에서 『존 치버 단편집』(The Stories of John Cheever)으로부터의 인용은 쪽수만 표기함.

5) 치버는 교외 공동체 주민이면서 그것을 묘사하고 풍자해야 하는 자신의 입장에 대해서 다음과 같이 밝힌다: "나는 어떤 사회계급에도 소속되어 태어나지 않았다. 그리고 나는 인생의 초반부에 내 자신이 마치 스파이처럼 중산층에 속한다는 생각을 은근히 주입시키기로 결심했다. 그래서 나는 [그것을] 공격할 수 있는 유리한 입장을 가질 수 있었을 것이다. 그러나 나는 이따금 내 임무를 망각했던 것처럼 보이기도 하고 내가 위장하고 있다는 것을 너무 진지하게 여겼던 것 같기도 하다"(Journals 16). 치버의 소설에서 '내부인/외부인'으로서의 서술자의 입장에 대해서는 오브리Timothy Richard Aubry의 『자조로서의 문학』(Literature as Self-help), 62-63쪽 참조.

언덕 위에 있는 클럽하우스에서는 젊은 사람들을 위한 격식을 갖춘 첫 댄
스가 9시경에 시작된다. 앨러위브즈 거리Alewives Lane에는 어두워진 뒤에
도 계속해서 스프링클러가 물을 뿜고 있다. 당신은 물 냄새를 맡을 수도
있다. 대기는 어둠속에서도 여전히 향기롭다. 그 향기는 길을 따라 걸을
때 매력을 더해 준다. 그리고 앨러위브즈 거리의 대부분의 창문들은 그
향기로운 공기를 향해 열려있다. 지나가다보면 비어든 부부Mr. and Mrs.
Bearden가 텔레비전을 보고 있는 것을 볼 수 있다. 길모퉁이에 살고 있는
젊은 변호사인 조 로크우드Joe Lockwood는 배심원단에게 행할 변론을 자기
아내 앞에서 연습하고 있다. …… 그는 옷소매를 걷어 올린 채 팔을 흔들
며 연설을 하고 있고 그의 아내는 뜨개질을 계속한다. (215)

이렇듯 완벽한 듯한 셰이디 힐의 풍경을 묘사하는 서술자의 목소리 속에는
곧 미묘한 자기조소가 섞여든다. 위 인용문에 이어지는 풍경 묘사에서, 나이
들어 정신이 흐려진 카버 부인은Mrs. Carver 밤하늘을 쳐다보며 "저 모든 별들
은 어디에서 왔을까?"를 묻고 있을 정도로 "늙고 어리석으며," "밤하늘에 드
리워진 빛의 막에는 째진 틈이 있고 …… 매매되지 않은 주택부지에서는 은
둔자 개똥지빠귀 새 한 마리가 지저귀고 있다"(215). 스쳐지나가는 기차 승객
의 눈에 완벽히 행복하게만 보이는 풍경이 조금 더 다가가서 보면 균열이 드
러나 보이고, 그곳 주민은 노화로 정신적 퇴행을 겪고 있으며, 마을의 일부
부지는 상업적으로 가치가 하락하여 폐허화되어가고, 심지어 개똥지빠귀로
상징되는 자연도 외로운 은둔자처럼 소외되어 있음을 알 수 있다.

　　이처럼 작가와 서술자 그리고 등장인물의 목소리가 융합되면서 생겨나
는 서술적 목소리의 미묘한 아이러니는 현실인식과 자기착각의 구분을 불가
능하게 하기도 한다. 「셰이디 힐의 주택절도범」에서 일인칭 서술자인 조니
헤이크는 교외 풍속의 익숙한 아이콘들을 찬미에 가까운 어조로 묘사한다.

나는 해군에서 4년 복무했고, 네 명의 아이들을 가지고 있으며, 세이디 힐이라고 불리는 교외banlieue에서 살고 있다. 우리 집에는 정원이나 야외에서 고기를 굽기 위한 뜰이 있으며, 여름밤에는 그곳에서 아이들과 함께 앉아 쉴 수 있고, 아내인 크리스티나가 스테이크에 소금을 치기 위해 허리를 구부릴 때면 옷섶 속으로 드러나는 그녀의 가슴을 들여다 볼 수도 있다. 그렇지 않으면 그냥 밤하늘의 불빛들을 쳐다볼 수도 있다. 그럴 때면 나는 무언가 보다 힘들고 모험적인 일을 추구하면서 느낄 수 있는 만큼의 전율을 느낀다. 그리고 그런 것이 인생의 쓸쓸함과 달콤함이 아니겠는가 하고 생각한다. (253)

헤이크는 정원과 안뜰을 가진 단독주택에서 네 명의 자녀를 두고 아름다운 아내와의 결혼생활을 누리는 36세의 전형적인 중산층 교외거주자이다. 지금 그가 누리는 행복 속에는 일종의 허용된 관음증도 삶의 가벼운 자극으로 한 몫을 한다. 그러나 헤이크의 자기만족적 고백은 독자에게 어딘지 우스꽝스러운 자기착각의 어조를 띤다. 삼십대 중반의 남자가 우연히 드러나는 자신의 아내의 앞가슴을 들여다보면서 느끼는 '전율'을 인생의 험난한 모험을 통해서 경험할 수 있는 성취감과 동일시하는 것이나, 더욱이 그것을 인생의 애환으로까지 자평하는 것은 분명히 아이러니컬한 블랙코미디의 느낌을 준다.

　서술자의 이처럼 다층적인 목소리가 교외 중산층이 추구하고 향유하는 행복과 안정이 근본적으로 역설적이고 공허한 속성을 내포하고 있음을 드러내는 데 효과적으로 작용한다. 그러한 서술적 목소리가 교외 중산층의 비전과 심리 그리고 경험을 공유하면서 동시에 그것을 비판하는 것이다. 그러한 서술 전략은 교외 주민들의 삶에 대한 독자의 일반적인 기대를 뒤집고, 그들이 누리는 행복의 아이러니컬한 양면성을 효과적으로 드러낸다.

## 2. 공허한 안정

중산층이 교외에 자신들의 공동체를 형성하게 된 주된 동기는 대도시의 계급적, 인종적 타자들이 가하는 위협으로부터 자신들만의 안정을 확보하기 위해서이다. 특히 미국의 백인 중산층은 대도시의 하층민이나 신입 이민자 그리고 유색인종 집단 등의 타자 집단을 배척하고 자신들만의 집단적 안정—자신들이 성취한 사회적·문화적·경제적 특권—을 유지하기 위해서 교외 공동체를 선택한 것이다. 그만큼 그들은 자신과 가족, 나아가서 자신들의 공동체의 안정에 대한 강한 집착을 갖고 있다. 그러나 역시 아이러니컬하게도 그들의 안정에 대한 집착 자체가 그들에게 가장 강한 불안의 요인으로 작용한다.

치버의 소설에서 교외의 중산층은 자신들이 어느 정도 경제적 안정을 달성했다고 스스로 인식하지만, 동시에 그 안정이 매우 불안정한 상태라는 것도 충분히 의식하고 있다. 그들의 재정적 상태는 마치 내진 설계를 갖추지 않은 건축물처럼 단지 표층적 안정을 유지하고 있을 뿐이므로 경제구조 저변의 미세한 지각변동에 의해서 언제라도 쉽게 무너질 수 있다. 「사과 속의 벌레」("The Worm in the Apple")에서 서술자는 교외생활에 겉으로 드러나는 완벽한 행복 자체가 그 내부에 뭔가 잘못되었다는 의혹을 갖게 하는 반증이 된다고 생각한다. 예를 들면 거실의 커다란 통유리 전망창은 단지 "죄의식이 결합된 복잡함을 안고 사는 사람들만이 그들의 방에 그처럼 많은 햇빛을 원할 것"이며, 거실 바닥에 한 치의 오차도 없이 깔려있는 카펫은 그들의 허무와 외로움을 덮기 위한 것일 수 있고, 그들의 정원 가꾸기는 "시체 애호적 열망"에 의해서 추구되는 것일 수 있다고 본다(285).[6]

---

6) 서술자가 "사과 속의 벌레"로 상징되는 "영적인 빈곤"(288)이 교외 주민들의 삶 속에 근원적으로 내재된 불행인지 아니면 질투어린 시선으로 그들의 행복을 바라다보는 관찰자의 병적인 의심인지를 명확하게 표현하고 있지는 않지만, 작품의 마지막 문장에서 교외주민들이 "더 부유해지고, 더 부유해지고, 더 부유해졌으며, 그들이 행복하게, 행복하게, 행복하게,

치버는 「셰이디 힐의 주택절도범」("The Housebreaker of Shady Hill")에서 교외 중산층이 추구하는 경제적 안정의 역설적 속성과 그들이 처한 심리적 불안을 코믹하고 풍자적인 어조로 묘사한다. 주인공인 헤이크는 현재 사실상 실직 당했을 뿐만 아니라 생활비가 점점 바닥나는 재정적 난관에 처해 심각한 불안에 빠져있다: "나는 여자들을 미치도록 좋아한 적이 있었다. …… 그러나 나는 그날 밤 내가 돈을 간절히 원했던 정도로 그렇게 간절히 어떤 여자를 원했던 적은 없었다"(257). 그는 견디다 못해 생활비를 마련하기 위해 이웃인 워버튼 씨Mr. Warburton 집에 침입하여 절도를 저지른다. 이후에도 그는 한편으로 절도 행위에 대한 죄의식에 사로잡혀 괴로워하면서도 또 다른 이웃집에 침입하여 두 번째 절도를 범하려고 시도한다. 치버는 평화롭고 풍요로우며 안정되어 보이는 교외의 경관이 그 이면에 경제적 압박으로 불안해하고 고통당하는 사람들의 모습을 감추고 있음을 들춰낸다.

교외의 겉으로 보이는 안정과 평화의 이면에는 복잡하고 미묘한 경제적·사회적 계급 역동성이 존재한다. 치버가 묘사하는 교외 공동체에는 쉽게 표면화되지 않는 경제적 수준의 차이와 이에 따른 위계질서가 존재한다. 그곳의 거주자들은 각각 자신들의 사회경제적 지위의 차이를 화려한 건축물과 조경을 통해서 표현하려고 애쓴다.[7] 더욱이 그들의 사회는 그러한 경제적 불안정성 때문에 공동체 구성원들 사이에 정서적 응집력과 연대감이 결여되어

---

행복하게 살았다"(288)라는 그 서술자의 어법을 통해서 우리는 그가 교외의 행복에 대해서 매우 냉소적인 태도를 갖고 있음을 알 수 있다.

7) 교외에서 집 앞뜰 잔디밭은 사적 공간이라기보다는 공적 공간으로서 기능한다. 잔디를 손질하는 것이 공동체에 대한 각 가정의 의무이며, 마찬가지 맥락에서 컨트리클럽도 역시 공적 기능을 가진다. 컨트리클럽이나 집 앞 잔디밭과 정원으로 가꾸어진 변형된 자연은 목가적 이상이나 자연의 가치를 표현한다기보다는 목가적 요소를 이용해서 문화적 속물근성과 인종적·계급적 우월성을 과시하기 위한 수단으로 기능하는 측면이 있다. 피시먼Robert Fishman의 『부르주아 유토피아』(*Bourgeois Utopia*), 148쪽 참조.

있다. 이런 맥락에서 치버의 교외 소설의 지형학을 읽는 것은 계급 차별을 상징하는 각기 다른 경관의 묘사에 집중하는 것이 된다. 이렇게 어떤 인물의 사회적 지위가 그와 그의 가족이 가꾼 경관을 통해서 나타날 뿐만 아니라, 그들의 사회적 지위는 그들의 문화적 취향이 세련된 정도, 즉 "문화적 자본" (Beuka 71)을 통해서도 알 수 있다.[8] 1950대 교외 지역이 표방하는 건축과 조경의 획일성뿐만 아니라 그 공동체가 표방하는 "무계급성classlessness의 이미지"(Beuka 71)에 반하여, 오히려 치버는 물리적 경관의 미묘한 차이를 섬세하게 묘사함으로써 교외 지역에 작동하는 계급의식과 그곳의 냉혹한 사회구조를 효과적으로 들춰낸다. 「수영하는 사람」("The Swimmer")에서 치버는 이처럼 은근하고 복잡한 그들의 "내적 계급 역동성"(Beuka 70)을 바라보는 하나의 시각을 제시한다.

　　「수영하는 사람」에서 치버는 음울하고도 복합적인 시각으로 중상류층 교외 공동체의 한 구성원이 경제적으로 몰락하여 자신이 속한 사회로부터 배제되는 심리적 고통을 조명한다. 치버는 주인공 네디 머릴Neddy Merrill의 몰락을 통해서 중산층 내의 경제적 위계와 그들의 불안을 어두운 시각으로 제시한다. 네디의 운명은 경제적 약점을 받아들이기를 꺼려하는 중상류층의 심리적 불안을 상징한다. 네디가 상상속의 루신다 강Lucinda River을 헤엄쳐 가는 과정에서 독자는 그의 경제적 몰락에 대해서 알게 되고, 이야기의 마지막 장면에서는 경제적 실패로 인해 그가 지불해야할 대가를 발견하게 된다.

　　네디는 자신이 속해 있는 불릿 파크Bullet Park라는 교외 마을의 각 주택에 딸린 수영장을 하나씩 수영해서 마을을 가로질러 탐험하겠다는 황당한 영

---

8) '문화적 자본'(cultural capital)의 개념은 피에르 부르디외Pierre Bourdieu가 처음 제시한 개념이다. 로버트 뷰카Robert Beuka는 『서버비아네이션』(*SuburbiaNation*)에서 이 개념을 이용해서 치버의 소설에 나타나는 계급 역동성과 문화적 차이를 설명한다. 부르디외의 『구분: 미적 취향의 판단에 대한 사회적 비판』(*Distinction: A Social Critique of the Judgment of Taste*), 1쪽과 뷰카의 *SuburbiaNation*, 71-81쪽 참조.

웅적 구상을 실천에 옮긴다. 그렇게 함으로써 자신이 "전설적인 영웅"(604)이라도 될 것으로 착각하는 그의 상상에 반해서, 실제로 그의 여정에서의 경험은 그가 불릿 파크 공동체에서 경제적 낙오자로 전락했음을 반복적으로 시사한다. 그러나 그는 자신의 그러한 비참한 현실을 전혀 인식하지 못한다. 그는 자신보다 더 낮은 계층의 대중들이 이용하는 공용 수영장에서조차 출입할 자격이 없는 사람으로 인식되어 쫓겨나고, 결국 자신이 속했던 교외 공동체로부터 추방당한 인물임이 드러난다. 특히 그가 늘 자신보다 사회적 신분이 낮은 사람들로 무시해 왔던 그레이스 비스웬저Grace Biswanger의 집에 이르렀을 때, 그는 이미 경제적으로 추락한 사람임이 직접적으로 드러난다. 그레이스는 자신의 집으로 들어오는 네디를 불청객으로 간주하고 "무단침입자"라고 표현하며, 이미 파산한 그의 처지에 대해서 "하룻밤 새 모든 것을 내걸었다는 군"이라고 말한다(611). 하지만 그런 말을 듣는 순간에도 네디는 여전히 자기착각과 속물근성에 빠져있다.

> 그 사람들은 [네디에게] 술을 한잔 대접하는 것을 영광으로 여겨야 되었다. 그들은 그에게 술을 대접하는 것을 행복으로 알아야 했다. 비스웬저네 가족은 그와 그의 아내 루신다를 일 년에 네 차례나 저녁식사에 초대했었다. 그것도 6주 전에 미리. 그들의 초대는 항상 거절당했지만 그래도 그들은 그들이 속한 엄혹하고 비민주적인 사회의 현실을 이해하지 못한채 계속해서 초대장을 보냈었다. 그들은 칵테일파티에서 물건 가격이나 이야기하고, 만찬자리에서 시장 정보나 주고받으며, 식사가 끝난 후에는 잡다한 무리들이 어울려 음담이나 늘어놓는 그런 부류의 사람들이었다. 그들은 네디의 [사회적] 배경에 속하지 못했으며 루신다의 크리스마스 파티 초대 명단에 이름조차 없었다. (610)

그는 그레이스가 교양 없이 "항상 돈에 대해서만 말하고 있다"고 얕잡아보며, "그런 태도는 나이프로 콩을 떠먹는 행동보다 더 형편없는 짓이지"(611)라고 혼자 생각한다. 네디는 여전히 한때는 자신을 엘리트 사회의 구성원으로 구분지어 주었던 고상한 예법과 취향에 집착하며, 이제는 '저속한' 비스웬저 네 가족들이 불릿 파크 사회를 주도하는 세력이 되었음을 깨닫지 못한다. 그러나 사실상 네디는 "어느 일요일에 술에 취해서 우리[비스웬저]집에 와서 5천 달러를 빌려 달라"(611)고 요청했었던 처지이다.

　　네디는 자신의 바로 옆집 이웃인 셜리 애덤스Shirley Adams의 집에 이르러서야 자신이 처한 비참한 현실에 대해 인식한다. 셜리 애덤스는 한때 네디의 정부였으나 지금은 젊은 새 애인을 가지고 있고 네디를 냉랭하게 대하여 거절한다. 네디는 셜리의 집을 떠나면서 당혹과 좌절에 빠져 울음을 터뜨린다. 그리고 마침내 도착한 자신의 집은 이미 거의 폐가가 된 상태이다. 오전 일찍 웨스터헤이지 네 집Westerhazy's에서 출발한 그의 모험적인 여정은 어둠과 적막에 싸인 자신의 집에 이르러서 끝이 난다. 그의 집은 이미 오래 전부터 사람이 살지 않은 상태로 문이 잠겨있으나, 그는 여전히 현실을 인식하지 못하고 집으로 들어가려고 몸부림친다. 어둠이 내리는 저녁에 홀로 문이 잠긴 자신의 빈 집 밖에 서있는 네디는 한때는 자신이 완벽한 상징이었던 바로 그 사회에서 내쫓긴 상태이다.

　　그곳은 어두웠다. 가족들이 모두 잠자리에 들었을 정도로 밤이 늦었단 말인가? 루신다가 웨스터헤이지 네 집에서 저녁을 먹었단 말인가? 딸아이들은 그녀랑 함께 있다가 또 다른 데로 갔을까? …… 그는 차고 안에 차들이 들어와 있는지 알아보기 위해서 차고 문을 열려고 시도했다. 그러나 문들은 잠겨 있었으며 문의 손잡이에서 녹이 벗겨져 손바닥에 묻어났다. …… 집도 문이 잠겨 있었다. 그는 처음에는 미련한 요리사와 가정부가 집의 문을 단단히 걸어 잠갔음에 틀림없다고 생각했다. 그러나 곧 그는 마지막으로 가정부와 요리사를 고용했던 것이 오랜 전 일이었다는 것을 기억했다. 그는 고함을 지르며 문을 주먹으로 내리쳤다. 어깨로 밀어서 그 것을 열려고도 해보았다. 그런 다음 창문을 통해서 집안을 들여다보고 집 안이 텅 비어 있다는 것을 알았다. (612)

네디가 환상에 빠져 현실을 인식하지 못하는 것은 파산이라는 고통스러운 현 실을 받아들이지 못하고 심리적 혼란을 겪고 있는 것으로 해석될 수 있다. 서술자의 풍자적 어조는 네디의 속물근성과 자기착각 그리고 불안을 신랄하 게 드러내지만, 동시에 그의 어조는 깊은 네디에 대한 연민으로 채색되어 있 다. 사실상 네디의 여정은 방문하는 마을 모든 집들로부터 계속해서 조롱당 하고 배척당하는 경험의 연속이었다. 치버는 안정과 풍요를 상징하는 교외생 활의 저변에 존재하는 사회적 위계질서와 계급 역동성 그리고 언제라도 그 구조 속에서 배척당할 수 있다는 구성원의 불안을 동정심 어린 목소리로 전 달한다.

한편으로 교외주민들 각자는 경제적으로 몰락해서 공동체로부터 배척 당할 수 있다는 불안에 처해 있으면서, 다른 한편으로는 그들의 공동체가 외 부의 하층민 세력으로부터 침입당할지도 모른다는 걱정에 차있기도 하다. 그 들은 경제적 파멸로 인한 내부로부터의 배척도 이겨내야 하며, 동시에 개발 과 상업화로 상징되는 외부 세력도 물리쳐야만 한다. 대도시의 부패와 하층 민의 위협으로부터 자신들의 삶을 안전하게 지키려는 중산층의 "배척이 대부 분 교외의 설립 원칙"(Aubry 61)이었다. 즉 그들은 자신들의 공동체의 안정 을 유지하기 위해서 외부의 타자들과 내부의 패자 둘 다를 냉혹하게 배척해 야 한다. 그리고 아이러니컬하게도 바로 그러한 배척의 원칙이 자신들의 불 안의 주요 원인이 된다.

## 3. 배타적 연대

치버가 묘사하는 셰이디 힐 교외 공동체는 1950년대에 개발되어 확산되고 있었던 기계로 찍어낸 듯한 모습의 레비타운Levittown[9) 유형의 교외 주택단지들과는 경관에 있어서나 주민들의 의식에 있어서나 큰 차이가 있다. 「라이슨네 가족」("The Wrysons")과 「마시 플린트의 고민」("The Trouble of Marcie Flint")이 그처럼 교외 공동체 내외에서 발생했던 개발을 둘러싼 갈등을 기득권층의 주민의 입장에서 묘사한다. 레비타운이 신흥 중산층의 획일화된 교외 주거 단지인 반면에 셰이디 힐은 널찍한 대지와 개성 있는 건물들을 통해서 주민들의 부를 과시하는 기존 중상류층 지역이다.

따라서 셰이디 힐의 교외주민들은 레비타운과 같은 신흥 개발 단지들이 주변에 생겨나는 것에 두려움을 느끼며 저항한다. 그들에게는 개발이나 주택단지와 같은 용어 자체가 사회적으로나 경제적으로 열등한 계층의 사람들이 자신들의 수준 높은 문화적 경관을 침범하는 것을 의미했다. 외부의 열악한 사회적·문화적 위협을 배척하고 자신들의 문화적 수준과 안정을 지키려는 교외 공동체의 의지와 그에 수반되는 사회적 갈등이 치버의 소설에서 인상적으로 극화된다. 그 작품들에서 기존 거주자들은 자신들보다 수준이 낮은 문화적, 인종적, 경제적 계층의 사람들이 자신들의 공동체 속으로 이주해

---

9) 레비타운은 1950년대 뉴욕시 근교에 "레비트 엔 선즈"(Levitt and Sons)에 의해서 기획되고 건설된 신흥 중산층의 획일화된 주택단지로, 이후 미국 중산층 교외 공동체의 전형이 되었다. 레비타운 유형의 교외 타운들의 급속한 확산은 중산층의 급격한 확장을 의미했으며, 동시에 "사회적 계층의 구분을 흐리게 하는 결과도 초래했다"(Beuka 72). 그들 교외의 신흥 중산층은 "보편적 계층" 혹은 "만인을 대표하는" 계층이라고 여겨졌다(Ehrenreich 4). 그러나 "아이러니컬하게도 바로 이러한 광범위하고 획일적이며, 지배적인 중산층이 형성하는 교외의 무계급성으로부터 사회적 지위에 관한 우려를 악화시키는 결과가 파생되었다"(Beuka 72). 즉 기존의 우월감과 자부심을 유지해 왔던 중상류층의 교외 거주자들은 기계에서 찍어낸 듯 획일적인 환경을 만들어 자신들의 거주지에 인접해 들어오는 새로운 중산층들을 일종의 위협으로 느꼈고, 그들에 대해 거부감을 갖게 되었다.

오거나 주변에 또 다른 교외 공동체를 건설하려는 것을 우려하며 그것을 막기 위해 노심초사해 한다.[10]

　　그러한 경향은 「교외의 남편」("The Country Husband")에서 셰이디 힐 사회에 대해서 지극히 비판적인 태도를 지닌 인물인 클레이튼Clayton의 "그 지역을 영구화하는 데, 즉 바람직하지 못한 존재들을 떼어놓는 데 너무나 많은 에너지가 소모되었다"(338)라는 개탄 속에 압축적으로 시사된다. 그리고 외부인의 침입에 대한 그들의 불안이 「라이슨 네 가족」에서 주인공인 아이렌Irene에 의해서 직설적으로 표현된다. 그녀는 자기 집 문간에 "낯선 사람 ─씻지 않아 지저분한 사람, 외국인, 불량해 보이는 여러 자식들을 가진 아버지 …… 턱수염을 기르고 있는 사람, 입에서 마늘 냄새가 나는 사람, 책을 들고 있는 사람─이"(319) 와 있다는 생각에 늘 사로 잡혀 있다. 그 침입자들이 자신들의 "장미 정원을 망쳐놓고 부동산 가격을 떨어뜨릴"(319) 것이라고 불안해하는 것이다. 그래서 라이슨 씨 부부가 마을 의회 모임을 통해서 행하는 "시민 활동"은 자신들이 사는 지역의 "품격을 올리는 것"(upzoning, 319)에 국한되어 있다.

　　기득권을 가진 상류 중산층haute-bourgeois 집단은 신흥 중산층이 만들어 내는 새로운 주택단지들이 자신들의 문화적 환경을 위협할 뿐만 아니라 주변의 자연 경관을 해친다고 믿었다.[11] 셰이디 힐 지역 안에도 서로 다른

---

10) 윌리엄 화이트William Whyte는 교외 거주자들이 사회적 지위에 지대한 관심을 가지고 있다고 보았다: "새로 진입한 교외 거주자들이 더 품격이 높은 개발 단지로 옮겨 감으로써 사회적 신분 상승을 시도했을 뿐만 아니라, 그들은 종종 경제적으로 실패함으로써 더 등급이 낮은 교외나 중하위 계층으로 퇴보할 수도 있다는 두려움에 빠져 있었다"(341).

11) 상류 부르주아 계층은 새롭게 교외로 진입하는 사람들의 '침입'에 거부감을 느끼며, 한때는 시골 마을이었던 곳에서 목가적 이상향─사라져가는 '농경지', '후미진 골짜기', '숲이 우거진 산등성이'─이 사라져 가고 그 대신에 조립식 건물들로 채워진 교외 환경이 생겨나는 것을 개탄하였다: "이곳 석면 지붕널이나 손으로 쪼갠 지붕널, 플라스틱이나 스테인리스 강철, 단열 널판벽, 거실의 전망창, 차 두 대를 주차할 수 있는 차고, 좁다란 식당,

경제적 계층들이 인접한 주택단지에서 거주한다. 그리고 그러한 경제적 계층의 차이는 그 두 단지에 있는 건물의 구조와 주변 경관에서 확연한 차이를 나타낸다. 예를 들면 「교외의 남편」에서 주인공 프란시스 위드Francis Weed가 살고 있는 블렌할로우Blenhollow 주택단지는 부유층 주거지역이다: "위드 씨네 식민시대 네덜란드 풍의 저택은 차고 진입로에서 보이는 것보다 컸다. 거실은 널찍했으며 갈리아Gaul 땅처럼 세 부분으로 나뉘어져 있었다. 방은 잘 닦여 있었고 고요했는데 서쪽으로 나있는 창문들로부터 물처럼 눈부시고 맑은 늦여름의 햇살이 들어왔다. 모든 것이 잘 관리되고 있었고 반짝반짝하게 닦여 있었다"(326). 그런데 고급스러운 블렌할로우 주택단지에 비해 이웃의 다른 지역은 그처럼 부유하지 못하다. 예를 들면 「마시 플린트의 고민」에서 셰이디 힐의 또 다른 주거지역인 메이플 델Maple Dell은 "셰이디 힐에 있는 다른 그 어떤 곳보다도 개발의 분위기가 역력하다. 그곳은 주택들이 서로 어깨를 맞대고 달라붙어 들어서 있었다. 그 집들은 모두 흰색 목조 가옥들로 20년 전에 지어졌고, 각각의 집 옆에는 자동차가 한 대씩 주차되어 있었는데, 집 자체보다도 그 차들이 더욱 그럴듯해 보였다"(291).

메이플 델의 이처럼 상대적인 초라함과 이에 대한 부유층의 거부감이 「마시 플린트의 고민」의 중심 주제가 된다. 계급적 특권의식에 기초한 배타적 연대의식을 가장 직접적으로 묘사하는 그 단편은 셰이디 힐에 공공 도서관을 건립하려는 계획에 대해 마을의회에서 발생하는 분쟁을 다룬다. 소위 "도서관 파들"(the library partisans)은 주로 마을에 새로 이사 온 사람들이며, "반대파의 원내총무"(the opposition whip) 역할은 여성의원인 셀프리지 부인

---

비바람에 색 바랜 마차바퀴, 대용 딸기 통 가운데 식민시대 미국의 다층적 개축 구조물 속에서 교외 거주자들이 살고 있다. 그 사람들을 피할 도리가 없다"(Dobriner 400). 기존 중상류층은 교외의 개발을 스프롤 현상(sprawl, 불규칙하게 퍼져나가는 현상 혹은 난개발)으로 보았고 자신들의 특권에 대한 도전으로 여겼다.

Mrs. Selfredge이 맡고 있다. 엘리트 출신인 셀프리지 부인이 그처럼 반대하는 이유는 공공도서관을 지으면 셰이디 힐 마을 전체가 개발에 편승하는 듯한 인상을 주게 되고, 결국 메이플 델처럼 닮아가지 않을까 우려하기 때문이다. 결국 반대파들은 자신들의 공동체가 인근에 새로 들어서는 주택 개발단지인 카슨 팍Carson Park과 같은 수준 낮은 마을로 전락할까봐 우려한다.

메이플 델에 살고 있는 도서관파의 주도자인 맥함Mackham은 공공도서 관의 문화적 가치를 주장하지만, 시몬스 시장Mayor Simmons과 셀프리지 부인을 비롯한 주민들은 셰이디 힐에 사는 사람들이라면 당연히 각자 자기 집에 장서실을 가지고 있어야 한다고 주장한다. 문화적 향유 수준에 따라서 자신들의 집단적 정체성을 규정하려는 것이다.

> 셀프리지 부인은 그 일이 결코 해결된다거나 끝나지 않을 것이라는 생각에 화가 치밀었다. 그들[도서관파]은 셰이디 힐이 온통 개발 바람에 휘말리게 될 때까지 결코 [주장을] 멈추지 않을 것이다. 카슨 팍 프로젝트의 핏기 없는, 고난에 찌든 사람들이 그들의 우글거리는 애들과, 월 이자 상환의 굴레와, 그들의 통유리 창과, 똑같이 생긴 집과 나무들과, 진흙투성이의 비포장도로를 가지고 들어와 그녀가 가장 소중히 여기는 가치 개념들을 위협하는 것 같았다—그녀의 잔디밭, 그녀의 즐거움, 그녀의 재산 소유권, 심지어 그녀의 자존심마저도. (296)

셀프리지 부인이 대변하는 반대파들은 당시 언론이 대대적으로 광고하는 새로운 중산층을 위한 축복된 약속의 땅으로서의 교외 지역의 이미지에 대해 두려움과 혐오감을 갖고 있는 것이다. 즉 기득권층 주민들은 주거공간으로서 교외의 자연적·문화적 가치보다는 그곳의 투자 가치나 재산 가치를 더 중요시한다. 이런 맥락에서 볼 때 교외 공동체의 특성으로 여겨지는 무계층성은 인구통계에 의한 사회적 사실에 기초했다기보다는 유토피아적인 이상이 반영된 가설에 더 가깝다. 또한 교외 주민들의 '연대성'은 삶의 경험을 공유함으로써 얻어진 의식이라기보다는 문화적 자본의 우월을 과시하려는 배타적 집단의식인 것이다. 그런 이유에서 교외거주자들은 자신들의 이익에 반하는 집단이나 개인을 냉혹하게 배척한다.

## 4. 허약한 자아

교외 중산층이 추구하는 안정과 만족은 본질적으로 역설적인 가치이다. 그 가치에 대한 집착이 곧 그것이 상실되거나 침해될 수도 있다는 불안으로 이어지며, 그것을 향유하려는 순간 곧 무의미와 공허감으로 변질되기 때문이다. 그러한 관점에서 안정과 만족은 그 자체를 삶의 직접적인 목표로 추구하기에는 부적절한 가치들이다. 오히려 그것은 다른 도전적인 가치들을 추구할 때 수반되는 간접적인 가치이다. 교외 중산층의 기질적 특징은 조숙한 자기타협을 통해서 인생의 비교적 이른 시기에 더 이상의 모험적인 꿈과 도전을 포기하고 안정과 행복을 삶의 목표로 선택했다는 점이다. 치버의 「교외의 남편」에서 클레이튼은 셰이디 힐의 주민들을 미래에 대한 "위대한 꿈"이 없는 사람들이라고 규정한다(338). 치버의 단편들 중 대부분은 겉으로는 안정과 행복을 얻은 것처럼 보이는 삶을 누리는 교외 주민들의 내적 공허감과 불안 등의 심리적 고통을 묘사한다.

그러한 심리적 문제들을 파헤치는 작품들 중에서, 「술의 비애」("The Sorrows of Gin")는 알코올 중독에 빠진 부모의 세계를 어린 딸의 시각에서 제시하며, 「오 젊음과 아름다움」은 나이들고 노화되어 가는 자신에 대한 불안에 시달리는 중년 남성이 일탈 행동을 통해서 자멸해 가는 모습을 묘사하고, 「마시 플린트의 고민」은 배우자의 불륜으로 인해 파경위기에 맞이한 결혼생활을 들춰낸다. 「라이슨 네 가족」도 부부 사이의 정서적 단절로 인한 존재론적 공허감을 탐색하고, 「교외의 남편」은 가족 간의 소통의 부재로 인한 소외감과 그로 인해 중년의 위기에 처한 한 남성의 내면을 파헤치며, 「그가 누구인지 말해」("Just Tell Me Who It Was")는 아내의 부정을 알아챈 중년 남성의 좌절감을 다룬다. 이러한 작품들은 한결같이 안정된 것처럼 보이는 가정생활의 저변에 감춰진 부부의 내적 공허감을 표현한다.

중산층 교외거주자들은 이미 교외 생활을 선택하면서 인생의 도전과 성취를 포기하고 조숙한 자기타협을 통해서 안락을 추구하려고 결심한 사람들이다. 그들의 그러한 성향은 가정생활 내에서 각자 오로지 자기중심적인 만족감을 추구하는 데만 관심을 집중하는 태도로 나타난다. 「그가 누구인지 말해」에서 핌Will Pym은 젊은 시절 무일푼으로 사회생활을 시작하여 레이온 담요 회사의 부사장직에 오른 전형적인 자수성가형 인물이다. 그는 40세가 넘은 나이에 그를 "종종 아빠라고 부를"(371) 정도로 나이 어린 아내를 맞아 결혼했고 50세쯤에 교외로 이사하여, 이후의 인생의 목표로 안락한 삶의 추구를 선택했다. "도대체 걱정이라고는 없어 보이는" 그의 삶에서 행복의 주된 근원은 자신의 젊은 아내를 만족시키는 것이며, 그것을 통해서 "문자 그대로 즐거움에 신음하는" 것이다(371). 그러나 윌의 젊은 아내는 결국 그의 통제를 벗어나서 젊은 남자와 바람을 피우고 그는 정서적 공황상태에 빠진다.

한편 치버의 인물들에게 자기몰두는 소통의 단절로 인한 소외감을 야기하기도 한다. 셰이디 힐은 도시로부터의 경제적·문화적 이득을 공급받는다는 제한된 이해관계를 제외하고는 바깥세상의 도전과 투쟁, 성취와 고통으로부터 절연된 공간이다. 그곳 주민들은 정신적 활기와 역동성을 잃고 정체상태에 빠져있으며, 오직 자신만의 사소한 관심사에 몰두한다. 「교외의 남편」에서 중년의 프란시스 위드Francis Weed는 셰이디 힐의 정신적 무감각과 마비

현상에 환멸을 느끼고 정서적 위기에 직면한다. 그의 이웃사람들뿐만 아니라 심지어 그의 가족들도 그가 출장 여행 도중 겪은, 혹은 겪었다고 그가 주장하는, 충격적인 비행기 사고에 대해서 누구도 공감하지도, 믿지도, 들으려 하지도 않는다. 프란시스는 통근열차에서 만난 친구 트레이스 비어든Trace Bearden에게 절박했던 비행기 불시착에 대한 이야기를 들려주지만 도무지 믿으려 하지 않는다. "트레이스는 그의 이야기를 들었다. 그러나 어떻게 해야 그로 하여금 흥미를 갖게 할 수 있단 말인가? 프란시스는 자신이 경험한 죽음의 위협을 트레이스에게 재생시킬 수 있는 능력이 없었다. 특히 햇살이 내리쬐는 시골을 가로질러가고 있는 통근열차에서는 더욱 그랬다"(326).

완벽한 안전과 풍요가 보장된 셰이디 힐의 환경 속에서 사람들은 모두 각자 자신만의 사소한 관심사에 집중한다. 예컨대 라이트슨 부인Mrs. Wrightson은 자기 집에 어울리는 무늬와 규격의 커튼을 구입한 다음, 그것을 다시 교환하는 일에 몰두한다. 프란시스의 어린 아이들은 장난감을 차지하기 위해 싸우고 있으며, 큰딸은 『진정한 로맨스』(True Romance)라는 잡지에 몰두한 채 프란시스의 말에 대꾸조차 하려 하지 않는다. 아내 루이스는 내면의 "외로움과 혼돈"을 피하기 위해 빈번히 벌어지는 파티에 집착한다(329). 셰이디 힐에서는 거의 모든 사람들이 외부 세상사에 대해 관심을 갖지 않고 있을 뿐만 아니라, 과거와 전쟁의 고통스러운 기억으로부터도 자신을 철저히 절연시키고 있다. 그들에게는 "기억 자체가 퇴화한 기관인 맹장과 같은 어떤 것이 되었다"(330). 셰이디 힐 공동체는 이처럼 구성원들 간의 소통과 공감이 고갈된, 정서적으로 고립된 개인들의 사회이다.

[프란시스는] 누구에게도 [자신의 고통과 기억에 대해] 말할 수 없었다. 만약 그가 저녁 식사 자리에서 그런 이야기를 한다면 그것은 인간적·사회적 과오가 될 것이다. 파쿼슨 씨the Farquarsons 집 거실에 모인 사람들은

과거라거나 전쟁 따위는 없었다는 서로간의 암묵적인 주장으로 단단히 결속되어 있는 것 같았다. 즉 다들 세상에는 위험이나 근심거리는 절대 없다는 주장에 굳게 동의하고 있는 것 같았다. 인류사의 어느 진행 지점에서 이 특별한 모임이 생겨났을 것이다. 그러나 셰이디 힐의 분위기는 무엇을 기억한다는 것을 부적절하고 무례한 짓으로 만들었다. (331)

셰이디 힐에서의 소통의 단절은 결국 존재에 대한 불안과 우울증을 야기한다. 「라이슨 네 가족」에서 도널드 라이슨Donald Wryson의 아내인 아이렌은 밤에 셰이디 힐에 수소폭탄이 터지는 악몽을 반복적으로 꾸지만, 그런 꿈이 낮 동안 자신의 활동ー"그녀의 정원, 마을의 등급을 올리려는 그녀의 관심, 그녀의 안락한 생활"ー과 왜, 어떻게 관련되는지 의아해 한다(320).

한편 남편인 도널드는 그녀보다 더욱 심각한 우울증에 시달린다. 그는 자신의 우울증을 오직 아무도 몰래 한밤중에 케이크를 굽는 부조리한 행동을 통해서만 완화하려 한다. 그리고 그러한 행동은 어린 시절 그의 아버지가 어머니와 자신을 버린 이후에 그의 어머니가 그에게 가르쳐준 것이었다. 아이렌의 꿈이 그렇듯이 도널드가 빵을 굽는 습관도 가족들 서로에게 철저한 비밀이다. 그런데 어느 날 밤 아이렌은 꿈을 꾸다가 연기 냄새에 잠에서 깬다. 그녀는 세상의 종말이 왔다고 생각한다. 그러나 알고 보니 도널드가 타버린 케이크를 바라보며 손으로 머리를 감싸고 탄식하고 있다. 아이렌은 창문으로 달려가 문을 열어 연기를 빼내려다가 주저한다.

왜냐하면 만약 문간에 어떤 모르는 사람ー[아마도] 턱수염을 기르고 책을 들고 있는 그런 사람ー이 있다면 그가 그들 부부가 네 시 반이 넘은 새벽에 잠옷 바람으로 연기가 가득 찬 부엌에 서 있는 것을 보면 어떻게 생각할까하는 우려가 들었기 때문이다. 그들은 인생의 복잡함에 대한 어떤 이해―아마도 일순간―에 이르렀음에 분명하다. 그러나 그것은 단지 순간적인 것에 불과했다. …… 그들은 전등을 끄고 계단을 올라갔다. 인생에 대해 이전보다도 더 혼란스럽게 된 채. (324)

라이슨 가족은 치버의 다른 여러 인물들과 마찬가지로 존재론적 불안에 시달리며 사회 및 가족 구성원들 서로로부터 각자 철저히 소외되어 있다. 그들은 그 공간 내에서 자신들의 지위의 안전에 대해서 뿐만 아니라 존재 자체에 대해 확신하지 못한다. 「세상의 비전」("A Vision of the World")에서 서술자의 아내는 남편에게 자신이 마치 텔레비전의 시트콤에 나오는 인물 중 한 사람인 것처럼 느껴진다고 말한다. 그녀는 자신이 시트콤의 엄마들처럼 매력적이고 옷을 잘 입었으며, 명랑하고 멋진 아이들을 가졌다는 것을 알고 있다. 그럼에도 불구하고 그녀는 "내가 흑백 화면 속에 있으며 누군가가 텔레비전을 끄면 사라져버릴 수 있다는 끔찍한 느낌이 든다. 내가 꺼져버릴 수 있다는 끔찍한 느낌이 든다"(514)고 고백한다.

　　치버의 소설에서 교외의 주민들이 삶의 멋진 겉모습을 성취해 갈수록, 즉 TV 시트콤의 가족을 닮아 갈수록, 그처럼 외관상 성공적인 모습에 위장된 존재론적 두려움과 내적 공허감은 더욱 커진다. 각자 자신의 개인적 행복 추구에 집착할수록 그만큼 더 그들의 자아가 허약한 상태에 있음이 드러난다. 그 이유는 역설적이게도 그들이 근본적으로 "타자지향적"(other-directed) 가치관을 가지고 있기 때문이다.12) 그들이 그처럼 사회의 가치에 순응하려는

---

12) 데이비드 리스만David Riesman은 1950년대 미국 교외 거주자들의 사회적 순응성과 생활 양상의 획일성을 지적하면서, 그들이 옷맵시, 구입하는 상품, 그리고 주거 공간의 구성뿐만 아니라 사고방식에 있어서도 사회적 유행에 취향을 맞추려 했다고 주장한다. 리스만에 따르면, 이처럼 '타자 지향적인' 사람들은 외적으로 표현된 행동양식에 있어서나 내면적인 사고방식과 가치관에 있어서나 모두 사회의 기준에 순응하는 사람들이다(19-24). 비슷한 맥락에서 윌리엄 화이트William Whyte도 당시 교외 거주자들이 사회적 여론이나 소속감을

태도를 가졌다는 것은 곧 자신들의 행동에 대한 내적 자기 원칙이 결여되어 있는 것을 의미한다. 사회적 순응을 통해서 개인적 행복을 얻으려는 그들의 자기몰입이 사실은 그들의 허약한 자아를 반영하는 것이다. 요컨대 교외거주자들은 공동체 소속감에 의존하면서도 고립되어 있고, 자기중심적이면서도 타자지향적이며, 개인성을 주장하면서도 순응주의적인 모순된 성향을 보인다.

특히 자아의 욕구에 대한 그처럼 모순된 이중성이 당시 미국 교외의 남성들이 나타낸 동성애, 절도, 특이행동 등의 심리적 요인으로 작용한다. 그러한 맥락에서 마이클 키멜Michael Kimmel은 1950년대 미국 남자들이 "얼굴도 없고, 자아도 없는 비실체로서의 과도한 순응주의자이면서 동시에 예측할 수 없고 믿을 수 없는 비순응주의자"(236)로서의 모순된 행동 양상을 나타냈다고 설명한다. 실제로 치버의 인물들은 사회적 순응에 따른 자기억압과 그로 인해 초래되는 존재론적 무의미의 고통을 극복하기 위해서, 스스로 감각적 자극과 일탈적 고난을 자초한다. 셰이디 힐의 대부분의 주민들은 공허감에 맞서려는 심리적 반응으로 술과 파티에 집착하며, 종종 비상식적인 일탈 행위를 하거나 사회의 도덕적 규범에 어긋나는 사소한 사건을 일으켜 삶의 자극을 추구하기도 한다. 즉 그들은 "고민에 대한 갈망"(hunger for trouble)이라는 모순된 심리상태에 처해 있다.[13]

---

갖는 것 등을 중요시했다고 설명한다. 화이트는 그들이 "사회적 윤리"에 순응하려는 태도를 갖게 되면서, 창의성이나 개인적 성취 그리고 혁신 등의 가치를 포기했다고 본다(7). 리스만과 화이트는 1950년대 교외 거주자들의 사회적 순응성을 당시 미국의 경제 구조가 중소기업 체제로부터 대기업 위주의 대량생산과 대량소비경제로 전환되는 과정에서 초래된 하나의 현상이라고 평가한다. 즉 획일적이고 몰개성적인 생활방식과 인간성의 출현으로 본다.

13) '고민에 대한 갈망'이라는 표현은 오브리Aubry가 자신의 논문의 제목으로 사용한 개념으로 치버의 인물들이 전후 획일화된 사회적 가치에 순응해야하는, 즉 정상 상태를 유지해야 하는 압박감 때문에 오히려 사적인 영역에서는 부조리한 행동을 하거나 일탈적인 사건을

실제로 셰이디 힐과 불릿 파크과 같은 교외 마을에서 일상생활의 가장 보편적이고 두드러지는 특징은 파티와 술이며, 그것이 그곳 주민들의 주된 관심사이기도 하다. 「술의 비애」에서는 알코올 중독에 빠져 "천박스럽게 타락한 어른들의 세계"(208)가 초등학교 4학년 여자아이인 에이미Amy의 시각에 비쳐진다. 그녀의 부모는 가정생활의 대부분을 밤늦게 까지 파티를 즐기거나 몸을 가누기 힘들 정도로 술에 빠져 지낸다. 에이미의 아버지인 로튼 씨Mr. Lawton는 종종 집에서도 술에 취해 방문의 손잡이를 제대로 잡지 못할 지경이다. 그리고 어른들의 부패한 음주문화가 아이의 놀이와 인식 속에 스며들 정도이다.

> 에이미가 매년 서커스에서 …… 외줄 타는 사람이 연기로 행하는 것을 보았던 비틀거리고 흐느적거리는—그리고 종종 그녀 스스로 흉내 내기를 좋아했던—걸음걸이를 그녀의 부모가 결코 애써 몸에 익힌 것은 아니었다. 그 애는 잔디밭에서 빙빙 도는 것을 좋아했는데, 다리에 힘이 풀리고 약간 구역감이 돌아 "나는 술 취했다. 나는 술 취한 사람이다"라고 외치며 잔디밭위에 막 넘어지려는 것처럼 비틀거리다가 순간 다시 몸을 일으켜 세우곤 했다. 그 순간 그 애는 잠시 세상을 바라보는 능력을 잃게 되는 것도 불행하지는 않다는 것을 알게 되었다. (204)

그녀의 부모는 아이인 에이미에게는 엄격한 규율을 강요하며 가정부에게는 몰인정하기 그지없다. 그녀는 그처럼 몰인정하고 술에 젖은 어른들의 실제와

---

일으키게 된다는 것이다. 오브리는 교외 중산층이 자신들의 개인성을 표현하려는 왜곡된 욕구가 일탈과 위반transgression의 형태로 나타난 것이고, 그것이 그들의 삶의 활력을 회복하려는 한 방편이 된다고 본다(60). 한편 키이스Wilhite Keith는 치버의 소설에서 훔쳐보기, 사적 영역의 침범, 그리고 절도 등 '위반 행위'가 교외에서 "신체적으로나 사회적으로나 필연적인 것"이며, 그 위반 행위 속에서 교외의 "다의적 지리학을 보완하는 행동 동기의 모호한 양상"을 발견할 수 있다고 주장한다(217).

환상이 구분되지 않는 세계가 "우둔하고 서툰 손길로 덧대서 기운, 낡아빠진 삼베 조각처럼 조잡하고 허술하다"(208)고 생각한다. 그리고 그녀는 마침내 가출을 시도한다.

「수영하는 사람」의 배경이 되는 불릿 파크의 주민들에게는 밤새워 벌이는 칵테일파티와 과음 그리고 다음날 아침 이어지는 숙취가 모든 마을사람들의 연대감을 확인하는 경험의 공통성이 된다. 일요일 아침이면 여기저기 사람들이 둘러 앉아 모두들 "지난밤에 과음했나봐"라고 한결같이 말한다: "교회 문을 나서는 교구민들이 낮은 소리로 그 말을 하며 …… 성직 제복 속에 검은 사제복을 들썩거리는 목사님 자신의 입에서도 그 말이 나오고 …… 골프장에서도 테니스 코트에서도 그 말은 들리며, 야생생물 보호지역에서 오더본Audubon 그룹의 지도자도 지독한 숙취에 시달리며 그 말을 내뱉는다. …… 그리고 루신다 머릴Lucinda Merrill도 '우리 모두 너무 많이 마셨어'라고 말한다"(603). 그들은 술과 파티에 젖어 있는 생활을 함축하는 '간밤에 과음했나봐'라는 표현을 통해서 자신들의 공동체적 정체성과 소속감을 확인하고 과시하는 것이다.

교외주민들의 허약한 자아가 사회적 압박감과 존재의 공허함에 대응하는 보다 더 개인적이고 특이한 반응은 일탈과 기행이다. 「치유」("The Cure")에서 이름을 밝히지 않는 서술자 "나"는 가정불화로 아내 레이첼Rachel이 아이들을 대리고 집을 나가버린 다음 심한 심리적 불안감에 시달린다. 통근열차로의 출퇴근, 단골 식당에서의 저녁식사, 뉴욕시에 있는 직장에서의 업무, 안락해 보이는 이웃 사람들과의 대화 등 지극히 익숙한 그의 일상은 평소와 전혀 달라 보이지 않지만 사실 그는 심리적으로는 치료를 받아야할 만큼 고통스럽고 불안정한 상태이다. 그는 무엇보다도 한밤중에 자신의 집을 누군가 훔쳐보는 사람, 즉 "피핑 탐"(Peeping Tom, 159)이 있다는 생각에 밤새 잠을 이루지 못한다. 그는 그 범인을 어렴풋이 보았다고 스스로 믿으며 그 사람이 이웃에 사는 마스턴 씨Mr. Marston일 것이라고 단정하지만, 정작 다음날 아침 기차역에서 만난 마스턴 씨는 가족들과 평화롭고도 다정한 모습이다.

저녁에 칵테일파티에서 우연히 만난 나이든 여배우인 그레이스 해리스 Grace Harris가 그에게 조소하듯 내뱉은 "당신 목에 밧줄이 걸려있는 게 보이네요"(162)라는 말이 계속해서 머릿속에 떠올라 줄곧 시달리다가 밤중에 자기 집 지하실에 작은 배를 매달아 놓는 밧줄을 잘라내어 불태워버린 뒤에야 잠자리에 들 수 있을 정도이다. "나"의 정서적 불안정은 점심을 먹은 다음 들른 옷가게에서 우연히 마주친 어떤 매력적인 젊은 여성을 스토킹stalking하는 행위에서 더욱 현실적으로 드러난다. 그는 "마담, 제 손으로 당신의 발목을 좀 만져보도록 해 주세요. 제가 하고 싶은 것은 그것뿐입니다. 그것이 내 목숨을 구해 주는 일이거든요"(163)라는 말을 머릿속에서 되뇌며 그 여자로 하여금 위협감을 느끼게 하는 행동을 계속한다.

「치유」에서의 "나"보다 더욱 막연하고도 근본적인 불안과 공허감에서 기이한 행동을 하는 경우가 「라이슨 네 가족」과 「세상의 비전」, 「오 젊음과 아름다움」 등에서 극화된다. 「라이슨 네 가족」에서 중년의 도널드는 설명할 수 없는 공허감을 치유하려는 자구적 행위로 목적도 없이 한밤중에 가족들 몰래 빵을 굽는 행위를 반복하며, 또한 「오 젊음과 아름다움」에서 나이든 육상선수인 주인공 캐시 벤틀리Cash Bentley는 매번 밤샘 파티의 끝자락에 집안의 가구들을 끌어내 놓고 혼자서 "장애물 경주"(210)를 벌인다. 경제적으로 부유하지 못하지만 아직은 젊음이 남아 있다고 믿는 벤틀리는 자신의 체력을 과시함으로써 셰이디 힐 컨트리클럽 사회에서 근근이 사회적 신분을 유지하려고 애쓴다. 그는 자신의 늘어가는 "나이와 줄어드는 머리숱"(210)에 대한 불안감 그리고 고되고 단조로운 가사일과 무력감에 시달리는 그의 아내의 불평에 대처하는 수단으로 술에 취한 상태로 새벽에 가구들 뛰어넘기를 반복하는 것이다. 그러나 그와 같은 비정상적인 행동 때문에 주위 사람들이 하나

둘씩 그를 피하게 되자 자신의 젊음과 아름다움을 회복하려는 마지막 도전을 행한다. 그는 충동적으로 자기 집의 가구들을 정렬시켜 놓고 또 한 번의 장애물 경주를 벌이려는 것이다. 그러나 그는 아내인 루이스Louis에게 출발 신호로 그의 권총을 발사할 것을 지시하고 소파를 뛰어넘어 장애물 경주를 하려는 순간 루이스가 발사한 실탄에 맞아 죽게 된다.

교외 중산층의 생활에서 나타나는 알코올 중독, 관음증, 절도, 그리고 여러 가지 기이한 행동과 같은 특징들은 그들이 삶의 안락을 얻기 위해 내적 충만감을 잃어버린 데서 비롯된 것이다. 자신들이 선택한 사회적·심리적 중간경관에서 그들은 지속적인 내적 충만감을 얻기 위해 필수적인 삶의 도전과 응전을 스스로 포기했다. 대신에 그들은 삶의 안락에서 생겨나는 존재론적 무의미성을 극복하기 위한 방편으로 작은 자극들을 단속적으로 자작해 낸다. 그들은 확보된 안정 속에서 자극을, 보장된 안락 속에서 고난을 갈구하게 되며, 그들의 자기몰입은 타자지향적 가치관을 초래하게 된다. 그러나 중산층의 심리적 고통은 하층민들이 겪게 되는 생존을 위한 절박한 고통과는 그 성격이 근본적으로 다르다. 그것은 외적 조건에 의해서 생겨난 고통이 아니라 개인의 마음이 스스로 빚어낸 내적 고통이기 때문이다. 따라서 그것은 자기연민과 자기치유의 성격을 띤 역설적 고통이다. 「세상의 비전」에서 서술자의 아내가 호소하는 고통이 그러한 심리적 병리현상을 설명한다.

내 아내는 종종 자신의 슬픔이 슬픈 슬픔이 아니라는 것 때문에 슬퍼한다. 자신이 느끼는 고뇌가 참담한 고뇌가 아니라는 것 때문에 마음이 아파진다. 자신의 비통함이 통렬한 비통함이 아니라는 것 때문에 비통해한다. 그리고 내가 그녀에게 자신의 '슬픔의 부적절성에 대해 슬퍼하는 그런 슬픔'이 인간 고통의 스펙트럼에서 새로운 색조가 될 수 있다고 말해 주어도 그녀는 위안을 받지 못한다. (514, 필자 강조)

그녀의 고통은 객관적으로 입증할 만한 원인을 가지고 있지 않으며, 오히려 자신이 누리는 안락한 삶의 궁극적인 의미에 대한 회의와 불확실에서 비롯된 지극히 주관적인 심리적 고통이다. 교외 중산층의 이러한 고통에 대해서 캐서린 저카Catherine Jurca는 백인 중산층이 자신들의 곤경을 특징짓는 언술은 자신들이 "희생자의 처지에 놓였다고 주장함으로써 어떤 권력을 얻으려는 수사법"(19)에 불과하며14), 그들이 전반적으로 번영을 누리고 있기 때문에 그처럼 불평할 근거가 없다고 본다. 반면에 오브리는 중산층의 비탄에는 "종종 연극적인 성격이 깃들어 있기는" 하지만, "반드시 그것이 그들의 고통의 타당성이나 존재 자체를 부인할 이유가 되지는 않는다"(13)고 본다. 즉 그들의 고통이 가짜는 아니라는 것이다.15)

## 5. 현상 유지

교외 중산층은 심리적 왜곡과 존재론적 공허감에 고통당하고 있음에도 불구하고 현재 삶의 상태를 유지하려는 경향이 강하다. 따라서 그들은 일시적인

---

14) 저카는 교외 중산층에 속하는 작가들이 작품을 통해서 자신들의 삶을 스스로 신랄하게 풍자하는 것처럼 보이지만, 사실은 자신들의 처지를 짐짓 과장되게 표현함으로써 다른 계층의 사람들에게 전략적으로 자기합리화를 시도하거나 자기변명을 꾀한다고 주장한다. 그녀는 교외 중산층에 속하는 작가들의 그러한 행위는 외부로부터의 실질적인 비난을 면하려는 의도가 내포되어 있다고 비판한다.

15) 오브리는 "고통을 연기로 행하는 것과 고통의 진정한 경험을 구분하는 것은, 특히 배우들이 자신들의 연기에 확신을 갖고 있는 경우에 매우 어렵다. 1950년대에 행해진 '켈리 장기적인 연구'(Kelly Longitudinal Study)에 응답했던 600명의 교외주민들이 …… 가슴깊이 극도의 불만 느끼고 있다고 피력했으며, 그들의 그러한 비애가 단순히 거짓된 것이라고 단정할 근거는 없다"(13)고 주장한다. 즉 "물질적 궁핍이 고난의 가장 절박한 원인 중의 하나인 것은 사실이지만 그것만이 절대적인 원인이 되는 것은 아니며"(13), 중산층은 물질적 풍요에도 불구하고 심각한 고통을 겪고 있다는 것이다.

위반과 일탈을 범하지만 결국 교외의 평화로운 중간경관에 다시 흡수되고, 그 사회는 여전히 자체의 질서를 유지해 간다. 「치유」에서 "나"는 아내가 집을 나간 뒤 며칠 동안 극심한 불안감에 시달리지만 아내로부터의 전화를 받고 곧 그녀와 화해하고 "이전 그 어떤 때보다도 더욱 더 행복하다"고 느끼며, 마을의 "모든 사람들이 무사하다"(164)고 생각한다. 「술의 비애」에서 에이미는 부모의 알코올 중독과 도덕적 부패에 환멸을 느껴 가출을 시도하지만, 결말 부분에서 곧 어른들에게 발견되어 집으로 되돌아오게 된다. 그리고 그녀의 아버지 로튼 씨는 "내 집, 스위트 홈이 그 어떤 곳보다도 최고의 곳임을 이 애에게 어떻게 가르쳐줄 수 있을까?"(209)를 고민한다.

「5시 48분 통근열차」("The Five-Forty-Eight")에서 블레이크 씨Mr. Blake는 그가 해고시킨 여비서 덴트 양Miss Dent에 의해서 셰이디 힐 행 통근열차 속에서 권총으로 위협당하고 기차역 부근에서 도로의 진흙탕에 얼굴을 처박히는 수모를 당하지만, 결국 "무사하게" "집으로 걸어온다"(247). 「셰이디 힐의 주택절도범」의 조니 헤이크도 운 좋게 직장에 복직되고, 훔쳤던 돈을 몰래 다시 되돌려 놓은 다음 죄의식을 홀가분하게 떨쳐내 버리고, "어둠속에서 유쾌하게 휘파람을 불며"(269) 집으로 돌아온다. 「마시 플린트의 고민」에서 찰스 플린트Charles Flint는 아내 마시의 외도를 눈감아주기로 결심하며 "나는 내 아이들이 자라나는 모습을 지켜보겠으며 그들의 삶을 보호해 줄 것이고 마시를 어루만져 줄 것이다—사랑스런 마시, 사랑하는 마시, 마시 내 사랑. 나는 내 몸으로 감싸 어둠의 모든 해악들로부터 그녀를 보호할 것이다"(301)라고 결심한다. 마찬가지로 「그가 누구인지 말해」에서 월도 젊은 아내의 외도 상대 남자를 확인한 후, 결국 아내 마리아Maria와의 "비옥한"(385) 교외생활을 유지하기로 결심한다.

「교외의 남편」은 셰이디 힐의 정신적 마비와 그에 대한 저항으로서의 도덕적 일탈, 그리고 이후 다시 그 공동체의 현상status quo과 경관 속으로 흡수되는 과정을 가장 극적으로 보여 준다. 프란시스는 가정과 사회에서 소통의 단절과 그로 인한 정서적 무감각에 대해 청소년기적 반항심을 표출하기도 하고, 자신의 집에 베이비시터로 온 여학생에 대해 애정을 느끼는 등 중년의 정서적 위기가 겹쳐 심리적 좌절을 겪는다. 그의 심리적 불안정은 일상생활을 이어갈 수 없는 정도에 이르러 그는 마침내 "더 이상 견딜 수 없었고 이제는 선택을 해야만 하는 지점에 이르렀다"(344).

> 그는 레이니 양Miss Rainey처럼 정신과 의사에게 치료받으러 갈 수도 있었다. 교회에 가서 자신의 욕망에 대해 고백할 수도 있었다. 자신이 한 영업사원에게 권해 주었던 웨스트 70번가에 있는 덴마크식 마사지 업소에 갈수도 있었다. 그녀[베이비시터]를 강간할 수도 있었다. 혹은 어떻든 그가그런 짓을 하지는 않을 것이라는 믿음에 이를 수도 있었다. 아니면 술에취할 수도 있었다. (344)

그리고 결국 그가 선택한 것은 정신과 치료를 받는 것이었다. 프란시스는 정신과 의사 허조그 박사Dr. Herzog의 도움을 받으며 결국 셰이디 힐 사회의 질서에 재적응하고 그곳 경관에 다시 흡수된다.

> 일주일이나 혹은 열흘쯤 지난 뒤 셰이디 힐의 일상이다. 7시 40분 통근열차가 들어 왔다 떠나갔다. 이집 저집에서 사람들은 저녁식사를 마쳤으며 식기세척기가 접시를 닦고 있다. 그 마을은 도덕적으로나 경제적으로나 한 가닥 실에 매달려 있다. 그러나 그곳은 저녁을 밝히는 불빛 속에서 그 실에 매달려 있다. …… 프란시스 위드는 자기 집 지하실에서 커피 테이블을 만들고 있다. 허조그 박사가 치료를 위해 목공예를 권고했다. 프란시스는 그 일을 하는 데 필요한 단순한 산수arithmetic와 새로운 목재의 향긋한 냄새로부터 진정한 위안을 얻는다. 프란시스는 행복하다. (345)

저녁시간에 마을사람들은 모두 각자 자신의 지극히 사소한 일상의 관심사에 몰두한다. 매스터슨 부인Mrs. Masterson은 부랑아처럼 마을의 이집 저집을 떠돌아다니는 소녀인 거트루드Gertrude를 쫓아 보내느라 신경이 곤두서 있고, 뱁콕스 부부The Babcocks는 테라스의 문을 활짝 열어놓은 채 집안에서 벌거벗은 몸으로 서로를 뒤쫓아 뛰어다니며, 프란시스의 아내 줄리아는 정원에서 장미를 손질하고 있고, 나이든 닉슨 씨Mr. Nixon는 새 모이를 훔쳐 먹는 다람쥐들을 쫓아내느라 바쁘다. 그리고 마을에는 어둠이 내리고 밤이 온다(345-46). 그들은 자신들의 정신적 정체 상태를 고착화하는 셰이디 힐의 환경에 이미 익숙해져 있다.

작가와 문화비평가들의 교외에 대한 가시 돋힌 비판에도 불구하고 교외는 외부인들에게는 이상적인 주거환경을 상징하는 지리적 중간경관이 된다. 또한 그곳은 내부 주민들의 의식에서 드러나는 정서적 왜곡과 고통에도 불구하고 그들에게 여전히 가장 살만한 곳으로 인식된다. 「셰이디 힐의 주택절도범」에서 서술인인 헤이크는 자신이 살고 있는 마을에 대해서 "교외는 도시 계획가들과 모험가들, 그리고 서정 시인들에 의해서 비판의 대상이 되고" 있음에도 불구하고, "만약 당신이 도시에 직장을 가지고 있고 길러야할 아이들이 있다면 나는 이보다 더 좋은 장소는 없다고 생각한다"(258)고 자평한다. 미국적 주거 환경에서 셰이디 힐은 특별한 장소가 아니다. 그곳에는 가로수들 사이에서 새들이 노래하고, 스프링클러가 물을 뿌리는 잔디밭에서 아이들이 뛰놀고, 화사한 정원이 가꾸어져 있으며, 뒤뜰에서 사람들이 스테이크를 굽고 있다. 미국인들은 그런 장소에서 살고 있거나 살기를 희망하거나, 혹은 그런 곳을 보았거나 방문한 적이 있을 것이다. 요컨대 그곳은 미국 백인 중산층의 잃어버린 사랑, 불행한 결혼 생활, 지나친 음주, 은밀한 불륜, 재정 문제에 대한 감춰진 불안감, 존재론적 공허감에도 불구하고 미국의 보통 사람들이 자신들의 삶을 치열하게 이어가는 장소이다.

치버는 그의 교외 소설에서 교외생활을 통해서 안정과 안락을 추구하려는 미국 중산층의 욕구에 역설적이게도 그러한 상태로부터 탈출하고 싶은 욕구가 결합되어 있으며, 그 두 충동이 서로 분리될 수 없다는 사실을 조명한다. 그래서 치버의 인물들은 평범한 생활 속에서 행복해지고 싶은 욕구와 그 평범한 생활로부터 벗어나고 싶은 욕구 사이에 심리적 방황을 계속한다. 치버의 풍자적인 통찰력은 안정과 자극이라는 두 상반된 가치 사이에서 심리적 진자운동을 계속하는 것 자체가 사람들이 추구하는 평범한 삶의 본질이며, 나아가서 인간성의 한 근본적인 조건임을 꿰뚫어 본다. 그런 의미에서 지리적·심리적 중간경관으로서의 교외는 자연과 문명, 상류층과 하층민, 안정과 도전, 개인의식과 집단의식 사이에 매달린 중간 존재로서 인간의 위치가 가장 극명하게 구현되는 공간이다.

## | 인용문헌 |

### 제1장

존슨, 마크. 『도덕적 상상력: 체험주의 윤리학의 새로운 도적』. 노양진 역. 파주: 서
    광사, 2008.

Adas, Michael. *Machine as the Measure of Men: Science, Technology, and Ideologies of
    Western Dominance*. New York: Cornell UP, 1989.

Bookchin Murray. *The Ecology of Freedom: The Emergence and Dissolution of Hierarchy*.
    Edinburgh: AK Press, 2005.

Brulle, Robert J. *Agency, Democracy and Nature: The US Environmental Movement from
    a Critical Theory Perspective*. Cambridge, MA: MIT P, 2000.

Clark, Timothy. *The Cambridge Introduction to Literature and the Environment*.
    Cambridge: Cambridge UP, 2011.

Cronon, William. "Forward to the Paperback Edition." *Uncommon Ground: Toward
    Reinventing Nature*. Ed. William Cronon. New York: Norton, 1996. 19-22.

_____. "Toward Conclusion," *Uncommon Ground: Rethinking the Human Place in
    Nature*. Ed. William Cronon. New York: Norton, 1996. 447-60.

Dewey, John. *A Common Faith*. New Haven. Conn.: Yale UP, 1934.

Eames, Morris S. *Pragmatic Naturalism: An Introduction*. London: Feffer & Simons, 1977.

Eckersley, Robyn. *The Green State: Rethinking Democracy and Sovereignty*. Cambridge, MA: MIT P, 2004.

Emerson, Ralph Waldo. *Selected Writings of Emerson*. New York: Modern Library, 1950.

Harrison, Robert Pogue. *Forest: The Shadow of Civilization*. U of Chicago P, 1992.

Hawthorne, Nathaniel. "The New Adam and Eve." *Mosses from an Old Manse. Vol. 10. The Centenary Edition of the Works of Nathaniel Hawthorne*. Eds. William Carvat, Roy Harvey Pearce, and Claude M Simpsom. Columbus: Ohio State UP, 1974.

Joas, Hans. "The Genesis of Values." *Pragmatism and Literary Studies*. Ed. Winfried Fluck. Tübingen: Gunter Narr Verlag Tübingen, 1999. 207-26.

Kahn Jr., Peter H. *The Human Relationship with Nature: Development and Culture*. Cambridge, MA: MIT P, 2001.

Kahn Jr., Peter H. and Others. "The Human Relation with Nature and Technological Nature." *Current Directions in Psychological Science* 18.1 (2009): 37-42.

Kellert, Stephen. R. *The Value of Life: Biological Diversity and Human Society*. Washington D.C.: Island Press, 1996.

Kellert, Stephen R. and Edward W. Wilson, eds. *The Biophilia Hypothesis*. Washington D.C.: Shearewater Books, Island Press, 1995.

Lakoff, George. *Women, Fire, and Dangerous Things: What Categories Reveal about the Mind*. Chicago: U of Chicago P, 1987.

Leopold, Aldo. *A Sand County Almanac and Sketches Here and There*. New York: Oxford UP, 1949.

Lopez, Barry. "Natural History: An Annotated Booklist." *Antaeus* 57 (1986): 283-97.

Merchant, Carolyn. "Reinventing Eden: Western Culture as Recovery Narrative."

*Uncommon Ground: Rethinking the Human Place in Nature.* Ed. William Cronon. New York: Norton, 1996. 132-70.

Muir, John. *My First Summer in the Sierra.* Boston: Houghton Mifflin, 1988.

Nash, Roderick F. *The Rights of Nature.* Madison: U of Wisconsin P, 1989.

Nye, David E. *America as Second Creation: Technology and Narratives of New Beginning.* Cambridge, Massachusetts: MIT P, 2003.

Orr, David W. "Love It or Lose It: The Coming Biophilia Revolution." *The Biophilia Hypothesis.* Eds. S. R. Kellert and E. O. Wilson. Washington D.C.: Island Press, 1993. 415-40.

Payne, Daniel G. *Voices in the Wilderness: American Nature Writing and Environmental Politics.* Hanover and London: UP of New England, 1996.

Ruse, M., and Wilson, E. O. "The Evolution of Ethics." *New Scientist* 108.17 (1985): 50-52.

Satterfield, Terre and Scott Slovic. *What's Nature Worth?: Narrative Expressions of Environmental Values.* Slat Lake City: The U of Utah P, 2004.

Stocker, Michael and Elizabeth Hegeman. *Valuing Emotions.* New York: Cambridge UP, 1996.

Taylor, Bob P. "Environmental Ethics and Political Theory." *Polity* 23 (1991): 567-83.

Thoreau, Henry D. *Walden and Other Writings.* New York: The Modern Library, 2000.

Tichi, Cecelia. *New World, New Earth: Environmental Reform in American Literature from the Puritans through Whitman.* New Haven and London: Yale UP, 1979.

Tuan, Yi-Fu. *Escapism.* Baltimore & London: Johns Hopkins UP, 1998.

Whittier, John Greenleaf. "Pawtucket Falls." *Whittier, Prose Works, Vol. 2.* Boston: Ticknor and Fields, 1866.

Williams, Raymond. *Keywords.* London: Flamingo, 1996.

Wilson, Edward O. *Biophilia.* Cambridge, MA: Harvard UP, 1984.

## 제2장

강규한. 「『월든』 다시 읽기: 문학생태학의 새로운 모형」. 『영어영문학』 49.3
(2003): 565-81.

노양진. 「비트겐슈타인과 철학의 미래」. 『몸·언어·철학』. 파주: 서광사, 2009.

신문수. 「소로우의 『월든』에 나타난 생태주의적 사유」. 『영어영문학』 48.1 (2002):
169-90.

Botkin, Daniel B. *No Man's Garden: Thoreau and a New Vision for Civilization and
Nature*. Washington D.C.: Island Press, 2001.

Clark, John. "How Wide Is Deep Ecology?" Eric Katz et al., eds. *Beneath the
Surface*. Cambridge, Mass.: MIT P, 2000.

Dewey, John. *A Common Faith*. New Haven, Conn.: Yale UP, 1934.

Eames, Morris S. *Pragmatic Naturalism: An Introduction*. London: Feffer & Simons,
1977.

Emerson, Ralph Waldo. *Selections from Ralph Waldo Emerson*. Ed. Stephen E.
Whicher. Boston, Mass.: Houghton Mifflin Company, 1960.

Johnson, Steven. *Emergence: The Connected Lives of Ants, Brains, Cities, and Software*.
New York: Simon & Schuster, 2002.

Marx, Leo. *The Machine in the Garden: Technology and the Pastoral Ideal in America*.
New York: Oxford UP, 1964.

Naess, Arne. *Ecology, Community and Lifestyle*. Trans. and ed. David Rothenberg.
Cambridge: Cambridge UP, 1989.

Naess, Arne. "The Deep Ecological Movement: Some Philosophical Aspects." Ed.
George Sessions. *Deep Ecology for the 21st Century*. Boston, Mass.: Shambhala,
1995.

Tillman, James S. "The Transcendental Georgic in Walden." Ed. Joel Myerson.
*Critical Essays on Henry David Thoreau's Walden*. Boston, Mass.: G. K. Hall
& Co., 1988.

Thoreau, Henry David. *The Maine Woods*. Ed. Joseph J. Moldenhauer. Princeton, N.J.: Princeton UP, 1972.

_____. *Walden and Other Writings*. New York: The Modern Library, 2000.


## 제3장

김성곤 편. 『현대문학의 위기와 미래』. 서울: 다락방, 1999.

매즐리시, 브루스. 『네 번째 불연속』. 김희봉 역. 서울: 사이언스북스, 2001.

요나스, 한스. 『책임의 원칙』. 이진우 역. 서울: 서광사, 1994.

임홍빈. 『기술문명과 철학』. 서울: 문예출판사, 1995.

Borgmann, Albert. *Holding On To Reality*. Chicago: U of Chicago P, 1999.

Dickinson, Emily. *Final Harvest*. Boston, Mass.: Little, Brown & Co., 1986.

Ellison, Ralph. *Invisible Man*. New York: Vintage Books, 1989.

Fitzgerald, F. Scott. *The Great Gatsby*. New York: Macmillan Publishing Co., 1986.

Joy, Bill. "Why the Future Doesn't Need Us." *Wired*. http://www.wired.com/2000/04/joy-2/.

Lehan, Richard. *The Great Gatsby: The Limits of Wonder*. Boston, Mass.: Twayne Publishers, 1990.

Norris, Frank. *The Octopus*. New York: New American Library, 1984.

Pynchon, Thomas. *The Crying of Lot 49*. New York: Bantam Books, 1966.

_____. *V*. New York: Harper & Row, Publishers, 1963.

Spengler, Oswald. *The Decline of the West*. Trans. Charles F. Atkinson. New York: Alfred A. Knopf, Vol. 1, 1926; Vol. 2, 1928.

Thoreau, Henry David. *Walden and Civil Disobedience*. New York: Penguin Books, 1983.

Twain, Mark. *A Connecticut Yankee At King Arthur's Court*. London: Penguin Books, 1988.

**제4장**

Garland, Hamlin. *Main-Travelled Roads*. New York: Harper & Brothers, 1891.

\_\_\_\_\_. *Other Main-Travelled Roads*. New York: Harper & Brothers, 1892.

\_\_\_\_\_. "Productive Conditions of American Literature." *The Forum* (1894): 690.

\_\_\_\_\_. *Roadside Meetings*. New York: Macmillan, 1930.

George, Henry. *Progress and Poverty*. 1879. (reprinted) New York: John S. Swift Print of New Jersey, 2008.

Goodrich, Carter and Sol Davison. "The Wage-Earner in the Western Movement. I. The Statement of the Problem." *Political Science Quarterly* L (1935): 181.

Jefferson, Thomas. *Notes on the State of Virginia*. Richmond VA: J. W. Randolph, 1853.

\_\_\_\_\_. *The Papers of Thomas Jefferson VIII*. Ed. P. Boyd and others. Princeton, N.J.: Princeton UP, 1952.

Leuter, Paul, ed. *The Heath Anthology of American Literature*. 6th edition Volume C Late Nineteenth Century: 1865-1910. Boston, Mass.: Cengage Learning, 2010.

Marx, Leo. *The Machine in the Garden: Technology and the Pastoral Ideal in America*. New York: Oxford UP, 1964.

Newlin, Keith. *Hamlin Garland A Life*. Lincoln, Neb.: U of Nebraska P, 2008.

Pizer, Donald. *Hamlin Garland's Early Work and Career*. Berkeley, Cal.: U of California P, 1960.

Pizer, Donald, ed. *Hamlin Garland Prairie Radical: Writings from the1890's*. Chicago: U of Illinois P, 2010.

Smith, Henry Nash. *Virgin Land: The American West as Symbol and Myth*. Cambridge, Mass.: Harvard UP, 1978.

Thoreau, Henry David. *Walden and Other Writings*. New York: The Modern Library, 2000.

Tuan, Y. F. *Escapism*. London: The Johns Hopkins UP, 1998.

Veblen, Thorstein. *The Theory of Leisure Class*. Mineola, N.Y.: Dover, 1994.


## 제5장

강용기. 「선험적 추론과 과학적 경험: 바바라 킹솔버의 『비상』」. 『현대영미소설』
20.2 (2013): 5-20.

노양진. 『몸이 철학을 말하다: 인지적 전환과 체험주의의 물음』. 서울: 서광사,
2013.

Cowley, Malcolm. "Naturalism in American Literature." Ed. Harold Bloom
*American Naturalism*. Philadelphia, Penn.: Chelsea House, 2004.

Cronon, William. *Nature's Metropolis: Chicago and the Great West*. New York:
Norton, 1992.

Dolan, Kathryn Cornell. "A Mighty World-Force: Wheat as Natural Corrective in
Norris." *Interdisciplinary Study in Literature and Environment* 19.2 (2012):
295-316.

Fite, Gilbert. *The Farmer's Frontier*. New York: Holt, Rinehart and Winston, 1966.

Folsom, James K. "The Wheat and the Locomotive: Norris and Naturalistic
Esthetics." Eds. Lewis Fried and Hakutani Yoshinobu. *American Literary
Naturalism: A Reassessment*. Heidelberg: Carl Winter Universitatesverlag,
1975.

Freitag, Florian. "Naturalism in Its Natural Environment?: American Naturalism
and the Farm Novel." *Studies in American Naturalism* 4.2 (2009): 97-118.

George, Henry. *Progress and Poverty*. New York: Robert Schalkenbach Foundation,
2008.

Goldman, Steve L. "Images of Technology in Popular Films: Discussion and
Filmography." *Science, Technology, & Human Values* 14.3 (1989): 275-301.

Grant, Charles S. *Democracy in the Connecticut Frontier Town of Kent*. New York: Columbia UP, 1961.

Jefferson, Thomas. *Notes on the State of Virginia*. Ed. Thomas Perkins Abernethy. New York: Harper & Row, 1964.

Krause, Sydney J. "Edgar Watson Howe, Our First Naturalist." Eds. Lewis Fried and Hakutani Yoshinobu. *American Literary Naturalism: A Reassessment*. Heidelberg: Carl Winter Universitatesverlag, 1975.

Lehan, Richard. "The European Background." Ed. Donald Pizer. *American Realism and Naturalism*. New York: Cambridge UP, 1995.

Limerick, Patricia Nelson. *The Legacy of Conquest: The Unbroken Past of the American West*. New York: W. W. Norton & Co., 2006.

Livingston, James. *Pragmatism and the Political Economy of Cultural Revolution, 1850-1940*. Chapel Hill, N.C.: U of North Carolina P, 1997.

Meyer, George Wilbur. "A New Interpretation of The Octopus." *College English* 4.6 (1943): 351-59.

Norris, Frank. *The Octopus: A Story of California*. New York: A Signet Classic, 1964.

Orsi Richard J. *Sunset Limited: The Southern Pacific Railroad and the Development of the American West 1850-1930*. Berkeley, Cal.: U of California P, 2005.

Parrington, Vernon Louis. *Main Currents in American Thoughts*. Vol. 3. New York: Harcourt Brace And Co., 1930.

Pizer, Donald. "Synthetic Criticism and Frank Norris; Or, Mr. Marx, Mr. Taylor, and The Octopus." *American Literature* 34.4 (1963): 532-41.

_____. "The Concept of Nature in Frank Norris' The Octopus." *American Quarterly* 14.1 (1962): 73-80.

Rohrbough, Malcolm J. *The Land Office Business: The Settlement and Administration of American Public Land, 1789-1837*. New York: Oxford UP, 1968.

Rothbard, Murray N. "Will the Farmer Ever Stop Wailing?" *NYT*, May 17, 1985.

Smith, Henry Nash. *Virgin Land: American West as Symbol and Myth*. New York:

Vintage, 1950.

Strom, Claire. "A Book Review on Sunset Limited: The Southern Pacific Railroad and the Development of the American West" Ed. Richard J. Orsi. *The Journal of American History* 93.1 (2006): 232-33.

Taylor, W. F. *The Economic Novel in America*. Chapel Hill, N.C.: U of North Carolina P, 1942.

Worster, Donald. *The Wealth of Nature: Environmental History and the Ecological Imagination*. New York: Oxford UP, 1993.

## 제6장

Dreiser, Theodore. *Sister Carrie*. Ed. Donald Fizer. New York: W. W. Norton, 2006.

_____. "Reflections." *Sister Carrie*. Ed. Donald Fizer. New York: W. W. Norton, 2006. 399-401.

Eby, Clare Virginia. *Dreiser and Veblen: Saboteurs of the Status Quo*. Columbia, Mo.: U of Missouri P, 1998.

Elias, Robert H. *Theodore Dreiser: Apostle of Nature*. Ithaca, N.Y.: Cornell UP, 1970.

Fishman, Robert. *Bourgeois Utopias: The Rise and Fall of Suburbia*. New York: Basic Books, 1987.

George, Henry. *Progress and Poverty*. 1879. (reprinted) New York: John S. Swift Print of Jew Jersey, 2008.

Geyh, Paula E. "From Cities of Things to Cities of Signs: Urban Spaces and Urban Subjects in Sister Carrie and Manhattan Transfer." *Twentieth Century Literature*. Winter, 2006.

http://findarticles.com/p/articles/mi_m0403/is_4_52/ ai_n27100898/

Leach, William. *Land of Desire: Merchants, Power, and the Rise of a New American*

*Culture*. New York: Random House, 1993.

Lehan, Richard. *The City in Literature: An Intellectual and Cultural History*. Chicago: U of Chicago P, 1998.

_____. "Sister Carrie: The City, the Self, and the Modes of Narrative Discourse." Ed. Donald Pizer. *New Essays On Sister Carrie*. New York: Cambridge UP, 1991.

Lemaster, Tracy. "Feminist Thing Theory in Sister Carrie." *Studies in American Naturalism* 4.1 (2009): 41-55.

Levin, Charles. "Translator's Instruction." *For a Critique of the Political Economy of the Sign*. Jean Baudrillard. New York: Telos Press, 1981.

Michaels, Walter Benn. "Fictitious Dealing: A Reply to Leo Bersani." *Critical Inquiry* VIII (1981): 169.

Park, Robert E. and Burgess, Ernest W. *The City: Suggestions for Investigation of Human Behavior in the Urban Environment*. Chicago: U of Chicago P, 1925.

See, Fred G. *Desire and the Sign: Nineteenth-Century American Fiction*. Baton Rouge, La.: Louisiana State UP, 1987.

Tomasello, Michael. *Why We Cooperate*. Cambridge, Mass.: MIT P, 2009.

Veblen, Thorstein. *The Theory of Leisure Class*. Mineola, N.Y.: Dover, 1994.

### 제7장

노양진. 『몸·언어·철학』. 파주: 서광사, 2009.

_____. 『몸이 철학을 말하다: 인지적 전환과 체험주의의 물음』. 파주: 서광사, 2013.

Bloom, Harold. "Introduction." Ed. Harold Bloom. *Bloom's Modern Critical Interpretations: Don DeLillo's White Noise*. Philadelphia, Penn.: Chelsea House, 2003.

Dewey, John. *Logic, The Theory of Inquiry*. New York: Henry Holt & Co., 1939.

DeLillo, Don. *White Noise*. New York: Penguin Books, 1985.

Heidegger, Martin. *The Question Concerning Technology and Other Essays*. Trans. William Lovitt. New York: Garland Publishing, 1977.

Johnson, Mark. "Cognitive Science and Dewey's Theory of Mind, Thought, and Language." Ed. Molly Cochran. *The Cambridge Companion to Dewey*. New York: Cambridge UP, 2010.

Laist, Randy. *Technology and Postmodern Subjectivity in Don DeLillo's Novels*. New York: Peter Lang Publishing, 2010.

Lentricchia, Frank. "Introduction." Ed. Frank Lentricchia. *New Essays on White Noise*. New York: Cambridge UP, 1991.

Lovitt, William. *The Question Concerning Technology and Other Essays*. New York: Garland Publishing, 1977.

McLuhan, Marshall. *Understanding Media: The Extensions of Man*. New York: McGraw-Hill, 1964.

Moses, Michael Valdez. "Lust Removed from Nature." Ed. Frank Lentricchia. *New Essays on White Noise*. New York: Cambridge UP, 1991.

Oriard, Michael. "Don Delillo's Search for Walden Pond." *Critique: Studies in Modern Fiction* 20.1 (1978): 5-24.

## 제8장

진종헌. 「도시경관」. 김인 · 박수진 편. 『도시해석』. 서울: 푸른길, 2006.

Aubry, Timothy Richard. "Literature as Self-help: Postwar U.S. Fiction and the Middle Class Hunger For Trouble." Doctoral Diss. Princeton University, 2003. (Ann Arber: UMI, 2003. UMI 3102218.)

Beuka, Robert. *SuburbiaNation: Reading Suburban Landscape in Twentieth Century American Fiction and Film*. New York: Palgrave Macmillan, 2004.

Bourdieu, Pierre. *Distinction: A Social Critique of the Judgment of Taste*. Trans. Richard Nice. Cambridge, Mass.: Harvard UP, 1984.

Cheever, John. *The Journals of John Cheever*. New York: Harpers & Row, 1964.

_____. *The Stories of John Cheever*. New York: Vintage Books, 2000.

Dobriner, William M. "The Natural History of a Reluctant Suburb." *Yale Review* 49 (March 1960): 400.

Donaldson, Scott. "Cheever's Shady Hill: A Suburban Sequence." Ed. J. Gerald Kennedy. *Modern American Short Story Sequences: Composite Fictions and Fictive Communities*. Cambridge: Cambridge UP, 1995.

Ehrenreich, Barbara. *Fear of Falling: The Inner Life of the Middle Class*. New York: Pantheon, 1989.

Fishman, Robert. *Bourgeois Utopia: The Rise and Fall of Suburbia*. New York: Basic Books, 1987.

Jurca, Catherine. *White Diaspora: The Suburb and the Twentieth-Century American Novel*. Princeton, N.J.: Princeton UP, 2001.

Keith, Wilhite. "John Cheever's Shady Hill, Or: How I Learned to Stop Worrying and Love the Suburbs." *Studies in American Fiction* (2006): 215-39.

Kimmel, Michael. *Manhood in America: A Cultural History*. New York: The Free Press, 1996.

Riesman, David. *Lonely Crowd: A Study of the Changing American Character*. New Haven, Conn.: Yale UP, 1950.

Tuan, Y. F. *Escapism*. London: The Johns Hopkins UP, 1998.

Whyte, William H. *The Organization Man*. New York: Doubleday Anchor, 1956.

## | 찾아보기 |

ㄱ

**ㅇ**

## ㅈ

## ㅊ

## ㅋ